創価大学勤務時代の私のエッセー集

左々正治

22世紀アート

目次

（一）自信を持つ為の考え方とは？

■はじめに

自信を持つには、或いは、自信を失わないようにするにはどうすべきでしょうか？

かつて、或る中学校のカウンセリングの嘱託の方《かた》が中学生に自信を与えるメッセージを書く為に何か参考文献を紹介して欲しいとの思いで（当時の創価大学の）私の研究室に訪ねて来られました。私は本稿（改訂前の物）のコピーを彼女に手渡しました。以下で、「主体的に自信を持ち、強化する方法」について述べてみたいと思います。

本稿についての或る人の感想

◇本稿はとても読み易く、亦《また》、内容も、多くの人が興味を持ち易いものになっています。読むのが楽しく感じられます。

「自信」についての意識

「自信」についての考えや意識は人によって多様です。例を挙げます。

・自信について殆《ほとん》ど意識していない。
・自信が無いとよく思う。
・自信の良い点を理解しているとは思わない。
・自信を持ちたいと思った事は有る。
・どのように自信を持てばいいのか知りたい。
・自分には自信は有るような気がする。

何をするにしても、自信が有れば心強いです。良い成果を出す点でも自信が有るのと、無いのとでは大違いです。

メリル・ストリープのエピソード

ある記事に依れば、「米国の女優、メリル・ストリープはどんな言葉のなまった（セリフの）役でもこなせると、誰もが認めています（一）。」

この記事によって彼女の語学の才能と演技力が如何《いか》に素晴らしいかが分かります。

一つの方言を完璧に真似るだけでも極めて難しい事を思えば、英語圏のどんなまりでも「誰もが認める」程完璧に身に付け、見事な演技をする事ができるのは、俳優の専門職とは言え、驚嘆すべき事です（二）。

ところが、ストリープはアメリカ映画「ダンシング・アット・ルーナサ」（パット・オコナー監督作品、一九九八年）の撮影中に突然、なまりを発音するコツを忘れ、演技ができなくなりました。この驚くべき事実は彼女にとってショックだったでしょう。

彼女はこう述べています。「（自分の不調は）映画会社がセリフの指導係りを用意したことが原因。その人は〝猛烈教師〟で、カメラの向こう側から私のセリフを聞いて、場面ごとにああしろ、こうしろ、というわけ。私はすっかりおじけづいて、自信をなくしてしまったわ。四六時中《しろくじちゅう》（一日中）、そばに批評家がいるようなものですもの。リハーサルを始めて二週間、私の演技はバラバラになった。演技ができなくなったのよ。」

この事実から分かる事は、米国最高峰の女優でさえも二週間も他人から発音の不正確さを直接指摘され、一々《いちいち》正されると、精神的に落ち込み、自信を喪失します。其の結果、驚異的な実力が有るにも拘《かかわ》らず、其れを発揮できなくなります。

人は他人から直接あれこれ批判されると、思っている以上に強い精神的打撃を受け、結果として、仕返しの願望等、マイナス的な感情が生じがちです。この様に、人の心は、無防備であれば、脆く弱い面が有ります。

一方、普段から自分の心を鍛えていれば、亦、予め精神的打撃を覚悟していれば、人の心は強い面も有ります。思いも寄らない苦難が突然自分の身に降り掛かるかも知れない、そうだとしても苦難に耐えて打ち勝っていくしかないと思い、心の準備ができていれば、衝撃の影響を軽減できます。しかし、現実には心の準備ができていなかった人についてよく見聞きします。

一時的に自信を無くしたストリープはどう対処したのか？「セ

リフの指導係り」の指導を受けるのを止め、独学で先の映画の役のなまりの勉強をする事にしました。彼女はこう語っています。「私が（以前に）なまりについて（専門的に）勉強していなかったら、なまりの強いアイルランドが舞台の役（『ダンシング・アット・ルーナサ』の役）は回ってこなかったでしょうね。」

彼女は語学に自信が有ります。高校時代、「習ったこともないフランス語をとてもうまく話せました。」これは信じ難い程の能力です。彼女は前述の苦境において、自分の才能を信じて独力で先の映画の役のなまりを勉強して、苦難を乗り越えました。正に、「天は自ら助くるものを助く」です。

浜崎あゆみさんが伝えたい事

他の記事に依れば（三）、一九九八年、浜崎あゆみさん（当時、二〇歳）はポップス歌手としてデビューし、翌年一月一日に、初のアルバム「エイ・ソング・フォー」を発表し、其れは僅《わず》か半月後、ヒットチャートの一位でした。本当に驚くべき事です。

浜崎さんは自身についてこう述べています。「あゆ（あゆみ）は別に歌が好きだったわけじゃないんです。将来の夢なんて何もなかったし。」これは意外です。常識では、「好きこそ物の上手《じょうず》なれ」「夢を持つことが大事」とされていますが、彼女は両方とも欠けていると思っていました。だが、記事全体から察すれば、彼女は心の無意識の領域では歌が好きな面が有り、何等かの希望が有ったのかも知れません。

何故《なぜ》彼女は思いも寄らない程の力を発揮できたのか？

「転機は一七歳の時でしたが、当時のプロデューサー（便宜上、以下「P氏」と記述）の前でカラオケで歌う機会が有りました。其の時、「（あゆはP氏から）褒められたんです。（中略）あゆは歌が下手だったし、特に自分の声が嫌いだった。なのに『声がいい』って。（中略）それまで大人に言われることといえば、『お前にできるわけはない』『そんなのダメに決まってるだろ』ばかりでした。」この状況では彼女が自信を無くするのは当然です。

彼女が自分の歌唱力を過小評価した原因の一つは、周囲の偏見や無理解による否定的な反応でしょう。其の状況下でP氏は周囲の人々の評価に囚われないで彼女の才能を見抜きました。彼は彼女の運命を変えるきっかけを作りましたが、彼の才能も驚異的です。

浜崎さんは「自分にできるわけはない」と思いましたが、卓越した実力があるP氏から「お前ならできる」と保証され、自信が湧き、変わり得る自分を自覚したのでしょう。「P氏は彼女を褒めながら育てていき、歌詞も書かせたのです。」

「人を褒める」という事は、人の能力を高く評価して賞賛する事です。実力と実績の有る人が誠意を持って的確に評定した上で確信を込めて被評価者を褒めれば、被評価者は自信が生じるのを自覚するでしょう。

浜崎さんは以前、作詞にも自信が無いと思い込んでいたのでしょう。こう述べています。「最初は（作詞の課題は）作詞家に頼めばいいのにと思った。でも、（当時抱くようになった）あゆの夢や希望を書けるのは、あゆしかないなって考えたら（悩みは）吹っきれました。」彼女は、最初は、自信を持っていなくても、積極的に新たな事に挑戦する機会が有ったのが幸運でした。

彼女は自分の体験から「自信を持つことの大切さ」を人々に伝えたいのです。

「あゆみたいに、ダメだダメだって言われていた女の子でも、何とかなるんだって、自分（の力の可能性）を信じようって。（中略）そんな思いが（自分の作詞によって）伝わったらいいな。」

この事例は次の点を示しています。即ち、人が充分に練習を積み重ねていない状況で自分の能力を過小評価しがちですが、考え方を変えて自分の可能性を発揮するチャンスを試してみる方が得策です。

浜崎さんは次の詩を書いています。「（自分の）居場所がなかった見つからなかった～例えば今　急にここから（自分が）姿を消したら　一人くらい（自分を）探そうとしてくれたりしますか――」先の記事に依れば、当時、主に一〇代の女性達がこのような歌詞と曲に共感し、彼女を強く支持したのです。もし彼女はP氏から褒められなかったら、人生は大きく開けなかった可能性は有ります（四）。

人は驚異的なレベル迄《まで》向上しない場合でも、かなりの水準迄実力を伸ばす力を持っており、人生で其れを生かし、充実感を得ている人は多いはずです。

メリル・ストリープのケースの考察

メリル・ストリープはセリフの指導係りによって直接、頻繁にセリフのチェックをされて精神的打撃を受けました。指導係りの人柄や指導法が彼女に合わなかったのか、彼女のプライドが高過ぎたのか、或いは撮影時の周囲のスタッフの態度に問題が有ったのか？

理由はどうであれ、ストリープは何等かの対策を取らざるを得ず、二週間のリハーサル後は現状を変更しました。これはストレス対策として効果的です（五）。彼女はあの指導係り以外の気の合う専門家に替えてもらう可能性は有ったのでしょうか？　独学であの映画の役のなまりを習得して困難を乗り切る方を選択しました。

彼女は「なまりなんて表面的なこと」と言っています。評論家に対して、なまりの発音よりも演技に言及して欲しいと思っているのに、彼等はいつも彼女のなまりについて触れたがる。彼女は其の点について次のように考えました。

「（映画の）演技の定義はとても難しい。スクリーンで役者が演じる範囲で人間の精神がどう表現されているかについて、（評論家が）想像をめぐらすことは容易なことではないでしょう。でも、彼らが『あら、（ストリープは今回の映画で）また違ったなまりで演じているわ』などということは簡単よね。」

彼女は評論家から、なまりという表面的な事ばかりに言及されているが、役のどこまでも深い心理表現を含む演技全体について、彼女の役作りの大変な苦労をよく認識した上で的確に批評してほしい、演技全体の評価に言及してほしいと思い、不満を感じているようです。

■自信と独学

或る大学生は自信と独学についてこう述べています。「私も（中学校での）授業中に先生から英語の発音を何度も直されて、正しく発音させられると、（自信を持つどころか）逆に恐怖感みたいなものが出てきたから、ストリープの気持ちは分かる気がする。自分でテープを聞いて発音する教材（独習用教材）を使う方が良い。」

作家の秋庭道博氏は独学の長所をこう述べています（六）。「いい先生がいるに越したことはない。そのことは、兼好法師も『少しのことにも先達はあらまほしきものなり』と、『徒然草』の中で言っている。（中略）しかし、自分自身で苦労しぬいて獲得したものが真にその人の血肉となる。（中略）先達がいても、こちらに独力でやる気がなければ、すべてが中途半端なものとなる。」長きに亘り粘り強く練習を続けてこそ真の自信が付く面が有り、其の成功は、先の遣り方を三年、五年、七年と、着実に持続する事に懸《かか》っています。

独学の短所は次の通りです。自己流で練習すれば、多くの時間を費やす割に効率が悪く、しかも、或る限られたレベル迄しか力を付けられないようです。亦、面白さと自信を得られないうちに途中で断念しがちです。

師匠や先輩から学ぶ場合、学習や練習の仕方の秘訣を能率的に獲得できます。例えば、私は二〇代の頃、一人で仏教書を読み始めましたが、身に付かず、断念しました。其の後、創価学会の種々の会合と実践活動で仏法を生き生きと学び、其の結果、徐々に仏教の真髄の一部を日常生活で効果的に生かすようになりました。

トランペット奏者の大野俊三氏は自己流で練習し、高レベルに達しました。其の後、交通事故での重傷をきっかけにして、超一流の専門家の下《もと》で本格的に基礎から練習を遣り直し、以前よりも高レベルの演奏の評価を得ています（七）。

私は大野氏の実話に感動し、彼の絶望的状況でさえ復帰できる力が人間に有る事を知って驚嘆しました。亦、自分の目標の達成への欲求が深く、諦めないで努力を持続する根気が大切であると痛感しました。

或る大学生は他人による指導についてこう述べています。「私は中学二年の頃、オーストラリアでホームステイをした時に、『自信を持つことの大切さ』をホストマザーから教わりました。自分の英語は全くダメだと思っていたから、私はホストファミリーと会話をする事を怖がっていて、自分の気持ちを率直に表現できませんでした。

でも、彼等は一つ一つ丁寧に説明してくれたりして、私の緊張をほぐしてくれました。私に自信を与えてくれたホストファミリーにとても感謝しています。」この様に、効果的な指導で人に技能を上手く教えるだけでなく、自信、楽しさ、充実感を与える事ができます。

■浜崎あゆみさんのケースの考察

浜崎さんは一七歳頃迄、「自分は歌が下手」「自分の声は嫌い」と思っていましたが、P氏に褒められ、考え方が変わり、作詞と歌の両方に挑戦しました。

P氏は実績と信頼感が有り、彼の褒め言葉には素晴らしい効力が有ったからこそ、彼女は其れを受け入れ、彼女の才能は見事に生かされたのでしょう。信頼している人から褒められると自信が湧きますが、周囲から貶《けな》されると、自信が無くなるのは当然です。彼女の場合、褒めた側と誉められた側の条件、心と心の歯車が上手く噛《か》み合ったのでしょう。

人から褒められても自分の考え方が変わらないケースも有ります。或る学生はこう述べています。「私は歌が下手だと思い込み、周りの人達の褒め言葉を、全て『彼等は嘘を言っている』と捉え、本当に自分の歌唱力について自信を持つことができなくなった時期が有ります。今もそんな自分になってしまうことが度々《たびたび》有ります。しかし、そんな自分を変えていきたいです。」

「自信」に関連している事について、秋庭道博氏はこう述べています（八）。「どんなことでも、『だめだと思ったときが、だめになるとき』なのだ。（中略）それから先に、可能性はなくなる。（中略）とにかく、はじめから『完全』を求めるのではなく、目の前の仕事の中から、可能性を発掘することを心掛けたほうが現実的。」

浜崎さんは一七歳以前は、「自分にできるわけはない」と自分で決め付けていましたが、P氏の御蔭で自信を持つことができ、アジアを代表する程の歌手への道が開けました。

■「無い物ねだり」と「有る物思い」

どのようにして自信を持つのか？　直ぐに思い浮かぶ事は、執念を持って練習（稽古）、準備、点検、経験、努力を十分に行う。其れを長期間着実に持続する事です。其の効果的な実行の仕方について研究が続けられています。普段の考え方としてプラス思考（九）は、自信を持つ上で有効です。其れに関連して「無い物ねだり」と「有る物思い」のメリットとデメリットについて述べてみます。

■「無い物ねだり」について

「無い物ねだり」は、「他人や自分に無い物」、詰まり、人間性、容貌、技能、才能、作品等において不十分な物に気付き、其れが有ればもっと良くなると思い、他人に対して、或いは自分に改善を望む事です。

其の考え方は進歩のきっかけになる点でメリットです。評論家は作品に関する評論で一種の「無い物ねだり」をし、其れによって変革すべき考えや改善点を指摘する、或いは示唆します。其の点で評論家の存在価値は高いです。彼等の大成は国や世界の発展に影響を与える、評論家がいない社会は衰退すると言われています。

「無い物ねだり」には欠点も有ります。例えば、学校の教師は高い理想や目標に基づき、「無い物ねだり」に偏向していれば、生徒の比較的低い水準の発表や成績に対して、不満を感じ、不機嫌な顔をし、欠点や失敗等を指摘しがちです。（教師の不機嫌な表情の原因には、先の理由以外に睡眠不足、体の不調、仕事や家庭の悩み等色々有ります。其の点で生徒は教師の言動を誤解しがちです。）教師の先のような言動は生徒にとって、生徒に関して否定的に感じられ、教師と生徒間の関係の悪化が始まり、生徒の自信は低下する事が有り得ます。

人々が他人と比べて各自の無い物を思って不満を感じ、無い物を欲しがる傾向性が強ければ、心が満たされないと感じる事が多くなるでしょう。

例えば、自分より若い人達を見て、彼等の若さを羨む、自分より年上の人達を見て、彼等の上手な生き方に嫉妬する、或いは何年か前の自分と今の自分を比べて体力や記憶力の衰えを嘆く。そういう心理に陥りがちです。だから、「人は自分について否定的な考え方をするのを止めるようにすべき」という意見が有ります（一〇）。

■「有る物思い」について

「有る物思い」とは、「他人や自分に有る物は何か」を思い、有る物を自覚する事です。他者や自己にとって、長所、持ち味、優秀さ、特技等の内で有る物を見出し、其れらの価値を深く認識し、他者や自己を肯定的に見ることができます（一一）。

其の考え方は日常で用いられていますが、其の遣り方について反省してみる価値が有ります。評論家は他人の作品の出来栄えについて、先ず「有る物」を見て的確に評価し、或いはある程度に良さを認め、更に、適度に「無い物ねだり」をします。

普段、他人や自分に有る物は何なのかをよく認識し、或る程度に自信を持つ事ができます。

例えば、自分には大切な命と健康が有る、人生の残された時間が有る。尊い信仰、平和、自由が有る。励まし合える家族、友人、種々の所属組織が有る。美しい自然、掛け替えのない地球や宇宙が有る。自分には無限の可能性が有る。自分に其の種の素晴らしい物が有る事を深く認識する事によって或る程度に心は満たされ、落ち着き、喜び、自信等の気持ちが生じます（一二）。

其の考えは当たり前に見えます。「有る物思い」によって精神的な良い物を認識できる。しかし、其れによって実際に金銭、其の他の動産を獲得する訳ではない。精神的慰めを得るにしても、「有る物思い」の考えは大して効果が無いように思えるかも知れません。

人は「有る物思い」の考えを忘れているとか、多忙による心の余裕の無さの故に先の考えを見過ごすとか、誰にも有る精神的な物を思っても、当たり前に見える故に別に喜びは湧かないとか、大して感激もしないと思いがちです。

然しながら、「有る物思いの有難さ」の考えを何度も繰り返して考えれば考えるほど「増加の法則」によって（一三）、その効果は増加します。精神的に良い物を増加させないのはもったいないです。自分には既に精神的次元で良い物が有り、有り難い事だと思えれば、其の方が心がより豊かになり、得です。心が落ち着き、平静になり、基本レベルの自信が生じます。

「プラス思考」や「有る物思い」は心の苦しみを軽減するのに役立ち、時には、魂の救いになり得ます。

苦境の時に「今、大変辛いが、自分には命や健康等、素晴らしい宝が山のように有るので有り難い」と認識できれば、僅かでも心が落ち着き、生きる自信が湧いてきます。其の考え方を効果的に実生活で生かすのが課題です。「何事もプラス思考で対処するよ」と決意すれば、苦境でも有利な方へ向けて生き易くなります。

「有る物思いの有難さ」とか、「自分にはこれも有る、あれも有る、恵まれている」等の言葉を思い浮かべ、口ずさみ、其れをきっかけにして自分の命や健康等の有り難さを良く認識する事ができます。

物を失った時に物の有り難さがよく分かります。良い物が無い事の大変さを思えば、良い物が有る事の有り難さが良く分かります。其の考えを用いれば、「有る物思いの有難さ」の考えをより深く認識できます。

例えば、私は鍵を紛失し、必死で其れを数十分捜し、其れを見付けた時の喜び、鍵の有り難さを感じた事が有ります。これが無ければ困る、これが有るからこそ助かる、有り難いという思いでした。

難病になった若い女性Aさんは、普通の生活が如何に有り難いか、素晴らしいかを痛感されています。病気で亡くなったA大統領、事故で逝去された富豪のB氏、若死にした天才のCさんは何一つ活動する事はできません。自分には何千億円分の命と健康の宝が有る。其れ故に、何万回も有意義な事に元気で従事できる、恵まれていると謙虚に自分に言い聞かせる事ができます。

「亡くなった人の事を思えば、生きていられるだけでも有り難い」

「これ（今為している事）ができるだけでも有り難い」と謙虚に思う事ができます。現状の苦しい事も人生には有るものだ、見方によっては、其れも為になると思い、現実を受け入れる事ができます。其の様な心境に達するのは、簡単にはできないかも知れません。ともあれ、「有る物思いの有難さ」の考えを上手く生かせば、気分が明るくなります。

何事においてもピンからキリまで有り、上を見ればきりが無いです。或る程度に良い物を持てば其れで良いという考え方が有ります。其れは「足るを知る心」（一四）です。限りない物欲を制御する智慧です。心が安らかになり、落ち着く方法の一つです。例えば、『五体不満足』（一五）等も参考になります。

ストレスを軽減する為に、「無い物ねだり」の欲に囚われないで、「有る物思い」に注意を向ける事ができます（一六）。

他人の優秀さと比べて、自分の能力の低さを思って落ち込むよりも、できるだけ他人と比較しないようにし、「自分には尊い命や健康等、多くの宝や長所が有ると思う方が心身の健康にいいです。

人と比較しないで、今為すべき事を着実に為していけばいい、「為せば、成る」と思えば自信が生じます。他人の言動に紛動されずに自信を持って生きる方が有利です。心が前向きになります。

明朗な人は「楽観主義」「プラス思考」を重視し、「有る物思い」の考えを実践している人でしょう。

逆境の人が向上を目指して必死で奮闘せざるを得なくなり、心の渇き、満たされない気持ちを感じながら旺盛なハングリー精神で頑張り、其の過程で大いなる充実感と達成感を得る遣り方も有ります。

「無い物ねだり」の考えを適度に用い、「欲」を生きる原動力として、「或る程度の満足」を超えて、より多くの良い物を得ようと思い、向上心を強くし、生き甲斐と充実感を高める遣り方も有ります。

■プラス思考とドーパミン

樺旦純氏に依れば（一七）、プラス思考をしていると、（脳内で）エンドルフィン（一八）の分泌が促され、このエンドルフィンはドーパミンの分泌を盛んにし、人をヤル気にかき立てる。

ところが、このちょうど反対のプロセスをたどるのが、ストレスである。（中略）劣等感やストレスなどのマイナス思考は、脳を萎縮させ、脳の働きにブレーキをかけてしまう。

「そんなときは、思い切って気分転換をはかり、ブレーキをはずす工夫をしたほうがいい。」「（バラード系の心地好い音楽を聞いている状況の）脳内には、快適ホルモンであるドーパミンが大量に分泌されている。」（中略）

ドーパミンには脳力の活動性を高める効果がある。脳力が活性化すれば、仕事の能率も飛躍的にアップする。この種の説明には説得力が有ります（注：第八章に詳しい記事を紹介しています。）。

■プラス思考の例

次の記事はプラス思考の例です。『寒さに抵抗する方法はただ一つしかない』とアランは（彼の著書『幸福論』で）書く。それは『寒さをいいものだと考えることだ』（中略）実はここに断固たるアランの姿勢がある。（中略）

『うまく行ったからうれしいのではなく、自分がうれしいから（その肯定的感情から）うまく行ったのだ。』（中略）『ぼくの好きな旅は一メートルか二メートルしか行けないような旅だ』と書く。立ちどまっては改めて違う角度から眺めるとすべての景色が一変する（かなり美しい景色だろう）。『ぼくにはその方が百キロ行くことよりずっとすばらしい』（とアランは説く）。（中略）ここには絶対的幸福になる方法がある。本（『幸福論』）を閉じると確実に気持ちが豊かに、温かくなっていた（一九）。

冬の寒さは厳しいですが、其れが有るからこそ暖かい春の良さを一層はっきりと感じます。「冬は必ず春となる」という名言を深く理解できます。

雪の降る日に外のバス停で立ったままで一〇数分バスを待っている間、「寒いのは体に堪《こた》える」と何度も思うよりも考えを切り替えて、「寒い中でバスを待っているのは心身を鍛える良い修行だ」と思い、「良い修行！　良い修行！」と口ずさむ事ができます。

■急性肺炎の闘病とプラス思考

私は六九歳の時、重度の急性肺炎で呼吸困難になり、病院で顔全体を覆う酸素マスクを昼も夜も装着しました。其れは煩わしいのですが、そう思わないで、酸素マスクは宝だ、其の御蔭で何とか呼吸できると思い、「酸素マスク（は）、宝（だ）！　酸素マスク（は）、宝（だ）！」と、時々思い、口ずさみながら約一週間過ごし、呼吸の苦しさと酸素マスクの煩わしさに耐え易くなりました。其の後、順次、二種の酸素マスクを用いました。

入院以来、約二五日間寝たきりでした。其の後、意外にも、血栓が発見され、命に及ぶ危機は二倍以上になりました。下腹部と足の先の血管の側面に血が固まってこびり付いており、特に下腹部の大静脈の側面に血がかなり大きく固まっており、もし其の一部が血管から外《はず》れて脳や心臓や肺の血管に入れば、そこで詰まって死に至る危険が続きました。

寝たきりの生活のため、体中の筋肉が衰弱し、私は自力で立ち上がれず、床の上に一秒以上立っていられず、一歩も歩けない体調になりました。しかし、生き抜く自信が揺らぐ感じは全く無かったのです。其れは信仰と医療への信頼が有ったからです。

入院生活の後半の約二五日間、あれこれ悲観的に考えないで、毎日、起床から就寝まで、仰向けで寝た状態での両脚の屈伸運動の時間を多く取り、亦、タイマーで休みを上手く取るようにしました。両脚の屈伸運動の持続にも根気が要《い》りますが、医師の真剣な勧めにより、血栓の危険に対処する為に、両脚の屈伸運動は私の大事な仕事だと思い、来る日も来る日も根気良く其れに専念しました。

血栓の危険に対して、恐怖心を持つとか、嘆くとかのマイナス的感情は全く生じなかった。というのは、入院当初から、プラス思考で過ごす決意をし、A四版の紙に「プラス思考」等と書いて其れを頻繁に見るようにしていたからです。血栓対策の為に両脚の屈伸運動に熱心に励みましたが、其れは一種のリハビリにもなりました。

リハビリ師は私のタイマーの使い振《ぶ》りに感銘し、当日、百円ショップで其れを購入され、翌日以降、リハビリの指導でタイマーを使用されました。

リハビリ師は私の体調、心情、要望を考慮しながら指導し、約二五日間のリハビリは非常に効果的でした。一回目の遣り方はベッドの端に座っている状態で床の上で一回だけ立ち上がる事でした（二〇）。

翌日のリハビリの遣り方ではベッドの傍で座った姿勢で指示を待ち、それから立ち上がり、前へ三歩だけ歩み、次に後ろへ三歩下がってベッドの端に座って数分休み、続いて先の同じ動作をもう一回遣って終了しました。翌日以降、歩数と歩く回数を増やしながら体力を徐々に付けました。リハビリで歩くのも大事な仕事だと思い、没頭しました。面倒だというマイナス的な気分は全く無かったのです。

退院後、一瞬こう思いました。「入院中に驚くほど体力が低下し、老化が進んだのは大損失だ。肺炎にならなかったら、もっと若々しく元気なのに。」この思いが脳裏に過《よぎ》りましたが、次の瞬間に、先のマイナス的考えを止めて次のように思い直しました。

「プラス思考で考えよう！　肺炎で危篤になったけれども、信仰と医療の御蔭で奇跡的に命と健康の宝を取り戻すことができて本当に良かった！　命と健康の有り難さをより深く認識できるようになった！」退院以来、入浴中に命と健康への感謝の念を抱くようにしようと決意し、先のように口ずさんでいます。

■パソコンのマウスの異常とプラス思考

七一歳の時（二〇一五年）、パソコンの操作中に、マウスの異常に気付き、マウスを買い替えました。当時迄のマウスの使い方は拙《まず》かったのだと思い、残念でした。然しながら、以下の説明のように、マウスの異常がきっかけで最新の型のマウスとキーボードを購入し、亦、パソコン操作の凄く効率的な技術を多用するようになったのだとプラス思考で考えました。

マウスの異常の理由は、ワードの画面上の記事のタイトル（標題）に囲み線を付ける際に、其の範囲を指定する為に、先ず、タイトルの箇所全体をマウスで選択指定するのですが、選択指定の遣り方は最も適切な物ではなかったという事でしょう。

即ち、次の遣り方で「選択指定」をしていたのです。

記事のタイトルに囲み線を付ける機能を用いる際に、其の直前に記事のタイトル全体を選択指定するのですが、其の遣り方として、先ず、タイトルの最初の所でマウスの左ボタンを一回クリックしてカーソルを挿入し、次に、タイトル上でマウスのボタンを三回続けてクリックしました。其の遣り方によって他の方法よりも早く、効率的に遂行できると思い込んでいました。実際には、其の遣り方は私にとって最適ではなかったのです。

一日に多数の記事の各タイトルに囲み線を付ける際に、先の遣り方（「マウスを三回連続的にクリックする方法」）で選択指定しましたが、其れを半年以上も続けました。

換言すれば、当時は、ほぼ毎日、約六〇ページ（多い時は九〇ページ）の報告書を作成し、仕上げていましたが、其の過程で、インターネット上の必要な記事をコピーしてワードの画面に貼り付け、其の貼り付けた各記事のタイトルを、「マウスの三回クリック」で選択指定しました。其れ毎にマウスを頻繁に速くクリックしたので、マウスの劣化が著しく進んだと考えられます。

「マウスの異常」以前に、「選択指定」の他の遣り方としてマウスのドラッグ機能を主に多用していました。即ち、インターネット上の記事の全体、或いは一部を、（コピーのために）選択指定する際に、選択すべき箇所の最初の所でマウスの左ボタンを押し、押した儘でマウスを引きずる感じでカーソルを（選択すべき）最後の所迄移動し、そこでマウスから指を離して選択指定を完了する遣り方をしていました。

或る日、次の様な、思いも寄らないマウスのトラブルが突然生じました。即ち、インターネット上の記事を（コピーの為に）マウスのドラッグ機能で選択指定する際の状況においてですが、選択指定を済ませた記事に（マウスで）コピー機能を用いたところ、意外にも、コピーを成就できなかったのです。其の直後に同じ記事の選択指定を遣り直して、コピー機能を用いたところ、コピーを成就できました。

当時他の記事の選択指定とコピーにおいても、同様な異常が有りました。其の理由は、或る記事で一度選択指定の操作を完了しても、其の効果が出ず、其れ故に、コピー機能を用いてもコピーできなかったのです。其の後も、インターネット上の記事をコピーする毎に、それぞれ遣ったはずの選択指定の操作を遣り直しました。どうもおかしい、不便だと思い、電気店の「パソコン安心サポート」に電話して相談しました。其れがきっかけで、次の様な「選択指定」の新たな遣り方を多用するようになったのです。

ワードの画面上の記事の箇所、例えば、「プラス思考」を選択指定する際に、其の箇所の最初の所（即ち、「プ」の前の所）をマウスの左ボタンで一度クリックしてカーソルを挿入します。次に左手の指でシフトキーを押した儘《まま》で、右手のマウスで選択すべき箇所の最後の所、即ち、「考」の後の所をマウスの左ボタンで一度クリックし、次に左手の指をシフトキーから離し、選択指定を完了します。

「マウスとシフトキーによる選定指定」の遣り方を、色々な場合に用いる事ができます。例えば、ワード画面上の記事の全体、或いは一部の選択指定、空白の、或る範囲の箇所の選択指定、インターネット上の記事の一部、或いは全体の選択指定において、それぞれ「マウスとシフトキー」による遣り方を適用できます。

「マウスの異常」以前は、「選択指定」と言えば、「マウスのドラッグ機能の使用だ！」との思い込みが有りました。亦、インターネット上の記事を、（コピーのために）選択指定しようと思い、選択すべき箇所の最初の所でマウスの左ボタンをクリックしても、カーソルの挿入と其の結果が画面上に出ないので、「マウスとシフトキー」による選択指定の遣り方を適用できないと思い込んでいました。

ところが、先の説明のように、「マウスの異常」がきっかけで、インターネットの記事上で「マウスとシフトキー」による選択指定の遣り方を実行してみると、其の遣り方で選択指定を成就できる事が分かったのです。

「マウスとシフトキーによる選択指定」をするようになると、あっと驚く程能率的に「選択指定」をする事ができる事をはっきり認識しました。其れ迄の長い期間に主にマウスのドラッグ機能で「選択指定」をしていましたので、「マウスとシフトキーによる選択指定」の効率の良さがよく分かりました。

其れ故に、「マウスの異常」以降は、ワード画面上の記事の一部、或いは全部の「コピー」や「削除」、「囲み線の付与」において、亦、インターネット上の記事のコピーの際に、それぞれ、「マウスとシフトキーによる選択指定」の技術を主に用いるようになり、大変便利だと痛感しています。

特に、「選択指定をするべき箇所」が広範囲の場合、マウスのドラッグ機能よりも「マウスとシフトキーによる操作」の方が、操作時間が少なくて済み、操作の煩わしさが少ないのです。

とは言え、選択指定の際に、マウスのドラッグ機能も適宜、状況に応じて使用しています。

二〇一四年以降は、パソコンのトラブルへの対処について自信が無い時は、或る会社の「パソコン安心サポート」に有料で問い合わせており、トラブルで困った時には、本当に助かり、有り難いと思っています。

プラス思考の実践方法

「プラス思考」の考え方は尤《もっと》もですが、其の実践を難しくしている要因は何でしょうか。

「プラス思考」の良さを知っていても、実際に何か不利なこと（病気、事故、失言、失敗等）が起きれば、其れは強烈ですので、マイナス的な事に紛動され、其れに圧倒されてしまう。そして、「これが無ければ良かったのに」と思ってしまいます。ついくよくよと何度も考えがちです。其の考え方を切り替える方がいいとの主張が有りますが、具体的な方法は何か？

頭の働きを無意識の状態にしていれば、マイナス的な雑念が脳裏に浮かびがちです。

ネガティブ（マイナス的）な心理を軽減する為に、「プラス思考」等の言葉を思い出し、或いは、カード上の「プラス思考」等の言葉を目にし、其れをきっかけにして次のように考える事ができます。

「くよくよしても仕方が無い。起こった事は元に戻せない。そこが新たな出発点だ。プラス思考で考える方が得だ。自信を持つ方がいい、脳が活性化し、意欲が高まるのだから。」この種の考えを抱き、プラス思考へ意識を向けます。其の際に、そういった事の要点をメモしておき、其のメモを何度も見ることによって、即ち、「カード方式」を用いて自分の心を苦境やストレスから早目にプラス的な方へ向ける努力をする事ができます。

自信の源泉になる言葉

創価大学の創立者池田大作先生の激励や指針の言葉を以下で紹介します。それぞれの記事の（　）内は私の説明的なコメントです。

「自信をもて！（後略）」
（何をするにしても自信を持つのは大事です。苦境でも自信を失わないように工夫する必要が有ります。先ず、色々な考えを思い出し、或いは、自分のメモのカードを何度も見て、自信を持つと決める。そうすれば、少しでも前進の力が生じるので有利です。）

「行き詰まったら、先ず、祈れ！」
（将来、行き詰まり、どうしていいか分からず、自信が揺らぐ事が有るかも知れない。どう対処すべきか？

苦境の場合、将来についてマイナス的な考えに陥るかも知れない。不安感やストレスを長きに亘り心に抱くのは健康に良くないし、不利です。

普段から楽観主義で過ごし、祈る習慣ができていれば、行き詰まった時に祈る事ができます。祈る事の重要性と力を思い出し、「行き詰まりを打開させて下さい」等と祈り、其の過程で休みを取りながら、鋭気を養う事ができます。生命力が強くなり、勇気、知恵、希望、自信が湧き出し、動揺を克服し易くなり、何等かの対策を得ることができます。其の遣り方が有ると思えば、心強くなります。）

「自分の中に　無限の力がある　無敵の剣がある　無上の宝がある　それを引き出すのが妙法（二一）」

（妙法、即ち、法華経の御題目を唱える、或いは口ずさむ事によって心身が強くなり、自信、勇気、希望等の素晴らしい徳性を引き出す事ができます。人間の心には多くの徳性を発揮する可能性や能力が有ると信じることができます。これは「有る物思い」の考え方に通じています。自分の心の中に有る無限の力を引き出せる妙法を信じ、口ずさみ、或いは唱えて実践していると思えば、強気になれます。）

「最高の妙法を信じている人は尊い人です。」

（自分はダメな人間だと自分で自分を決め付けるのと、自分の存在価値を認めるのとでは精神的に大きな違いが有ります。人や自分の言動や感情に囚われないで、自分の在り方についていい方へいい方へ考え、肯定することができます。自分は大事な命を有し、尊い仏法を実践し、色々な有意義な活動をしている故に、大事な存在だと思うようにする事ができます。其の方が心理的に得です。前向きに生きる意欲と自信を高める事ができます。）

「最高の信仰をもった人が最高にすばらしい人生を歩めないはずはない。」

（自分は高等宗教の仏教を信仰し、確信に満ちた激励に接していると思えば、自分の人生を素晴らしい物にしていく希望が増します。）

「世界一の努力を目指すように。」

（努力は如何に大事である事か（二二）。自信を持つ方法として、三年、五年、七年と粘り強く努力を持続します。「継続は力なり」です。世界一の努力という大目標を目指す意気込みで日常生活のあらゆる点で大いに努力すれば、必ず自信を強くする事ができます。自信を力を付けように、前向きに大いに努力する姿勢が示唆されています。ラジオ番組に依れば、世界選手権に出場するような選手は休みを上手く取りながら「地獄の苦しみの鍛錬」をしています。）

「自分自身に生き抜け！」

（周囲の優秀な人達と自分を比べて、卑下、自信の揺らぎを感じる事が有るかも知れない。有りの儘の自分でいいのだと思い、自分らしく生きてゆけばよいと思うならば、気分が楽になり、自信が生じ易くなります。）

これらの指針を参考にしながら、自信を強化することができます。

■終りに――自信の持ち方についての所感

自分の失敗や他人の気になる言動等についてくよくよし出したら、次のように自分で自分を励ます事ができます。

「何でも何等かの為になる、良い面が有る」とプラス思考で思い、「何が有っても、段々良くなるよ」と、楽観主義で良い方へ良い方へと考える事ができます。そうすれば、僅かでも気分が明るくなり、生きる自信が強くなります。

何をするにしても、逆境でも、先々の事は大丈夫！　目先の課題を一つ一つこなすしかない。先ず、勇気を出して、一つでも試みれば、段々遣る気が出てくる。上手になる、もっと発展させたいとの欲が出てくる。先ず、為すべき事を少しでも遣ろう。一つか二つ、資料を集めてみよう。遣るべき事を、低レベルでもいいから、書きたいところから、一、二行書いてみよう。その種の事を思い、自分で自分を勇気付けるのは効果的です（二三）。

高い理想や目標、他人の優秀さと自分の現状を比べてくよくよし、不安になるよりも、自分の課題の方へ注意を向け、「有る物思い」で思考し、自信を持つ方が有利です。

「自分には素晴らしい命の宝が有る」というのは「有る物思い」です。新聞記事で時折見かけるように、人々は色々な年齢で亡くなります。亡くなった人は絶対に何一つ活動する事はできません。其の視点で物事を考える事ができます。

亡くなった人は絶対に何一つする事はできないが、人々が生きていれば、価値的な事に従事できます。其れは天と地の差のような、大きな違いです。そう思えば、一つ一つの活動をすることの意義をより深く感じることができます。

掛け替えの無い宝のような命が自分に有る、それ故に、有意義な事や好きな事をすることができる、其れは有り難い事だと考える事ができます。

周囲の大変恵まれた人と比べて自分にはこれも無い、あれも無いと思えば、自信が揺らぎがちです。一方で、「有る物思い」という言葉をきっかけにして、亡くなった人には命は無いが、自分には、命の宝が有ると思う事ができます。或る程度の充足感と自信を得ます。「有る物思いの自信増し」です。心が落ち着きます。

自信を持つ為のキーワードとして「有る物思い」を活用できます。この言葉をきっかけにして、次のように決意できます。「生きるのは大変だけど、有る物思いで自信を持つよ。」「自分には命や数々の長所が有る故に自信を持つよ。」「有る物思いの自信増しだよ。」

亡くなった人は何一つする事はできないが、自分には何千億円分の命の宝が有る。其の点で恵まれている。元気を出そう。このように考え、基本的な自信を維持し易くなります。

周囲の優秀な人々の活躍を知った時に嫉妬しないようにしたい。そのためにこう思うことができます。彼等は世間の人が見ていない所で大変な苦労を積み重ねている。彼等の活躍が有る故に所属組織や日本も発展する。有り難い事だ。自分にも数々の長所と持ち味が有り、自分なりに努力している。

人には人の生き方が有り、自分には自分にふさわしい生き方が有る。他人には他人独自の目標が有る。自分には自分の体質や能力に合った目標が有る。色々な生き方が有り、自分で責任を持って選択することができる。人と比べないで自分らしい生き方で自信を持って生きる事ができます。

人々にはそれぞれ生きてきた環境、親から受け継いだ遺伝子・性格・能力が有る、育ってきた条件や生きてきた経歴が有る。其れ故に、色々な点で自分と他人が違うのは当然です。

他人が自分に対する偏見・無理解・他人による評価の尺度で自分をどう思うのか、或る程度気になるのは当然だ。他人の心は変わる面が有り、表面的な面を知るのである。人の心は色々な理由でころころ変わり得る。他人による自分の評価をいちいち気にしていたらきりがない。

亡くなった人は何一つすることができないが、自分には命の宝が有る、其れ故に何等かの有意義な事や好きな事をすることができる。どの仕事も意義が有り、社会や人の役に立ち、遣り甲斐が有る。リズム正しい生活で活力を付け、仕事の為の準備をする。自分の仕事、課題、自分が為している事の方に注目し、専念する。充実した時を過ごす事ができる。

「仕事、仕事。仕事に専念すべし。そうすれば、魂は救われる。」この種の言葉を自分に言い聞かせて、仕事や課題に没頭する事ができます。逆境の日でも、仕事や課題に専念し、今を充実して生きます。有意義な日々、明るい未来になるように努めている人は強い、賢明な人だと思います。

繰り返して言えば、亡くなった人は絶対に何一つ活動することはできない。自分には大事な命の宝が有り、今日も一つ一つ何かをすることができる。其の視点で見れば、一つ一つの普通の活動は素晴らしい事だと思えてくる。亡くなった人は、一日でもいいから、生きて、実際にこの世の光景を見たい、壮大な歴史を見たい、人々に会いたいと思っても、そうすることができない。其の考え方を心の持ち方の基本にする事ができます。

浜崎あゆみさんは「自信を持つ事の大切さ、自信を持てば力が出る（二四）」という考えの成功例を示しています。メリル・ストリープは、「なまりの発音の不正確さ」を毎日、セリフの指導係りから直接、頻繁に指摘され、自信を失い、それに対する忍耐は二週間が限度であったとされています。

職業によっては、他人から直接批判されても、強い心を出し、自信や信念を失わないようにし、新人のつもりで謙虚に自分の失敗を反省し、学び、失敗を生かすことができます。正当な事についてはあくまできちんと主張し、仕事を成功させる事は有り得ます。

人との出会いが有っても、無くても、人から貶《けな》されても、自分の希望を諦めず、自分の能力を過小評価せず、自信を持ち続けて、粘り強く自分の目標を目指して数年、十数年と長時間を掛けて努力する事ができます。大なり、小なり、チャンスは有り得ます。努力しなければ、可能性はゼロになります。

確固たる自信を必要とする時や大事な時期に、自信の揺らぎを防ぐには、どう対処するのか？

人々の様々な状況は、種々の要因と条件によって生じており、単純さや複雑さにおいて千差万別です（二五）。

現状に上手く適応することが大切です。改善策や解決策の実現可能性、持続可能性、無理の無い対処による健康の維持等の観点で、亦、強気の姿勢で慎重に総合的に熟慮した上で望ましい対策を見出すことができます。

能力、資質、才能、境遇に適合した対策を求める際に、世間体や他人の意見を参考にしますが、其れに囚われないで、最終的には、勇気を出し、主体的に自由な意志や自分らしい生き方で最善或いは次善と思われる対処を決断するのは合理的です。

自分の課題にどう対処すべきか？　どう自信を維持すべきか？　他人の遣り方や意見に粉動されないで、自主性を発揮し、全力で取り組みます。

自分に合った遣り方と信念で対処し、健康への責任感を持って粘り強くあらゆる面の努力を持続し、実力を伸ばします。

今の活動に専念し、必死で取り組みます。そうであれば、ストレスを克服し、自信を強化できます。

自信に関連して次の格言が思い出されます。「意志あるところに道あり（西洋の格言）」「為せば成る　為さねば成らぬ何事も　成らぬは人の為さぬなりけり（上杉鷹山《ようざん》）。

最後に、インターネットから「自信」に関連した名言をピックアップします（二六）。

◇人に大切なのは、自信を持つことだ。私が孤児院にいたとき、腹をすかせて街をうろついて食いものをあさっていたときでも、自分では世界一の大役者ぐらいのつもりでいた。つまり勝ち気だったのだ。こいつをなくしてしまったら、人はうち負かされてしまう（チャールズ・チャップリン）。

◇自分に能力がないなんて決めて、引っ込んでしまっては駄目だ。

なければなおいい。今まで世の中で能力とか、才能なんて思われていたものを越えた、決意の凄みを見せてやる、というつもりでやればいいんだよ（岡本太郎）。

◇一個の人間の可能性というものは、本人が常識のレベルで考えているよりはるかに高いところにあるものです（ジョセフ・マーフィー、Wikipedia）。

◇どんなに勉強し、勤勉であっても、上手くいかないこともある。これは機がまだ熟していないからであるから、ますます自らを鼓舞して耐えなければならない（渋沢栄一、Wikipedia）。

◇心の健康を保つことによって、自尊心、つまり自分の常識を信じる心と自信が生まれる。人生をバランスのとれた見方で眺められるようになる。そしてまた、生真面目にならず、ときには自分を笑い飛ばせる強さを身につけることができる。心の健康はすべては上手くいくと信じられる楽天性を私たちに与えてくれる。（リチャード・カールソンの名言格言—心の健康を保つ）

◎「プラス思考な人の六つの習慣」

あなたは些細なことでクヨクヨ悩んだり、落ち込んだり、引きずったりしてないでしょうか。このようなマイナス思考だと、不安になることでもないような問題でも大げさに捉えてしまいます。そしてそれ（マイナス思考の姿勢）が続くと、何をするにしても悪いイメージしか浮かばず、行動力が次第に無くなっていってしまうでしょう。

一方でプラス思考の持ち主はどんな障害も笑い飛ばしてしまうようなエネルギーを持っており、このポジティブシンキングを武器に恐れずどんどん突き進んでいきます。

プラス思考になることによって、行動の幅が増え、新しい出会いや発見に恵まれることでマイナス思考よりも充実感を感じることも多くなります。そう考えると、プラス思考の方がいいかな、と感じる方も多いはずです。（「プラス思考な人の六つの習慣」by survival一一九八、ブログ「五セカンズ」）

（一〇）例えば、次を参照。「考え方はコントロールできるもので、自分が心からそうしたいと思えば、自分の意志で考え方をコントロールできる。（頭の回転を鋭くするためにも）否定的な考え方はやめて、肯定的な考え方に変えること。否定的な考え方というのは、肯定的なものに変えるためにのみあると思えばよい。」（『やる気を起こせ！』、ジョージ・シン、島田一男訳、三笠書房、一九九六年（原書は一九九五年出版）、一九一－一九四頁。）

（一一）別の言い方もある。「私はストレス・コンサルタントとして十数年やってきたが、クライエント（顧客）についてもっとも気になるのは、もっているものよりほしいもののことばかり思い浮かべる傾向だ。（中略）

　幸いにも、幸せになる道はある。ほしいものではなく、もっているものに意識を切り替えるのがその鍵だ。（中略）「その鍵を用いれば、」人生は前よりずっと楽しくなる。」（『小さいことにくよくよするな』、R・カールソン、小沢瑞穂訳、サンマーク出版、一九九八年（原書は一九九七年出版）、一六〇－一六二頁。）

（一二）「すでに与えられているものに対して感謝することを学ぼう」という積極的な姿勢もある。（前掲書（一一）、R・カールソン、二二六頁。）

（一三）「あなたは『増加の法則』について聞いたことがあるだろうか？　この法則によると、何事であれ、それについて考えれば考えるほど増加するという。たとえば、好きなことについて考えれば考えるほど、それが増加する。反対に、嫌いなことについて考えれば考えるほど、それが増加する。

　自分の人生を向上させるために増加の法則を活用しよう。考える対象は増加するから、自分の嫌いなことより好きなことを考えるほうが合理的だ。」（「好きなことについて考える」、『心の持ち方』、ジェリー・ミンチントン、弓場隆訳、ディスカヴァー携書一四九、二〇一五年、一一六－一一七頁。）

（一四）「足るを知る」〔老子〕身の程をわきまえて、むやみに不満を持たない。

（十五）当時、著者の乙武洋匡氏は二三歳で早稲田大学に在学中だった。彼は先天性四肢切断の障害者として生まれた。障害の原因は不明。彼の両腕両脚の大部分は無く、健常者から見れば、彼の生活は極度に不便にみえる。

　例えば、乙武氏は「ほっぺたと（肘から下が無い）短い腕の間に鉛筆を挟んで字を書く。」だが、彼は「声を大にして言いたい。『障害を持っていても、ボクは毎日が楽しいよ』」と述べ、積極的で価値的な生き方を記している。（『五体不満足』、講談社、一九九八年、二三、三〇、二六九頁。）

（十六）「もっと多くのものと幸せを求めるという考え方をしないで、「何らかのものは」もうほしがらないと心に決めることもできる。これははるかに実行しやすいし、充足をもたらしてくれる（趣意）」という考え方もある。（右掲書（一一）、R・カールソン、二二四 - 二二六頁。）

（一七）『逆発想の心理術』、樺旦純、にちぶん文庫、一九九八年、二〇九 - 二一〇頁。

（十八）エンドルフィンは別名、脳内モルヒネで、麻薬のような効果があり、ノルアドレナリンの分泌をいっそう盛んに促す。ノルアドレナリンは人間を活動状態に導く物質。（前掲書（一七）、七三 - 七四頁。）

（十九）「産経抄」、『産経新聞』、一九九八年一月二六日。

（二〇）患者に自信を持たせる大事な遣り方だと深い感銘を受けます。その点に関して次の記事が参考になります。

◎「自信を生み出す『三つのサイクル』とは」

（前略）

「自信が持てる人、持てない人」の決定的な違い

「新規ビジネスの提案書を一枚でいいからつくろう」

「まずは一人、お客さまに電話してみよう」

　こうした簡単で、絶対に達成できそうな目標であればあるほど好ましい。「確実にのぼることができる小さな階段を一つ用意する」と

いうイメージだ。次に結果の確認である。達成できた小さな目標をかみしめ、あらためて「自己肯定」をしてほしい。

こうして自己肯定感を持つことができたら、その余韻があるうちに、次の「行動」に踏み出す。このループを繰り返せばいい。自信が持てない人、腰が引ける人の多くは「行動を起こす」「結果を確認する」「肯定感を持つ」のが苦手である。

その最大の原因は、「一度にたくさんのことをやろうとする」「一気に大きな結果を出そうとする」からだ。これが足を引っ張る。目標そのものが高いゆえに、薄々《うすうす》「できっこない」と思いながら挑戦する。結果、もちろんうまくいかない。これが自信を消してしまう。

自信が持てない人は、階段を一段ずつのぼり、確実に自己肯定感を植えつけていこう。今、あなたが踏みとどまっているすべての恐怖に対し「この公式」を当てはめ、階段を一段ずつのぼっていってほしい。

（diamond. jp/Articles/-/35036、本稿の付録（六））

（二一）「わが友に贈る」、『聖教新聞』、一九九九年二月三日。

（二二）次の記事は、「どの位長時間努力すべきか」に関する物です。

小さい体で稽古を積み重ねて横綱となった日馬《はるま》富士から、（照ノ富士は）「二四時間のうち、その目標（大関から横綱への昇進）のためにどれだけ（の時間を）使っているんだ」と戒められた。「あれを聞いてから、ちょっと変わった」と照ノ富士は言う。「できることは死ぬ気でやる」と誓い、成績が向上したのはそこからだった。

だが、まだ満足はしていない。階段はあと一つ上《うえ》がある。残された「平成生まれ初の横綱」に向け、立ち止まるつもりはない。

（「平成生まれ初横綱狙う」、『夕刊　讀賣新聞』、二〇一五年八月二四日。）

（二三）自信を付ける具体的な方法、即ち、「低レベルでも、少しでも遣り始めること」等については、次を参照。

本稿の「自信と独学」

「浜崎さんのケースの考察」

「有る物思い」について
「急性肺炎の闘病とプラス思考」

「プラス思考の実践方法」

「自信の源泉になる言葉」

「終りに―自信の持ち方についての結論とは？」

「注一八」

「付録　『二　自信を生み出す三つのサイクルとは？』」

（二四）「自信を持てば大きい力が出る」については、ウィキペディアの説明にこうあります。「自信の影響力は大きく、それは人生観や生き方を方向付けることがある。スポーツ選手などの身体能力も自信によって引き出される可能性がある。」（自信――Wikipedia https://ja.wikipedia.org/wiki/自信）

（二五）大関照ノ富士が治療のために休場すべきか、或いは大相撲を盛り上げるために強行出場すべきかの選択において、長い目で見れば、治療重視を優先する方が日本相撲協会と照ノ富士の両方にとって良かったと考えられる。詳細については、「付録」を参照。

（二六）「癒しツアー、自然・音楽・名言で心も元気！」「元気・勇気がでる名言・格言・ことわざ集」iyashitour.com/meigen/theme/genki「健康の名言　厳選集 - 名言ＤＢ」systemincome.com/cat/健康

本稿は、『エクラン』［創価大学映画研究会編、一九九〇年］の稿に基づき、新情報を加えて全面的に改訂した物である。

■付録

付録の構成
・本稿の「自信」についての学生の感想
・自信を持つ為の考え方とは？（二）

◎本稿の「自信」についての学生の感想

「自信」に関する、多くの感想の中から印象的な物を選択し、分かり易く編集した上で紹介したい。（ ）内は私の説明的言葉である。

★「自信を持つこと」について

◇私は留学や就職活動を通じて、「自信」は意外と簡単に揺らいだり、（一時的に）無くなるものだと感じました。「自信」があるほうが様々な意味でプラスであることは分かっていても、つい他人と自分を比べてしまい、活動の結果が思わしくないと自信を失います。

「自分で自分をほめること」や「有るもの思いの自信増し」に視点を当てて考えるようにするのは大いに役立つ気がします。視点を変えてみるだけで（自分の心や）考え方がプラスに向きます。その積み重ねにより「自信」が身につくと思います。

一生つきまとってくる問題だけに、考え方、物事の捉え方を見直し、周りに左右されない、「自信」のある人になりたいです。

何をするにしても、心の持ち方が大事です。まず自分らしさや自分のやり方に自信を持つことです、技術などは二の次です。「自分らしさ」に自信を持つことで自分が輝いて魅力的になると思います。

◇本稿の一部について少し疑問に思ったのは、「人は人、自分は自分である」という文があるが、これはその後にある文「もっと大変な人がいる」に矛盾しないのか。

私が自信を持つために一番重要だと考えるのは、他人からほめられること、良い評価を受けることだ。それは直接人にほめられるということに限らず、何かの資格試験に合格したり、授業のテストでいい点数をとったりすることも含む。

◇たぶん誰もが（いろいろな面で）自信を持っておらず、自信を持てる部分も持っていると思っているだろう。「有るもの思いの自信増し」という言葉はその通りだ。自信を持てる部分も、自信を持てない部分も、自分は両方持っていることを自覚し、ありのままの自分を（当然なのだと）受け入れることが本当の自信につながると思う。

◇最近自分に自信がなく、なぜか人にあやまってばかりいた。自分に自信を持ちたいと思っていたので本稿に共感することが多かった。

新たな目標を決めて動き出し、その目標を達成したとき、あやまってばかりいた自分はどこかにいっていた。新たな事においても、「為せば、成る」という言葉を実感できた。

◇自分に自信を持つことはとても難しい。でも、考え方を変えるだけで自信を持てるようになり、自信を少し持つだけでも違う自分になれると思う。

★自信とプラス思考について

◇自分の可能性を信じ、自分に自信を持つことが勝利への第一歩です。自信とプラス思考を持つことは、脳内の良い科学物質の分泌にも影響することが本稿で分かりました。大変なときにいかにプラス的な心を出せるかが課題です。日常生活でプラス思考をうまく取り入れることができるようにしたいです。

◇「自信」に関する本稿の考えは本当に必要不可欠です。人間は自分中心にものを見たり、考えたりしてしまいがちだけど、どれだけ他人を思いやれるかも課題です。

自分に何か不幸なことが起きると、まるで自分だけが世界中で一番不幸な状況にあるかのように思いがちだけど、本稿にあるように、世界を観点に物事を見るようにしてみると、もっともっと大変な人が沢山いることに改めて気が付きます。物凄く大変でも頑張っている人は沢山います。そう思えば、くよくよと悲観的なことばかり考えるのではなく、プラス思考で考え易くなります。弱い心が出る場合の自分に勝つことが一番大切だと思います。

◇普段、私は基本的にはプラス思考をしていますが、周りには、現状がうまくいっていなくて、マイナス思考になっている人がいます。私はそういう人たちの良い所を知っているだけに、(人がそれをうまく活かさないのは) 本当にもったいないと思うし、良い所を活かしてほしいです。

自分の悪い面ばかりに目を向けるのではなく、次の機会にはやればできると考え直し、自信をつけるために、新たなことに対して小さなことでも達成感を持つことも大切だと思います。

◇「物事を可能にするか、不可能にするかの大きな要因は自信である。自信が可能性を広げる。人を褒めて伸ばす」という言葉がある。本稿の主張はまさにそのことだと思った。また、人の欠点ばかり見たり、人を悪いほうへ悪いほうへと考えたりすることは、人の可能性をどんどん狭めてしまう結果につながるのだと感じた。本稿を読んで、プラス思考、自信の大切さを改めて再認識した。

◇私は人からほめられれば嬉しくなり、気分がよくなります。逆に、責められれば悲しくなり、心がへこみます、人間は誰でもそうでしょう。だから、人の心を感じ、思いやることができます。

　自分のことを悲観的に見るのではなく、自分の良いところを見て好きになり、自分の無限の可能性を引き出していきたいです。

◇本稿はすごく為になる文章でした。私も最近自信を持つことの大切さについて考えていました。自分に無いものについてよくよ考えず、もっと自分の良いところを見つけて自信を強くしたいです。

★「自分は自分である」という考えについて

◇友達の中には、いつも他者と自己を比較して自分の良くない点を見て自分を否定してしまう人がいます。その人は常にマイナス思考です。私はよくその人の悩みを聞いてあげるのですが、聞いていて苦しくなります。だから、本稿のエッセイにあるプラス思考関連の考えをその友達に教えてあげたいと思いました。「自分は自分である」という考えはとても大事だと思います。

◇自信を持つということは本当に大切です。私はたまに人と自分を比べてしまうことがあります。「人は人、自分は自分だ」といわれてもやはり、人と自分を比べてしまうことがあり、ダメだなと思っています。やはり、（確固たる）自分を確立していかなければなりません。

★「自分で自分を褒めること」について

◇自分が自分を好きになること、自分を褒めてあげること。これは簡単のようだけど、実行できていない人がここ数年ですごく増えてきています。

「自分について何か一つのことでもいいから、一日に一回は自分を褒めてあげる。」今、このことに挑戦し、自分の価値ある存在を認めようと必死に生き、心の病と闘っている友人がいます。私は四年間その友人と接する中で私にできる最大限のこととして、とにかくよく聴くことだと思ってきました。

◇私もよく他人の何気ない一言ですごく落ち込んだり、悩まされたりします。だけど、その分、次こそは、人に絶対何も言わせないくらい成長しようと思い、最近は、できるだけ前向きに考えるようにしています。自分に自信を持つことはそう簡単ではないですが、ほんの少しでも自分について自分で誇れるように、自信をもてるように努力し、しっかり自分を褒めていきたいと思っています。

◇色々な面で自分に自信を持つことは難しいです。私の場合、自分でよくやった！　と思っても、その認識によって傲慢な人になるのが怖くて、他の考え、例えば、もっとできるはずだったと思ったり、これで十分と思ってはいけないと自分に厳しくしたりします。自分について不満に思い、苦しくなり、自分なんて…などと思ってしまうけど、これからは素直に自分に対して合格点を出して自分を認めたいです。

◇「自分に自信を持つこと」「自分が自分を褒めてあげること」。これは本当に大事です。就職活動で落ち込んでいたとき、友人の一人が私にこう言ったのです。「周りの人達と自分を比べてくよくよするとか、周りの人が自分に頑張れと言って尻をたたくようなことがある。でも、人の目に見えない所での努力を一番よく分かっているのは自分だから、自分が頑張っていることを自分で認めてあげなくちゃだめだ」と。

私はその言葉によって救われ、肩の荷がすごく降りたのを覚えています。自分に自信を持たなければ、うまくいくこともうまくいきません。時には自分が自分を褒め、少しずつでも前に進んでいくべきだと思っています。

◎自信を持つ為の考え方とは？（二）

■はじめに

これ迄に見聞きした「自信」に関する情報を纏《まと》めています。
以下で要点を述べてみます。

＊本稿に関する学生の感想

◇本稿はすごく為になる文章でした。私も最近、自信を持つことの大切さについて考えていました。自分に無いものについてくよくよ考えず、もっと自分の良いところを見つけて自信を強くしたいです。

◇自信の大切さを改めて再認識しました。

■「自信」に関する考え方

●自信を持つ事は大事である。

本書の第1テーマ「自信とは」の冒頭部を要約してみたい。

メリル・ストリープは英語圏のどんな地方のなまり（方言）のある役でもこなせますが、アメリカ映画「ダンシング・アット・ルーナサ」（一九九八年）の撮影中に突然、なまりを話すコツを忘れ、演技ができなくなり、一時的に自信を喪失しました（一）。

其の原因は、映画会社が雇ったセリフの指導員が撮影機の向こう側から演技中のストリープのなまりの発音を聞き、場面毎に其れについて注意するので、彼女は怖気《おじけ》付き、二週間のリハーサル後、独学で先の映画の役のアイルランドのなまりを習得し、苦難を乗り越えました。

一九九八年、浜崎あゆみさん（当時二〇歳）はポップス歌手としてデビューし、翌年に発表した初のアルバム「エイ・ソング・フォー××」は、僅か半月後にヒットチャートの一位になりました（二）。

彼女は以前に周囲から、「お前にできるわけはない」「そんなのダメに決まってるだろ」等と言われ、自信も夢も無かったのです。

彼女は一七歳の時、当時のプロデューサーの前でカラオケで歌う機会が有り、彼から褒められ、其れがきっかけで自信を持つ事ができました。プロデューサーは彼女の才能を見抜き、褒めながら育成しました。彼女は自分の体験から「自信を持つ事の大切さ」を人々に伝えたい思いに駆られました。

●人から批判されても、断じて怯《ひる》まない。あくまで自信を持つ。

メリル・ストリープの様な大女優でさえ、他人から直接何度も注意されると、心理的に凄くこたえて一時的に自信を無くするか、自信が低下します。

無名だった浜崎あゆみさんは実績が有るプロデューサーから誠意を込めて適切に褒められ、自信が生じました。彼女は、以前、人から直接、批判され、自信を持てずにいました。

他人は相手への固定観念、偏見、無理解、嫉妬等、何等かの理由で相手を褒めたくないと思うとか、或いは、十分な根拠も無しに、「そんなことはできる訳が無い」等と否定的な言動をする事が有ります。

他人の言動への対処として、「人によらず法によるべし」「自分は仕事に専心して充実感を得るのみ」「自分で自分の努力を褒めてあげたい」「人の嫌な言動は無かった事にして早目に忘れる」「他人への期待度を低目にする」等の言葉を思い出せば、他人の言動に囚われないで自信を維持し易くなります。できます。そうできる人は心が相当強いと思います。

学生は「自信」についてこう述べています。

◇（生き方や行動の仕方などについて）他人は様々な意見をもっているので、いちいち人の意見を聞いていたら、分からなくなる。そんな時、（色々な面で）自分（の力）を信じられるような自分にするために、日々、（勉学などで）自分を磨き、実力を付けたい。

◇（自分についての）他人の批評や、自分が他人にどう見られているのかを気にしていると、どう行動していいのか分からなくなり、自分らしさを失い、よけいに（何事も）下手になり、ドロ沼のようなものにはまります。経験上その点はよく分かります。

何をするにしても、心の持ち方が大事です。まず自分らしさや自分のやり方に自信を持つことです、技術などは二の次です。「自分らしさ」に自信を持つことで自分が輝いて魅力的になると思います。

◇（勉学で）自信がないと、学習の全てが面白くありません。面白くないから勉学に熱中しない。そうであれば、人よりも進度が遅れて劣等感を感じ、自信がなくなる。その悪循環です。（それを断ち切って）私ももっと自信を持ちたいです、生活の全てに対して。

●有りの儘《まま》の自分を、「尤《もっと》もだ」と認めて受け入れ、自愛の念を持つ。

二〇一六年、或る著名人が「死にたい……」という言葉を口にしているという記事が有りました。

如何なる状況でも「自愛」の念を堅持するのが強く生き抜く原点です。決して自暴自棄にならない、自分の事を良い方へ肯定的に見て受け入れる、あくまで前向きに生きる信念を持つ、これが自信を持って生きる原点であり、自分が自らの命を救う事に繋《つな》がります。人類愛や一人一人への尊重が強調されますが、自分が自分の命を大事にしなければならない。どう仕様も無い時に、「助けて！」と人に訴え、行動するのは自分です。「天は自ら助くる者を助く」です。

自暴自棄になれば、一時的に気が紛《まぎ》れますが、後で肉体的にも精神的にも大変苦しみ、自信喪失で落ち込み、普通の生活をすることさえ難しくなります。

優秀な人と自分を比べ、亦、自分の生き方に対する理想が高過ぎる事によって、自分で自分の失敗を見て自己嫌悪に陥れば、結局は、自分で自分を悲惨な状況に追い込み、自信喪失になります。

●「有るもの思いの自信増し。」自分で自分の良い点を褒めると自信が湧く。

どんな事が有っても、自信を持つ事を最優先する。其の為に、「有る物思いの自信増し」の考えを用いる事ができます。

自分の幾つかの欠点や失敗にも拘わらず、自分には色々と「良い面が有るという思い」によって、自分を肯定的に見る事ができます。

有森裕子さんはスペイン北東部のバルセロナでのオリンピック大会（一九九二年）でマラソン競技の銀メダルを獲得し、「自分で自分を褒めてあげたい」と爽やかな笑顔で語り、其の言葉は流行語になりました。

当時、有森選手は金メダルではなく、銀メダルを獲得した事で恥ずかしいと思う考え方をしなかった。限界迄頑張った自分の努力を褒めて、次の戦いに備えました（三）。世間の人が自分の事をどう思おうとも、人に紛動されないで、自信を持って社会貢献を持続する事ができます。

自信が生じる為には、自分に有る物の中で良い物を良く認識する必要が有ります。

他人が自分の良くない面や過去の幾つかの失敗の方を見て否定的な言動をしようとも、其れに囚われないで自信を維持します。

そうする為に、自分の過去の実績や善の行為、社会的に人々に貢献してきた事、自分の配慮で救われた人達がいる事、現在の自分の能力、性格の良い点を良く認識した上で、自分に関連した事を良い方へ考え、これ迄自分は良く頑張ってきたと思う事ができます。

自分に種々の実力が有ると信じれば、魅力と信頼感が増し、力を発揮し易くなります。自信を持つ事が如何に大事であるかは実例や思索からも理解できます。自信が有るのと無いのとでは大違いです。「有る物思いの自信増し」の考えにより、自分には、何物にも代えがたい、尊い命が有る。命が有る限り、何等かの希望が有り、自分が本当に好きな事に少しずつ挑戦する事ができます。

●「遣れば、できる」と思う。祈りながら、為すべき事を為す。

課題の目標の成就を願い、真剣に祈り、生命力を強くします。そうすれば、勇気や自信が生じます。仏教の真髄と言われている事、即ち、「祈り続ける事の偉大な力」を体得し、其れを日々、実践して自信を引き出す事ができます。簡潔な言葉、「（他の何よりも）先ず、

（ひたすら、一心に）祈れ！（池田ＳＧＩ会長）」の意味は計り知れない程深いです。

くよくよしても仕方が無いです。今は潔く当分祈るしかない、そう思い、祈りながら、勇気と意欲を出す事ができます。

「自分はダメだ、新たな、難しい事は到底できない」と自分で決め付ければ、自信が無くなり、努力を諦めれば、自分の能力の発揮の可能性は埋もれた儘になります。反対に、「遣れば、できる」との自信を持つようにすれば、前向きに努力する気になります。

●「上見て学べ、下見て暮らせ」は有効な原理である。

「上見て学べ、下見て暮らせ」の原理も有効です。

人と自分を比べ、自分は恵まれていない様に見えても、次の瞬間には、メモ帳の体験談の要点やカード上のモットー等を見る事によって、大変な思いをしている人達を思い出し、自分で自分を励ます事ができます。

自分よりももっと大変な状況で生きている人がいると思えば、或る程度、気が楽になり、自信を得ます。この考え方の根底には、「上見て学べ、下見て暮らせ」の原理が働いています。無意識に其の原理が働いた人は多いでしょうが、先の原理を積極的に活用できます。

何があっても、逞《たくま》しく、強《したた》かに生き抜く原点として、これ迄に起こった様々な大事故や大災害や人々の苦難を他人事だと思わないで、自分にとっても有り得る事だと思い、今の自分は恵まれている方だ、生きていられるのは有り難い事だと謙虚に思うようにすれば、心は満たされていると僅かでも感じ、自信を維持し易くなります。実際に苦境の中で生き抜いている人は本当に心が強いと称賛の念が生じます。

●自分はこの世で必要とされている。そう思う事ができれば、或る種の自信が生じる。

ＮＨＫ教育テレビ番組、「美しく生きたい。——小椋佳《おぐらけい》・還暦からの出発」（四）に依れば、自分の頭脳の或る部分で色々なネガティブな理由のために理性で「生」を否定する事が有ったとしても、自分の命その物は本来「（自然界の全ての生物と同様に）生きたい」と望んでいます。自然界では、全てが涙ぐましい程生き抜く事に懸命に努力しています。

『（どんな事が有っても踏ん張って）生きている』というところに先ず人としての価値がある」「（苦境でもへこたれないで不屈の精神で）生きていることは大したことである（五）。」

「自分はこの世で必要とされている」「（この世の色々な人たちに対して）自分は何等かの点で役立っている。」寝たきりの人も関係者に自然に勇気を与えています。

前述の言葉で勇気付けられ、自信が生じるのを実感します。或る場合には、自分にとって魂の救いになり得ます。

●「プラス思考は治癒力（免疫力）を高める。」プラス思考を行う為に、手帳の箴言のメモ等を見る事ができる。

人と自分を比べながら、自分の能力はあまり高くないとか、容姿は平均レベル以上ではないと思い、劣等感が生じる事が有ります。人は人、自分は自分であると思い、自分らしく生きる事ができます。

休息中に無意識の状態にしている場合、自然に自分の過去の失敗や目先の困難や他人の気になる言動を思い出してしまう、そしてくよくよし、落ち込み、自信は低下しがちです（六）。マイナス的思考は体に良くないです。体の不調は心の作用に悪影響を及ぼし、マイナス的思考をしがちになります。この悪循環を防ぐ為に、自分について良い方へ考え、意識的に自信を持つようにするのは効果的です。

「プラス思考」をすれば、脳内でドーパミンホルモンが大量に分泌され、脳力が活性化します（七）。プラス思考によって元気が生じ、病気の治癒力（免疫力）は高くなります。

工夫によって、否定的な考え方からプラス思考へ転換する方が得です。適度の運動と休養で健康の増進を心掛ける事は大事です。プラス思考をし易い状況を作る事になり、自信を持ち易くなります。

●人の良い点を見て、人を大事にする気持ちを持つ。

他人を認識する際に、他人の欠点よりも長所の方を思うようにすれば、他人を大事にし易くなります。亦、他人の気に入らない言動に対して寛大になり易くなります。どの分野でも最も強調されているのは「愛」であり、他人への尊敬、思い遣りが人間付き合いの基本であり、其れが重視されています。

この点に留意していれば、人間関係を改善し、人との付き合いで自信を得易くなります。人を大事にする事ができるかどうかという点で自分に勝つ事も有るし、負ける場合も有ります。

●人の陰の苦労と社会貢献を認識する。

関係者の大活躍を目にすれば、自分の自信が揺らぐ事が有ります（八）。亦、目前の課題の困難を思えば、其れに取り掛かるのは大変だという思いがします。

大活躍の人々と自分を比較し、或いは、関係者の否定的な言動に接して自分について不満を感じて過ごすのであれば、其れは損な生き方でしょう。

大活躍している人に対して嫉妬心や劣等感を抱くよりも、彼らの陰の苦労と努力を認識し、称賛する方が自分の心を平静にし易くなります。

大活躍の人達が顕著な社会貢献をしているからこそ社会（地域、所属組織、国家、あるいは世界）がより良く発展し、より豊かになっています。そう考えれば、他人への嫉妬心から解放され、自分の心が安らかになります。この世の人材の方々に尊敬と感謝の念を持ち、彼等の良い点を学ぶ姿勢は、色々な点で有意義であり、心の平静を維持するコツです。

●人と比較しない、競争しない、過去の自分と今の自分を比べない。今、必死に生きる事を目指す。

自分の生き甲斐は、他人による自分への高い評価を得て、自分の地位、名誉、富のレベルを高める事。そう考えがちです。

他の考え方も有ります。即ち、自分の生き甲斐の一つは、他者（関係者、所属組織、地域社会）に尽くす事である。何等かの価値を創り、他者（人々、社会）に其れを提供する仕事に専念する事である。この考えで行動すれば、自分についての思いに囚われる事が軽減します。

即ち、価値創造の仕事の方へ注意を向ける事によって、自分についてよくよする事から解放され、人生は自由だという感じを高め、自信を維持し易くなります(九)。其の様な過ごし方であれば、現在だけでなく、死期の頃にも空しい気分にならずに済むと考えられます。

●「ゆっくりと着実に」努力を続けていけば、自信が増す。

課題を一挙に多く遣ろうと思えば、困難や焦《あせ》りの気持ちが生じます。焦って難題に対処し、安易に仕上げれば、レベルの低い成果に甘んじる事になります。「ゆっくりと着実に」という言葉で救われたという学者もおられました。「焦らずにゆっくり生きるという考え方によって、平静と落ち着きを得られれば、生産性や創造性が著しく高まり、集中力も飛躍的に増す(一二)。」難題への対処については、工夫して早目に課題に取り掛かるのがコツです。

●「案ずるより産むが易し。」失敗しながら上手になる。そう思えば、自信が生じる。

難題を遣ると決意し、最低レベルでもいいから遣ろうと思えば、遣り易くなり、少しでも遣れば、心が落ち着きます。課題を遣っていくうちに、大雑把な仕上げでもいいからと思い、一応、大まかに仕上げれば、或る程度、達成感を得て更に改良する意欲が出てきます。遣り始めれば、何らかの道が開けてきます(一三)。其の点で僅かでも自信を持つ事ができます。

新分野の活動を開始する事に不安感を伴い、自信を持ち難くなります。新しい活動を体験し、反省し、他人の意見を聞き、成功と失敗を積み重ねていくうちに自信が増してきます。

「千里の道も一歩から。」「先ず一つでも始めよ。」「一歩前進。」困難でもこつこつと一つ一つやり、休みを上手く取りながら、幾つかの方向で検討し、冷静に理性的に対処します。これによって、困難な課題に立ち向かう勇気と自信が出てくるのを実感します。「遣れば、できる」と思う事ができれば、課題に対する勇気と自信が出てきます。

●誰でも自信が無い時が有る、そう思えば気が楽になる。

風邪の高熱で気力が落ちると、自信が揺らぐ事が有ります。他人の否定的反応で自信が低下する事も有ります。其れは自然ですが、自信を早目に回復するのは望ましいです。

「不安だらけで自信がまるでない時、そのような感情を否定せずに認めるようになれば、もっと自分に（対して）やさしさと共感をもてるようになれる、そして否定的な感情に振りまわされなくなり、さっと乗り越えて前に進んでいける。大抵は勇気ある行動をとれることに気づくだろう（一〇）。」

●効果的な練習を多くすれば自信が付く。

自信を持てるかどうかは多くの準備や練習に懸っています。

「自信を持って！　練習すれば、（バイオリンを）完璧に弾けるわ。」この台詞《せりふ》は、映画『ミュージック・オブ・ハート』（ウェス・クレイヴン監督作品、一九九九年）に出てきます。

充分な時間を掛けて練習や準備をすれば、課題を成就できる可能性は高くなります。その考えで或る程度自信を持つ事ができます。逆に言えば、準備を徹底的にしていない課題について自信を持とうとする事には無理が有ります。其の場合、自信が無くて当然だと見做《みな》せば、気分が楽になります。

プラス思考、仕事への専念、満足感、自信等の心理は互いに影響し合います。

Ｒ・カールソンらに依れば（一一）、「充実した人生の満足感を得るためには、他事にとらわれないで、今為していることに専念する必要がある。ある面で自分が為したことや自分に満足できれば、心は平静になり、プラス思考や行為への意欲が出てくる、そして今の行為に集中できる。練習に集中できれば、その練習は非常に効果的であり、自信がついていく。注意を集中するにはどうすべきか？一旦、ある練習（行為）をすると決めたら、他事（過去、将来、他人、自分など）を考えないで、練習（行為）に専念するように努める必要がある。」

更に言えば、目的と目標の明確な認識、堅い決意、自信、責任感、好きな気持ちが有れば、亦、色々な問題に早目に対処しておけば、課題や練習に良く集中できます。

人や自分を気にしないで、今為すべき仕事に専念する。そうする為に、必要であれば、目前の課題や悩みに早目に対処し、心の整理をしておきます。

●健康管理をしながら実力を付けていけば、自信が増す。
課題の遂行中に、疲れていれば、マイナス思考になる事が有ります。適度に休息を取り入れて元気になれば、気持ちは前向きになります。其れ故に、多忙でも、休みを適度に取り入れれば、其の後に課題を効率的にこなし易くなります。

休息と睡眠を上手く取り、心身を健全にしていれば、自信を持ち易くなります。其れ故に、心身を鍛える時間を確保する必要が有ります。健康管理（一四）と課題の実践で努力し、常に実力を伸ばす事を目指す。それは自信を深めている事になります。

●良い友人、家族、組織で励まし合えば自信を維持し易い。
カード方式で有益な言葉を定着する。自身を得るコツです。有益な言葉を口ずさめば、勇気や自信が生じるのを感じ、心の支えになります。真に効き目の有る言葉を探し求めるのは望ましい事です。

心身が疲れている時に心の支えになる言葉は何か？疲れると、有益な言葉を瞬時に思い出せない事が有ります。有益な言葉を上手く生かせるように、それらを血肉にする程確実に銘記するように「カード方式」を用いる事ができます（一五）。

名著やメモ帳を見るのも効果的です。苦難に遭って信念を見失う事が無いようにするには、人生の師匠、友人、家族、組織の良い影響を受けるのも大事です。

■「自信」に関する要点は何か？

纏《まと》めとして、「自信」の要点を列挙します。

○自分の能力や生き方について自信を持つのは大事ですが、どうすべきか？

○色々な面で向上すればするほど充実感は高まる。常に向上の意志と意欲を持てば、心は強くなり、仕事ははかどる。「意志あれば、道あり。」妥当な目標を目指せば、何らかの良い方法が見つかる。

同じ生きるなら、より良く生きる目的と目標を目指す。「為せば、成る。」「遣れば、できる。」遣らないより、遣る方が遥かにいいと思い、思い切って遣って見る。挑戦し続ければ、自信が湧いてくる。

○自分の諸条件、力量、実績を総合的に考えた上で或る課題を遣ると決める、或いは遣らないと決める。無理をして命や健康を失う事も有り得るので、人の期待や要望が有ろうとも、無理は禁物である。主体的に、長期的に、大局的に判断する。現在、無理に近い課題、或いは将来、無理になる課題に対して、自信を持とうとするのは危険な場合が有る。

○苦境でも、踏ん張って自愛の精神を持ち続ける。自暴自棄になれば、後でもっと苦しくなり、自分が損する。失敗したり、人から悪口を言われたりしても、そういう事は、自分だけではない。人にも失敗や欠点が有ると思って開き直る。失敗を気にしないで、今を必死で生きる。そうすれば、思いもよらないような解決策が生じる可能性が有る。

○先ず、困難の打開を目指して祈る。種々の願いが叶うように深く祈る。そうすれば、困難に立ち向かう勇気と力と自信が湧き出てくる。

○有る物思いの自信増し。自分には命の宝が有ると思う。何等かの理由で命を失う事が有り得る。（当然ながら、自分の命は、自分で入手できる物ではない。）亡くなれば、絶対に二度と取り戻せない。命や健康の宝が有るのは本当に有り難い。命が有るからこそ、今日も、明日も生きられる。食事も娯楽も楽しめる。挑戦したい事をする事ができる。自分には命の宝が有ると思えば、生きる自信が湧いてくる。

○「上見て学べ、下見て暮らせ。」もっともっと大変な人がいる。そう思えば、気が楽になり、自信を維持し易くなる。

○色々な苦難が有っても、楽観主義を持ち続ける、良い因を積む事を目指す。そうすれば、だんだん良くなる可能性は増大する。前向きに必死に今を生きるのが最善だ。其の確信を持てば、自信を維持できる。

○何でも自分の為になる。そう思い、何事も良い方へ良い方へと考え、仕事に専念する。「プラス思考で治癒力（免疫力）が高まる。」プラス思考で脳細胞が活性化し、元気になる。元気になれば、自信を持ち易くなる。元気になるように工夫する。多忙でも、睡眠と休息を上手く取り、バランスの良い食事をする。「疲れを溜めないようにする。」

○身内の重病患者が存在しているだけでも、周囲の人にとって希望と勇気を得る。自分は人から必要とされている、この世で何らかの役に立っていると思えば、心は有る程度満たされ、生きる自信になる。「人間にとって、（関係者から何かを）求められることは、最上の幸せと感じています。（関係者が）自分を求めてくれる仕事があれば、それは一生の支えになるのです（竹田和平、当時、八〇歳）（一六）。」

○色々な苦悩に早目に対処し、マイナス的気分を整理しておく。そうすれば、課題に集中し易くなる。悩みを放置するのは精神衛生上良くない。

○自信を持って価値創造の仕事に専心する。そうすれば、充実感を得る。仕事の方に注意を向けるので、其の間に、自分の事に囚われないで過ごし易くなる。

○利他の精神で振る舞えば、他人に対して自信を持ち易くなる。他人の言動が気に入らない場合でも、人を大事にするが勝ちだ。人と人は支え合っている故に。

○多忙でも、課題に対してよく準備する。準備に徹すれば、課題に対して自信を深められる。十分な準備や練習をしていない課題について自信を持てないのは当然だ。其れを受け入れる方が気が楽だ。

○人の活躍について嫉妬するよりも、人の尽力に感謝する方が前向きだ。人は社会（所属組織、日本）の繁栄に役立っている、陰で大変苦労されていると思えば、嫉妬心は和らぐ。

○大活躍の人と比べて自己卑下するよりも、自分のこれ迄の努力を称賛する方がいい。自分の努力は事実であり、其れを誰よりも自分がよく知っているのだから。

私は前述の考え方で自信を維持し易くなるのを実感しています。

■池田SGI会長の指針（一七）

◇しかられて、一時は自信を失っても、そのなかから、つぎにわきあがってくる自信が、真実の自信である。そこで崩れてしまうような自信は、本当の自信ではない。

◇人間、だれでも、何かコンプレックスをもっている。「あの人が……」と思うような人でももっている。要は、それに「負けない」ことだ。どんなコンプレックスがあっても、それをバネにし、じっとこらえて、「今に見ろ！」と自分を励ましながら進むのです。

◇自分の「心」や「一念」の置きどころ一つで、自分の未来、人生そのものがかたちづくられていく。それは「自分が信じ、考えた通りの方向に、現実も動いていく」という「信念の力」「思考の力」である。本当に「できる」と思えば、必ずできるという事実である。

◇信心とは自信の究極なり。何も恐れるな！　仏の力を出《い》だせ！
諸天は必ず護る。

（二）東京駅で驚いたこと

■はじめに

東京駅での私の体験には意外性が有る。何故「不思議だ！」と思う事が起きたのか？　其の理由等を説明したい。

◆本稿についての或る人の感想

◇読者の中には、本書の著者自身のエピソードを読みたいと思う人がおられるでしょう。大学外での生活が分かると、読者は楽しんで読まれるでしょう。本稿は、読みながら映像が直ぐに浮かんできて、とても良い文章だと思いました。

■東京駅での意外な体験とは？

二〇〇三年八月、東京都在住の私は研究目的で岐阜県の飛騨小坂へ行く事にした。それで東京西部のあきる野市の秋川駅で電車に乗り、東京駅で乗り換え、次に、名古屋駅で乗り換えて飛騨小坂駅で関係者に会う予定だった。

乗り換えの為に東京駅で降り、そこの待合室で休憩した。其の後、ひかり三一九号に乗る為に改札口へ行った時に少々驚くべき事が有った。詳細は以下の通りである。

或る研究団体主催の公開講演会・シンポジウムが二〇〇三年八月二八日に岐阜県の南飛騨で開催されるので、私は前日（二七日）、午前六時半頃に自宅を出た。秋川駅で拝島行きの電車に乗り、拝島駅で立川行きの電車に乗り換え、立川駅で東京行きの電車に乗り換え、東京駅で下車し、そこの待合室で読書した。

其の後、乗車予定のひかり三一九号（午前一一時三〇分発）に乗る為に新幹線の改札口へ行った。其の付近の電光掲示板を見た時、一瞬不思議に思った。私の乗車予定の列車名と発車時刻が電光掲示板に表示されていなかったからだ。

これはおかしいと思い、確認の為に電光掲示板上の幾つかの列車名と発車時刻を全て見直したが、どれも私の乗車予定の物ではなかった。二日前にJR時刻表で乗車予定の列車名と発車時刻を確認していたので、この状況は不思議だと感じたのは当然だった。

◆乗車予定の列車名の無表示の理由は?

八月二七日（公開講演会の前日）の日程では、私は東京駅で「ひかり三一九号」に乗車し、名古屋駅で高山本線の特急ひだ一一号に乗り換え、飛騨小坂駅で下車し、そこで二人の大学教授にお会いし、一緒にホテルの出迎え用の車に乗る事にしていた。

この旅行の二日前（二五日）、都心のA大学のX先生に電話し、二七日の何時頃に飛騨小坂駅に到着されるのかお訊きした。

X先生は返答の最後にこう言われた。「（名古屋駅発の）特急は、ひだ一一号だけが飛騨小坂駅に止まります（即ち、高山本線の他の特急は下呂駅で止まるが、その次の飛騨小坂駅では止まらない。名古屋駅から）特急「ひだ一一号」で行けば、（其の特急は飛騨小坂駅で止まるので）、下呂駅で乗り換えずに済みます。ですから、（そうする為に）東京駅で一一時三〇分発のひかり三一九号に乗る事にしました。」

私は電話を切った後で、手元の『ポケットJR全線全国時刻表』で確認し（一）、X先生が言われた通りだと思った。其の件について山梨県在住のY先生に電話で伝えた。

X先生と私は東京駅始発のひかり三一九号の自由席券を買う事にしていた。

旅行当日（二七日）、私は名古屋駅のホームで特急ひだ一一号を待っている間にX先生（以下、便宜上、「彼」と記述する事が有る）を見かけた。それで彼の所へ行き、東京駅での私の体験について話した。彼は折りたたみ式のJR時刻表を広げて当日の事情を説明された。

旅行の二日前（二五日）、私はX先生に電話した直後にポケット版JR時刻表で確認したのだが、其のJR時刻表は二〇〇三年の六月号であり、当時の最新の八月号ではなかった。

（二）東京駅で驚いたこと

今回の旅行終了後（八月二九日）に、あの六月号のＪＲ時刻表の情報は古くて使えない物だったのかと思い、当時の最新号（二〇〇三年八月号）のＪＲ時刻表と比べてみると、六月号の本件に関する情報と八月号のそれは同じであった。

旅行の当日（二七日）、私はひかり三一九号の発車予定時刻よりも約二時間も早く東京駅に到着した。其の理由は、秋川駅から東京駅への途中の二つの駅での乗り換えはスムーズであり、立川駅で（快速ではなく）東京駅行きの特別快速の電車に乗ることができたからだ。

当日（二七日）、東京駅の新幹線用待合室で、たぶん約一時間、読書したのだろう。其の頃に不図《ふと》或る考えが浮かんだ。即ち、ひかり三一九号を待つのであれば、精神的余裕の為に乗車予定のホームで待つ方がいいとの思いが脳裏に自然に浮かんだ。今振り返ると、其れは不思議な程の閃きだった。

其の後、私は新幹線の改札口へ行く為に、「早目に」という気持ちでひかり三一九号の発車予定時刻の約四〇分前に待合室を出たのだろう。改札口付近の電光掲示板の表示はおかしいと思いながら、改札口を通過し、ホームの方へ少し歩いた時たまたま女性の駅員を見かけた。本件について尋ねると、彼女はこう助言して下さった。

「一一時三〇分発のひかり三一九号の運行は八月一六日迄ですので、本日（二七日）は其の列車を利用できません。名古屋駅でひだ一一号に乗るには、（東京駅で）一一時三七分発の『ひかり』に乗る必要が有ります。（東京駅で）一一時三七分発の『ひかり』に乗れば、（名古屋駅で）ひだ一一号に乗るのに間に合いません。」この親切な説明に対し、私は有り難いと思った。

急きょ、一一時三分発の「ひかり」に乗るホームへの通路を探しながら、小走りで乗り場へ進んだ。何とか一一時三分発の「ひかり」に乗り込み、間もなく（約一分経った頃か？）同列車は発車した。劇的な事は実際に起きるものだと思った。

当時、もし改札口付近から歩いてホームの乗り場迄、普通の速度で行った場合、乗車に間に合わなかっただろう。あの場合は、一秒でもより早く乗り場に行かなくては、という気持ちで小走りした甲斐が有ったのだ。（先の急ぐ気持ちは、交通事故を起こし易い面がある。）

当日（二七日）の午前中に新幹線待合室で次の様に思ったとしても当然だっただろう。精神的余裕を確保するにしても、ひかり三一九号の発車時刻の一五分前にホームに着いていればいいのであり、新幹線待合室でゆったりと読書を続ければいいのだと。もし其の様にしていたら、一一時三分発の「ひかり」に乗れなかったことになる。当時の心境としては、飛騨小坂への旅行は初めてなのだから、できるだけ早くホームへ行っておく方がよいという思いが有り、其れが良い準備と幸運に繋がった。

もし改札口付近で電光掲示板を注視しなかったら、ひかり三一九号への乗車の思い込みは続き、ゆっくり歩いてホームの乗り場を探しながら行っただろう。電光掲示板を見たとしても、乗車予定の列車名の無表示に気付かなかったら、亦、気付いたとしても、おかしいと思わなかったら、亦、付近の駅員に尋ねなかったら、亦、あの駅員の詳しい説明が無かったら、あの場で適切な情報を入手しなかっただろう。

もし、ひかり三一九号に乗ろうと思い、普通の速度で歩いてホームへ向かい、何故「ひかり三一九号一一時三〇分発」の表示がどのホームにも無いのかと不審に思いながら歩き、間も無く、一一時三七分発の「ひかり」の電光表示を見て、臨機応変に対処し、その列車に乗ったとしたら、結局は、関係者に多大な迷惑を掛けただろう。そう思えば、あの親切な駅員の適切な助言は本当に大事だったのだ。彼女に感謝している。

X先生は旅行日（二七日）の午前中、相当早く東京駅に着いたので、臨機応変に対処し、一一時三分発の「ひかり」に乗ったという。彼も運良く、失敗を防ぐ事ができた。

何故X先生と私は今回の旅行前に、一一時三〇分発のひかり三一九号を選択したのか？　その理由は以下の通りである。

八月二九日、私は帰路で秋川駅に着くと、本件は興味深いと思い、窓口にあった最新の時刻表で確認してみた（二）。

其の時刻表において、「ひかり三一九号　一一時三〇分」の記述が有るページの左端の下方に次の記載が有る。

（a）運転期日（運転期日を示していない列車は毎日運転）

「運転期日を示していない列車は毎日運転」ということは、相当多くの列車に運転日は示されておらず、それらは毎日運転する。別の見方に依れば、列車名の記述の下欄に幾つかの運転期日を示している列車は、その運転期日にだけ運転するということだ。

ＪＲ時刻表の「ひかり三一九号　一一時三〇分」の記述の箇所の縦行《たてぎょう》の下方に次の記載が有る。

（b）七月一九日・八月六・八〜一〇・一二・一三・一六日・九月一三日運転

先の（a）と（b）が暗に意味しているのは次の三点だ。

（一）（b）の運転期日が示されている故に、（a）に基づき、「ひかり三一九号」は毎日運行しない臨時列車である。

（二）ひかり三一九号は、（b）に依れば、七月一九日、八月六日、八日、九日、一〇日、一二日、一三日、一六日、九月一三日に運行する。別の見方に依れば、（b）の運転期日以外の日は、運転しない。

（三）先の（b）に八・二七の記載は無い。其れ故に、（a）と（b）に依り、ひかり三一九号は八月二七日には運行しない。

要するに、先の（a）と（b）は次の点を非明示的に示している。

（c）ひかり三一九号は臨時便であり、八月二七日に運行しない。

従って、ＪＲ時刻表でひかり三一九号の「運転日及び記事」を正確に把握していれば、二〇〇三年八月二七日に乗るべき列車としてひかり三一九号を選択する事は無い（三）。

私は旅行前（八月二七日以前）に電話でＸ先生と話し合い、乗車予定の列車を決めるという僅かな労作業をして失敗した。もし私が秋川駅で駅員に旅行の期日、目的地、到着予定時刻の情報を伝えていたら、駅員は適切に処理し、本件のトラブルは生じなかったはずだ。だが、本件がきっかけで本稿の題材を得たのである。

　八月二五日以前に、X先生は折りたたみ式のJR時刻表を調べた際に、「ひかり三一九号、一一時三〇分」の箇所の小さい字の「運転日及び記事」に気付かなかったのか、或いは、気付いたとしても、其れを検討する必要はないと思ったのかも知れない。

　彼と私は前述の（a）と（b）の情報を用いず、其の結果、（c）の情報を得なかった。其れ故に、私達はひかり三一九号は毎日運行すると思い込み、八月二七日の乗車予定の列車としてひかり三一九号を選択したのだ。

　私がJR時刻表の「運転日及び記事」欄を見ようとしなかった理由は次の通りだ。

（一）長距離列車の利用はまれであり、「運転日及び記事」欄の必要性はなかったこと。

（二）JRの長距離切符の購入では、ほとんど駅員に依頼しており、JR時刻表に精通していなかったこと。

（三）JR時刻表の目的は、列車の発車、到着、乗換えの時刻の情報を得る事だという固定観念が有ったこと。

　「運転日及び記事」が小さい字で補足的に記載されていても、軽視しないで其れに留意する必要が有る。序《つい》でながら、種々の契約書や機器の使用法の注意事項の要点を把握しておくべきだ（四）。

◆時間厳守について

　人に迷惑を掛けない為に、約束の時間を守るのは大事だ（五）。

　遠方の目的地へ初めて出かける際に、面会の予定時刻より一時間、或いは二時間早目に目的地に着くつもりで出掛ける。車や列車の種々の故障、人身事故、予期せぬ渋滞等、何が起きるか分らないからだ。

　地理的状況がよく分かっている特定地へ行く場合、面会予定時刻より約二〇分早く着くつもりでいれば、心の余裕が生じる。面会の予定時刻よりどの位前に目的地に着くべきかは、状況によって多様だ。

大事な用件で遠方へ行く場合、何が起きるか分からないので、仕事の予定日の前日に目的地で宿泊する、或いは仕事の当日に面会の予定時刻より数時間早く目的地に着き、そこで寛《くつろ》ぐことができる。何等かの理由で時間厳守ができないという状況になるのを防ぐ必要が有る。

◆人に情報を伝える表現について

東京駅での私の体験を人に伝える際に、言い方によって私のイメージは変わるかも知れない。次の表現はどうか？

（A）「私は秋川駅から東京駅経由で岐阜県の飛騨小坂へ行ったのですが、東京駅での乗り換えの予定時刻より二時間早く同駅に着きました。其の数日前にJR時刻表を調べた時に、うっかりして「運転日及び記事」欄を見過ごしました。

そういう訳で、東京駅で乗る予定にしていた列車は臨時便だという事に気付かなかったのです。改札口付近で、旅行当日は、其の臨時列車は運行しないということを知って本当に驚きました。意外な事が有るものですね。

其の様にイメージダウンになる事を有りの儘《まま》に話せば、話の内容は面白いが、「私は軽率な人」に見えており、不利になるかも知れない。次の言い方はどうか？

（B）「私は秋川駅から東京駅経由で岐阜県の飛騨小坂へ行ったのですが、東京駅迄の途中の二つの駅での乗り換えの接続が良く、立川駅で特別快速の電車に乗れたので、東京駅での乗り換えの予定時刻より二時間早くその駅に着きました。そこの待合室で読書しながらゆったり過ごしました。其の後、乗車予定の列車は臨時便であり、当日は、其の列車は運転しない日だという事を改札口付近で知って本当に驚きました。しかし、予定の便より早い「ひかり号」に乗る事ができて良かったです。自由席券を買うことにしていたので、臨機応変に対処することができました。」

其の様に自己弁護をするように言えば、話の面白みは低下するが、先の（A）ほど軽率な印象を与えないだろう。

他人の行動について、悪意で先の（A）の様な言い方で話す、或いは、善意で（B）の様な表現を用いることもできる。

表現の仕方によって他人の好印象を伝える面が有る、或いは、他人のイメージダウンになるケースも有り得る。人はどんな意図で話すか分からないので、其れへの対策や心の準備をしておく必要が有る。

利害関係が有る善意の人が悪意の人に変貌する事は有り得る。政界では、「昨日の友は今日の敵(六)」、「一寸先は闇(七)」との覚悟が必要だとされている。普段、時間厳守の点でも油断を排する方が有利だ。

私は先の体験で時間厳守をしたが、他の点で失敗した。「失敗は成功の基」の様に、くよくよしないで失敗を活かすことにしている。

学生の遅刻については、大目に見られていたが、二〇一三年頃から出席管理の機器が各教室に設置されている。

国によって状況は違うが、日本の社会には時間厳守の点で比較的に厳しい面が有る。時間厳守ができない場合、其れは団体行動に支障をきたし、所属組織に損害を及ぼすので、上司や同僚による信頼は低下する。其れは、地位の向上を重視する人にとっては損失になる。

時間的余裕を持って行動すれば、心の余裕が生じ、能率良く仕事に集中する事ができる。

何故時間厳守ができない場合が有るのか？　理由としては、従事中の活動を早目に終えないで、できるだけ多くの時間でより多くの事を為そうとするとか、娯楽の活動に夢中になるとかの理由で、従事中の活動を延ばそうとする。或いは、活動を終え難くなっている、或いは、「少々、次の会合に遅れてもかまわない」と安易に考えてしまう。

時間厳守の為には、従事している活動を勇気を出して早目に終え、時間的余裕を持って早目早目に次の活動の目的地に着くように努める。其の遣り方は次の活動の良い準備である。時間厳守によって人生の持ち時間を有効に使い、諸活動で勝利する事に役立つ（九）。

■終わりに――時間厳守と時間について

「時は金なり（ベンジャミン・フランクリン）（十）」。「休息は決して時間の浪費ではない（ことわざ）。」其れ故に、時間を大事にして有効に使う為にも時間厳守に努めたいと思う。

インターネットのサイトから「時間厳守」の名言をピックアップし、一層簡潔に整理した上で紹介したい（一一）。

◇チャールズ・ディケンズはこう言った。「時間厳守の習慣、秩序と勉強、一度に一つのことに集中するための決断力。それらがなければ、私はこれほどの業績を残せなかっただろう。」この言葉からは仕事にも人生にも成功したいと思った時に欠かせない重要な要素が多く読み取れる。時間厳守の習慣、秩序、勤勉、決断力、そして集中力（ケリー・グリーソン）。

◇周囲の信頼を得られる人間になるのは、それほど難しいことではありません。基本は約束を守ることです。とくに時間に遅れないことが重要です。私は歴代の総理大臣や名だたる企業の会長・社長を何人も知っていますが、驚くことに、しかるべき地位にある人ほど時間に正確で、決して人を待たせません。だからこそ周囲から信頼され、そこまで登り詰めることができたといってもいいでしょう（堀紘一）。

◇人と（約束した時間に）話ができる、決められたことや約束の時間をきちんと守る。これ以上、どんな協調性が必要なのでしょう。チームでやる仕事を阻害しないくらいの協調性のなさは（例えば、時には特定の人と仲良くすることができない事等は）、その人の個性として大目に見るべきです。誰とも仲良くでき、いつも笑顔を絶やさないのも一種の才能ですから、誰もが身につけられるものでもありませんし、その必要もありません（和田洋一）。

◇約束の時間には絶対に遅れないこと。一回でも遅刻すれば、時間すら守れない人間に、責任のある仕事などできるはずがないと判断されるということを肝に銘じておくべきです（堀紘一）。

◇初対面の際に忘れがちだけど重要なこと、それは「遅刻しないための準備」です。（初対面の）約束の時間に遅れそうになり、汗を流しながら駆け込む。初対面であるうえにこんな状況では、まともに話せるわけがありません（渡瀬謙）。

◇商売人はとくに約束を厳守することが必要である。（約束の）時間を偽ったり、約束を破るような人はすぐ信用を失ってしまうのである（浅野総一郎）。

◇ある商談の日、朝九時のアポイント（面会などの約束）だったのですが、ちょうど交通機関が麻痺してしまうほどの大雪が降った日でした。都心から一時間ほど離れたその取引先に、約束時間にたどり着けたのは私だけ。ほかの営業マンは、みんな遅刻しました。私としては、チャンスはこれしかないと思っていたわけですから、とにかく必死です。すると、対応してくださった役員の方が、「よくきたな」と感心されてその日の午後には、商談が成立したんです（山村幸広）。

■〈注〉

（一）『二〇〇三年　夏　時刻表』（小型版のＪＲ時刻表、ＪＲ東日本発行）

（二）『ＪＲ時刻表　八　二〇〇三』（大型版、ＪＲ東日本発行）

（三）二〇一五年八月二七日の場合はどうか。秋川駅の駅員に依れば、「ひかり」は、全て毎日運行。「のぞみ三三一号」（東京駅、午前一一時二〇分発）だけが臨時に運行。

（四）以下は、機器の使用法の注意事項の重要性に関する私の体験である。二〇一三年、私はマッサージ機（即ち、体を横たえた状態で全身をマッサージする物）の三つの活用のコースの中の一つを使っている時に、突然、「他の二つのコースはそれぞれどんな違いが有るのか」に興味が湧き、知りたくなり、其の時に順次試してみる考えが脳裏に浮かんだ。

リモコンの表面に操作手順の図等が有り、其れに従って簡単に機械を操作できるので、当時、「マッサージ機の使用上の注意事項が有る事」そして「其れを読む事」等思いも寄らなかった。其処に落とし穴が有った。

当日、マッサージ機の二つのコースを順次試みた。三つ目のコースの

（二）東京駅で驚いたこと

半ばで背中の内部に少し異常を感じ、この儘マッサージを続ければ危険かも知れないと思い、使用を中止しようとしてリモコン上の電源を切る箇所を数回押したが、機械は止まらなかった。私は焦ったが、臨機応変に電源コードを差し込み口から外す事を思い付いた。

　後日、マッサージ機のマニュアルの注意事項に次の点が記されているのが分かった。「一・一度に三つのコースを使用しないで下さい。二・一度に一五分以上本機を使わないで下さい（趣意）。」私はこの重大な情報を得ていなかったのだ。「重要情報は命」なのだが。

　後日、色々な理由が重なって体調を崩し、高熱が出て、クリニックで受診し、解熱剤を服用したが、其の後微熱が続いた。風邪、マッサージ機の件、過労、ストレスなど幾つかの原因により、（半年前の肺炎球菌の予防接種にも拘わらず）、突然、呼吸困難になり、妻に救急車を呼んでもらった。

　入院し、重度の急性肺炎と判明した。数十日後、血栓にもなり、

療養に本格的に専念する為に創価大学に早目に依願退職の文書を提出した。同大学の私の雇用契約の場合、七三歳迄勤務できるが、六九歳で退職した。其れ故に、入院中に仕事関連のストレスは無く、危機を克服し、約二か月で退院した。

（五）「時間厳守」については、本稿の「付録」を参照。

（六）「昨日の友は今日の敵」

　（前略）

　昨日まで親しくしていた友人が、突然、今日になって敵になり、こちらに敵対してくることを意味しているようです。人の心はあいまいで、当てにならないことを言っているようです。「昨日の友は今日の仇」とも言うようです。又、これと同じような句で、全く逆の立場をいった、「昨日の敵は今日の友」ということわざもあるようです（趣意）。（「ことわざ・昨日の友は今日の敵」kotowaza.avaloky.com/pv_fre07_06.html）

（七）「一寸先は闇」

　（前略）

「一寸」は、約三センチメートルですが、時間としてとらえることもで

き、ほんの次の瞬間とも考えられます。次の瞬間、何が起こるかは、誰にも予測はできないので、そのたとえとして生まれた句のようです。実際、昔の夜道は、街灯などがありませんから、足もとの一寸先は全く見えないので、それが基本にあるようです。(ことわざ・一寸先は闇 kotowaza.avaloky.com/pv_nig01_01.html)

(八)「逡巡も、甘えも、油断も、感傷も、一切を排して、完全勝利をめざす真剣勝負のなかでこそ、自己自身を磨き鍛えることができるのだ。」(「随筆――人間世紀の光(九)」、『聖教新聞』、池田SGI会長、二〇〇四年二月二三日。)

(九)以下は妻と私の体験である。

二〇一五年九月二三日(秋分の日)、私は朝食中にたまたま妻に時間厳守の重要性を一言話した。其の直後に妻は、或る娘さんのお母さんに電話した。「今日はお彼岸の日で渋滞が有るかも知れませんので、(出発)予定より一五分早く(私の自家用車で)出かけましょうか」と。当日、妻は昭島市の昭和館でお見合いの仕事が有ったのだ。其の日の夜、妻は言った。「渋滞の無さそうな道路を選び、予定時刻より三〇分早目に到着し、精神的余裕は充分に有った」と。

(一〇)「時は金なり」については、「付録」を参照。

(一一)「時間の名言 厳選集――名言DB」(systemincome.com/cat/time)

本稿は、『エクラン』(創価大学映画研究会編、二〇〇三年)の稿に基づき、新情報を加えて全面的に改訂した物である。

■付録 インターネットからの「時間厳守」関連の記事の紹介

◆「時間厳守」

日本のビジネスにおいて、時間厳守は最も大切なルールの一つです。取引先とのアポイントメントの時間や電車の時間、納期や締め切りなど、期日・時間という概念は非常に重要です。

時間管理がしっかりしていると、ビジネスを行う上でも信頼を得やすくなります。逆に、それがいい加減であれば信頼も薄いものになり、また一度信頼を失ってしまうと取り戻すことは簡単ではありません。よって、約束の時間を守ることはもちろんですが「間に合えばよい」ではなくて常に指定の期日や時間より先に、という意識を持つことが大切です。

しかしながら、時間厳守を心がけても思わぬ問題により、時間を守れない場合もあるでしょう。そのようなときは、現在の状況を速やかに関係各者に連絡・説明することが大切です。状況を早急に相手に伝えることで、業務上の遅れを取り戻すことができ、そうすることで個人の信頼の維持につながります。また、事前に分かっていることであれば、その時点で連絡を入れるようにしましょう。（「時間厳守」）

◆「時間厳守」

（前略）

使い古された表現かもしれませんが、「タイム・イズ・マネー」、時は金なり。ビジネスの世界では一分一秒の損失が会社の命運を分けるといっても過言ではありません。

自らが携わる業務やプロジェクトにおいては、何はなくとも時間、締め切りを意識しましょう。何を、どの程度、「いつまでに」行うのかを必ず確認するようにしましょう。

また、納期や締め切りを厳守するのは当然の事ながら、待ち合わせや約束、毎日の出勤時間等についても同じことが言えます。時間にルーズな方というのは信頼も薄いものです。一度なくした信頼を取り戻す事は容易ではありません。普段の心がけが重要な場面でも現れてくるものです。仕事に限らず、プライベート・日常生活においても時間の管理はしっかりと行いましょう。

ルーズな時間管理は信頼を落とす

時間・期限に遅れそうなときは

時間厳守とはいえ、思わぬトラブルにより時間を守れない事もあるでしょう。電車が止まってしまった、基幹システムが不具合を起こした等、個人の心がけではどうしようもない事も時にはあるものです。

起こってしまった事は仕方がないと割り切り、現在の状況を速やかに関係各者に連絡するよう努めましょう。今どうなっていて、この先どうなるのか？　という部分を端的に、早急に相手に伝える事で、業務上の遅延のリカバリー、また個人の信頼の維持に努めるように心がけましょう。また、事前にわかっている事ならば、当然判明した時点で連絡を入れるようにしましょう。（「遅れたら速やかに連絡、的確に内容を伝える　時間厳守 - ビジネスマナーの要点 - ワークパワー」、bmanner. w-power. jp/gairon/Time. html）

「時間を守ることは、信用を守ることになる。――人との関わりが楽しくなる三〇の方法」

よい人間関係のために「時間厳守」は基本としましょう。

時間厳守は、相手からどんどん信用してもらえるための大切な約束事です。時間をきちんと守ってくれる人は、約束も守ってくれるという共通点があります。どちらも同じ「約束を守る」ということであり、本質は同じです。

ときどき、私の友人でも時間に遅れてくる人がいて、残念に思うときがあります。少なからず、心の中のどこかで「信用できないな」と感じてしまうのです。

仕方ない事故であればいざ知らず、毎回遅刻をする人は、約束事は破ってよいものだという認識でいます。

私も、相手の信用は大切にしたいですから、特に時間は守るようにしています。（予定）時間一〇分前には必ず着くようにし、もし、遅れるようであれば、事前に連絡を入れるように心がけています。

遅刻する相手にがっかりしてしまうように、自分も遅刻で相手にがっかりさせたくないため、時間厳守は大切にしています。

（後略）

（「人付き合い　人との関わりが楽しくなる三〇の方法　悩み解決&幸せ生活向上サイト」〈happyliifestyle. com〉）

◆Time is money・

元は「時は金なり。」

つい最近、「時間ってお金には代えがたいものだと思うんだ。（時間とお金は同じではないから。したがって、）time is money なんて嘘だと思う。」という話を友達にしたら、「time is money ってそういう意味で使うものじゃないんじゃないか」と言われたので、調べてみました。

時は金なり。（Time is money）

時間は貴重なものであるから、無駄にしてはならない。

友達が正しかったです。お金と同じように（時間を）大切にしろという意味であって代用可能とか、時＝お金　とは違うんですね。

（後略）

（「時は金なり」blog. livedoor. jp/himazinsama-botti/tag/時は金なり。）

終了

(三) 日常で得た人生の智慧と言葉

■はじめに

人生や日常生活を充実させるにはどんな言葉が大いに役立つのか？　其の視点で大事な言葉を列挙したい。

◆本稿についての学生の感想

◇授業中にいつも良い言葉をモニター画面に沢山提示していただき有難うございます。とても為になっています。この授業で学んだことを胸に留めておくと、いつも頑張れます。

◇授業中に素晴らしい言葉や文章を読むことにより、何となく学習で集中力が欠けてきた時でもまたやる気を出すことができますし、落ち込んでいる時に立ち直るきっかけにもなります。とても意味のあることだと思います。

◇大学で高度の専門的知識を教えてもらうのも大事ですが、人生の核心に触れるような言葉を教えてもらうのは有り難いです。このように人間の尊さを感じさせてくれる授業は真の教育だと思います。毎回の有益な言葉は、一つの冊子にまとめてとっておきたい内容です。他のエッセイとともにこれを是非本にして下さい。

☆本稿の構成

以下で、先ず、新聞記事と歌詞を紹介し、続いて「日常で得た人生の智慧と言葉」の観点で有益な言葉を列挙したい。

■シドニーオリンピック大会に関する「社説」
■歌詞「ＴＯＭＯＲＲＯＷ」
■心の鍛錬に役立つ言葉
■苦しみの克服に役立つ言葉
■健康管理に役立つ言葉
■人生の目的に関する言葉

■付録、「プラス思考とマイナス思考の実例の記事」等一三編

■シドニーオリンピック大会に関する「社説」

以下は簡潔な「社説」を、一層読み易くする為に情報を加えて編

集した物である（二）。

二〇〇〇年夏季のシドニーオリンピック大会に備えて高橋尚子選手（当時、二八歳）はオリンピック大会の現場の苦しさの五倍の苦しい条件で練習した。

即ち、北アメリカ大陸のロッキー山脈の約三五〇〇メートルの高地で二ヶ月間厳しい練習を積み重ねた。

その結果、シドニーオリンピック大会のマラソンにおいて高橋選手は苦しい時もあったが、ライバルと走るのが楽しく心地良いと思う時もあったという。

しかも日本女子陸上史上初のオリンピック金メダルを獲得した。他の選手は苦しみながら走り、完走するのさえ大変な思いの選手もいた。高橋選手はゴールに到着した後でこう述べた。「すごく楽しい四二キロでした。どうも有難うございました。」

■心の鍛錬に役立つ言葉

人生や生活で役立つ言葉を列挙したい。

○人生の大事な言葉をメモし、口ずさみ、確実に記憶することができる。其れは心の鍛錬に役立つ。

○生活にとって有益な言葉を直ぐに思い出せるように、カードや紙に其れを書き留め、有益な言葉で心を鍛える事ができる。

○目先の状況によって自分の信念や志を見失う事が有り得る。其の時其の時の自分の心情に紛動される事が有る。対策として有益な言葉を効果的に用いる事ができる。

○日常生活をより良くする上で最も有益な言葉は何か？

○日頃最も役立つ言葉は何か？

○人生全般に通じる様な有益な言葉は何か？

○どの言葉を本当に自分の物にして生かす事ができるか？

○苦しい時に本当に支えになる言葉は何か？

○いつでも、どこでも最も為になる言葉は何か？

○今、自分の心を上手くコントロールする上でどんな言葉が最も必要か？

○人は何の為に生きているのか？　生きる目的と具体的目標が有る人は張り合いが有る。為すべき仕事（課題）が有る人は充実した時を持ち、価値創造をする事ができる。「生老病死」の苦しみを覚悟している人は色々な苦難に対処し易くなる。心身を鍛えて健康を増進している人はより良い人生と長寿へ向かっている、自分の諸問題を解決し易くなる。

○心の鍛錬に役立つ言葉を求めていきたい。

■苦しみの克服に役立つ言葉

「日常の苦しみを克服する上で役立つ言葉は何か？」其の観点で有益な言葉を列挙したい。

○人生や生活に苦悩は付き物、苦しみは不快な物だと覚悟する。そうすれば、疲労、単調な作業、退屈、孤独、寂しさ、病気等の苦しみに耐え易くなる。

○苦境では、良い心理状態でない事が有るのは止むを得ない。時の経過とともに段々良くなるよ。

○風邪は不快だ。受診等、何等かの対処をした後は、風邪の苦しみは有るものと思い、何等かの課題を少しずつ遣り、休みを上手くとりながら平然と生きるのは心が強いという事だ。

○不調は不快だが、止むを得ない。適度に休みを取りながら、諸事をこなすしかない。休むべき時には休んで病気を防ぐ方が賢い。

○仕事が捗《はかど》らなくていらいらする事が有る。スランプでも、仕事をゆっくりと少しずつ続けていれば、後で捗る時が来る。不調の時は仕事を少な目にすれば、不調は早目に回復する。

○無理な感じの生活が長く続くのは健康面で良くない。自分の能力、資質、実力をよく知り、無理の無い生活をするように改善すべきだ。

○苦しみは（自分の）心を鍛えるきっかけになり、（良い）修行になる。「苦しい！　苦は有るもの！（良い）修行！（良い）修行！」この種の言葉を口ずさめば、苦しみに耐え易くなる。

○鋭利な刀で物を見事に切るように、（自分の）気力でマイナス的考えや悩みをパシッと切り捨て、早目に心を平静にし、社会人らしい応対を目指すことができる。

○新たな価値を創造するのは苦しい事が有る。難題を遣り遂げなければならないと思えば、ストレスが生じがちだ。先ず、一つでも二つでも遣り始めれば、気が楽になる。

○幾つかの課題が有っても、不調でも、課題を一つ一つこなしていくしかない、休み休み遣るしかない。一つでも遣り始めれば、段々遣る気が強くなる。より良くしたい欲が出るものだ。

○一つの課題を数か月、一年、三年、一〇年持続することができる。最初は少しずつ、焦らないで「ゆっくりと、着実に」遣っていく、強い意志で遣り続ける。課題に関する苦しみは徐々に減り、軌道に乗る。

○あれこれ思い煩わないで仕事、仕事。仕事に専念すれば、救われる思いがする。

○苦しくても、あれこれ考えないで今を必死で生きる。過去の事や明日の事や人々の言動について考えたくなる誘惑に負けない。今の仕事や休息に専心する。ストレスを克服し易くなり、苦境を乗り越えられる。

○他事を考えないで、仕事や休息に専念する。その価値は多大である。其の点を認識すれば、仕事に専念し易くなる。

○（今後の事を）考えるのは、休んでからにしよう。休んで元気になってから（対策を）考えよう。

○疲れると、落ち込み易くなる。元気ならば、前向きに考え易くなる。疲労の回復のために、適度に休み、鋭気を養い、生命力を強くする。後で効率よく仕事をする事ができる。

○疲れた時には、苦悩についてあれこれ思い煩わない。くよくよし出したら疲れた証拠、思い切って適度に（一〇分、或いは二〇分）休むべし。

○過去の悔しい失敗は止むを得ない。「あの時に他の遣り方をすれば良かったのに嫌になる」と思い、愚痴を言いたくなる物だ。嘆いても良くならない。プラス思考で考え方を切り替えよう。

○以前の（自分の）能力、体力、体調と比べてくよくよしがちだ。「前はもっと元気でてきぱきと行動できていたのに嫌になる」と嘆いてしまう。其の様な心理に対して、現在の不快に対して、「これでいい、これでいい、不快もマイナス思考も有る物だ」と思うことができる。

○失敗も失言も有るものだ。其れを次の勝利の参考にすることができる。「これからだ！」と思い直し、必死で有益な言葉を口ずさんで元気を出す。目先の仕事（課題）に必死で取り組む。失敗の後悔から解放され易くなる。

○（これからだ！）一から出直そう。マイナス的に考えるのは、病気の因になりがちだ。くよくよしない方が心身の健康に良い。早目に気分を切り替えよう。

○今、疲れて苦しいが、平気、平気。苦しみは自分を強くする上で為になる。苦しみと共に生きる覚悟をしている。いつ難病になるか分からない。難病の人達と共に生きる。

○高橋尚子選手の苦しい練習を思えば、（今の）自分の苦しみは何でもない。彼女は世界一を決める過酷な国際マラソン大会の現場の苦しみの二倍どころではない、五倍苦しい条件下で二か月も練習した。想像を絶する、地獄の苦しみの瞬間も有っただろう。限界に挑戦し、休みを上手く取りながら練習を繰り返したのだろう。

○普段、苦の方を求めるぐらいで丁度いい生活になる、心身を鍛えることになる故に。楽ばかり求めると、ぼけ易くなり、日頃の苦労が余計に大変に思えてくる、ぼけ易くなる。

○苦しくてもいい、苦しいのは自分だけではない。多くの苦しんでいる人々と共に生きよう。今の苦しみを乗り越えれば、後で楽になる。苦の方を求めよ、後が楽なり、自由なり、勝利なり。

○人間関係はより良くなり得る。其の為にも、人を大事にしたい。人を尊重したい。人の欠点や失敗を思い出し、人を軽視すれば、お互いにとって損失だ。人々は支え合って生きている故に人を尊敬するのは、自然であり、相手への思いやりであり、人間関係の良い循環になる。

○人への期待度が高過ぎれば、人の言動に対する立腹は、が生じ易くなる。期待度を下げれば、怒りの回数や程度は低下する。日頃、其の点で知恵を使うことができる。

○人は地域社会、所属組織、日本、世界の繁栄に役立つ人材だと思えば、人への嫉妬心は軽減する。人への好意を持つ事さえできる。

○人に紛動されないで、自分の長所や特技などの価値を認識し、自尊心を高める方が心が豊かになり、強くなる。

○できるだけ他人の幸福の為に尽くすことを目指せば、自分の為にもなる。

○自分の思うようにいかない、上手くいかない、活動が捗《はかど》らない、そういう時は有るものだ。そう覚悟していれば、心の平静を維持し易くなる。状況が良くなり、仕事等が軌道に乗れば、大いに捗る時が来る。

○疲労、孤独、憂鬱等に上手に耐えて打ち勝つ方法を工夫する必要が有る。

○一時間の中で色々な苦しみをどのくらい上手く克服できるか？

一日の中で、一か月の内で、一年の中でどれだけ毅然と苦しみに対処できるか？

どのようにして苦しみを冷静に巧みに処理し、充実して過ごせるか？

生涯の中でくよくよしただけで時を過ごして終えるかも知れない様な時間をいかにより多くの充実した時間にすることができるか？

○休息中に何を考えたのか？　マイナス的な事か、或いはプラス的な事か？　其の結果は健康、長寿、業績に影響するだろう。プラス的な事を多く考え、マイナス的な事を考えるのを少なくする方が健康的で効果的だ。

○苦しみの効果的な克服は、自分の遣る気に懸っている。苦しみに耐え抜いて充実の時間を増やしていくのは幸福を増やしていくことだから、遣り甲斐がある。

○苦難への対処によって人間的に向上できる。(色々な理由で) 如何に苦しくてもじっと耐えて打ち勝つ。心身の鍛錬を続ければ、少なくとも精神面の勝利の栄冠を勝ち取ることができる。

○この世には、心が弱い人が多い故に、実際に難病や障害等、色々な苦しみにじっと耐えて打ち勝っている人は真に心が強い人だ、有名・無名・実績に関わりなく、魂の英雄だ、本当に賞賛に値する人だ。精神面での勝利と幸福を喜び、味わう事ができる。次の勝利のための一歩前進になっている。

◆苦しみの克服――私の総括的コメント

苦しみの克服についての総括的なコメントを述べたい。

例えば、重い風邪の辛さ、過酷な練習の苦しみにどう上手く対処するべきか？

大変な苦労が有るにしても、其れによって心を鍛える事ができる、また、新たな価値を創造する事ができる面が有る。

「良薬は口に苦し」。自分の為になる忠告でも、苦《にが》い良い薬の様に、受け入れ難い場合が有る。苦しみに耐えて打ち勝つ過程で心がより強くなる面も有る。

苦しみは心の鍛錬の糧になる、為になる。苦境の際にどのくらい粘り強く苦しみに耐えれるかを試すのだと思うことができる。我慢強く耐え抜けば、其の面で勝利を得た事になり、精神的な勝利者だ。苦境を克服して成果を得れば、二重に得したことになる。

苦しみは不快であり、楽しいのは心地良い。死期が近づく頃に、「(自分の)人生で仕事ばかりしたが、色々な楽しみをもっと多く経験しておけば良かった」と後悔する人が多いようだ。

色々な苦しみを克服しながら何等かの業績を獲得して人々に価値を提供するのは素晴らしい生き甲斐だ。

人生で適度の苦しい時と楽しい時を持つというバランス感覚は望ましい。しかし、其れは人によって千差万別だ。

晩年に時間的、精神的余裕が無い程多忙な生活を納得した上でほぼ毎日、数十年仕事を続ける人がいるかも知れない。一方で、其の様な仕事本位の人生は自分に合わないと思う人がいるだろう。

無理な感じの生活が何年も続き、病気になり、過酷な人生を、止むを得ないと思いつつ送る人(四)、或いは其のような人生に自主的に挑戦する人もいるだろう。しかし、無理をして若い時に亡くなれば、それで人生は終わりとなる。勇気を出して方向転換をする方がいい場合が有る。

人々が適材適所で仕事を分担し、長い年月をかけて全員で所属組織や社会を繁栄させるのは長きに亘り着実に持続できる故に合理的だ。一方、精神的・時間的に余裕が無く、焦った気持ちで無理に近い程の過度の仕事を長期に亘り、厳しい条件で担当するのは望ましくないだろう。

人間はできるだけ楽をしたいと思い、快楽を求める傾向性が有る。「苦」を経験してこそ「楽」の良い面を一層深く認識できる。日々、自ら積極的に苦の方を求める位で丁度良い生き方になるのかも知れない。

人々がそれぞれ生きてきた境遇や経歴は違い、人生の具体的目標も異なる。其れ故に、人真似をするのではなく、自分の能力、資質、実績に合った自分らしい生き方を主体的に選択するのは合理的だ。無理に人の生き方に合わせる必要はないとの考えは尤もだ。

自分の力量を超えた、過度の仕事を引き受けるかどうかについては、人の意見や要望に左右されないで、自分の能力、適性、その他の条件を熟慮した上で主体的に強い意志で自分に合った遣り方を選択することができる。

退職後、休みを上手く取りながら社会貢献をすることができる。その場合、自分にとって適度の苦と楽を経験しながら健全な生活と長寿の人生へ向かうだろう。

★学生の感想

◇本稿を読んですごく元気になりました。まだまだ自分の心は弱いです。しっかり心を鍛えようと改めて思いました。最近の悩みが吹っ飛んだような思いがします。有難うございました。

◇自分で自分に喝を入れたくなりました。一から自分を見つめ直したいと思い、何だか、胸が一杯です。

◇「心の鍛錬」というのは、「良い言葉」に触れるだけではダメなのではないか。「良い言葉」に出合って救われることはあります。僕自身もそんなことはしょっちゅうです。しかし、心を強くするには、最終的には何でもいいから動くことだと思います。（有益な言葉を知っただけでは、それらの真の効果を得られない。諸活動を実践しながら言葉の力を体得することによって、言葉は真に有用な知識になる。）

◇サッカー界のスーパースターのロベルト・バッジョ選手（一九六七年二月一八日）の言葉「苦しみを通らない勝利は無い。」僕はあるボクサーからも学びました。「練習でどんなに（苦しくて）悔し涙を流しても、勝てば、（愉快に）笑える。とにかく、自分の人生は、自分が背負っていかなければならない。自分（のいろいろな心情）に勝てない者は、絶対相手に勝てない。だから、必ず（自分の心情に）勝利しなければならない。」

（一流の事を成し遂げるには如何に想像を絶する苦しみを伴うことか。過酷な苦しみに耐えて其れに打ち勝たねばならない。）

◆健康管理について

健康管理に関する言葉を列挙したい。

○病気の人が如何に多い事か。A先生は八時間も心臓の手術を受けた後でこう言われた。「元気でさえあれば、他に何も要《い》らない。」其れ程心臓の手術は苦痛であり、元気なのは本当に幸福だ。

○若い頃から、生涯、健康管理を重視し、実践しないと大損である。天才的棋士の村山聖《さとし》氏は腎臓病で二九歳で逝去した（注『聖の青春』）。

○今、休むべきか、仕事をすべきか？ 其の判断基準は其の時の疲労度に依る。疲れを溜《た》めないのが大事だ。活動後にひどい疲労感が有れば、適度に休んで鋭気を養い、病気を防ぐべし。疲れているのに仕事をすれば、風邪や鬱病になり易い。

○「二〇分（或いは一〇分）休憩方式」「二〇分ぼんやり健康法」、これは効果的だ。休息中の苦しい時に、「上見て学べ、下見て暮らせ」「スポーツの練習より楽！」「箱根の山道を走るより楽！」と思えば、疲労の不快さは軽減し、耐え易くなる。

○体調がおかしいと思ったら、適度に（一〇分、二〇分、一時間、半日、一日、或いは一週間）休むべし。病気を防ぐことができ、時間（一日、一週間、一か月、或いは、数十年）の得になる。休む勇気を持つべし。

○「休息は決して時間の浪費ではない（格言）。」休息で英気を養う、後が捗る、上を目指す意欲がより強くなる。

○健康であれば、何でも喜んで遣るのが容易になる、何でも能率よくすることができ、人間関係も上手くいき易い、心も体も強いと感じ、仕事も捗る。

○従事中の活動を中断して休む勇気を出そう、焦らないでゆったり休もう、そうできるように工夫しよう。

○一日以上掛けてゴルフをする人有り、山登りする人有り、魚釣りに行く人有り。日本では何百万の人が入院生活をしている。人々は仕事以外で多くの時間を使う事が有る。今日は他の仕事をしないでもよくなった。そういった事を思えば、ゆったり落ち着いて休むことができる。

○疲労が回復する迄何もしないで休むのは退屈だ。其の不快に耐え、平然と二〇‐三〇分、休息できる人は精神力が強い、回復が早い。休息で病気を防ぐことができる。疲労で苦しいのは不快だが、「苦しい！　苦しみは有るものだ、修行だ、為になる」と思って苦しみにじっと耐えて打ち勝つことができる。

○老いの衰えは止むを得ない。老いも病気も「人生で有る物」として受け入れるのは賢明だ。くよくよしても仕方が無い、弱気を出しても良くならない。心も体も健康であれば、強気を出し易くなる。休みを上手くとりながら、心身を少しでも鍛えて強くするのみ。

○風邪は万病の元。寒い日は、頭や首の辺りから身体が冷えて風邪をひく事が有る。或る婦人は冬に髪を洗い、タオルで髪を拭いただけで寝て、夜中に髪が冷えて病気になり、其れがきっかけで亡くなったという。

○私は壮年の時暖房費を節約する意識が働き、寒い部屋で長い間パソコンで仕事に没頭して重い風邪をひいた。二〇代にテニスをした直後に冷たい牛乳を飲んで激しい嘔吐が止まらず、胃潰瘍になり、入院した。

○少しの油断で病気になり、死に至る事が有る。或る人（八二歳の男性）は階段を歩いていて転倒して背骨を骨折し、二か月入院し、その間に肺炎になり、逝去された。或る人は頻繁に夜遅く迄原稿を執筆して難病になり、逝去された。

○多忙でも無理をせず、足腰を鍛えるのは大事だ。活動の苦しさの限界が長引くと病気になりがちだ。

○健康管理で我慢のし過ぎは良くない。体力の限界と思ったら、たとえ迷惑を掛ける場合でも勇気を出して諸活動を中止するのが望ましい場合が有る。

○不調なら思い切って一時間（或いは、二〇分）休む。早目の就寝で体を休める。翌日、効率的に過ごし、仕事が捗る。

○自分の命も健康も何千億円分の価値が有ると思うことができる（三）。其の認識をはっきり自覚すれば、心は豊かになり、自信が生じる。

○病気で苦しくても何でもない。亡くなった人々の事を思えば、何でもない。亡くなった人々は何一つ行動することができない。自分には何千億円分の命の宝が有る。其の点で凄く恵まれている。絵を描くことや詩を書く事等、好きな事をすることができる。そう思えば、心は安らかになり易い。

○仕事より健康の方が大事な時が有り、健康を優先して退職する事も有り得る。少々無理をしてでも仕事をしなければならない時も有るが、後で休めば良くなる。

○人と比較しないで自分のペースで生きる、人を真似してその人の目標や境涯を目指そうとしないで自分らしく主体的に生きる事ができる。これは焦らないで生きる秘訣だ。

○次の言葉は大事だ。「因果倶時《いんがぐじ》」。これは「生命には因と果が同時に倶している」という意味だ（五）。

○良い因を積んでいけば、宿命さえ良い方へ転換できる可能性は高くなるという。何が有っても、できるだけ良い因を積む事を目指したい。良い因を積んで健康と長寿と幸運を増大したい。

○病気で如何に苦しくてもじっと耐え、打ち勝つと決意して生き抜く。そうすれば、病気を治し易くなる。

○軽病の場合、医院で受診後に病気を気にしないで、目先の課題にゆっくりと専念する。日が経つにつれ、いつの間にか病気は治っているのに気付く。この遣り方も有り得る。

○療養中に因果倶時を重視したい。治癒を諦める因を積む過ごし方と、病気に耐えて打ち勝つ因を積む前向きな姿勢とでは大違いだから。

○私は重度の肺炎で入院し、数週間後に血栓にもなった。入院の目的（治療）をはっきりさせ、よく自覚し、入院にふさわしい生活に徹した。例えば、面会謝絶で療養に専念し、読書をせず、テレビを観ないで、モットーや指針のメモを見て過ごした。其の結果、奇跡的に命拾いした。

○入院中に仕事の欲に囚われ、ノートパソコンで仕事に従事すれば、病気を悪化させ、生きて家に帰れなくなるかも知れない。

○散歩、ラジオ体操、温水摩擦で体を強くするのは健康の良い因を積む事だ。これらは万能薬のレベルに近い効力が有り、運命を転換するほど役立つとの意気込みで生涯実践する事ができる。

○日頃、心身を強くして健康を増進する上で、「プラス思考は治癒力（免疫力）を高める」「楽観主義」「有る物思いの自信増し」は役立つ。くよくよしないコツであり、健康と長寿の秘訣だ。

★健康管理に関連した、池田ＳＧＩ会長の言葉を紹介したい。

◇健康の根本は　疲労を残さぬこと。　熟睡すること。　皆が健康王たれ（六）。

◇祈っているから大丈夫というのではなく、祈りが行動につながるとき、初めて祈りは叶う。これが仏法の道理である。

◇健康も、日々、「強く祈り」「具体的にこまかな注意をする」
——そうすることによって、現実に勝ち取っていける。

◇「祈りのある勤行」を基本として、〝絶対に健康になる〟と一念を定め、一日一日、みずみずしい生命力で前進していくことだ。

◇人の何倍も忙しい使命の毎日だからこそ、聡明に無駄な時間を排して、上手に睡眠をとっていただきたい。

◇自分が自分の名医となり、看護師となって、油断なく体調を整え、教養ある食生活も心がけていきたい（七）。

◆健康管理——私のコメント

健康管理について述べてみたい。

学力の面だけでなく、健康の面でも「頭がいいね」と言う人を見かけた事は無い。

天才的な人が若くして亡くなったという記事を時折見聞きする。其れは人類（国、組織）にとって余りにももったいない。

成績や業績での競争が有り、其の面で頭の良さに注目する。健康面での頭の良さをもっと頻繁に強調してもいい。

自分の心を上手くコントロールし、病気をしないで活躍している人は其の面で頭が良いとして、もっと頻繁に賞賛すべきだ。卓越した能力の人が若くして亡くなるのは、油断で落とし穴に落ちる場合も有るが、普段の考え方や生活の仕方のどこかに弱点が有るのだろう。

学力の面で頭はいいのだが、競争心に駆られて無理を重ねて難病になるのは、其の面で賢さが劣っている場合が有る。其の点を教育で改善すべきだ。

家庭、学校、社会の色々な場面で、たとえ平凡な生き方の人でも健康で長生きして長年に亘り社会貢献をしている人達に敬意を払い、褒め称えるのはいい事だ。健康と長寿の人生を送る為に、周囲の意見に紛動されないで、主体的に強い意志で自分の活動の妥当なレベルを選択するのは望ましいだろう。

☆学生の感想

◇自分の学力のレベルに愕然としてしまう時があった。（しかし）今、健康でいられるだけでもありがたいのだと思ったら、くよくよすることがくだらなく思えてきて、前向きになれた。

◇（本稿は）すごく新鮮で感動しました。少し休むだけですごく身体が楽になります。仕事中に「五、六分休息」を取り入れるのは難しいでしょうが、これからこの方法を少し実践しようと思います。仕事（勉強）の合間の休憩がどれほど大切なのかを改めて気付かせてもらいました。

◇「休むことも熟睡することも必要」というのは実にいい言葉だと思う。（だが）少しゆとりをもって考えられるようになった。最近悲観的になり易く、身体がすごく重かったが、本稿によって元気付けられ、何でもやってみようという気になった。

■人生の目的について

人生の目的について述べてみたい。

同じ人生を生きるのであれば、「何となく生きる」のではなく、より良く生きたい。其の方が充実感が多い。

生きるのが辛くて、人生の意味について悩むようになった時、そういう事を考えないで生きる方が生き易いという考え方が有る。

自分にとって意味の無い事をするのは辛いものであり、ほとんどの人がそういう事をしないようにしているだろう。どの人も何等かの為すべき事に対して何等かの意味を無意識に思っているだろう。人生の意味を見出したいという考え方はもっともだ。

人は辛い時に、「自分は何の為に生きているのか」と思う時が有るかも知れない。「苦しい思いをして何故人間は生きるのか？」との疑問を持つかも知れない。

私は火葬場で、亡くなった親戚や知人の姿を拝見して合掌し、約一時間後に先の死者の骨と灰に向かって合掌した後で、いつか自分も死んで骨と灰になるのだと厳粛に思った事が有る。

普段、体を強くしよう、美しい容貌やスタイルにしようと思い、いくら努力しても、結局は、人も自分も老いて死んで骨と灰になる、生きる意味が有るのかと思う事が有るかも知れない。

人生の目的や意義がよく分かれば、生きる張り合いと意欲がより強くなり、不調の時や活動をしていない時にも安心して過ごし易い。人生の早い時期に「人生の目的や死の問題」に対するヒントや指針を知るのはメリットが有る。

「人生の目的」についての五木寛之氏の記事（八）を紹介したい。

◇なんとか生きる。生きつづける。

みっともなくても生きる。苦しくても生きる（中略）。

生きることを放棄したのでは、その万に一つの機会さえ失うことになる（中略）。

（苦しみに）耐えて、（人生を）投げ出さずに、生き続ける。それしかない（中略）。

恥も外聞もない（中略）。

（長い人生で）苦しいこともあったし、仕事が進まないで、ノイローゼっぽくなることもあった。ポピュラーな歌を口ずさむことで、どれほどささえられてきたか。歌は人間の宝だ。

人生の目的は、「自分（にとって）の人生の目的」をさがすことである（中略）。

そのためには、（何があっても）生きなければならない。

●人間はいつか必ず死ぬ。死ねば、自分の魂も消えて無くなるのか？　自分が無くなってしまうと思えば、恐怖が生じる。

人生は変化の連続であり、近い将来、災難が起き、自分は死ぬかも知れない。何等かの危険についての思いで不安にならないような考え方を選択できる。

人間を支えている物は何か？　精神的な支えがあれば、幸福だ。その観点で河合準雄《かわいはやお》氏の記事（九）を紹介したい。

◇人間は死すべき存在だ。人間だけがそれを明確に意識している。有限の生を安心して生きたい。人間はそう願っている。自分の生は何らかの永続性をもつ存在とかかわっている。人間はそう信じてきた。個人を支えるものは何か。個々人が自分の宗教性を深めることによってそれを見出していくべきではなかろうか（趣意）。

次は、月本昭男氏の発言だ。

◇個人的には、人間という存在は身体の死とともに消えることはないと信じています。なぜなら、「自分って誰だ」と考えると、色々な人たちが自分の中に浸透して成り立っている。自分の中に、多くの人たちが生きていますし、自分もまた子供や、妻、親などほかの人の中に生きています。人間は人格の相互浸透の中で生きているんです。身体の死はあっても、人そのものは我々が知らない形で永続していくであろうと思う。

「死後の世界」は人間による重要な発見だと思っています。そう言うと、「お前、死後の世界を信じているのか。随分素朴／な」と笑われそうですが。そう、素朴なんです。それが人間らしさですよ。（九・2）

☆学生の感想

◇私は、今、目標がなく、常に探し求めています。自分では目標を見つけられない。なんか悶々としていて、意欲がなくなっていく感じがして怖い。

◇昨年のこの授業のおける、数多くの「良い言葉」の中でも、本当に心からズドンと胸打たれ、感動したのは、次の言葉でした。「あなたの今日（という一日）は、昨日（何らかの理由で）死んだ子供達が生きたかった明日（という一日）なんだよ。」この言葉に接して僕は本当に感動して泣きそうになった。

●命は永遠であるとされている。

そうであれば、自分は死んでも自分の魂は消滅しないで永遠に存在し続けるということだ。この点をどう説明するのか？　説得力のある説明に納得できれば、死に対する恐怖感が無くなり、安心感を覚える。ここで「未知なる生命・ヒト」（海外ドキュメンタリー、ＮＨＫ教育テレビ）の記事を紹介したい。

たとえ私達は死んでも、（私達の脳や心臓等）身体は生き続けていると言える。私達の細胞は絶え間なく変化と再生を繰り返す原子で作られている。今、（私達の）身体を作っている物は、かつては植物や動物、そしてもちろん他の人間の一部だった。（私達）一人一人が旅する「誕生から死までの道のり」はより大きな旅路のほんの短いステップであり、無限に繰り返される生と死のサイクルの一部なのである（趣意）（一〇）。

☆学生の感想

◇この記述を見てぎょっとした。普通は、「身体が死んでも心は生き残る」なのに、逆だと思った。でも、説明を読んではっとした。私達は多くの生命の上に生きているのだ。人間は死んでも、人間の原子で生き続けるのがあるなんて知らなかった！　すごいと思う。

●人生の途上で大失敗や挫折が有っても、生きる希望と自信を失わないで逞しく生きることができる、池田大作ＳＧＩ会長の記事（一一）を紹介したい。

◇人生の究極の目標と、途上でのさまざまな課題。この両者をはき違えてしまうところに、人生の悲劇の大半の理由がある。社会的な地位も、名声も、財産も、決して人生究極の目的ではない。恋愛も、同様である。したがって、かりに、事業や恋愛に失敗することがあってもそれは人生そのものの敗北ではない。大切なのは、さまざまな挫折や失敗を乗り越え、大いなる目的のために、どう生かしきっていくかである。

●信頼できる生死観を明確に理解できれば、生きる自信、勇気、希望、安心感が強まり、死に対する恐怖心が無くなり、其れは幸福だと思える。その観点で池田大作ＳＧＩ会長の他の記事（一二）を紹介したい。

◇仏法の眼で見れば、生死《しょうじ》は不二《ふに》である。死を嫌い、悲しむのは当然の「人情」かもしれない。しかし、仏法に説く「三世《さんぜ》永遠」」の生命観からいえば、「死」は新たな「生《せい》」への旅立ちである。あすの活力を得るために睡眠をとり、「リフレッシュ」し〝充電〟する。

それに似て、死は次のすばらしき人生への飛翔《ひしょう》となる。

生も楽しく、死もまた楽しい――これこそ仏法で説く生死不二の常楽の境涯である。何ものも恐れる必要はないし、死を不安に思う理由もない。ここに心の病《やまい》に苦しみ、生死に迷う現代世界の闇《やみ》を照らす光源がある（中略）。その鍛えあげられた強き信心の心こそ、生死の苦をも悠然《ゆうぜん》と乗り越えていける唯一の原動力である。

☆学生の感想

◇いつまでも死というものを悲観的に考えていては、これから先、全然楽しくないと思った。今後、自分の考えを、「生も喜び、死もまた喜び」というように、いい方へ、いい方へと変えていきたいと思う。

◇「人は死んでもまた蘇る」ということを聞いて、すごい！　これだったら大丈夫と安心しました。

◇これを読んで少し気が晴れました。有難うございます。

●「心の鍛錬と幸福」の観点で池田ＳＧＩ会長の言葉を紹介したい。

◇真の幸福とは　何があろうとも　確信と希望に燃えて颯爽《さっそう》と進む「魂の強さ」だ（一三）。

◇「鉄《くろがね》は炎打《きたいう》てば、剣《つるぎ》となる」御聖訓。苦難の時にこそ鋼《はがね》の自身が築かれる。断じて屈するな！（一四）」

◆人生の目的について――私のコメント

人生の目的について述べてみたい。

人間は一種の物体であり、死ねば、身も魂も消滅するというのは、科学的観点で見れば、自然に見えるかも知れない。しかし、その唯物論的考え方の欠点は、魂の救済の面で深刻だという事だ。

人生の目的に関する答えの一つは、他者（人、社会、人類）への奉仕である。他人の幸福、所属組織、日本、世界の発展の為に貢献すればするほど其れは何等かの形で他人の心やこの世に残り、影響を及ぼすことができる。そうであれば、自分の死によって自分の身は滅んでも、生きて苦労した甲斐が有ったと思える。もう一つの答えは、人間の精神的存在や魂は永続性が有るとの思想である。其れを思えば安心感が増す。

社会的奉仕の面で特に遣る事が無い時でも、例えば、道路脇のごみや草を少し処理するだけでも、或る程度の充実感を感じる。多少でも苦労した後の入浴や食事を一層楽しめるし、今後の活動の意欲が増大する。この世に生まれてきたからには、今を、今日を、明日を、未来を充実した物にしたいものだ。

☆本稿に関する、学生の感想

◇本稿の様々な深みのある言葉。これらの持つ意味は非常に大きいように思いました。いろいろな面で悩んでいる友が本稿を見たら、どれほど生命力を湧き出してくれることか。もちろん私もそのうちの一人です。

◇忙しく過ぎてしまう日々の中で、「心を強くする言葉」はすごく大事だ。たった一言でも自分の心の中に残れば、その言葉で自分を励まし、状況を変えていける。苦しいことから逃げずに、その中で戦っていく強さを持とうと思った。

◇池田先生のお言葉が非常に新鮮で心打たれる。私は創立者のスピーチの中の名言を書き出し、苦しい時に読み返している。

■頻繁に活用している有益な言葉について

普段、私がよく活用している言葉を順に紹介したい。一挙に全部読む事ができるが、一部を少しずつ読む事もできる。

（a）カードを必ず見る、心を上手くコントロールする為に。

（b）如何に苦しくてもじっと耐えて打ち勝つ、後で良くなる。

（c）「プラス思考」と「有る物思い」の考えを用いる、前向きに考える為に。

（d）人は他人や社会を支えており、（私は人が）好きですね。

（e）健康管理に留意する、元気で生き抜く為に。

（f）自分の具体的課題を持つ、意欲を強める為に。

（a）カードを必ず見る、（自分の）心を上手くコントロールする為に。

○手帳を手元から離さない、離せば目標を忘れがちになる。毎日、手帳内のカードを見るようにする。これは一つの工夫だ。面倒くさいようだが、習慣化し、実践すれば、心が強くなるので、得である。

○自分にとって、今、大いに役立つ言葉をカード（或いは用紙）に書いておく。（例えば、「ゆっくりと、少しずつ、着実にやろう」等。）

○自分の信念を見失わない、目先の事に紛動されない。其の為に、日々、カード上の大事な言葉を本当に生かすようにする。

○（カード上の）有益な言葉を口ずさむのを忘れない。何もしていない時（休息等）にカードを見て口ずさむ。

○カードを見ない場合、つい雑念を考えてよくよしがちだ。

○雑念を思い浮かべないようにする。其の為に何度も有益な言葉の方を考える。

（b）（色々な苦悩で）如何に苦しくても、じっと耐えて（苦しみに）打ち勝つ、後で良くなる、段々良くなる。

○何事も上手くいかない事が有るもの、捗《はかど》らない事が有るもの。イライラしがちだ。思うようにならないのは苦しいものだ。人の活躍を見聞きすると嫉妬や焦燥が生じる事が有る。

○色々な苦しみを上手く克服するように心の持ち方を工夫する必要が有る。

○人々の苦難の体験記事の一部をメモしておき、其れを繰り返し読むのは効果的だ。

○苦しくても平気、苦は有る物。苦しみで心を鍛えることができる。苦しみは自分の為になる。五分或いは二〇分休めば段々疲労は回復し、不快でなくなる。

○今、苦しくても、カード上の偉大な言葉を口ずさむ。「有益な言葉で、（苦悩や病気は）治る、（自分は）強くなる。」この言葉の方を考える、其れは良い因だ、因果具時だ。煩わしい事を思うのとは、天と地の差、大違いだ。

○苦しいが、これでいい、これで当然。後でより良くなる。

○苦しいが、止むを得ない。苦しみは有るもの、後で良くなる。

○（苦しくても）、「今を必死で生きる事だけを考える。」（そうすれば）、ストレスを乗り越える事ができる。

○（何が有っても、できるだけ）良い因を積む事を目指す。宿命を転換できる方へ進む故に。

○実際の苦悩は強烈だ。どんな苦悩にも打ち勝つ方が得だ。苦難に勝利することを祈れば、智慧が湧く。上手く休みを取り、対策を工夫し、実行してみる。反省し、祈り、対策を改善する。このプロセスを繰り返すうちに苦難を打開できる。

（c）プラス思考と「有る物思い」の考えを用いる、前向きに考える為に。

○「プラス思考は治癒力（免疫力）を高める。」

○有る物思いの自信増し。亡くなった人達とは違い、自分には命が有り、（其れ故に）多くの有意義な事をする事ができる、（其の点で）恵まれている。

○仏法では命を最大に尊ぶ。自分には命の何千億円分の宝が有るんだから、元気を出そうよ。

○亡くなった人は何一つ活動する事ができない。今日も自分は有意義な活動をする事ができる。有り難いと思うのは謙虚で賢明である。

○プラス思考で考えれば、何でも全て自分の為になる、プラスになると思う事ができる。（其れ故に）遣るべき事を一つ一つ喜んで取り組む、喜ぶが勝ちだ。

（d）人は社会を支えており、互いに助け合う存在であり、（私は人が）好きですね。（そう思えば）人への好意を持ち易くなる。

○人は、見えない所で大変苦労されている。そう思えば、嫉妬心から解放され易くなる。

○人の活躍が有るからこそ、他者（所属組織、地域、日本、世界、人類）は発展し、幸福は増大する。（そう思えば）人への感謝が生じる。

○人を大事にするが勝ち、人を思い遣るのは愛情。人と自分は支え合い、影響し合っている。

○自分の分を弁《わきま》え、人に対して自分らしく謙虚に振舞うのは自然であり、（人のいい点を見て）人を尊敬するのは道理である。「卑下せず、高慢にならず。」

○人や自分に対する期待度を理想より低くする事ができる。（其れによって）感情的対処（怒りや失望等）を軽減する事ができる。

○自分らしい遣り方で活動に参加する事ができる。

○「人は人、自分は自分だ。」（遺伝子、性格、体質、経歴等の条件が違う故に）人の生き方と自分を比較しない、人と競争しないという考え方がある。

○人や自分についての評価を気にしないで仕事で実力を付ける事ができる。

○あれこれ思い煩わないで仕事、仕事。仕事に専念（専心）すれば充実感が湧く、救われた思いになる事も有る。

（e）健康管理に留意する、元気で生き抜く為に。

○病気になれば苦しい、医療費が掛かる、周囲に迷惑を掛ける。

○「休息は決して時間の浪費ではない。」「疲れを溜めないように。」休息時間を惜しまない。

○「よし、遣るぞ！」（という気持ち）は元気の基準。疲れたら休むべし、病気を防ぐべし。

○必要に応じて適度の休み（五‐一〇分、一五‐二〇分）を上手く取る。「二〇分ぼんやり健康法」は効果的だ。思い切って三〇分、或いは一時間、何もしないで休むことができる。

○休むのは、目先の仕事と同じ位大事だと思う方がいい。酷く疲れているのに仕事を続ければ、病気になりがちだ。

○人間は大事な事を忘れ易い面が有る。「死んだつもりで休みなさい」「思い切って一時間休みなさい」等の言葉をカード或いはA四版用紙に書いておき、酷く疲れた時に見る事ができる。疲労や精神的苦痛を軽減できる。

○散歩とラジオ体操で運命を良い方へ転換する事ができる程の意気込みで毎日、其れを実践することができる。

○一日に二〇‐三〇分歩くのはあらゆる病気の予防になる、熟睡の準備になる。

（f）自分の具体的課題と目標を設定する、意欲と持続力を強化する為に。

○強い意志で粘り強く課題を持続する。

○ゆっくりと焦らないで落ち着いて遣ろう。

○思うようにいかない、上手くいかない、失敗やスランプが有る。そういう事は有るものだ。其れを覚悟していれば、心の平静を維持し易くなる。いらいらを軽減できる。

○困難でも、コツコツと一歩一歩前進することができる。冷静に理性的にあらゆる手を打って休み休み困難に挑戦する。「小さい事を積み重ねていけば偉大な事を成就する（趣意、一五）」

○一つ一つの活動での勝利、成功、成就、発展を祈っている。

◆日常生活で役立つ言葉は何か？

普段、私が大事だと思っている言葉を次の順に紹介したい。

（a）リズム正しく生活し、良い体調にしておく。
（b）欲は、生きる原動力になる故に其れを上手く生かす。
（c）この世には山程多くの素晴らしい事が有る。
（d）今を大事にして充実させる。
（e）「健康第一」故に休みを上手く取る。
（f）この世は厳しい面が有る故に慎重に遣る。
（g）人生の最後の時期をより良くする事を目指す。

（a）できるだけリズム正しく生活し、良い体調にしておく。

○夜に、明日の生活の準備を始める。就寝前に熟睡の準備をすることができる。

○翌日の体調が良くなるように準備する、熟睡し易いように早目に就寝することができる。

○寝る直前に、夜食、酒、コーヒーで胃を悪くするよりも水（或いは、お湯）の方がいい、熟睡の方がいい、翌朝、朝食を美味《おい》しく食べる方がいい。

○夜は、（コーヒーや紅茶ではなく）水やお湯を飲めば気が済むという遣り方が有る。疲れ過ぎない活動でリラックスすればよく眠れる。

○眠る前に雑念を思い浮かべれば、眠り難くなる。有益な言葉の方を思い浮かべる工夫をする。例えば、『有益な言葉で（苦悩は）だんだん治る、眠くなる』の方を考える」等。

○タイマーで諸活動のけじめを付ける事ができる。例えば、パソコン操作二〇分、休憩一〇分等。其の遣り方は、自分の健康を守るコツである。

○過度のボランティア活動で体調と生活のリズムを崩す事が有り得る。仕事欲を制御して休みを上手く取るのは望ましい。

（b）欲は、生きる原動力になる。其れを上手く生かしたい。

○多くの欲を持てば、行動力が増す。だが、欲をコントロールできずに人生を台無しにする事が有り得る。

○大きな夢、具体的な目標を持てば、生き甲斐が強くなる。「大きな夢が有るから元気でいられる（日野原重明医師）。」

○「足るを知る事が大事（趣意、老子）「欲は少ない程幸せというのは真理である（趣意、トルストイ）。」

○「上見て学べ、下見て暮らせ。」これは心を落ち着かせる原理の一つだ。向上心と「足るを知る」（少欲）に関連している。

○苦しいが、もっともっと大変な人がいる、自分は恵まれていると思って感謝する事ができる。

○次の言葉も「上見て学べ、下見て暮らせ」の一例だ。日本の病院では何百万の入院患者が療養で日々を過ごしている。亡くなった人は何一つする事はできない。其れを思えば焦らないでゆったり休める。

（c）この世には山程多くの素晴らしい事が有る。

○「健全」「建設的」「価値的」「倫理」は有益な徳性だ。それらに適った事を心から好きになり、其れに夢中になり、欲をコントロールすれば、悪事は減る。

○関係者に対する迷惑等は念頭に無く、「自分が望む目先の快楽を得るのは幸せだ」と思う人達がいる。彼等は目先の誘惑に負け、一時的な快楽に耽る事が有る。後が良くない面がある事を忘れている。其れを多くの離婚が例証している。不倫による離婚は多く、彼らは経済面で余分に苦しんでいる。

○人生の目的は、他者（人、社会、所属組織、日本、世界）に役立つ事、価値を創造し、社会に提供する事だ。そう思い、実践している人達がいる。

○人生の意味を認知している人がいる。一方、人生の意味を考えない方が生き易いと思う人がいる。人生の意味に無関心な人もいるだろう。

(d) 今を大事にして充実させる。

○今の活動に専念して充実感を得る。時間は過ぎ去ってしまえば二度と戻らない。時間を浪費するのはもったいない。活動への専念によって時間を大事にしたいものだ。

○心を落ち着けて今の活動に没頭する。どの活動でも進歩と発展を目指す。

○今の活動は次の活動や明日の行動の準備の場合が有る。其の活動も、今を充実させる目的にもある。

○心身が健康であれば、今を存分に楽しみ易くなる。其の意味でも心身の健康は大事だ。

○未来の予想は不確かだ。今の出来事は確実に起こっており、現実である。今、実際に経験して何等かの結果を確実に得ることができる。其の点で今の価値は高い。

○希望には多様な物がある。未来の素晴らしい希望や計画を自主的に心に抱く事ができる。希望が実現する事は有り得る。そう思えば張り合いは強くなる。

○人の言動、自分の過去や未来についてあれこれ思い煩わないようにする。今の活動に専念すれば、仕事が捗《はかど》り、仕事の成就への道は開けて充実感は増す。仕事に専念すれば、大きな力を発揮する。「集中、集中」と口ずさむ大相撲の力士がいる。

○何事でも専念し、集中する力を伸ばしたい。其の為に心を整理しておく必要がある。

○大変な状況でも良い事を一つでも実行しよう。（そうすれば）少しでも前進し、憂鬱感が無くなり、心が落ち着く。

○多忙でも、今、ゆったりと落ち着いて休む事ができるのは幸せだ。上手く休む工夫をする。「忙中閑有り」だ。「どんなに忙しい中にも、わずかな暇はあるものだ。」「多忙を極める中にもわずかな暇はあるものだ」。「忙しい中に暇を見出して満喫せよ。」

○人間の欲はきりがない。いくら遣っても遣っても、まだ物足りない面が有る。

○人間の欲について何も考えないで、活動に没頭する事にはメリットとデメリットがある。何かを遣る前に活動の意義と価値を感じ、何かを遣った後で活動の喜びを噛みしめることができる。

○仕事後の休息中に、「疲れた、疲れた」と思い、不快に過ごすのではなく、次のように思う事ができる。例えば、命が無い人は何一つする事はできない。最近亡くなったと報道された記事で先の点を思い出すことがある。

　私は六九歳で肺炎で亡くなっていたら、今、何一つする事はできない。命が無い人は、地位、名誉、名声、財産が有った人でも何一つする事はできない。それを思えば、普段、一つ一つする事ができるのは凄い事だ。今日も仕事をすることができて良かったのだ。

○疲労で苦しくても、「スポーツの練習より楽だよ」と思うのも効果的だ。

○今、一つの課題を成し遂げて価値を創造して良かった。人と自分の為になって素晴らしい。

○一つの進歩を楽しもう、一つの向上を喜ぼう、一つの達成で充実感を得て良かった。

（e）「健康第一」。休みを上手く取り、存分に寛《くつろ》ぐ。

○心身が健康であれば、この世は楽しい面が有るとしみじみ実感できる。

○厳しい競争社会で生き残り、活躍する為に休息を重視する必要が有る。

○二〇分落ち着いて休む事ができるという事は、健康の宝を保持できる智慧があるという事だ。

○登山やゴルフに一日以上掛けて参加する人達がいる。人生の目的は仕事だけではない。そう思えば、落ち着いて休む事ができる。

○休息中に過去の事をくよくよ思い煩っても仕方が無い。いつも「これからだ！　今から新たに出直す！」と決意する。闘う意欲が強くなるだけでなく、存分に休む事ができる。

（f）この世は厳しい面が有る。慎重に遣る、油断しない。手抜きをしない。

○失敗は悔しい。（でも）、失敗するのは自分だけではない、誰もが何等かの失敗をしている。そう思えば動揺を軽減できる。

○反省後は、失敗を思ってくよくよしない、失敗を上手く活かす。

○プラス思考で失敗も為になると思う。心が平静になり、落ち着く。

○失敗への対処として遣るべき事を遣ったならば、人の言動について憶測しない。楽観主義でいい方へいい方へと考える。（或る場合には）「知らぬが仏」ぐらいで丁度いい。（そうすれば）、不安、焦燥ストレスが軽減する。したたかに生きることができる。

（g）人生の最後の時期をより良くすることを目指す。

○臨終迄の苦労の御蔭で人生の最後を満足できるものにする事を目指す。

○人生の途上で大失敗が有っても、其れ以降に、人生のより良い最後を目指す事ができる。

○人生の最後の時期に良い事も有り得るが、大地震等の災難が起こる事も有り得る。明日や未来はどうなるか分からない面が有る。

○「今さえ良ければいい」というのではなく、未来が実際に現実になる時の事を考える。其の観点で今の生き方に善処するのは賢明だ。

○（七〇年、八〇年、或いは九〇年の）人生の時間は連続している。一方、人生の一日、一日も連続しているが、それぞれ明確な単位と見做《みな》す事もできる。

○臨終頃が良いのに越したことはない。だが、臨終の頃が悪かろうと、良かろうと、其れまでの途上での良かった日々はそれぞれ大変有意義で幸福だ。過去の良くない日々があったかからこそ臨終頃の良い日々があるとも言える。

○たとえ人生の最後が良くない場合でも、其の時期迄努力したた日々が充実していれば満足する事ができる。

○仏法では「死は新たな生の為の準備」と捉えている。

○自分が死ねば、自分の生命は宇宙生命ともいうべき物に融合する。其れは次の生の為の準備である。かくして自分の生命は永遠に存在する（趣意、池田ＳＧＩ会長）。そう思うことができれば、安心感が増し、前途は明るくなる。

○熟年や晩年にも休みを上手く取りながら何等かの社会貢献をすることができる。其れはより良い生き方であり、充実している。

◆インターネットの記事から「苦しみの克服」「健康管理」「人生の意味」に関連した名言をピックアップし、順序を変えて編集した物を紹介したい。尚、名言直後の（　）は、私が名言の要点を述べた物である。

◆「苦しみの克服（一六）」

（systemincome. com/cat/effort/）

◇苦しみの報酬は経験なり（アイスキュロス）。（苦難の苦しい思いをすることで経験という宝を得る。）

◇（伊藤ハムグループの伊藤傳三《でんぞう》）氏は返品やできそこないのソーセージをリヤカーにうず高く積んで、真夜中に（神戸市の）葺合区《ふきあいく》の生田川じりへ二〇貫（七五キロ）、三〇貫（一一三キロ）と捨てた。運びながらこらえきれなくなって涙がポロポロ出た（伊藤傳三）。

【（右記についての）覚書き―魚肉ソーセージをデパートに納入し、一時的な成功を得たものの、製品に保存性などの問題があり、大量返品が来てしまう。その時を振り返っての言葉。このあと、研究に没頭し伊藤ハムの主力商品であるプレスハムの開発に成功した。】

（即ち、返品という苦難の後で、伊藤氏は食品衛生の知識を徹底的に学習し、ハム・ソーセージの温度管理や塩漬け技術も学習した。低コストの「セロファンウインナー」を発案して販売し、夫婦二人で売り歩いた。後にマトン（羊の肉）の大衆化を実現しニュージーランド国政府から民間最高名誉勲章（ＯＮＺ）を受章するなど様々な功績を残し、伊藤ハムの礎を築いた（Wikipedia）。）

◇苦しみに耐えることは、死ぬよりも勇気がいる（ナポレオン・ボナパルト）。（極度の苦しみに耐えるのはいかに大変であることか！）

◇不安もプレッシャー（重圧）もありますが、それをはねのけられるのは納得できる練習しかないんです（田村亮子）。（最高レベルの練習によって重圧を克服できる。）

◇苦しみこそ悟りの母という掟《おきて》を立て、人間に思慮を教え給うた神なるゆえに、忘れ得ぬ苦しみは眠られぬ胸に染み入り否応なく悟りは訪れる（アイスキュロス）。
（たとえ就寝中に、極度の苦しい体験が心に染み入って眠れない事が有っても、苦しみについての深い思慮によって、苦の克服についての悟りを得ることができる。）

◇忍耐は苦《にが》いが、忍耐が結ぶ実は甘い。忍耐によって、いかなる逆境の中にあっても耐え抜くことができるし、いかなる敗北も乗り越えることができる。忍耐によって自分の運命を支配し、望みのものを手に入れることが可能となる（オグ・マンディーノ）。
（極度の苦境に耐えるのは筆舌に尽くせないほど苦しいが、強い意志で耐え抜く事ができる、そしてどんな敗北でも次の戦いの為の知識と知恵でプラスへと生かす事ができる。苦しみに耐え抜いて最善或いは次善を尽くすことで運命のより良い方向への転換を目指し、最高レベルの充実という望みを得る事ができる。）

◇苦しんで強くなることが、いかに崇高なことであるかを知れ（ヘンリー・ワーズワース・ロングフェロー）。（苦しまないで平凡に暮らすことと比べれば、苦しみによって強くなる事は崇高な事であり、誇りだ。）

◇苦しみ（というもの）は、苦しむ者がその限界を知り、その恐怖に想像を加えさせざれば、耐えられぬこともなく、かつ永続するものにあらず（マルクス・アウレリウス）。

（苦難の体験をする前から苦しみの恐怖を次から次へと想像すれば、苦しみは大きなものになり、苦しみに耐えにくくなる。実際に必死で苦難を経験している最中には苦しみに耐えられるものであり、苦しみは永続しないのである。苦についての怖れを想像すればするほど、よけいに怖くなるものだ。）

◆「健康管理（一七）」

（systemincome. com/cat/）

◇いつ死ぬかは誰もコントロールできない。これはもう、しょうがないですね。「命は天にあり」です。でも、「体は我にあり」で健康管理は疎《おろそ》かにできません（小野田寛郎）。

（健康管理は、自分で責任を持って行う。即ち、心を上手くコントロールし、生活の仕方をより良くする事で健康の宝を増大する。其れを深く決意し、怠らずに健康管理をする必要が有る。）

◇人生の豊かさを決めるのは、六つの柱のバランスである。その六つの柱がバランスのとれた状態であれば、豊かな人生になるだろうと私は考える。

その六つとは「仕事」「家庭」「教養」「財産」「趣味」「健康」である。人生という大きなテーマに対して漠然としか考えられないという人が多い。そうしたときに、六つの柱を一つずつ明らかにしていくと考えられるのである（渡邉美樹）。

（多忙でも、色々な欲があっても、健康という基本を徹底して守ってこそ豊かな人生を送ることができる。）

◇あなたが車を一台持っていて、一生その車にしか乗れないとしよう。当然あなたはその車を大切に扱うだろう。必要以上にオイルを交換したり、慎重な運転を心がけたりするはずだ。

ここで考えて欲しいのは、あなたが一生に一つの心と一つの体しか持てないということだ。常に心身を鍛練しなさい。けっして心身の手入れを怠らないようにしなさい。じっくり時間をかければ、あなたは自らの心を強化することができる。人間の主要資産が自分自身だとすれば、必要なのは心身の維持と強化だ（ウォーレン・バフェット）。

（多忙のせいにして、心身の鍛錬を怠るのは賢明とは言えない。）

◇現代人の多くは圧倒的に運動不足です。これを解消しないことには、本当の意味で健康を取り戻すことはできません（安中千絵）。

（健康の増進の為に心身の鍛錬の時間を確保し、実践する必要が有る。）

◇健康とエネルギーは深い眠りの結果であり、深い眠りは活気ある活動の結果なのだ（ディーパック・チョプラ）。（散歩やラジオ体操を持続する事で熟睡し易くなり、元気で生活する事ができる。これは人生の基本だ。）

◇多くの人が「運動する時間などない」と考えがちだが、これは何ともゆがんだ考え方だ。効果的な運動に要求される時間とは、一週間のうち二時間から六時間（である）。一日おきに三〇分費やせばいいのである。それが残りの一六二時間から一六五時間の生活にどれだけ大きな好影響を及ぼすかを考えれば、こんなに効率の良い（時間の）投資はほかにない（スティーブン・R・コヴィー）。（運動の為に時間を使うのは、それだけ仕事量が減るように思えるかも知れない。だが、運動の効果によって其の後の活動を一層能率的に行う事ができるようになる。）

◆「人生の目的、意味（一八）」

（ブログ作成者の言葉）

疲れたときなどに（讀めば）元気が出る（ような）言葉たち。

疲れた時や何もかもが上手く行かない時、「なんで生きているんだろう…」って思ってしまいがちですね。偉人や有名人たちの「生きる意味」がわかる言葉を集めてみました。これらの言葉から、「生きる意味」を見つけるヒントが見つかりますように！

◇自分は自分である。何億の人間がいても自分は（この世に一人しかいない、かけがえのない）自分である。そこに自分の自信があり、誇りがある（松下幸之助）。

◇誰かの（幸福の）為に生きてこそ、人生には価値がある（アルベルト・アインシュタイン）。

◇人間が自分で（主体的に自分の人生の）意味を与えないかぎり、（ただ生きているだけで）人生には意味がない（エーリッヒ・フロム）。

◇どんなに（過去の失敗を）悔いても過去は変わらない。どれほど（未来のことについて余計な）心配したところで未来もどうなるものでもない。いま、現在に（自分のできる限りの）最善を尽くすことである（其れを実現し、現状をより良い方へ変えられる）（松下幸之助）。

◇何かひとつくらい誇れるものを持っている、何でもいい、それを見つけなさい、勉強が駄目だったら運動がある、両方駄目だったら君には優しさがある、夢をもて目的をもて、やれば出来る。

こんな言葉に騙されるな、（若くして亡くなった人は何一つすることはできない。そう思えば）何もなくていいんだ、人は生まれて（自分なりに）生きて（色々と体験して）死ぬ、これだけでたいしたもんだ（北野武）。

（普通に生き抜いていれば、自然に社会の為になっている。誇りも優しさも、なくて気にすることはない。）

◇（人生の）意味を考えていたら（活動は）始まらないよ。人生ってのは（したたかに生き抜く）欲望さ。（人生の）意味なんて、どうでもいいじゃないか（チャーリー・チャップリン）。

◇いくつになっても、（人生には限りなく希望も可能性も危険もあり）、（どうなるか）わからないものが人生というものである。（一寸先がどうなるか）わからない人生を、わかったようなつもりで歩むほど危険なことはない（松下幸之助）。

◇（何等かの事故や災難で）明日死ぬかのように生き（、いつ死んでも後悔が無いように生きておく、命は永遠であるという希望が有る故に実力を伸ばすために最後の瞬間まで）永遠に生きるかのように学びなさい（マハトマ・ガンジー）。

（ブログ作成者のコメント）

たとえ、「生きる意味」が分からなくても、夢や希望を捨てずに生きていきたい。成功した人生を送っているように思える人たちも、いろいろな悩みをかかえていたことが、その言葉から分かりますね。「生きる意味とは？」と問われても、すぐには（確かな）答えに（達することには）なりませんね。偉人や有名人の言葉から、（したたかに）生きるヒントを見つけてみるのも、一つの方法かもしれません。でも（確実な）答えが出なくても、前向きに進んで行きたいですね。

◆本稿についての学生の感想

◇大学一年の時に物凄く落ち込んだ時期があった。全てのことにやる気をなくし、生きている意味が分らなかった。生きていくのが辛いと感じた。

必死で唱題（即ち、南無妙法蓮華経と唱え続けること）をする中で、どん底の精神状態でも生きていくことが最大の勇気だと感じた。そう感じられたことに感謝できた。

「あなたの生きている今日は、昨日死んだ子たちが生きたいと思った明日（即ち、今日）なのだ」との言葉に接して、苦しかった日々のことを思い出した。這い上がろう、頑張ろうと決めた時の決意を思い出し、新たに頑張っていこうと思った。

◇本稿の内で、「人生の目的があると安心する」というところはその通りだと思いました。漠然とした不安感に襲われる時はいつも人生の目的や目標を見失いかけている時なので、いつもしっかりと人生の目的を見て心を強くしたいです。

◇このエッセイにもあるように、私も直ぐに人生の目標を見失いがちですが、「生きていられるだけでも素晴らしい」という点は本当に大切です。

先週、テレビでジャズピアニストで歌手の綾戸智絵さんの人生を振り返る番組を見ました。彼女は一七歳で単身で渡米した後、結婚した黒人の夫から家庭内暴力（Domestic Violence）を受け、自殺を考えた事もあり、乳がんの手術を受けた事もありました。

でもお母さんに励まされ、「生きていれば何でもできる」と思い直し、必死に頑張って四〇歳で歌手としてデビューしました。私も悔いが残らないよう色々挑戦していきたいです。

◇心を強くする話はとても印象深かったです。心が強くなることで頑張れる力が大きくなり、不可能なようなことを可能にすることができると思います。

◇池田先生の有益なお言葉で私は元気が出ます、頑張ろうという気持ちになり、涙が出ることもあります。池田先生の思想を生涯求めていきます。現実の苦しみから逃避することなく、とにかく生き抜き、最後は大歓喜です。楽しんで戦っていきます（趣意）。

◇「心こそ大切なれ」と創立者は幾度もおっしゃられています。心を鍛え、良い心を発揮するようにすることは、誰かがやってくれるものではなく、最終的に自分自身が行《おこな》っていくものです。だから、日々、自分の心と向き合い、向上していける信心が人間には絶対に必要です。この事を有りの儘に多くの友人や知人に語っていけたらと思います。

◇何故日本では宗教はあまり良くないものと受け取られがちなのか。世界に目を向ければ、信仰しているのが当たり前という国が多いだろう。私は仏法に巡り合うことができたのは本当に素晴らしいことであり、価値創造をして生き抜く創価の哲学の光を多くの人々に注いでいきたいと思った。

◇このエッセイで休息の大切さを実感しました。つい休むことは負けだと思ってしまい、体力の限界を超えてしまう人がいますが、私が通っていた病院の医師は「休むことも仕事のうちだよ」と言われました。

◇今回のエッセイを端末の画面で見ながら先生の朗読を聞いて、私ももっともっと多くの周りの自然、人、いろんな事に目を向け、興味を持って生きていく気になりました。まだまだ自分のことで精一杯なので、しっかり休みをとりつつ、自分の人生を築いていきたいです。

◇どんな時でも自分で自分を励ます言葉を持ち、言葉をきっかけにして良い行動を起こしていく人は強いです。私は沢山のいい言葉を自分の心に留めておきたいと思います。

◇「いつもこれからだ！」という言葉は凄く励みになります。何があっても、また頑張れる次があると思い、自分の可能性を信じて前向きに進んでいくことが勝利への大きな一歩になります。

◇「人と比べた時に焦る」とか、「健康第一」とかいったことは、既に分かっていることだけど、普段の生活でその点を忘れている。本当にエッセイの通りだ。色々な点で勇気の出る授業だとつくづく思う。

高橋尚子さんの名言

●以下の発言は、「高橋尚子の名言—地球の名言」（earth-words. 0rg/archives/1096）から名言をピックアップし、順序を変えて編集した物である。高橋さんは過酷な練習に対してプラス思考を貫かれている。

◇今あれこれ考えるより、そのちょっとの間に、腹筋とか何かをしたほうが良い。アテネに向けて、一日、一日を全力を尽くしたと言えるようにしたい。

◇暗闇の中でも、夢を持つことで、ホントに一日一日を充実した時間を過ごすことが出来ました。なので、陸上に関係なく、いま暗闇にいる人や悩んでいる人、ほんとに一日だけの目標でも三年後の目標でも何でも目標を持つことで、すごく一歩一歩一日が充実すると思います。

◇長い階段を一気に上がろうとすると、途中でへばってしまう。でも一段ずつ確実に上がっていけば、時間はかかっても頂上まで上がることができる。

◇人以上やって人なみ。人の倍以上やってようやく…。

◇もう走れないほど練習しても、一晩寝ると不思議と走れてしまう。

◇何も咲かない寒い日は、下へ下へと根を伸ばせ。やがて大きな花が咲く。

◇すべての一日が精一杯頑張ったという一年にしたい。

◇負けるのが、恥ずかしいとは、思っていません。

◇痛い目にあったとしても、失敗すらできない人生よりずっと楽しい。

◇よかったことの現実も、悪いことの現実も、次へ向かう糧にしたい。

●以下の発言は、「偉人　高橋尚子　名言集—心の常備薬」(medcines. Aquaorbi. net) から名言をピックアップし、順序を変えて編集した物である。高橋さんは常識を超えたレベルの思考で厳しい練習に臨み、国際大会に対処された。

◇私はその日のうちにすべてを出したい。レースでは一、二分の違いが何十番もの差になる。一日で見たらわずかな時間でも、その練習を翌日に持ち越さなくてはいけなくなる。これくらいでいいやではなく真剣にやってほしい、そう思っていました。

◇それまで毎日が試合というような練習を全力でやってきましたので、当日はまったく緊張しませんでした。

◇私たちにとって、二度と来ない時間を楽しい思い出にできることが、一番幸せなことだし、大切なことだとおもいます。

◇人への感謝の気持ちも、自分の力になる。

◇考えたところで見えていないもの、まだ分からないことをあれこれ悩んでも仕方ない。

◇私がいつも最終決断を下すとき、自分の身を断崖絶壁に置きます。

こちらがダメならあちらがあるという甘い考えを少しでも持つと、一〇〇パーセントの力で扉をこじ開けることができないからです。

◇何かを決断するときというのは、決断を下す前の状況も大きく影響しますね。焦って自分の中に閉じこもっていると独り善がりな決断になってしまいますが、リラックスした状態で客観的に状況を判断できる心持ちになっていれば、決断がいい方向に動きます。

◇オリンピックや世界選手権のような大きな試合で勝つためには、常識的なことだけをしないこと。ひとつの器を壊して次の段階に進むためには、非常識と言われる領域に足を踏み入れない限り求める結果は得られません。

◇新しいことをやるのは危険だと忠告されましたし、バッシングもされました。でも、私たちが欲しいのは常識の中で得た結果ではない。

◇新しいものを手に入れるためには、今データが手に入ることをやっていたのでは打ち破ることはできません。「非常識の領域に行ってみよう」。その決断を下す度胸を持てたことがよかったわけです。

◇レース中の決断は非常に臨機応変かつ迅速に下されます。瞬時の判断が要求されるので、自分を研ぎ澄ませておかなければなりません。
ただ、マラソンは四二・一九五Kmと長いので、常に研ぎ澄ませていると疲れてしまいます。リラックスしている状態と研ぎ澄ませている状態、そのオフとオンをうまく使い分けることが大切ですね。決断をする瞬間がまさにオンになる瞬間で、そこからは爆発力です。最初からずっとピリピリしていたら、その爆発力には結びつきません。

◇「あしたのジョー」（高森朝雄（梶原一騎）原作、ちばてつや画による漫画作品、一九六八年一月一日号 - 一九七三年五月一三日号にかけて連載された物）のように、戦い終え、そのまま頭の中が真っ白になっていくほど走れたら本望なんです。

◇自分で選んだ道だからこそ、今、何の後悔もなく、前を向いて歩いてこられたと思っています。

◇私から陸上をとっても、何も残らないというわけじゃない。マラソンにはゴールはあるけれども、マラソンを通じて得たものには終わりなんてないんですよね。

◇よく「マラソンは独りのスポーツ」と言われます。しかし、私は決してそうではないと思っています。レースが始まれば自分で決める場面が多いのですが、スタートラインまでは小出監督がすばらしい練習メニューをつくってくださる。

料理のスタッフが日々ベストになる栄養状態をつくってくれて、トレーナーが身体を痛めることのないよう調整して送り出してくれる。そして最後が私の番。私が勝てば監督もスタッフも皆が一番になれる。私はいわばアンカーのようなものです。マラソンもチームのスポーツなのです。

◆苦しみの克服・努力・忍耐等に関連した名言

●以下の記事は、インターネットのサイトの名言をピックアップし、順序を変え、一層簡潔に編集した物である。各名言を、他のと比べながら読めば、より深く名言の意義を味わうことができる。（ ）内は私のコメントである。

◇現在のわれわれは悪い時期を通過している。事態はよくなるまでに、おそらく現在より悪くなるだろう。しかしわれわれが忍耐し、我慢しさえすれば、やがてよくなることを、私はまったく疑わない（ウィンストン・チャーチル）。

◇優れた人間の大きな特徴は、不幸で、苦しい境遇にじっと耐え忍ぶことだ（ルートヴィヒ・ヴァン・ベートーヴェン）。

◇私はプロレス修業時代、誰よりも大きな欲を持とうと思い練習した。だからつらいことにも耐えられた。苦が苦ではなかった。そして、プロレスラーを決して派手な仕事だとは思わなかった。外見は派手でも、地味な、文字通り汗と血だらけの練習に明け暮れたからで、少しも楽に生きようなどと考えてはいなかったからである（アントニオ猪木）。

◇（自分で自分を）追い込むのは自分でも本当は怖いんですけど、そういうところまでたどり着かないと、人間の潜在能力というのは引き出せないんです（清水宏保）。

◇自分にマイナス要素がある、才能的に優れていないからこそ、そのマイナス面を埋めるための努力を死ぬまでしなくてはいけないのです。この努力は一見辛いように見えます。実際とても辛いです。努力をしないで好きなところにはまって、社会人になってからもずっとマイナスが累積していく人生よりは、マイナス面を埋める努力をして身に付く人間性の良さなどが、より人生の成功への道を切り開いてくれることでしょう（富野由悠季《よしゆき》）。

◇「できない」「もうこれでいい」「やるだけやった」と言うな。「これでもやり足りない」「いくらやってもやり足りない」と思え。一心不怠に努力すれば、努力した分だけ必ずよくなる（大山梅雄）。

◇甘えが大敵。ここまでよくやってきたなんて少しでも自分に妥協したらだめなんだ。現実に体力強化はもう無理。いかに衰える速度をトレーニングで遅くさせるかだよ（ジャック・ニクラウス）。

◇あなた以上に才能がある人はいっぱいいるので、生半可な気持ちでは、世の中はやっていけません。自分には多くの競争相手がいるということが想像できていないところが、すでにイメージが貧困だと感じます。何ごとも「なあなあ（なれあい）」でできることがあるなんて思わないでください（富野由悠季）。

◇好きなことにのめり込み、才能が開花してどんどん伸びたとする。でも、食べていくのは大変だ。なかなか儲かるもんじゃない。努力に見合うマネーはなかなか得られないもんです。だからといって、絶望したり、悲観したり、愚痴をこぼしてはいけない。ただただ、努力するのです。なにしろ、好きな道なんだから（水木しげる）。

◇何事によらず、志を立てて事を始めたら、少々うまくいかないとか、失敗したというようなことで簡単に諦めてしまってはいけないと思う。一度や二度の失敗でくじけたり諦めるというような心弱いことでは、本当にものごとをなし遂げていくことはできない（松下幸之助）。

◇思いどおりにいかないときでも、課題を克服するための地道な努力を怠らないこと。そうやって一つずつ克服していけば、その成功体験が自信につながり、心を強くしていくことができるはずです（辻野晃一郎）。

◇人生はマラソンのような長距離競争である。一気に駆け抜けようとすると落伍することになる。急ぐべからず、焦るべからずである。徳川家康も言っているように『人生は重き荷を負いて遠き道を行くがごとし。百里の半ばを九〇里とせよ』の心がけもって、長い人生の荒波を根気強く渡らなければならない（大屋晋三）。

（「人生は百里の長い道を歩むかのような長い期間であり、途上には大変な時期が有り、苦しい思いは付き物だ」と深く覚悟していれば、諸々《もろもろ》の苦しみに耐え易くなる。

百里の長い人生において、（数学では人生の半ばは五〇里だが）精神的には、「人生の半ばは九〇里であり、人生全体は一八〇里なのだ。無事に最後まで生き抜くことは大変な事であり、偉大な事である」という思いで、途中で諦めず、焦らず、油断せず、急がず、気を抜かずに根気を持って、休みを上手く取りながら日々を過ごすつもりでいれば、いつ迄もしっかりした気持ちを維持することができる。）

◇抜いてやる、追いつけるに決まってると思い込んでいた。たとえ思い違いでも、そういうのって大切だよね（田原成貴《せいき》）。

◇何ごともはじめは難しいということわざは、ある意味では真理かもしれないが、より一般的には何事もはじめは容易だ。最後の段階に登ることこそ一番難しく、これに登り得る人間は稀だと言える（ヨハン・ヴォルフガング・フォン・ゲーテ）。

◇私の一番好きな言葉は、努力だ。私のモットーとしている。単純な言葉だが、何を始めるにせよ必要なのはこれ以外にないと思う。そして自分の苦しさ、悩みなどは口に出して言うべきものではないだろう。それはひとりで心の中にしまいこんで耐え、戦うもの。そして戦い終わったのちは、ケロリとしてなんでもなかったような顔をしているものだと思う（小野喬《たかし》）。

◇いままでの僕の記録はみんな、耐えることで作られてきたんです（王貞治）。

◇環境が変われば最適な方法が変わる。これはもう仕方がない。けれども、環境が変わっても変わらずに役立つものがある。それが努力だと私は思っている。自分の役に立つかどうかわからん他人のノウハウを吸収するより、自分で努力する力を磨いた方がよほどいい（矢野博丈）。

◇客観的に判断すれば、情熱的な努力によって人が真実からもぎとるものはとても小さい。しかし、この努力は自己という束縛から私たちを解放し、最も偉大な人々の一員にします（アルバート・アインシュタイン）。

◇努力は、人生を楽しくするものだと私は考えています。そうすれば、継続が苦になりません（松沢幸一）。

（努力によって上達や発見を得る喜びが生じる。そう思えば、一日、一日が充実し、人生の楽しさを感じる時が増える。何事も奥が深い故に、何十年も同じ仕事をしても苦にならない。）（「努力・成長の名言　厳選集 - 名言ＤＢ」systemincome.com/cat/effort/page/2)

（何事も奥が深い。努力によって上達、発見、工夫を得る喜びが生じる。そう思えば、一日、一日が充実し、何十年同じ仕事をしても苦にならない。

◆健康管理に関連した名言の紹介

●以下の記事は、インターネットのサイトの名言をピックアップし、順序を変え、一層簡潔に編集した物である。名言を深く理解すれば、健康と長寿の為に肉体と精神の両面で努力する意欲が強くなる。

◇ストレスをなくすには、食事をきちんと取って体を動かすというベースが大事。朝はコーヒー一杯、昼はラーメン、夜は酒を飲んでお茶漬けじゃ健康になれるわけがない（原禮ノ助（礼之助）。）

◇ボケずに長生きする方法は四つある。一日三合の牛乳を飲むこと、一日に十分は静想すること、人と話すこと、一日十回は感動すること。ただ長く生きてりゃいいって物じゃないのね（加藤シヅエ）。【覚書き―九九歳のときにラジオのインタビューで語った加藤シヅエの言葉】

◇脳を使わなければ体が衰える。体が衰えれば行動半径が狭くなってますます衰える。この悪循環を断ち切れ（奈良林祥）。

◇「休めない」という人は、どこかで休息や睡眠を無駄な時間だと思っているところがあります。しかし、健康でなければ仕事はできません。「仕事のひとつとして、健康に投資する」という意識を持っていただきたい。「休むのも寝るのも仕事のうち」ということです（西多昌規《まさき》）。

◇たとえ体調を崩したとしても、療養生活に入るのではなく、仕事を続けることが私にとっては最高の健康法だと思っています。「病は気から」という言葉があります。一昨年の大けがのときも、私は病室で仕事を続けました。奇跡的に回復したのは、主治医の先生によれば、「本人の気力のたまもの」だそうです（坂本孝《たかし》）。【覚書き―七三歳時の発言】

◇思い切って毎日の仕事をすっかり忘れ、別な世界を積極的に作ってみることも心の健康を保つためには大切です。良い仕事をするために、働き盛りこそ仕事離れで心に風を通しましょう（大森健一）。

◇不健康、早く老いることの原因は、肉体より精神にあります。精神に感激性のなくなることにあります。ものに感じなくなる、身辺の雑事、日常の俗務意外に感じなくなる、向上の大事に感激性を持たなくなる。これが一番いけません。無心無欲はそういう感激の生活から来るもので、低俗な雑駁《ざっぱく》から解脱することに他なりません（安岡正篤《まさひろ》）。

◇病気をしてから覚えた僕流の治療法は、笑うことです。退院してすぐは、ほんの一分ボールを打っただけでヘトヘトになりましたが、それでもとにかく笑うようにしていると、不思議と段々疲れなくなっていきました。笑いが免疫系にプラスに作用したのだと思います（松岡修造）。

◇食うこと少なくして、噛むことを多くせよ。
乗ること少なくして、歩くことを多くせよ。
着ること少なくして、浴びることを多くせよ。
悶ゆること少なくして、働くことを多くせよ。
怠けること少なくして、学ぶことを多くせよ。
語ること少なくして、聞くことを多くせよ。
怒ること少なくして、笑うこと多くせよ。
言うこと少なくして、行うこと多くせよ。
取ること少なくして、与えること多くせよ。
責めること少なくして、褒めること多くせよ
（二木謙三《ふたきけんぞう》）。

◇病のとき心がもしも病に負ければ、治る病も治りはしません。反対に、医者がさじを投げ、だんぜん治らないと決められたような病でも、心が病に打ち克っているような、積極的精神の状態であると、その病が治らないまでも、医者がびっくりするほど長生きをするというような場合が、実際にしばしばあるものです（中村天風《てんぷう》）。

◇僕はよく「愚痴をこぼすな、くよくよ後悔するな」と言っている。第一に時間の空費だし、体も弱る。それに周囲を暗くするから、これほど馬鹿なことはないと思っている（正力松太郎）。

◇私は自分の持病と一生連れ添う覚悟を決めています。できるだけ病気を飼い慣らしておとなしくさせるという方針を立てました（吉行淳之介）。

◇自分が潰されないようにそればかり考えた。雑念は気にせず、馬耳東風と心がけ、さらにヤケ酒はなるべく飲まずに本を読んで嫌なことを忘れるようにしたものです。一番ストレス解消に役立っ

たのは天文学の本でした（池田松次郎）。

◇絶望のどん底にいると想像し、泣き言を言って絶望しているのは、自分の成功を妨げ、そのうえ心の平安を乱すばかりだ（野口英世）。

◇人生を通じて、人に対して頭にきたり、人から失礼な態度をとられたり、ひどい扱いを受けることもあるだろう。しかしそれらは神様に処理してもらうことにしよう。なぜなら心に抱く憎しみは、自分をも消耗させてしまうから（ウィル・スミス）。

◇いつのころからか、私は「この日、この空、この私」と書くようになった。人生、考え出せば、悩みだせば、きりがない。『この日、この空、この私』といった気持ちで生きるしかないのではないか、と（城山三郎）。

あれこれ過去や未来を思い煩うのは健康に良くない。今日のこの日は実際の現実であり、明日の事は全て不確実だと思えば、この日の価値はより高くなる。この日は、過ぎてしまえば二度と戻らない。この日はこの日にしか味わえない。

「ヘレン・ケラー女史は目が一日でも見えれば如何に幸せかと言われた（趣恵）。」亡くなった人は一日も生きられない。一日生きてこの世の壮大な歴史の一日を見ることができれば如何に幸せな事か。今日のこの日に生きられるのは有り難い。この日に精一杯生きることを決意し、実行する。

この空でいいんだ。色々な天候は有るものだ。雨の日でも雪の日でもいいよ。どの天気にもそれぞれ良さが有り、為になる。この空の下で前向きに活動する。

人は人、自分は自分である、（一人一人の）全ての条件や状況が違う故に人と比較しない、競争しない、人真似をしないで主体的に生きる。有りの儘の自分を、「これでいい」と受け入れる。この私でいいんだ。自分らしく自分に合った充実した生活や人生を送ることができる。

（色々な意味を込めて、「この日、この空、この私」だ。）

◇長生きの方法は、自分より長生きした人の書でもなんでもいいから飾って、俺はそれよりも長生きするんだという意欲を燃やしていなければならない。俺はこのように渋沢男爵（渋沢栄一）の書を飾り、毎日これを見て、渋沢より長生きするようにしているのだ（御木本幸吉《みきもとこうきち》）。【覚書き—上記発言通り御木本氏は渋沢氏より長生きした。御木本氏没年齢九六歳、渋沢氏九一歳】

◇ゆっくり生きることが大切な六つの理由。（一）ストレスが少なくなる（二）肉体的に健康になる（三）その場にふさわしい、親密で愛情あふれる人間関係を築くことができる（四）感動する心が生まれ、身の回りの自然の美しさを楽しめるようになる（五）心の平静と落ち着きが得られる（六）生産性や創造性が著しく高まり、集中力も飛躍的に増す（リチャード・カールソン）。（落ち着いてゆっくり生きるために心を整理しておく必要がある。）

◇本来、人間というのは自然に逆らわず「ほどほど」に生きているとき、最も疲れないようにできています。結局、「自然の摂理に逆らわず、ほどほどに」というのが、人間の健康のためには一番大事なのです（岡田正彦）。（ほどほどに生きる為に、欲を上手くコントロールする事を学び、実践し、休みや睡眠を効果的に取るように工夫する。）

◇精神的に安定した人物を特徴づけるのは、主として、その人間が持っている特別な習慣ではなく、むしろ習慣を変えたり、環境の変化に対応したりするときの手際の良さである。融通のきかないひとりよがりで保守的な、何事もじっと傍観するタイプの人間とは反対に、変化に対する心積もりができている人間だ（ウェンデル・ジョンソン）。

（変化、変化の連続の人生で心の落ち着きと平静を維持する為に、固定観思に囚われないで変化に上手く適応していく。）（「健康の名言　厳選集 - 名言ＤＢ」systemincome. com/cat/effort/page/2)

◆プラス思考とマイナス思考の実例の記事

●プラス思考とマイナス思考の実例の記事を、「一層分かり易い」

という観点で工夫を加え、編集した上で紹介したい。

桃山透氏（四〇代）に依れば、この記事の執筆の約二年半前、桃山夫人のがんが再発して肝臓に転移し、彼女は抗がん剤治療の副作用で身体がだるくなる事が有る体調だが、元気に生活されている。

彼女の髪の毛は再び抜けたが、抗がん剤治療でがんの再発から数カ月で肝臓がんはかなり小さくなり、高かった腫瘍マーカーの数値も大幅に下がり、彼女は安定した病状を保っている。

彼女ががんの宣告を受けた時に六歳だった娘さんは今、一〇歳だ。桃山夫人がこの四年間頑張ってこられた事に桃山氏は感慨を深くされているが、其の理由や彼の心境を生き生きと述べ、読者に生き抜く勇気、知恵、強く生きるヒント等を提供されている。以下は彼の記述である。

『がんと一生つきあって生きる』という意味

「ゴールのないマラソン」をやる覚悟

（前略）

（私が妻のこれまでの闘病の努力に感嘆する理由は、私は妻の）快復を渇望していたのですが、主治医からは「治るとは思わないでください」といったようなことをいわれたからです。

そのため、妻には「がんと一生つきあっていくつもりで長生きしよう」といっています。たとえるなら、ゴールのない（苦痛を伴う）マラソンをしているようなもので、妻はもちろん、私にとっても心身ともに苦しいことが少なくありません。

私の場合普段は妻をサポートするよう心がけていますが、精神的につらくなると限界を感じることもあります。特に収入や仕事に対する不安が加わると、イライラして家庭の雰囲気を悪くしてしまい、いまの生活から逃げだしたくなります。家族のよさをよく知っているのに、独身者は気楽でいいなといじけ、うらやましくなることもあります。私のようなクズは結婚してはいけなかったんだ、と自分を責めることもあります。

こんな自分がほとほと嫌になるのですが、それでもうつ病になって働けなくなるよりは、自分のダメなところをたまには出してでも、ゴールのないマラソンから降りなければいい、と思っています。私と違って泣き言をいわない妻には大変申し訳ないのですが、徐々にでも精神的に強くなっていくしかありません。

それでも普段は妻が生きてくれているだけでうれしく、私の生活の原動力になっています。だからこそ、挫けることがあっても、しばらくすると必ず立ち直ろうと思えるのです。

（妻が）がんになってからずっと、妻はどう生きていけばいいのか考えています。これといった答えが見つからないため、ときには焦燥感に駆られたり、罪悪感を覚えたりしていますが、これは生きるための欲が出てきた証拠だと思っています。夫の私からすれば、生きる気力をなくすことなく治療を続け、無理せず人生を楽しんでくれるだけで十分なのです。

妻ががんになって気づいたこと

近い将来、妻が亡くなるようなことがあっても、（私は）悲しむだけ悲しんだ後は、「普通の夫婦と同じくらい、ともに時間を過ごせたじゃないか」と自分に言い聞かせようと思っています。このような覚悟を決めておかないと、やっていられないところがあるのです。夫婦の時間が多くつくれるのは、私が自宅で仕事をしているからです。

といっても私の場合、貧乏暇なしの不安定なだけで、いいことはあまりありません。妻に心配ばかりかけているのですが、夫婦の時間がたくさんつくれることに関しては、この仕事をしていてよかったと思っています。

平日、休日に関係なく、妻とはよく健康のために近所を散歩します。その様子は、まるで老夫婦のように見えるかもしれません。特に楽しんで散歩しているわけではないのですが、それでも散歩の途中で知り合いに会うと、「いつも仲がよくてしあわせそうでいいですね」と笑顔でいわれることがよくあります。苦笑するしかないのですが、そのたびに見慣れた近所を飽きもせず散歩できるのも妻と一緒だから、ということに気づかされます。

まだ四〇代なのに、老夫婦のように近所を散歩できる妻と一緒になれた私は、たしかにしあわせ者なのかもしれません。このことは妻ががんにならなかったら、（私は）気づけなかったと思います。近い将来、がんに効く薬が発明され、(私は) 五〇歳になっても、六〇歳になっても妻と散歩することができるようになったら、どれだけ素晴らしいだろう、と思わずにはいられません。(プレジデント、フリーランスライター　桃山透＝文、二〇一五年九月一二日)。

◆闘病と仕事の両立に関する記事の紹介

●元NHKアナウンサー (池田裕子さん) の闘病と仕事についての簡潔な記事を、「一層分かり易い」という観点で工夫を加え、編集した上で紹介したい。以下は讀賣新聞の医療情報部の堀川　真理子さんによる記事、( ) 内は私の説明的な言葉である。

『言葉の力』で患者の力を (引き出せ)」
がまんしちゃったんだね
(池田裕子さんが体調不良で) 病院に駆け込んだ一昨年 (二〇〇一年) 暮れ。(その時に医師から)「なぜ (これまで乳がんの) 治療を受けなかったのか」と言われるのを覚悟で臨《のぞ》んだ医師の (心温まる) 一言 (「がまんしちゃったんだね」) によって、(池田さんの) かたくなに凝り固まっていた心が解けていった。

乳がんと診断されて一年二か月、(その間に) 民間療法を (求めて) 渡り歩き、骨への (がんの) 転移で首の骨がつぶれていた。(それ故に) 今度は、進んで放射線や薬物の治療を受けた。

NHKアナウンサーの池田裕子からフリーキャスター、そして女優、桐生ゆう子へ。

その間、亡き母のがん治療や自身の不妊治療で、現代医療に抜きがたい不信を抱いた。

(彼女の記述によれば)「治療技術を持つ医師は大勢いても、病気に打ち勝つ患者自身の力を引き出せる言葉の技術は乏しい。そんな時、患者は、巧みに言葉を操る民間療法に逃げてしまう。」

今月半ば (二〇〇二年五月) に出版された新著「がんと一緒にゆっくりと」(新潮社) では、(池田さんは) 新たに生まれた生への希望と、「言葉の力」をつづっている。

闘病を機に、産業カウンセラー (相談員) の資格取得に取り組んだ。来月（二〇〇三年六月）から東京都内で活動を始める。

（彼女はこう話した）「今は仕事とがん治療をどう両立させるかを考える時代。迷った人の相談にあたるのが、これからの仕事です。ただ、私の立場は、ひたすら聞いてあげること。最終的に生き方を選ぶのは本人なのですから。」

（池田さんは）抗がん剤治療に毎週通い、外出時に首には骨折防止のコルセット（患部の固定用の装具）をつける。だが、鈴を転がすような（心地良い）声と、飾り気のない輝きは健在だ。

（「顔」、『讀賣新聞』、堀川真理子、二〇〇三年五月二九日）

◆仕事と長寿に関する記事の紹介

仕事と長寿に関連した記事を紹介したい。

◎「週六日働く一〇〇歳の女性　NYで話題に」

（日本テレビ系（NNN）、二〇一五年一〇月二二日）

アメリカ・ニューヨークで働き者の一〇〇歳の女性が話題となっている。

ニューヨークのクリーニング店で働く「働き者のおばあさん」。実は、今年（二〇一五年）で一〇〇歳になるという。今でも週に六日、一日一一時間働き、長生きの秘けつは、朝起きた時に「仕事に行かなければ」と自分に言い聞かせることだという。

「あとどれだけ続けられるかは分からないけれど、歩けなくなるまでは働くわ！」と話している。

（彼女は自分で自分を上手く励ましながら、生きる張り合いを一〇〇歳でも持ち、日々、働くことによって足腰も心も鍛えて人生を長く充実して楽しんでおられるのは本当に素晴らしいことだ。）

◆仕事の意義に関する記事の紹介

人は仕事の意義についてどう語っているのか？土井英司氏の記事を、分かり易さの観点で工夫を加えて記事を紹介したい。（　）内は私の説明的言葉やコメントである。

◎「人気作家・有川真由美さんが語る働く意義とは？」

（「ビジネスブックマラソン」，https://eliesbook.co.jp/）

（2015/12/1 23:26）

『働く女（人）の仕事のルール』（有川真由美、きずな出版、二〇一五年一一月一日）

こんにちは、土井英司です。

先日（二〇一五年一一月の或る日）、（私は）かつて日本一の大株主と呼ばれた竹田和平さん（一九三三年二月四日生まれ、八〇歳）を訪ねた時、こんなお話を伺いました。（竹田さんは竹田製菓の代表取締役で、一〇四社の上場企業の大株主です（Wikipedia）。）

「もう十分長生きしたし、もういいかな（即ち、もうこれ以上長生きしなくてもいいかな）と思ったけれど、まだまだやれることがある、（関係者から）求められていることがあると思った時、もうちょっと長生きしてみようと思った。」

（私は）名古屋弁を上手に再現できないので、これ（先の表現）でお許しいただきたいのですが、こんな趣旨のお話でした。

かつて、ピエール・カルダンさん（一九二二年七月二日生まれ、九二歳）が来日された時も、同様のことをおっしゃっていました。（彼はフランスのファッションデザイナー。前衛的なスタイルで一九六〇年代～一九七〇年代に一世を風靡した（Wikipedia）。）（或る人の質問、即ち）「なぜあなたは八〇歳を超えてそんなに元気なのですか？」という会場の質問に（対して）、カルダンさんはこう答えたのです。

「私は、まだまだ求められていると思っているからね！」

（私、土井は）人間にとって、（関係者から）求められることは、最上の幸せと感じています。（関係者が）自分を求めてくれる仕事が（自分に）あれば、それは一生の支えになるのです。

（定年で退職し、其の七、八年後に亡くなった人達がいるが、彼らは晩年に気に入った仕事を得られず、孤独感と焦燥感のため長生きできなかったのかも知れません。）

本日、ご紹介する一冊（『働く女《ひと》の仕事のルール』）は、そんな仕事の意義を、人気作家の有川真由美さんがまとめた自己啓発書です。

（有川真由美さんは、世界を回り、女性や子供の問題、少数民族、貧困、移民問題等をテーマに旅エッセイやドキュメンタリーを執筆。主な著書は『あたりまえだけどなかなかわからない働く女（ひと）のルール』『仕事ができて、なぜか運もいい人の習慣』他（systemincome.com/tag/有川真由美）。）

どうすれば（多くの時間と苦労を要する）仕事と幸福が両立するのか、どうすればやりがいと稼ぎを両立させることができるのか（について）、著者（有川さん）の考え方が（先の本書で）示されています。

さっそく、（本書の）エッセンス（本質）をチェックして行きましょう。

＊（『働く女《ひと》の仕事のルール』）の要点）

◇酸《す》いも甘いも（苦楽の世事を）乗り越えて、いちばん円熟した時期に、「人から必要とされる」仕事があることは、私たちの心を強くしてくれます。

◇いい仕事人には、仕事が集まり、そうでない仕事人は、その他大勢で、だれでもできる仕事を奪い合うというのが、労働市場の仕組みです。そんな状態で、自己肯定感が高まるはずはないでしょう。だから、「いまよりもっと稼げる自分」になることを選択してほしい。

（仕事を選択する機会が生じた場合の参考になる。仕事面でも「上」、つまり、より良い仕事を目指すことができる。

どの仕事も所属組織を、地域を、日本を支えており、社会的意義や遣り甲斐が有ると思って仕事に専念するのは望ましい。人はその点に気付いている。

仕事の選択において、理想が高過ぎて就職できない事は有り得る。他の仕事と比較して自分の仕事を軽視する事も有り得る。仕事の軽視はマイナス思考であるので、どんな仕事も意義が有り、尊いと思うのは前提である。）

◇自分のなかに〝資産〟を蓄積できる仕事を選ぶ。

◇好きになれる仕事なら、「手と足を使っている」。好きになれない仕事は、「目と耳と口を使う」。（この点について後で説明を加えます。）

◇あくまでも、スペシャリスト（専門家）としての軸（活動の中心）は軸としてもっておく必要があります。それが「ひとつのことをやり続けている」という〝信用〟になるからです。

◇お金があることより、仕事があることが大事。

◇「（自分が居場所として）求める場所」より「（人から）求められる場所」へ（の転換を！）。

◇モノを買う時は、幸せの「鮮度×頻度」を考える。「バーゲンセールで、例えば、服などを買って、一瞬『やった！安い買い物ができた』と思っても、数回（それを）着たあと、（それは）クローゼットにしまわれてしまうのであれば、もったいないお金の使い方です。一方、（服が）値引きされていなくても、本当に気にいった服を数着もっているほうが（服を）着ている時にご機嫌な気分になれ、また何度も使うので『鮮度×頻度』は大きいといえるでしょう（一八三頁）。」

◇自分だけの「こだわり（思い入れ）」にお金をかける。

◇お金というものは、使うとなくなってしまいますが、（お金を）使っても「なくならない価値（知的な物など）」に換える方法があります。それは「知的財産」、つまり、（お金を使って得る）経験や成長（という宝）に換えていくことです。

◇お金の使い方がうまい人は、「人との信頼関係を築くため」に、お金を使っています（すなわち、活動して信頼を高め、その面でお金を惜しまない。）

◇人を信用する人のまわりには、たくさんの人が集まり、（対照的だが）人を信用しない人からは、人は遠ざかり、さらに、社会的知性の格差は広がっていくのです。

「ただぼんやりと人（例えば、悪徳商法の人など）を信じるお人好しではなく、〃社会的な楽観主義〃の人がいます。一方、人を信頼しない人は〃社会的な悲観主義者〃、（すなわち）他人、特に知らない人とのつき合いを避けることになり、他人の人間性を理解するための知性を身につける機会を逸してしまう（人がいます。（中略）個人の意思で人とつながっていく現代社会は、こうした相手の人間性や価値観を理解したり、気持ちを思いやったりする〃社会的知性〃は、ますます必要とされています（二一九頁）。」

ある程度年齢を重ねた方にとっては、（本書、『働く女（ひと）の仕事のルール』は）既知の内容が多いですが、若いビジネスパーソン（実業家、事務系の会社員）、これからキャリアチェンジ（経歴の変更）、副業を考える方には、気づきが多い内容だと思います。

ぜひ（本書を）チェックしてみてください。（了）

前述について一層分かり易くするために、有川真由美さんの主張点を箇条書きで列挙します。

＊「好きになれる仕事なら、『手と足を使っている』、好きになれない仕事は、『目と耳と口を使う』」

・幸せな働き方をするためには、
（a）好きな仕事をする、或いは
（b）（たまたま選んで）やっている仕事を好きになる（ように努める）。

・「たまたま出合った仕事を好きになった」ということも有り得る。
・仕事に手応えや遣り甲斐を感じると、自然に楽しくなる。
・自分の仕事に誇りを持ち、心から愛することができる。
・自分の仕事が好きになれば、（その仕事に関連したことを）学ぶことにも意欲的になる、手強《てごわ》い仕事にも積極的に取り組んでいける。

・（仕事の望ましい選択は）人生の大きなテーマになりつつある。
・本当に価値あるものに目を向けて、意義のあるものを生み出していくことが、重要視されるようになっている。
・人としての自己肯定感は、人から求められたり、喜ばれたりすることによって築かれていくことが多い。
・本当に好きな仕事を選んでいく必要が出てきている。

＊「この仕事を好きになれるか（どうか）」を見分ける方法とは？

・好きになれる仕事ならば、やっていることに対して、すぐに動き、あれこれ調べたり、対処したり、現場に行ったりする。積極的な行動をしていれば、その仕事は（ますます）好きになれる。忙しくてもストレスはたまらない。好きな仕事をしている精神的な恩恵は、はかり知れないものがある。
・好きになれない仕事について言えば、ただ（仕事を）見たり、（仕事について）聞いたりして「ふーん」で終わったり、単なる批評をして終わるだけであれば、（その仕事を）好きになれない。
・本当に（自分の仕事は）成功できるのか、必要な収入を得られるのかというリスクや不安がある。
・「（自分の仕事について）不満足なことがでてきた場合、どうするのか？」その対策も考えておいたほうがいい。
・（自分の仕事で）たいへん真剣で夢中になっている場合、〝一種の遊び〟の大きい要素がある。仕事は娯楽や趣味よりもずっと楽しくてたまらないものになる。
・わくわくした好奇心や未来への創造性にあふれた仕事であれば、しんどい道のりであっても、とことん追いかけてみたいと思うようになる。
・心を動かされることを仕事にする。
・人生を長い目で見て、「やらされる仕事」から「やりたい仕事」へシフト（転換）していくこと、それが、幸福の条件（の一つ）です。（一〇〇‐一〇五頁）

◆長寿と食事との関係についての記事

●九〇代の人や一〇〇歳を超えた人はどんな食事をしているの

か？　食事と長寿に関する記事を、「一層分かり易い」という観点で独自の工夫を加え、編集した上で紹介したい。（　）内は私の説明的言葉である。

◎「長生きする人に共通するたった二つのこと〜一〇〇歳でも健康でいられる『朝昼晩の献立』」

卒寿（九〇歳）を超えても、（車椅子に頼らずに）自分の足で歩けるのはもちろん、驚異の運動能力を発揮する人や現役で仕事を続けている人がいる。彼らは一体何を食べて、元気を得ているのか、食事と長寿の密接な関係に迫る。

宮崎秀吉さんの食事

（一〇五歳の宮崎秀吉さんはこう語る）「大事にしているのは、三食欠かさず食べることと、腹八分目にして胃に負担をかけないこと。消化を助けるために、必ず三〇回は噛みますよ」（食事の仕方の最も大事な基本を簡潔に話されている。長きにわたり実行されているのは凄いことだ。）

京都府の宮崎秀吉さんは、今年（二〇一五年）の九月、自身のもつ「世界最高齢スプリンター（短距離走者）」のギネス記録を更新した。

歓声飛び交う一〇〇mのトラックを、背筋をピンと伸ばしたまま駆け抜ける彼の姿は、とても一〇〇歳を超えているようには見えない。

長女の聖之さんはこう語る。

「（父は）朝食は、六枚切りの食パンを一枚トーストして、マーガリンとジャムを塗って食べています。ジャムは市販のものではなく、静岡に暮らす妹が送ってくれる夏みかんを新鮮なうちに調理したもの。味噌もお米も無添加。牛乳とブロッコリー、フルーツは毎日欠かしません」

昼は、チャーハンや麺類（を食べること）が多く、三時にはカステラなどのお菓子と乳酸菌飲料のおやつも取る。

（聖之さんはこう語る）

「夕食は、ご飯に味噌汁。あと、(私は) 肉屋さんで薄切りにしてもらった牛肉を、野菜や豆腐と一緒に炊いたものを出しています」

(中略)

田中旨夫さんの食事

専門知識を生かし、栄養バランスに細心の注意を払う人もいる。沖縄県の医師の田中旨夫さん (九七歳) だ。

(田中さんはこう語る)「朝は、その時々の旬の野菜を炊いたものに少量の水を加えてミキサーで混ぜ、野菜ジュースにして飲んでいます。野菜は、前の晩から炊飯器でかつお節や水といっしょに入れて保温設定にしておくと、翌朝には炊けている。

保温しておくと、ビタミンなどの成分を壊さずに、繊維質を柔らかくすることができて、消化もしやすい。この野菜ジュースとは別に、にんじんとりんごで作ったジュースも必ず飲みます」

朝食後、クリニックに出勤すると、五〇人以上の患者を診察。午後の診察が五時半に終わると、毎日三〇分、欠かさず散歩をする。(この軽い運動を持続されていることも健康維持の基本だ。)

(中略)

散歩から帰宅すると、夕食の時間だ。

(九七歳の田中医師はこう語る)「夜も、やはり野菜 (の料理) が多いですね。海藻や、きのこ、肉類と一緒に煮たり焼いたりして食べます」

田中さんの大好物がチーズとヨーグルトだ。

「チーズは一口サイズのものをポケットに入れておき、空腹時につまみます。ヨーグルトも毎日欠かさず食べています」

「田中さんのように、野菜と肉、乳製品をバランスよく取ることの重要性」を語るのは、高齢者の介護・医療に精通する新田クリニック院長、新田國夫氏だ。

（新田氏はこう語る）「栄養を考えると、野菜は当然のこととして、筋肉を維持する働きのあるタンパク質を取れる肉はきちんと食べた方がいい。さらに、野菜には消化を助ける働きがありますから、肉と一緒に（野菜を）取ることで、タンパク質が吸収されやすくなります。

また、高齢になると、どうしても骨密度が落ちてきて、骨折などの原因となります。（それを）防ぐには、乳製品を食べることでカルシウムを補ってあげることが非常に重要です」（野菜、肉、乳製品を大事にする食事の重要性が簡潔に述べられている。）

鹿山忠さんの食事

福島県の獣医、鹿山忠さん（九二歳）はいまも自ら車を駆って地域の農家をまわり、家畜を診療している。

（鹿山さんはこう語る）「朝は五時半くらいに起きて、散歩をする。一日で四〇〇〇歩は歩きます。ラジオ体操をして、それから朝食。メニューはいつもだいたい同じで、海苔か魚の佃煮と、半熟卵か納豆。大根の葉っぱを細切れにした塩漬けに、白米、豆腐やワカメの味噌汁も食べます」

（リズム正しい生活、散歩とラジオ体操、バランスのとれた食事という大事な基本を九二歳でも実践されていることに深い感動を覚える。）

昼食は十一時半ごろ。「これは、自分で作ります。だいたい、豚肉と大根、にんじんをバターで炒めたものと、白米を少し食べます」

（中略）

「夕飯は七時頃。飲み込みやすいように細切りにした肉と玉ねぎ、かぼちゃなどの野菜をバターで炒めたものが多い。時には魚の煮付けを食べることもあります。」

吉沢久子さんの食事

これまで挙げた三人のように、家族と同居する人がいる一方、（九七歳でも）ひとりで暮らし、すべてを自分でこなす人（吉沢久子さん）もいる。

「え、食事？　好きなモノをね、好きなだけ食べていますよ」

溌剌とした口調で語るのは、家事評論家の吉沢久子さん（九七歳）だ。

（中略）

夫と死別したのは六六歳のとき。以降、三〇年以上ずっと都内で一人暮らしを続けてきた。

（彼女はこう語る。）「朝は、基本的にトーストした食パン。その上にほうれん草のソテーと目玉焼きを載せて、黄身を潰して食べます。他には紅茶と、果物、ヨーグルト。このメニューは、夫と暮らしていた頃からずっと変わりません」

（中略）

（彼女はこう語る。）「食事で気を遣うのは、栄養のバランスです。一日のなかで、お肉と野菜の両方を取れるようにしています」

（中略）

（彼女はこう説明した。）「塩も醤油も、よほどとりすぎなければ問題はありません。むしろ、あまり気にして薄味にしすぎると、味気なくなり、食べる量が減りますから、身体にはかえって良くありません。油物には、消化器に負担をかける部分がありますが、たまに食べたくなったら我慢せず、食べたほうがストレスを溜めこまなくてすみます。（九七歳でも）ステーキだって食べます。」

山口峯三さんの食事

二〇一五年一〇月に行われた「はがきの名文コンクール」受賞者発表会。約四万通の応募作のなかから初代大賞に選ばれたのが、埼玉県の山口峯三さん（九〇歳）だ。

（中略）

（山口さんはこう語る。）「いつも朝食は八時半から九時の間に取ります。納豆や生卵、魚の干物をおかずに、油揚げやほうれん草など、その日食べたい具材を入れた味噌汁とご飯。毎日茶碗二杯ぐらいは食べていますよ」

その後、足腰を鍛えるための散歩を二時間ほど。あとは、頭の回転が鈍くならないように詰め将棋をしたりして過ごし、昼食はパンや麺類などで適当に済ます。（九〇歳でも二時間も散歩されるのは本当に凄いと感嘆せざるを得ない。）

夕食には、高齢者向けの宅配弁当を頼んでおり、平日は毎日栄養バランスが考えられた食事が届く。

例えば、「鮭《しゃけ》の塩焼き」「大根と鶏肉の煮物・じゃがロース・ブロッコリーのお浸しを含む」が有る（注）。

（中略）

このように、食生活にさほど気を使っているようには思えない山口さんだが、唯一（意識的に）心がけているのが「極端な偏食をしないこと」。

（彼はこう語る。）「妻の生前は、（私は）出されたものを黙々と食べていた。（妻に）先立たれて（私は）自炊をするようになってから、彼女が栄養のバランスに相当気を使ってくれていたことに気がついたのです」（九〇歳での自炊も素晴らしいと思う。）

（中略）

この五人の（年配者の）食生活を見て、前出の新田医師は「非常に納得がいくもの」だと語る。

（彼は次のように説明した。）「（五人の）皆さん自分が美味しいと思えるものを、好きな味付けで楽しんで食べている。これが一番大切なことなのです。そもそも、健康維持のために特定の何かをたくさん食べたほうがいいという考え方には、あまり意味がない。何事も大切なのはバランス。そして体が欲するものを取ることです」

もう一つわかったのは酒。五人全員が、下戸（酒が飲めない人）か「たしなむ程度」と答える。新田医師は「飲み過ぎはよくないが、適量はＯＫ」というが、やはり、長生きする人に大酒飲みはいない。（酒で命を縮める人がいるが、酒に支配されない飲み方を実践したいものだ。）

（後略）

◆日本人の労働の生産性が低い理由に関する記事の紹介

休憩からどんな利益を得られるのか？　休むことと仕事の生産性の効率に関する記事を、「一層分かり易い」という観点で独自の工夫を加え、編集した上で紹介したい。（　）内は私の説明的言葉である。

◎『休めない』日本人の生産性が著しく低い理由――従業員の健康に気を配らない企業は負ける」

（次の発言は労働の非効率性等についての患者のぼやきだ。）

「ダラダラ残業しているヤツのほうが、残業手当も稼いでいるし、上司のウケがいい」

「会社から有給休暇をすすめられても、こんな忙しさでは休めるワケがない」

筆者（西多昌規氏）は精神科医として、大学病院の診療だけでなく、産業医として企業のメンタルヘルス（精神衛生）の問題にも取り組んできた。患者からよく聞かされるのが、冒頭のようなぼやきだ。日本における労働時間の長さと非効率性を、端的に物語っているセリフである。

厚生労働省が（二〇一五年）一〇月中旬に発表した「就労条件総合調査」によれば、常用雇用が三〇人以上の四四三二法人のうちで、二〇一四年の年休取得割合は、四七・六％に過ぎなかった。（年休取得割合が）一〇〇％近い国もある欧州や七〇％台のアメリカなどと比べても、日本は依然として先進国の中では最低水準を記録し続けている。

・長い時間仕事をするほど評価が高い
・休暇や休憩は取らないほど評価が高い

・こなしている仕事の質や量は二の次
「休む＝悪」という空気が職場に蔓延している

日本企業には多かれ少なかれ、総じてこのような（休憩軽視の）風潮が蔓延している。「休む＝悪」という、日本独特の「職場の空気」は、不眠や睡眠不足、あるいはうつ病といった心の病気の温床となっている。

（筆者が）臨床を行っていても、（患者が）薬の処方（を得ること）や多少話を聞いたぐらいでは（事態は）改善せず、仕事環境をなんとかしなければ（効果の出る）治療に結びつかない場合も多い。経済的な理由（で病気になること）ももちろん大きいだろう。しかしそれよりも

・「みんなが忙しいのに、自分だけ休むのは申し訳ない」という自責感や罪責感
・「みんなが忙しいのにお前だけ休むなんて」という攻撃性

といった感情的な問題が潜んでいることが、（会社員が）休みをとりづらくしている遠因とも考えられる。

（攻撃性などの）感情的な要因に（対して）は、科学的根拠など事実を（関係者に）突きつけていくのが、（関係者によって）もっとも（問題点を）理解されやすい方法である。休憩から得られる利益を、科学的に検討してみたい。

仕事にとって重要な認知機能に、「ワーキングメモリ（段取り脳、作業記憶）」がある。（即ち、作業記憶というのは）なにかを覚えながら、（或いは）作業をしながら、別のことに取り組んでいく機能である。俗に「段取り脳」と呼ばれ、複雑な仕事や料理などが、ワーキングメモリ（段取り脳）を必要とする作業の代表格である。ワーキングメモリは、疲労や睡眠不足によって容易に機能が低下するということは、いくつかの脳機能画像の研究でも示されている事実である。

「まだまだできる」と（脳に思わせ、疲れ切っている脳を）だまし、病気になることも

「ランナーズハイ（走者の気分高揚作用）」など、やればやるほど仕事や作業にハマってくるという現象も、注意すべきである。ドーパミンは意欲や集中力を高める神経伝達物質として知られているが、

このドーパミンは（脳をだます、即ち）、疲れ果ててダウンする寸前の脳をあたかも「まだまだできる」というように（思わせて）だましてしまう。結果的に、うつ病など回復に長い時間を要する病気になってしまう危険性もある。

休みには、疲労解消といった防御的な働き（がある）だけではなく、もともとの自分のパフォーマンス（表現行為）を高めてくれるというポジティブな（積極的な）作用もある。睡眠には（学習促進作用がある、即ち）、日中に学んだ必要な記憶・経験を脳内で増強させる学習促進作用があることは、数多くの学術論文が示しているし、わたしたちも経験することでもある。

たとえば一夜漬けで短時間に詰め込んだ知識よりは、ある程度の期間をかけて、休憩を挟みながら繰り返し勉強して得られた知識のほうが記憶は長続きすることは誰しも経験するが、これは科学的にも実証されている。記憶の定着に（おいて）は、休憩中に生産されるタンパク質が重要な役割を果たすことが明らかになっている。さらに「ひらめき（直感的な鋭さ）」の観点からも、睡眠や休息は重要な役割を果たしている。

ドイツの大学が六六人の学生に対して「ひらめき」を必要とするパズルを解かせ、パズルを解けなかった学生を、下記の三つのグループ（A）（B）（C）に分けて（それぞれ問題に）再チャレンジしてもらった。その結果、Cグループがもっとも優秀な成績を出すことができた、という論文が「ネイチャー」誌で発表されている。

（実験の三グループ）

（A）（研究者が）朝に問題を見せて、（学生は）起きたまま八時間考える

（B）（研究者が）夜に問題を見せて、（学生は）そのまま徹夜で八時間考える

（C）（研究者が）夜に問題を見せて、（学生は）そのまま八時間の睡眠を取り、その直後以降、考える

DNA二重らせん構造（DNAの分子横造で分子が互いに逆方向

でらせん状の構造を形成している構造）、ベンゼン環（芳香族化合物に含まれる、六個の炭素原子からなる正六角形の構造）、元素周期表（元素記号、元素名、番号、元素を記号で表したもの）などは、すべて（それぞれの）発見者は夢からインスピレーション（天来の着想）を得たといわれている。

起きているときには思いつかないひらめき、アイデアが、睡眠中に得られた有名人の逸話は少なくないが、これらの世紀の大発見とは言わずとも（日本ではユニークな発想が求められる、即ち）、市場が成熟化し、日常のルーチンワーク（きまりきった仕事）の延長にはない発想が求められる日本にこそ「休む」文化が必要だ。

筆者は現在、米国のスタンフォード大学で短期間の在外研究を行っているが、米国人は休み上手であるとつくづく思う。夕方は五時前から帰宅ラッシュ。（私が）金曜日に（彼等に）仕事を頼んでも、（彼等が）実際に動き始めるのは週明けからのことが多い。

しかし、彼や彼女らの仕事の質が決して低いわけではまったくない。たとえばスタンフォード大学のあるシリコンバレー（米国、カリフォルニア州のサンフランシスコ湾南岸のサンノゼ周辺一帯）では、グーグルやフェイスブックに代表される世界的なイノベーション（新しい経営組織の形成）が、今も非常に活発に動いている。（一方、日本では）長時間労働をしても生産性には劣る、自分を含めた日本社会が悲しく見えてくる。

（中略）

これからの日本の会社に大事なこと

「健康経営」という概念がますます重要になってきている。健康経営とは、組織の（人々の）健康と健全な経営の双方を維持していこうという経営方針だが、それだけ従業員の健康など二の次という考え方が支配的だったととられても仕方がない。今なお、「ブラック企業」に代表される、職員の健康を度外視した企業は、残念ながらゼロではないだろう。

（後略）

（toyokeizai.net/articles/-/90210、西多昌規、スタンフォード大学　医学部睡眠・生体リズム研究所　客員講師、東洋経済Online、二〇一五年一〇月三一日。）

◆休むコツに関する記事の紹介

●休みを上手く取るのは大事だ。その点を実現するにはどうすべきか？　休むコツに関する記事を、「一層分かり易い」という観点で独自の工夫を加え、編集した上で紹介したい。

（　）内は私の説明的言葉である。

◎『休めない』日本人がどうにか休むためのコツ」

「休む＝悪」

日本企業には多かれ少なかれ、総じてこのような（「休む＝悪」の）風潮が蔓延している。（中略）

政府や会社が休暇を推奨しても現場では…

（前略）

日本では政府や会社が従業員に休暇を推奨するようになってきたものの、いくら「有給休暇を取りなさい」と叫んでも、現場はそういかない場合がほとんどだ。むしろ、組織による仕事量のマネジメント（管理、監督）もなく、有休取得目標値達成のためだけに有給休暇を「強制」される職場も多いようである。

結果的にほかの日が残業になる、自宅に仕事を持ち込まざるをえないなど（ひずみがある、即ち）、本来の有給休暇の目的から外れた、本末転倒ともいえるひずみが生じている。

「睡眠時間をちゃんと取ろう」「年休を申請しよう」「休憩をこまめに取ろう」。長い時間を働くことが評価されがちな日本企業の悪弊について、筆者は疑問を投げかけ、こうした呼びかけをしているもの（それに対してそらぞらしさを感じる人がいる、即ち）、正直なところ「ずっと前から言われていることで、しょせんは何も変わらない」という無力感、あるいはスローガン的なそらぞらしさを感じる人も少なくはないかもしれない。

（中略）

「疲労がたまりやすい働き方」をする人が多い

「オフィスに閉じこもって（仕事して疲れる）」というのは、身体・精神両面において現代型疲労を象徴する表現だ。デスクからほとんど動かず、誰ともしゃべらずPC画面を見続けながらコーヒーでも飲む。仕事と休憩のメリハリはまったくない。体は動かさない割に、疲労はたまりやすい働き方だ。

このような「オフィスに閉じこもって」を象徴するような調査結果が、二〇一三年のデスクワーカー（机上の仕事従事者）実態調査によって確認されている。この調査では、デスクワークの疲労を感じたことのあるビジネスパーソンは八七・六％にも上《のぼ》った。

さらに、疲労を軽減するために行った対策で最も効果のあったものとして「定期的な運動」を挙げた人が五八・八％にのぼる一方で、四〇％の人が「帰って寝るだけの生活」をしており、運動の効果を実感していながらも、結果として何もできていないビジネスマンの実態が明らかになっている。

「運動は健康にいい」ことは頭では十分わかっていても、実践できていない人が半数弱存在するという事実は、重くとらえなければならない。組織（の人々の）の健康と健全な経営の双方を維持していこうという「健康経営」も「投資」である以上、従業員の医療費軽減などの「効果」が求められる。運動したくてもできない人に、「運動しろ」とかけ声ばかりかけ続ける精神論では寂しい話である。

（前述の調査での約四〇％という）半数弱にも上る（次のような従業員、即ち）「運動で対策しようとは思っていても、帰って寝るだけ」になっている従業員への働きかけが重要なのはいうまでもない。PCスーツ（デスクワークの疲れを軽減するスーツ）の配布は（一つの施策だろう、即ち）「帰って寝るだけの生活」からの現実的な解決を狙った（施策、即ち）、仕事をしながら〝休む〟施策とも言えるだろう。

ただ、こういった科学技術の導入はもちろん注目すべきだが、「ハイテク（高度科学技術）があるから、休みはなくても仕方がない」となっては、本末転倒である。技術の進歩は、休みなしで働けるサイボーグ（生体機能の重要部分を機器に代行させた物）を養成することが目的ではない。絶対的な「休み」が必要であることはいうまでもない。

一方、運動が重要という観点にとらわれすぎると、別の問題も出てくる。健康経営の継続性を考えた際、いかに適度にほどほどに〝サボらせる〟（即ち、休ませる）かも重要な視点だ。

「ほどほど」は仕事でも有効

この「ほどほど（の適度の）運動」の有効性は科学的にも実証されている。運動をした際に疲労の原因となる「疲労因子ＦＦ」が産出されるが、同時にこれ（疲労因子）を弱める善玉ともいえる「疲労回復因子ＦＲ」というものが産出され、程度の軽い運動ならば「疲労回復因子ＦＲ」の働きが強まるのである。

（仕事ばかりしないで）この「ほどほど（に休む）」をうまく組織制度に採り入れ始めた企業も現れてきている。「頭の悪い人向けの保険入門」など独特のＷＥＢ（世界中からアクセス可能なインターネット上の情報）コンテンツ企画を手掛けるバーグハンバーグバーグ（「おふざけコンテンツ（テキスト、情報の内容）」を得意とする異色のＷｅｂ制作会社）では、就業中に二時間までなら昼寝をしたり、銭湯に足を運んだりすることも認められている。

こういった制度導入の理由について、代表取締役のシモダテツヤ氏は（こう語る）「（私は）会社員時代に、すごく眠かったときに『もうこんな眠いんじゃ仕事にならないから、いっそ寝てやろう』と思ってトイレの床で寝ていたことがあった。それがきっかけで、起業した弊社では『二時間までなら昼寝ＯＫ』というルールをつくった」と語っている。

こういった就業中の休息の有効性は（さまざまな形で実証されている、即ち、休息の有効性は）、『休めない』日本人の生産性が著しく低い理由」（二〇一五年一〇月三一日配信）でご紹介した（ワーキングメモリ）、俗に「段取り脳」と呼ばれる「ワーキングメモリ」の機能回復などさまざまな形で実証されており（日本でも新たな兆がある、即ち）、未だに「休むことは悪」という概念を払拭しきれない日本においても、ようやく企業側が「（適度に）休む」を有効に採り入れる兆しが見え始めたといえる。

「休みなさい」「寝なさい」というかけ声ばかりでは、何も進まないのが実情である。知恵やハイテクを駆使しつつ、最終的にはトップと現場（の人々）の「仕事」「(適度の）休み」に対する共通理解を作っていくのが、もっとも基本的な「健康経営」の考え方なのではないだろうか。（toyokeizai.net/articles/-/91372、西多　昌規、東洋経済オンライン、二〇一五年一一月七日）

◆仕事とストレスに関する記事の紹介

●健康の維持と増進にとってストレスを上手く克服するのは大事だ。どう対処すべきか？　仕事とストレスに関する記事を、「一層分かり易い」という観点で独自の工夫を加え、編集した上で紹介したい。（　）内は私の説明的言葉である。

◎「ストレスに負けない心や体に　縛られない生活習慣が効果」

心や体の健康に大きな（マイナスの）影響を及ぼすストレスが社会的な問題になっている。仕事のストレスが原因で、鬱病を発症するケースが増えており、約九割の事業所が（次のように認識している、即ち）「メンタルヘルス問題は企業パフォーマンスにマイナスの影響を与える」と認識している。

（二〇一五年）一二月一日からは、改正労働安全衛生法に基づく「ストレスチェック制度」が従業員数五〇人以上の事業所で義務化される。企業が常時雇用する従業員のメンタルケア（精神面での援助・介護）に積極的に関与することが求められる一方で、ビジネスマン個人のストレスマネジメント（管理）も重要性を増している。ビジネスマンが日々さらされているストレスに負けないための心構えを専門家に聞いた。

鬱病および慢性化した頭痛などの治療を手がける新宿ストレスクリニックの渡邊真也医師は（こう話す）、「最近、仕事のストレスが原因で鬱に苦しみ、来院される方が非常に増えています。当院の場合、鬱病と診断される人のうち一〇人中七、八人が仕事に関する何らかの理由を挙げています」と話す。

渡邊氏によれば（次のケースは「新型鬱病」の典型的なパターン

だ、即ち）「最初は二、三日会社を休むといった段階から、徐々に欠勤が増えて仕事に行けなくなり、休職に至る」（という）のが、いわゆる「新型鬱病」の典型的なパターンだ。周囲からは鬱病に見えない人が、突然発症し、会社に来ることができなくなるケースも多い。仕事に関するストレスでいえば、鬱病の原因は昇進、仕事内容の変化、職場の人間関係などさまざまだ。

（渡邊氏はこう語る。）「たとえば、エリートに多いのですが、今までは上司の言うことを聞いていればよかったのに、昇進して自分が部下にあれこれ指示しなければならない立場になったため、鬱病になることがあります。また、職場の人間関係が良ければ、仕事が多少きつくても頑張れますが、逆に人間関係が悪いと働くこと自体がつらくなり、ストレスが増大します」と渡邊氏はいう。

日本人の鬱病の生涯有病率は三～七％で、厚生労働省の「二〇一一年　患者調査」によれば、一九九九年に四〇万人台だった鬱病などの気分障害の推計患者数は、二〇〇八年には一〇四万一〇〇〇人に増えている。

（二〇）一一年の調査では、宮城県の石巻医療圏、気仙沼医療圏、福島県を除いた人数で九五万八〇〇〇人だった。鬱病で会社を休職したり退職せざるを得なくなれば、経済的な打撃を受け、本人だけでなく家族にも大きく影響する。それゆえ、早期発見と早期治療が大切なのだ。

（中略）

（ストレス対策のための）職場の取り組みに加え、ビジネスマン個人がストレスといかに向き合うかも重要だ。免疫学の権威である順天堂大学医学部の奥村康特任教授は（ストレスの健康へのマイナスの影響についてこう語る）、リンパ球（即ち、白血球の一で、骨髄で生成され、免疫を担当するもの）の二割を占めているＮＫ細胞、即ち、がん細胞やウイルス感染細胞を攻撃する「ナチュラルキラー（ＮＫ）細胞」にストレスが与える（マイナス的な）影響についてこう語る。

（ウイルス感染細胞などを攻撃する）「ＮＫ（ナチュラルキラー）細

胞が活発に動いている状態、即ち、『ＮＫ活性』が高い状態では免疫力が高く、（それ故に、）『ＮＫ活性』が強い人は風邪やインフルエンザ、がんなどの病気になりにくいことがわかっています。ところが（風邪などになりにくくする）『ＮＫ活性』は加齢とともに弱くなる傾向があり、（ＮＫ細胞は）精神・神経による影響も受けやすいのです」

つまり、ストレス（の精神面へのマイナス的影響）でＮＫ（ナチュラルキラー）細胞の活動が弱まり、（それ故に、）体の免疫が低下すれば、風邪やインフルエンザ、がんをはじめとするさまざまな病気にかかりやすくなる。

奥村氏によれば、ストレスには（二種類がある、即ち）、たとえば上司に叱られたときに（ストレスが生じ、その際に）「なにくそ」と心の中で立ち向かう前向きなもの（ストレス症状）と、（もう一つのストレス、即ち）「自分は駄目だ」と内向きになるパッシブ（受動的）なもの（ストレス症状）の二種類がある。（病気になりにくくする）ＮＫ細胞はとくに後者（先の下線部）のストレスに弱い。

（奥村氏はこう語る。）『ＮＫ（ナチュラルキラー）活性』を高めるには、（即ち、ウイルス感染細胞などへの攻撃をするＮＫ細胞の働きを活発にするためには）声を出して笑うことが効果的です。

精神医学や心理学者の先生がよくおっしゃるのですが、（ウイルス感染細胞などへの攻撃をするＮＫ細胞の働きを弱める）ストレスを解消するには、ときどき頭を空っぽにするのがいいのです。笑っているときは、頭が真っ白で何も（つまり、肯定的なことも否定的なことも）考えていない状態です（即ち、ストレスの影響を受けてくよくよするような精神状況が無い状態になっています）。

以前、私はテレビで公開実験を行いましたが、年配の俳優を約三〇分笑わせてから（病気になりにくくする）『ＮＫ活性』を測定したところ、その数値は実験開始前の約一〇倍になっていました。頭を空っぽにするには、（笑い以外に）趣味に没頭するのもいいですね」と奥村氏は語る。

そんな奥村氏は「不良長寿」という生き方を提唱している。（彼はこう語る。）「複数の生命保険会社による余命調査によれば、真面目な優等生タイプの典型と思われる（会社員、即ち、）株式の一部上場企業を部長職で定年退職した人が、退社後平均七、八年で亡くなっています。逆に、皆さんの周囲をみても、長生きをしているのは、どちらかというと『不良タイプ』が多いのではないでしょうか」と奥村氏。

一九七〇年代から八〇年代の終わりにかけて、フィンランド政府は生活環境が似ている四〇～四五歳の男性一二〇〇人を二グループに分け、一方のグループには（次のように指導した、即ち）、年に二回は健康診断を受けさせ、お酒もたばこも制限し（飲まないようにし）生活リズムと健康状態を保つように指導した。

もう一方のグループには、お酒もたばこも食事も一切自由にさせた。そんな生活を五年間続けたあと、一五年の観察期間を置いて調べたところ、前者（先の下線部）のグループでは、亡くなった人が後者のグループ（の亡くなった人）よりはるかに多かったという結果が出たことが知られている。

（奥村氏はこう語る。）「前者（先の下線部）のグループは、健康管理のために（精神的に）縛られた生活をしたために精神的なストレスがたまり（ウイルス感染細胞などへの攻撃をするＮＫキラー細胞が弱くなり）、体の免疫が弱まって早く亡くなってしまったと考えられます。お酒もたばこも基本的には量の問題であり、とりすぎは体によくないですが、二日酔いしない程度のお酒や一日一箱以内のたばこは、ストレス解消などに効果があります」

（ビジネスマンは）日々成果を求められ、（それ故に、）多大なストレスにさらされているビジネスマンにとってはつらいご時世だが、（ストレス対策のために）ときには笑い、頭を空っぽにし、ストレスを解消する（或いは、趣味への没頭など）自分なりの方法を確立し、心の余裕を取り戻し（免疫力を強化し）たいところだ。

（SankeiBiz　二〇一五年一一月二六日）

（了）

（四）冬の夜の怖い出来事

■はじめに

二〇〇二年に肝を冷やす程の恐怖を車の運転中に感じた。原因は「準備不足」だった。準備は大事だと分かっていても（一）、何故「準備」で失敗するのか。以下で冬の夜の怖い体験と新聞記事等を紹介したい。

◆本稿についての学生の感想

◇このエッセイは雪の日の経験についてだが、人生（での準備）に置き換えて（考えて）みると、何事も経験しているのとそうでないのとでは、その時その時の行動のスピードが違うものだ（即ち、経験済みの事ではてきぱきと対処できる）と実感した。

◇人生で（良い事も悪い事も）何が起きるか分からない。何かが起きた時に人がどう対処するかはその人の知識、経験、（問題の解決の為の）創造力（そして生き方や適応力）によると思う。

■冬の夜の意外な体験

二〇〇二年一二月九日、東京では、「気象史上百数十年ぶりに初雪が降った。それは平年より二四日も早かった。」其の夜、私は（当時、六〇歳）一〇時頃迄、当日の降雪について何も知らずに、創価大学の私の研究室で授業用の教材作成の準備をしていた。外では意外な状況になっていた。

当時新刊の英語教科書の会話文や説明文等をパソコンのファイルに入力していた。其のファイルで英語のリスニング用の独自の練習問題と解説文を作成するのだが、研究室ではスキャナを活用できるので、作業は効率的だった。

学力の多様な五〇数名のクラスで受講生全員が多様な英語の母国語話者による早目の英語を聴いて確実に理解し、リスニングの技能を獲得する授業に満足するには丁寧な分かり易い教材の作成は、多くの時間と労力を要するが、大事な準備であった。事実、この授業の御蔭で救われたという学生の声が直接寄せられた。

目の前の多様な学力差の約五五名の学生の教授・学習に効率的に対処するには、市販の海外の教科書を其の儘使う訳にはいかず、効果的に教授・学習できる独自の教材を作成する必要が有った。

来る日も来る日も二科目の一年分の教材の作成に没頭した。研究室内のスキャナで二種の教科書の全ての英文をパソコンに少しずつ入力する作業を行い、自宅のパソコンでも教材作成の仕事ができるようにしていた。

一二月九日（初雪の日）、いつもの様に研究室で夢中で次回分の二科目の英語の授業の準備をし、いつの間にか夜一〇時頃になっていた。

帰宅の為に六階の研究室から廊下へ出て、エレベーターで地下一階迄降り、防災センターの前を通って外へ出たのだが、其の途中、一人も見かけなかった。

外は寒かったが、雪は降っていなかった。校舎（A棟）の南側に接したロータリーには、駐車した儘の車が数台あった。私は自分の車を見て驚いた。一二月初旬にも拘わらず、車全体が雪で覆われ、窓は雪と霜で凍結し、車の内部の何も見えなかった。

車のドアを開け、車内に有る乾いた雑巾を取り出し、其れでフロントガラスを何度も強く擦《こす》ったが、固く凍った雪と霜を取り除く事はできなかった。

車の窓の凍った雪を溶かすために暖房のスイッチを入れた。車内が暖かくなるには時間が掛かるので、私は車から歩いて数分先の自動販売機で缶コーヒーを買い、温かいコーヒーを飲みながら車に戻った。車の窓の凍った雪と霜は溶けておらず、どう仕様も無い感じだった。

ロータリーに水道が有れば、雑巾に水を含ませ、其れで車の窓の雪を擦り取る事ができるのだが、車の直ぐ近くに水道は無く、一瞬私は途方に暮れた。利用できる水道はどこに有るかを考えた。

当時は、ロータリーの北側に地上八階地下二階の校舎（A棟）が有り、ロータリーの西側に体育館が有り、A棟と体育館の間に二階建ての校舎が有り、そこにＳ一〇一とその一階上のＳ二〇一の大教室が有った。（二〇一三年以前に先の二階建ての校舎と体育館は解体され、其の跡地に、二〇一三年に地上一二階、地下三階建ての壮大な中央教育棟の建設が完成した。）

ロータリーの私の車から歩いて数分先のＳ一〇一教室の後方のトイレに入ると、嬉しい事に、小さいポリバケツが置かれているのに気付いた。其れを目にした時、感謝したい気持ちになった（二）。其れを借りる事にした。

トイレの水道の水をポリバケツに入れて車の所に持って行った。車の窓の固く凍った雪を、水を含んだ雑巾で取り去る事ができた。遅い時刻だったので、後日にポリバケツを大学に返す事にした。

ロータリーから東方向の正門へ車で向かう際に、路上は少しの雪で僅かに凍結しており、私は最低速度で運転した。其の後も困難は続いた。ロータリーで発車して間もなく車のフロントガラス上の僅かの水分が凍り始め、前方が見え難くなってきたのだ。私は体を前屈《まえかが》みにして前方をよく見ながら真剣に運転した。ロータリーで発車して一、二分後に車を停止し、窓の僅かの凍結を雑巾で擦って拭いた。

午後一〇時半頃正門は閉まっていたが、其の点について予め知っていた。亦、正門付近の北側の工学部棟の構内に入り、そこの東側の出口から広い公道に出られる事も分かっていた。

ロータリーから発車して、間も無く運転中に車の窓は凍っていった。私は車を停止し、フロントガラスを拭いた。再発車すると、窓が凍結し始め、だんだん外が見えにくくなり、一寸先の右も左も前方もほとんど見えない程になり、正門近くで車の向きを左へ（北方向へ）変えて工学部棟の南側の狭い門へ入ろうとした際に、車の両側が門に接触するかも知れないと思い、冷や冷やしながら、最低速度で通過した。何とかそこを無事に通り抜けて工学部棟の構内に入り、ゆっくり進んでいると、前方から車が来たので、私は車を一時停止して待った。工学部の関係者の中にはこのような夜でも仕事をする人がいると私は思った。

前方に車の通行を許可する装置が有り、そこで一時停止し、バーが上がる迄待ち、そこを通り抜けて右方向へ曲がる過程でも神経を使った。其の時恰《あたか》も目が見えない人が運転しているかの様な感じだった。

工学部棟の東側の出口から公道に出る直前に一時停止し、外をよく見たが、窓の凍結のために周囲をほとんど見る事ができない程だった。右方向や左方向から車が来れば危険だと思いながら、思い切って公道へ出て北方向へ車の向きを変え、前進した。幸いにも、私の車以外には一台の車も走っていなかった。

当時、公道へ出る直前に一時停止し、雑巾で車の右窓とフロント窓を丁寧に擦って拭き、もっと用心深く安全を確保すべきだったのだ。もし私の車が公道に出るや否や右方向から一台の車が北方向への下り坂の公道で勢いよく突進してきたら、私の車との衝突が起こる危険性が有った。（以前にこの付近で一人の学生がタクシーに追突されて亡くなったと聞いている。）

創価大学の北方に有る（当時の）純心女子大学から百数十メートル南方の所で、私の車の全ての窓全体が凍結し、前方も右も左も後方もほとんど見えない程になった。しかも其の辺の道路状況は複雑だった。（二〇一三年頃に、純心女子大学の南側を東西に走る滝山街道に平行して新滝山街道が開通し、其のためにあの辺の道路状況は変更された。）

更に運転し続けると危ない、もう限界だと感じた。無理は禁物だった。

付近の大衆食堂前で停車し、店に入り、こう言った。「済みません。お湯を下さいませんか。車の窓ガラスが凍ったんです。」客が三人居た。食堂のご主人は湯を沸かして下さり、こう言われた。「今夜は特に寒いんですね。（水道水が凄く冷たいために）お湯が沸くのにいつもより時間が掛かりましたよ。」

食堂のご主人は、私が手に持っていたポリバケツに湯を入れながら言われた。

「バケツをよく持っておられますね。『備えあれば憂いなし』ですね。」私は返礼を述べた。「本当に助かりました。有難うございました。」当時、あのご主人が言われた名言を本稿のテーマの一つにする事を思い付いた。

世間の人は喜んで人助けをして下さり(三)、有り難いと私は思った。お礼として近い内にこの大衆食堂に立ち寄り、ラーメンを食べる事にした。数日後其の食堂でラーメンではなく温かい定食を食べたい気分になり、其れを注文した。帰宅すれば、夕食は有ったのだが。

◆冬の体験の反省点

あの困った夜、ロータリーで私の車の窓の凍結を解除した後で、ポリバケツの水を捨てないで車内に保持しておけば良かったのだが、「後の祭り」だった。当時ロータリーで車の窓の凍結を一度解除すれば、あきる野市の自宅迄約二〇分何の問題も無く運転して帰宅できると思い込んでいた。ところが、寒さは厳しく、車の窓が凍結する度に運転を停止し、雑巾で窓を拭かなければならなかった。

あの困った日迄本件の様な事に遭遇しなかったので、雪対策として車の中に雑巾以外は何も準備していなかった。あの出来事の後、妻はこう言った。「(長女の)敬子ちゃん(当時二四歳、創価大学在学中)はクラブ活動で夜よく遅く帰っていたので、車の窓の凍結を解く液を使っていたよ。」

翌朝、私は、娘の「解氷霜とり一発」を私の車で使ったところ、容易に解氷できた。其の商品を知っているのとそうでないのとでは大違いだと思った。以前は、朝、出掛ける前に浴槽の湯をポリバケツで一、二回車迄運び、フロントガラスに湯を掛ける作業をした事が有った。

当時、或るゼミ生も「解氷霜とり一発」の情報を得て喜んだ。何であれ、不便な事に対して便利な商品が開発されているが、将来も発見や開発は限りなく続くだろう。

■「準備」の関連情報

以下の情報は、準備の重要性を示唆している。

◆予備品の入手を！

＊頻繁に使用する大事な物は、其の予備品を用意しておく。例えば、車のキーは当然として、タンスのキーもコピーを保持する事ができる。私宅では、タンスのキーを四三年間紛失した事は無かったが、二〇一五年に其のキーがどこに有るのか分からず、妻は家中探したが、見つからず、結局、鍵師にタンスを開けてもらい、八千円支払った。数日後、妻は偶然に彼女の物入れの中に有る事が分かった。

＊「備えあれば憂いなし」に当たる朝鮮の格言は「トッキドセ　クルル　パンダ」であり、其の意味は、「兎も（危険から逃げて入り込む穴として）三つの穴を掘る」であり、「どんな事でも安全のために、予め色々な対策を立てておく」ということだ（四）。比喩的に言えば、兎は賢い。先の格言を創作した人はセンスがいい（五）。

◆事故防止の準備を！

＊二〇〇三年の冬、或る大学教員は凍結した道路で転倒し、眼鏡《めがね》のガラスが割れ、顔から血が出て、目の辺りを二一針も縫ってもらった。酷い事故に遭われて大変お気の毒だと思う。元気に回復されている。

＊凍結した道路は要注意だ。運転中に車のブレーキを踏めば、車は簡単に止まる様に見えるが、ブレーキを踏むや否や車は回転して横滑りし、対向車に接触するか、或いは其れと衝突する危険性が有る。私は其の点で二度危険な目に遭ったが、対向車が無かったので無事だった。

＊ＮＨＫ総合テレビに依れば（二〇一五年七月）、日本では屋内で歩いていて転倒し、其れがきっかけで「寝たきり」の生活になり、その結果、（肺炎等になり）、亡くなる人の数は年間の交通事故死者より多いという。

◎或る交通事故の件

＊一九七五年八月一五日（お盆の日）、思いも寄らない事故が起こった。妻は友人（Y夫人）と水泳に行った際に、車の運転免許は無かったので、Y夫人が私宅の車を運転した。

帰路において、上り坂の箇所の頂上付近で、道路は西方向へ急カーブしており、坂の頂上の南側は約四メートルの崖である。当時はこの坂道にガードレールは無かった。

八月一五日、私宅の車が上り坂に近付いていた頃、車の助手席にいた、Y夫人の二人の子供（当時、二歳と三歳）は口喧嘩を始めた。Y夫人は水泳後の疲労感で少しいらいらしていたのかも知れない。彼女は運転しながら、口喧嘩を止めるために、子供達の方を向いて「喧嘩したらダメよ」と注意した。

其の頃、Y夫人は前方を見ておらず、上り坂の急カーブの箇所でハンドルを右方向に回さなかったので、車は坂の頂上付近を直進し、崖下に転落し始め、崖の途中に生育していたかなり大きい木の所迄一回転しながら落下していき、木の所で止まった。恰《あたか》も木が五人を救ってくれたかの様だった。

車の前部は相当破損した。Y夫人、彼女の二人の子供、後座席の私の長男（当時、二歳）は無傷だったが、妻（当時、二九歳）は左腕を負傷した。其の腕の一部の皮膚が切れ、肉が露出した。病院で一〇針縫ってもらい、其の日以降、毎日、バスを乗り換えながら半日かけて一〇日間通院した。

もし事故の発生時に二歳の長男が助手席の後ろの座席に座っていたら、彼の小さい腕は切断されたかも知れない。

現場に駆け付けた警官は、「この車の破損状態を見れば、本件は、乗員の五人全員が死んでいる事故だね」と言った。妻は其れを聞いて、「大変な事故だったんだ、命拾いをして本当に良かった」と思ったという。

Y夫人は、あの事故直前に、つい油断が生じ、「安全第一」を忘れ、子供の喧嘩を止める事に気を取られた。

現在、あの坂道にガードレールは有る。

＊大阪で、或る婦人は運転中におしゃべりに夢中になり、交通事故を起こし、亡くなった。

◎新幹線「ひかり」号の居眠り運転事件

以下で本件の関連記事の抜粋を紹介したい。これは「準備の大切さ」を認識する上で有意義だ。

二〇〇三年、新幹線の「ひかり」号の運転士が運転中に睡魔に襲われ、八分間も眠った（六）。その間、誰もその列車の運転をしていない状況で同列車は最高時速二七〇キロで走り続けた。其の列車には約八〇〇人の乗客がいた。まさにアクション映画の一部分に似たような事件が起こった（七）。

不幸中の幸いで、同列車の自動列車制御装置（ＡＴＣ）の働きにより、「ひかり」号は駅のホームの所定の停止位置から約一〇〇メートル手前で止まった。

問題の運転士は、同日（二月二六日）に再び列車の運転をしたという事で関係者は批判され、事故に対する心構えの甘さが指摘された。

二〇〇三年（平成一五年）二月二六日、ＪＲ山陽新幹線の岡山駅で、問題の「ひかり」一二六号（広島発の東京行き）は岡山駅のホームの所定の停止位置から約一〇〇メートル手前で停止した（八）。

その時、（岡山駅の）駅員が不審に思い、同列車の乗務員室のドアをたたいたが、誰も応じず、同列車の車掌が先頭車両の運転台に行くと、運転士（当時三三歳）は居眠りをしていた。

同運転士の説明によれば、（彼は）新倉敷駅《しんくらしきえき》の手前の地点から（運転中に）眠気に襲われ、その頃から車掌に起こされるまでの間の記憶がなかった。したがって、（彼は）列車の最高時速二七〇キロが出ている時点から約二六キロの区間、時間で言えば八分間、運転士は眠っていたことになる。

事件発生後、ＪＲ西日本の幹部は「運転士がなぜ眠気を催したのかわからない」と繰り返すばかりだった。（本件において）「ひかり」一二六号のＡＴＣが作動し、列車は岡山駅ホームの途中で停車したため、大事故につながらなかった。ＪＲの関係者は「考えられない事態。（運転士の）気が緩《ゆる》みすぎている」と指摘した。

橋本運輸部長は深々と頭を下げ、「申し訳ない。私自身、怒りを覚える」と陳謝し、苦りきった表情で事実の経過を報告した。（中略）当日、女子学生（一八歳）は東京から新幹線の列車で新大阪駅に帰ってきていたが、こう言った。「自分が（問題の列車に）乗っていたらと思うと、とても怖い。（ひかり号は）大勢の人を乗せているのだから、（運転士は）もっと責任感を持ってほしい。」会社員の男性（四四歳）は声を震わせて言った。「考えられない。ＪＲには運転士の教育をもっと徹底してほしい。」

在来線および新幹線のすべての運転士と車掌八一〇〇人を対象に、（本件に関連して）緊急面談を実施するのは当然のことだ（九）。乗務員の健康状態や勤務状況なども詳しく調べるべきだ。運転時の（正しい）基本動作の確認などについては、管理職による添乗指導（付き添って同じ乗り物に乗って指導することにおいて）も、充実と強化が必要だ。（中略）

鉄道に限らず、交通機関の乗務員の飲酒など、規律のゆるみが目につく。人員・コストの削減など、リストラ（従業員の解雇）が進んでも、最優先課題である安全は、軽視されてはならない。（異常事態から）安全を守る最後の砦が、人間であることを肝に銘じるべきだ。

〇事件発生時に運転士が運転中に八分間も眠ったのは責任感の欠如と油断のせいだと非難されたと思う。

だが、当時のラジオのＮＨＫニュースや新聞に依れば、事件後の検診の結果、運転士は「睡眠時無呼吸症候群」の病気に罹《かか》っているのが分かった。

ＪＲ西日本による年一回の定期健診と「医学適正検査」では「睡眠時無呼吸症候群」の検査項目を入れていなかった。わが国の厚生労働省をはじめ、他の関係当局も「睡眠時無呼吸症候群」を検査項目として想定していなかったとして今後その検査項目を検討する事になったという。

問題の運転士は、（普段）夜間の睡眠中に一時呼吸が停止するなどして眠りが浅く、日中も眠気が消えないとされる「睡眠時無呼吸症候群」の可能性があることが（二〇〇三年）三月二日、検査入院先の広島市内の医師の指摘でわかった。

運転士は（あの事件の）居眠り運転の前に約一〇時間の睡眠をとっていたが、ＪＲ西日本（の関係者）は「（事件当時の）居眠り運転が睡眠時無呼吸症候群に起因する疑いが強まった」とみて、調査を進める（一〇）。

運転士の体重は一〇〇キロを超えている。睡眠時無呼吸症候群の患者には、肥満の中年男性が多い。（中略）問題の運転士は居眠り運転の前に一〇時間の睡眠をとったと言っていた。そんなに寝てなぜ居眠りかと記者は首をかしげたが、睡眠時無呼吸症候群なら不思議はない。夜間に眠っている間に、激しいいびきが止まるなど、しばらく呼吸が途絶えても、何回、何一〇回もこれを繰り返して（いて）は、眠りが浅く、日中も眠気が消えない。

運転士は「五、六年前から夜の睡眠中に何度も目が覚める」とも言う。失敗学のテーマとして徹底研究が必要だ。他人事ではない。（睡眠時無呼吸症候群に関連して言えば）、車の運転者、会議などでよく眠る人、肥満体の人なら特に要注意だ（一一）。

（あの事件後に）運転士は専門医の検査を受けていたが、（二〇〇三年）三月五日、重症の睡眠時無呼吸症候群（ＳＡＳ＝Sleep Apnea Syndrome）と診断された。ＪＲ西日本によると、この運転士のＳＡＳは、肥満に起因する「閉塞性」で、時間当たりの無呼吸回数が四〇回以上と（いうことで）、要治療基準の二〇回を大幅に超え、「かなり重症」と診断された（一二）。

睡眠時無呼吸症候群という睡眠障害が重大事故の引き金になる危険性は、専門家の間で以前から指摘されていた。自動制御装置のない電車や高速道路での車の運転で（本件）同様の事態が起きたらどんな大惨事になるか。それを未然に防ぐための対策が急がれる（一三）。

「正常化の偏見」という言葉がある（一四）。その意味は以下の通りだ。「将来、事故や災害が起きても、〝自分にとっては、それは大したことはないだろう〟〝自分たちだけは大丈夫〟と偏った考え方を持つ。これまで自分はそのような考え方で振舞って無事だったのだから、今後も自分にとっては正常に近い状況で済むという偏見を人は持ってしまう。そのため、現実に起こった事態を日常の感覚で判断し、事態を無視しようとする心理」を意味する。

だれの心にも「正常化の偏見」の心理が強く潜んでいるというから恐ろしい。常日頃から、（例えば、ある仕事では、準備不足であれば、大勢の人が死ぬかもしれないといったような）最悪の事態を想定したうえで安全に対して細心の備えをすること。〝安易に気休めをする姿勢〟を持たないように間断なく闘うこと。それなくして、自分と他人両者の尊い生命を守り抜くことはできない。今は春の防災シーズンである。職場で、家庭で、安全の対策と心構えを喚起していきたい（一五）。

本稿について思った事

自然災害や交通事故の「危機」への認識が甘ければ、そして対策の準備が不徹底であれば、事故は起こりがちであり、一旦、事故が発生すれば、余分の苦労と費用を要する。諸問題を放置すれば、徒《いたずら》に危機が続くが、関連機関や関連施設に問い合わせて有用な情報を得れば、より早く諸問題を解決する事ができる。

「備えあれば憂いなし」や「先憂後楽」は、人生全般に当てはまる。有意義に生きる事、「老い」に賢明に対処する事、病気の予防および難病の治療を正しく根気よく続ける事、長寿を意識的に目指す事、そしていつかは訪れる死を悔いなく安らかに迎えるように良い準備をする事、広い視野で見れば、近い将来の国益だけでなく百年後の世界の平和と地球環境の維持に対してそれぞれ良く備えていけば（一六）、それぞれに対してより良く対処し、勝利と繁栄を増大させる可能性を得る（一七）。

次の事項を実践するのは目的であり、準備でもある。即ち、日々の自発的な自己鍛錬、知識や知恵の習得、自制心と忍耐で自己を上手く制御する事、大変な状況下でも実践を持続する事、有益な情報を入手する事、自分の課題を地道に遂行する事、休息を上手く取る事、人や社会に奉仕する事、其れらを実践するのは充実感が有り、将来の準備にもなる。

何事であれ、かなりの努力にも拘わらず、準備の不徹底のために、不完全な活動になり、見事な成功を成就できない事は有りがちだ。「天才とは努力の異名なり」という池田大作先生の名言が有るが、努力をし尽くしたと思った後で、更に努力を重ねる事が最善や全力に近い準備になる（一八）。其れ故、予め早目に色々な角度から徹底して入念に準備し、其れを何通りもの遣り方で点検する事ができる。要するに、徹底した下準備は大事である。

■終わりに

・活動の準備として、日々、種々の方法で新情報を入手するように努める事、そして健康と安全に関する情報は、無視しないで、何らかの遣り方で情報を検討し、情報の妥当性を検証し、何度もフィードバックする事、即ち、情報だけで安易に信じない事。

・手帳等を頻繁に確実に見て今日と明日以降に為すべき事に関して正確に知り、失念しないようにする事。

・準備において、計画的に余裕を持って周到に用意し、其の点で無理の無い遣り方を選択し、安易に他人の意見に妥協しない事。

・準備状況の確認と点検を忘れない事。

・先の事項の堅実な実践によって命や健康の維持、其の他の活動で失敗や事故を減らし、新たな発展と繁栄を拡大する事ができる。

（一）いかなる事態になろうが、絶対に同志を奮い立たせる——その強い一念が、緻密な準備となっていったのである。

大ざっぱであったり、漏れがあるというのは、全責任を担って立つ真剣さの欠如といってよい。

絶対に失敗は許されないとの強い決意をもち、真剣であれば、自ずから緻密になるものだ。（「新・人間革命　烈風三」、『聖教新聞』、法悟空、二〇〇三年五月八日。）

（二）次の記事は、建物内の管理をする方々等への激励だ。

法のため、広宣流布のため、頭を下げて、身を粉《こ》にして、働き戦う人こそが、生々世々《しょうじょうよよ》、万人から仰がれゆく存在となる。なかんずく、広布の法城を守り、支えてくださっている管理者の方々、守る会の方々、さらに個人会場を提供してくださっている拠点の方々が、未来永劫《えいごう》に大宮殿、大殿堂に遊戯《ゆうげ》していかれるような境涯となることは、御聖訓に照らして、絶対に間違いない。(「海外代表協議会でのＳＧＩ会長のスピーチ」、『聖教新聞』、二〇〇三年三月三〇日。)

(三) 次の記事は「民衆の智慧」についてだ。

君もそしてあなたも人間としての王冠を分かち合っているはずだ。権力者だけが偉いのではない。民衆は真実に生きる。民衆は幸福のために智慧を持っている。

(中略)

一人の人間革命の力は万人《ばんにん》の心を正義の波の如く打ち返しゆくのだ。あなたの気高《けだか》い声はこの社会を確かなものにしゆく強く美しい天使の声だ。わが君よ頑強な意志と勇気を断じて忘れるな！ 壮麗なわが一生を飾りゆけ！(「君よ〝大切な一生〟を勝ちゆく栄冠の人生たれ！」、『聖教新聞』、山本伸一、二〇〇三年四月一日。)

(四) 「朝・日ことわざ」

(五) 次の記事は「満足を得る秘訣」についてだ。

アメリカの女性ノーベル賞作家のパール・バックは言った。「生命と満足の秘訣は、どんな変化があろうとも、今日こそ最良の一日にしようという勇気と信念をもって、新しい日々を始めることです。」(中略) 私は、文京の同志に、なんとしても「自信」をもってほしかった。(中略) 力がないのではない。萎縮したり、使わずにいて出していないだけだ。たとえば、人間の脳 (大脳皮質) は、約一四〇億個もの細胞をもっている。その潜在能力は計り知れない。

しかし、普段は、脳が有している能力のうち、わずかしか使っていないそうだ。学者によっては、一〇パーセント未満だという人もいる。生命そのものが、未開発の宝庫である。自身の使命を自覚し、決然と一人立てば、わが胸に感謝と喜びは噴き上がり、滾々《こんこん》として戦う力がわいてくる。そのために、私がなすべきことは、心からの

「励まし」と「触発」であった。(「随筆――新・人間革命　大使命に生きよ！　輝く人生を！」、『聖教新聞』、法悟空、二〇〇三年四月一八日。)

●次は「生老病死」の学習の必要性についてだ。

ついでながら、自分の魂を救うために、諸事に三通り以上の考え方を用意するのも一案である。

例えば、「命と健康」については、(一)自分はある程度元気で九五歳ぐらいまで生きる、(二)平均寿命の年齢ぐらいまで元気だが、その後は難病で寝たきりになるかも知れない、(三)近いうちに難病か致命傷レベルの事故に遭うかも知れない。(四)いつ亡くなろうとも、それに囚われない、自分の魂は永遠不滅である。

人生は自分の思うようにいかない事が有り、人は(一)―(三)のいずれかに近似した人生になる可能性は有る。どんな人生になっても心の持ち方と生き方において、平常心でいられるように準備をしておくことができる。その視点で、また、(四)についての宗教的考えを認識する上でも、仏教の研鑽は重要である。

■付録

◎本稿についての学生の感想

「準備」に関する多くの感想の中から印象的な物を選び、分かり易く編集した上で紹介したい。( )内は私の説明的言葉だ。

◇昨年(二〇〇二年)の十二月九日、私は風邪のため家で体を休めていたので、外の状況を把握していなかった。本稿のエッセイで当時の雪の状況、また外の寒さがどのようなものであったのかがよく分かった。私の出身は雪国の富山県ということもあり、雪に関してはそれなりの知識と経験があり、雪が降ったぐらいでは驚かない。しかし、八王子市の気温の冷え込みに関しては想像を絶するものがある。

◇車の窓ガラスの表面が凍ってしまう前に家に帰れたら一番良かったのではないか。授業の準備を前もって早目にやっておくか、次の日の朝に早く研究室に来てやるか。

どんなに運転に集中して帰っても、あの状況では事故の危険性は終始つきまとっている。「絶対無事故」については、（留意点への）日頃の心掛けで事故の危険性を少なくしていくしかないと思う。

◇どんな事をする時でも先に何が起きるか分からないので、前もって（最悪の事態を考えた上で）備えておくことは大切です。（車の運転等）いくら普段やり慣れていることでも十分注意し、事故が起きないように心掛けるべきだと思います。

◇「備えあれば憂いなし」という言葉が印象に残りました。本当にその通りです。いつどこで何があるか分からない。だからこそ、いつその時が来てもいいように常に先のことを考えておくことは大切だと改めて感じました。

◇いざという時のために備える人こそ適応力がある。（効率的な対処の）知識が無ければ（余分に）苦労する。困難を経験することによって（必要な知識を）得ることが多いと思う。

◇冬の道路の凍結は特に（危険で）怖い。しかし、（それが）分かっていながら、なかなか（事故防止の）準備はできないものだ。一度怖い目に遭ったりしない限りは。

◇日常の様々な状況でああしておけば良かったと自分の準備の無さに後悔することは多々ある。他人の体験を聞き、教訓を得て、先のことまで考えておくことは大切だと思った。

◇準備は大事です。（努力の点で）ちょっとしたことだけど、準備するのとしないのとでは（結果は）全く違います。この問題は、（物事に対して）先見性を持つということに似ていると思い、自分も（諸活動で）意識して（より良く）準備していきたいです！

◇何事も準備は大切です。（前日迄に）準備をしていると、（うまく）対処できるだけでなく、余裕をもって対応できるからです。

◇「下準備は大切だ。」（会合等の）準備をしておけば、していない時よりも良い結果をもたらすものだ。（実際には）関連行事が行われなかったこともあったが、(あの時の)準備は無駄ではなく、自分の為になった。

◇何かをしようとするのであれば、(それに対して)準備をしっかりしなければいけない。(しっかりした)準備で全て(結果が)決まってしまう。これは、今までの自分の経験からもよく実感していることだ。

◇池田大作先生が創価大学で文豪ゲーテについて特別文化講座を開催してくださった際、約二ヶ月前から様々な準備をしてくださったと聞いた。また、池田先生の今までの激闘の歴史を学べば学ぶほど事前の(周到な)準備がいかに大事かが(良く)分かる。

◇日々の生活において常に(成功や失敗についての)緊張感を持つことは、不注意によるミスを防ぐのに大切だ。そのためには、自分のすることに(ミスをしないで成功することに)責任感を持つことだ。毎日の(目先の)生活に流され、(惰性の感じで)だらだら過ごしていては緊張感が無くなるので、(諸活動の)目的や目標を定め、(より上を目指して)挑戦していく姿勢を忘れてはならないと思う。

◇(列車の)車掌が居眠り運転をしたことは、(決して)あってはならないことだ。(それについて)どう管理していくかが大切だ。(車掌の)病気については前もって色々な検査を受けているはずだ。急に倒れたりして、「誰も気付きませんでした」で済む問題ではない。(関係者が)お互いに監視し合えるような解決方法を考えるべきだと思う。

◇本稿の冒頭の一節、「困った体験の原因は準備不足とも言える。準備が大事とは分かっていても、なぜその点で失敗することがあるのか」などの文に接して、本学の創立者池田先生の言葉を思い出しました。「青春の失敗とは、失敗を恐れて挑戦しないことである。」(諸活動の準備でも)この精神で全力で戦ってまいります。

◇「天才とは努力の異名なり」との池田先生の言葉を胸に入れて(諸準備の面でも)頑張ります。

■ラグビーワールドカップ二〇一五での日本の奇跡的勝利

★ラグビーワールドカップ二〇一五のための準備

二〇一五年九月、ラグビーのワールドカップイングランド大会一次リーグが英国南部のブライトンで開催された。日本代表は南アフリカ共和国の代表チームと対戦し、如何にして奇跡的な逆転をしたのか？

日本は三四——三二で劇的に勝利したのだが、この勝利がいかに奇跡的な物かは、次の記事に続いて紹介する記事に説明が有る。

日本代表はどのように本大会のために準備したのか？　其の詳しい説明は以下の記事に有る。情報を追加して一層分かり易くした上で紹介したい。（　）内のほとんどは私の説明的言葉だ。

◎「準備〝力〟がもたらした世紀の番狂わせ」

(Wedge, zasshi. news. yahoo. co. jp/2016/02/01)

（二〇一五年九月二〇日）「世紀の番狂わせ」と、世界を驚かせた、ラグビー日本代表による南アフリカ戦の勝利から四カ月が過ぎた。

日本を感動の渦に巻き込んだ歴史的勝利は今も興奮をもって語り継がれるが、この裏には、実は（日本チームによる）念入りで、緻密《ちみつ》で、長期的な戦略に基づく周到な「準備」があった。

体の小さい日本人という短所と表裏一体の敏捷性《びんしょうせい》（素早いこと）、持久力という長所を巧みに伸ばした（日本の）ヘッドコーチ（HC）のエディー・ジョーンズ氏（当時）のマネジメント（統御力）手腕が大きい。（彼は）科学的、理論的に日本人の特性、すばらしさを引き出してくれた。その考え方、取り組みは日本のビジネス飛躍のヒントにもなる。

★選手の思考法の変革について
「凝り固まった考え方」を変える

二〇一五年以前の）過去のラグビーワールドカップ（七つの大会）で一勝二一敗二分けに留まった日本代表は、昨年（二〇一五　）九〜

一〇月のイングランド大会で、強豪南ア（南アフリカ）を逆転サヨナラトライ（得点）で破るなど、（一つの大会で）三勝を挙げた。

その戦いぶりは、頼もしく、それ以前の（ワールドカップの）惨敗が信じられないほど強かった。この躍進は一朝一夕で成し遂げられたものではない。エディーHC（ヘッドコーチ）の強烈な指導力のもと、選手個々が目覚め、自己変革を実現した賜物といえるだろう。

（本大会の三年前）二〇一二年四月に（日本ラグビーヘッドコーチに）就任したエディーが真っ先に取り組んだのは、（選手らの）「マインドセット」（凝り固まった考え方）の変革だ。

（エディーHCはこう語る、即ち）「チームが強くなるには、個人が変わらなければならない。（選手は精神面の強化などで）どうやったら改善できるかを毎日考えることが大事」「日本人選手は指導者（コーチなど）の言いなりになりすぎる。それは（考え方についての）創造性の欠如（即ち、受け身的姿勢だ）」と、ことあるごとにメディアに語っている。

エディイズムともいうべき、エディーHCの意気込みが伝わるのは（独自の日本の攻め方についての彼の記事においてである、即ち）、日本ラグビー協会のHP（ホームページ）で二〇一三年四月から始まったエディーHCのコラム（個人的な分析・意見の記事）「JAPAN WAY」（日本の攻め方）だ。

（同コラムでエディーHCはこう記す、即ち）ラグビーワールドカップ（二〇一一年と二〇一五年）でスクラムハーフ（SH、即ち八人のフォワードと七人のバックスとをつなぐ役目のポジション、攻撃の起点となるポジション、ボールをバックスに回すなどの役目）として活躍した田中史朗《たなかふみあき》選手が、（二〇一五年に）小さい体（一六六cm、七一kg）ながらラグビーユニオンの国際リーグ戦、スーパーラグビーの「ハイランダーズ」（ニュージーランドチーム）の先発メンバーに選ばれたこと（日本人として初の快挙）を取り上げ、『日本人は身体が小さいから勝てないんだ』などという言い訳は通用しません！』『勝てない言い訳を探し出すよりも、「Winning Advantage」（勝利につながる長所）を見つめるべきなのです』日本にはフミ（田中選手、筆者注）の成功を再現できる選手はまだまだいます。しかし、その実現には「Mindset」（マインドセット、凝り固まった考え方）を変えることが必要です』と記す。

（エディーHCの）このコラムは、ラグビーファンだけでなく、選手が読むことも意識して（彼が）書いていたことは間違いない。（同コラムは）それくらいメッセージ性の強い内容になっている。

【エディー・ジョーンズ略歴】

オーストラリア出身。豪州代表のHC（ヘッドコーチ）として、二〇〇三年に地元で開催されたW杯で準優勝（に導いた）。仏英などで開催された二〇〇七年W杯では、南アのアドバイザーとして優勝にも貢献した。

日本では東海大のコーチ、サントリーの監督などを経て二〇一二年四月から日本代表HC（に就任した）。二〇一五年のW杯ロンドン大会では南アなど（に対して）三勝を挙げたが、決勝トーナメントには進めなかった。

二〇一五年一二月からはイングランド代表（HC）に就任。母と妻が日本人。一九六〇年一月三〇日生まれ。

★コーチ分業制について

「世界トップクラスを目指す」コーチ分業制

では、エディーHCは（ワールドカップ二〇一五のために）どんなふうにチーム作りをしてきたのだろうか。それは、最大の目標「W杯ベスト八」に（日本チームの目標を）据《す》え、逆算的に（即ち、二〇一五年WCの終わりの方から前へ遡って数えて三年と五か月かけて）、着実に日本人（選手）の長所を引き出すことだった。

その実現のため、（彼は）国内外からスクラム、タックル、フィジカルトレーニング、メンタルの各コーチ、さらには戦術を立てる上で不可欠な基礎データを集める分析担当（スポーツアナリスト）を（日本代表チームに）招請し、それぞれ（において）世界トップクラスの周到な準備を求めた。もちろん（二〇一五年W杯の試合の）戦術はエディーHCが担った。

こうしたチーム作りに当たり、エディーHCは他のスポーツで実績を上げる指導者を訪ねた。ワールドベースボールクラシック（ＷＢＣ）優勝に導いた原辰徳監督、（二〇一一年の）Ｗ杯女子サッカー優勝の佐々木則夫監督ロンドン五輪銅メダルに（導いた）女子バレー眞鍋政義監督らに（激励の仕方を聞いた、即ち）体が小さいというハンデ（不利な条件）をどうはねのけて、選手を鼓舞したのか（について）聞いたという。（彼は）こうした人の話を聞きながら、日本（チームの選手）に合った指導法を模索していったのだろう。過去の（二〇一五年以前のラグビー）Ｗ杯で日本人は、スクラムやタックルも弱く、持久力も中途半端だった。（エディーＨＣは）これをいかに世界水準まで押し上げていったのか。

★スクラムの強化について
まずはスクラム（ラグビーのゲームの再開の際に、両チームのフォワードの各八人が腕を組んで横隊を作ること）からみていこう。（日本の）歴代代表（選手）はスクラムが弱く、そのためスクラムマイボール（フォワード八人同士が押し合い、押し勝った方がボールを手に入れ、攻撃権を保持すること）から球出しを速くすることがセオリー（理論）だった。

しかし、（日本の）スクラムの押しが弱く、なかなか（マイボールを）出せないこともしばしば（だった）。（相手によって）押しつぶされるなどの反則やミスが出て相手にボールを奪われて、（結果として）あっけなく失点というケースが少なくなかった。

エディーＨＣは、この弱点を克服し、（日本チームの）スクラムを世界ベスト四にしようと考えた。ここで抜擢したのが、スクラムコーチのマルク・ダルマゾ氏（フランス人）だ。小柄ながらフランス代表（選手）になった理論家でもある。

（中略）

★スクラムの進化について
スクラムは早く押す
ダルマゾ氏（スクラムコーチ）は、（日本選手の）体の小さいことを逆手にとり、スクラムを組んだ時（即ち、バインドした時）、（スクラムが）低くなることに重きを置いた（重視した）。

ラグビー元日本代表トレーニングコーチを務めた小田伸午《おだしんご》・関西大教授は（こう指摘する、即ち）「（日本チームは）相手より低い姿勢でバインド（スクラムを組むことを）して、低くなったときに得られる地面からの反力を大きくして（相手に）対抗した。無理に力任せに押すのではなく、体の使い方を学び、その結果として（日本の）スクラムは大きく進化した」と指摘する。

簡単に言えば、大きな相手が上から下に向かうのに対し、日本代表は下から上へ突き上げる感じだ。（日本は相手の）大きな力には完全には勝てなかったが、相手の力が最大になる前に、（日本選手は）立ち上がりを早くすることで、（相手に）大きな力を出させない身体術を身につけていった。

「（無理に）強く押すより（できるだけ）早く押す。」これは、怪力の人と腕の押し合いをしたときの様子を想像するとわかりやすい。怪力（の人）が腕を曲げた状態で、非力のこちらが腕を（できるだけ）先に伸ばし切った状態で押し合うと、怪力（の人）は力を（充分には）出せない。

ダルマゾ（スクラム）コーチは「日本人は体質上、低く、いい姿勢がとれる」と強調する。「これが相手にプレーをしにくくさせている」と語る。実際、（このスクラムの遣り方は）相手からも恐れられているほどだ。

こうしたスクラムが進化した裏には、フィジカル（身体的）面での成長が欠かせない。（日本が）低い姿勢だと、相手は（こちらを）つぶしにかかってくる。（日本の選手は）この圧力に耐えるために、スクラム練習のときには（選手たちの）上に選手を乗せたり、スクラム強化のための筋力トレーニングを行ったりした。フィジカル（身体的）強化では、ストレングス&コンディショニングコーディネーター専用コーチの（ＪＰジョン・プライヤー）の功績も大きかった。

★タックルの進化と強化について

沈んで消えるタックル

タックル（相手の下半身に組みついて倒すこと）も大きく進化した。エディーＨＣに（よって）招かれた、総合格闘家（プロレスラー）の高坂剛《こうさかつよし》氏は、（タックルの遣り方について）スクラムのように低く、突き刺さるタックルの極意を伝えた。「相手を殺すつもりでいかなくてはならない。相手もそのつもりでくる。（日本選手に）弱気なところがあったら勝てない」と、闘争心を植え付けた。

この低い（突き刺さるような）タックルこそ、世界中（の選手から）から嫌がられるものはないのに、これまでの日本代表は気付かなかった。世界の（チームの）タックルは、（相手が持っている）ボールを目がけてタックルするのが主流だったからだ。しかし、「日本ラグビーの武器は、（相手が持っている）ボール下や膝から下のタックル」であることに気付かせたのは、ほかでもないエディーHCだった。

小田教授は（こう指摘する、即ち）「（エディーHCは）眞鍋女子バレー監督とも交流して、（身長など）低い選手がいかにプレーするかの研究に取り組んだ。他のスポーツから学ぶという柔軟な流儀も持ち合わせていた」と指摘する。

（タックルの強化のために）取り組んだのは（次のようなタックルだ。即ち）、（日常の鍛錬において日本選手の）股関節、ひざ、体幹（体の中心線の筋肉）などを柔らかくする徹底したストレッチ（全身の筋肉等を伸張する体操）を繰り返し、いきなり相手の視野から消えるタックルや、低い位置から急に（相手の）腰から上にいくタックルだ。時間をかけた反復練習で、体にしみ込ませた。

これは、武道にも通じる技で、ひざの力を抜いて、その際生じる地面反力を巧みに引き出し、それ（反力）を相手にぶつけていくやり方だ。相撲の白鵬が、立ち合い時に膝（の力）を抜き、その時の地面反力でぶつかっていく、合理的な体の使い方に似ている。

小田教授は（こう語る）「こうしたタックルは相手に幻惑という圧力を与えた。（相手の）一人目は消えるタックル（いきなり相手の視野から消えるタックル）で膝下にぶつかり、（相手の）ふたり目は（相手が持っている）ボールに向かってタックルしていく。この見事な連携は、（二〇一五年の）南ア（南アフリカ戦）、サモア戦で、（相手にとって）相当なプレッシャーになり、相手ミスを何回も誘った。タックルは防御でなく、攻撃であることを示した」と語る。

★スタミナの強化について

後半最後の二〇分　走り当たれるスタミナ

日本代表の攻め方は、「アタッキング・ラグビー」とエディー（ヘッドコーチ）が言う。とにかく攻撃的に（ボールの）パスとラン（走ること）でつないで陣地を拡大していく戦法だ。

エディー（HC）は、自身のコラムで（こう言い切る、即ち）、日本の攻め方「Japan Way」はポゼッション（ボール保持）を前提としたラグビーと言い切る。ボールを持ち続けるには（次の点が鍵だ、即ち）、シェイプ（ボールを送るパスによる攻撃の一陣形）とリンケージ（連携、なぎ方）が鍵であるという。簡単に言えば、ショートパス、ラック（ボールの奪い合いにおける密集戦、ボールは地面に置かれている状態）、モール（人がボールを持っている状態でのボールの奪い合い）を繰り返し、攻め続けることにある。

これを途切らすことなく続けるには、他の（相手選手の）追随（追いつくこと）を許さないスタミナ、持久力が不可欠だ。ラグビーは四〇分ハーフで行われるが、エディーが（日本）チームを率いて以来、日本代表は「後半（四〇分のうちの）最後の二〇分でも走り当たり、勝てるチームになった」（小田教授）。そのために猛練習、トレーニング（訓練）を繰り返したが、ただ時間をかけただけではない。質にもこだわった。

そのトレーニングを指導したのが、JP（フィジカル強化専用コーチ、ジョン・プライヤー）だった。（彼は）エディーがサントリー時代にも最も信頼していたコーチの一人でもあった。JP（プライヤー）がやったのは（単なる筋力強化ではなく、効果的な体使いの訓練だった、即ち）、単にウエイトトレーニング（筋力訓練）で、ベンチプレス（胸板部を鍛えるための種目）などの挙上重量《きょじょうじゅうりょう》（両手で頭上に持ち上げるためのバーベル）を上げて筋骨を隆々にすることではなかった。

欧米、オセアニア（オーストラリアやニュージーランド、他の大洋州）のような（選手の）体のサイズを（目指して）大きくするのではなく、スクラム、タックル、ラック、モール、パスワークなどで自分の体重をうまく活用して（体の）動きに結び付けられる（体使い）、ラグビーに必要な体使いができるよう、トレーニングを工夫した。懸垂、綱のぼり、スクラムの姿勢で歩く（こと）、さらにはレスリングやボクシングなど他の競技（の訓練）も惜しむことなく積極的に取り入れた。これこそ Japan Way（日本の攻め方）だ。

さらに（日本選手は）精神と肉体的なスタミナをつけるため、とにかく今までの日本ラグビーの慣例も打ち破った。午前五時からの練習開始、一日三～四回の練習、W杯直前の（二〇一五年）四～八月の合宿は一〇回、一五〇日に及んだ。とにかく運動量は群を抜いたと言えよう。

こうした練習に選手が耐えたのは、こうした練習が必要だと自覚できたからにほかならない。（エディー）ＨＣの指示通りに動くだけではだめだ（即ち、プライヤーの考え方なども進んで取り入れた。）まさにマインドセット（凝り固まった考え方）を打ち破った。

★心理学者によるサポートについて

心理学者もサポート

合宿や（ワールドカップ）本大会にスポーツ心理学者も帯同（一緒に連れていくことを）させた。兵庫県立大准教授の荒木香織《あらきかおり》さんだ。（選手が）過酷な練習の中で、自分と向き合い、最大限の力を出すには、メンタルトレーニング（精神的訓練）が必要であることをエディー（ＨＣ）は気付いていた。

（選手は）プレッシャー（重圧感）にどう対処するか。選手を支え続けてきたのが荒木さんだった。彼女は高校、大学と陸上短距離の選手で、ノースカロライナ大でスポーツ科学博士課程を修了。アスリート（運動選手）の立場にたてる心理学者だ。

「日本代表は、メンタルトレーニング何それという感じだった。（選手らはメンタルトレーニングを）単なる暗示としか考えていなかった」と（荒木さんは）振り返る。選手らと何気ない会話の中で、不安やプレッシャーは自分で作るものであることを説き、選手らも（それを）自覚していった。自信も自分で作るものだと。

試合で（選手が）練習通りのパフォーマンス（実行、実績）が発揮できないのは（次の理由による、即ち）、つい、考えなくてもいいこと（マイナス的なこと等）を考え、集中できなくなるからだ。

（日本の選手は）心理学用語でいう「チョーキング」に陥りがちだった。チョーキングの原義は「窒息する」、「勝たなければならない」などという過度のプレッシャーを自分で作り出し、その中でまるで窒息でもしたかのように体がうまく動かない感覚のことだ。

野球、ゴルフなどでは「イップス」（精神的な原因によりスポーツの動作に支障をきたす運動障害）と呼ばれている。ソチ五輪（二〇一四年にロシア連邦のソチで開催された冬季五輪）の女子フィギュアスケートの浅田真央さんが、ショートプログラムで失敗したのも（その原因は）この「チョーキング」の一種と言われる。

（中略）

なぜ、こうした心理学者をエディーＨＣは帯同させたのだろうか？

（エディーＨＣはこう語る、即ち）「リーダーは選手のことをよく知らなければならない。今までの日本代表（選手）はあまりプライベートのこと（私的なこと）を語りたがらなかった。（選手の）私生活のことがパフォーマンスに（何等かの点で）影響するのであれば、（リーダーは選手の私生活のことを）知らなくてはならない」と語る。

エディーＨＣは、水泳平泳ぎ金メダリストの北島康介さんを育てた平井伯昌《ひらいのりまさ》コーチに話を聞いたときのことをこう語っている。「平井さんは『（選手が伸びるには）小さな成功の積み重ねが大事だ』という。つまり、（大事なことは）コーチは選手に対して小さな成功を与え続けることである。私（エディーＨＣ）の（選手に課する）練習も（猛練習のやり方ではあるが）必ず成功するメニューで（選手らの）トレーニングを終えることにした」と。

（心理学者の）荒木さんは、こうしたエディーＨＣのコーチングを高く評価する。エディーは厳しい（言動の）中にも必ず（選手を）ほめる。しかし、選手らはその意味するところを理解していない。

（荒木さんはこう語る、即ち）「（日本のラグビー選手は最高レベルにおいて）コーチングされることも、コーチングされる能力もない。日本人選手が悪いのではなく、（学校や職場での）教育が悪い」と語っている。しかし、日本代表選手らは少しずつ、（世界レベルの）コーチングを受ける下地ができていった。

★科学的データ分析の重視について

科学的データ分析も大きく貢献

（二〇一五年以前の南アの）試合分析に基づく、戦略、戦術、トレーニング（の効果）も大きかった。データ分析を担ったスポーツアナリストが中島正太《なかじましょうた》さんだ。二〇一二年のエディーＨＣ就任とともに担当になった。

（中島さんはこう述べた、即ち）「（二〇一五年の）南ア戦になぜ、日本代表が勝てたのか。それは世界で最も準備されたチームが日本だったからだ。」中島さんは、昨年（二〇一五年）一二月、都内で開かれたシンポジウムで、南ア戦勝利の舞台裏を明らかにした。

（日本）チームの合言葉は「Beat the Boks」（ビート・ザ・ボックス、南アを倒せ）である。（中島さんは科学的データを数値化した、即ち）南アの試合ビデオを分析し、（南アの）何が強みで、どこに弱点があるか、日本代表につけいるスキ（油断など）はあるのか、数値化した。本当に（南アに対する）勝ちに行っていたことが伺える。この数値は、各担当のコーチに共有され、大いに活用された。

（中略）

★南ア戦の対策について

そして（二〇一五年ＷＣの）南ア戦に向け、多くの対策を考えた。

（中略）

もう一つは、従来の日本のイメージを打ち破るサプライズ作戦だ。（相手による日本チームの）予想と異なることを（日本は）仕掛ける、相手の裏をかくことで、（相手の）余裕を奪い、主導権を握る狙いがある。

二〇一二年〜一四年までの日本代表の一試合平均のパス（即ち、自分より後ろのプレーヤーだけにボールを手で放ること）は、一六〇回、キック（足でボールを蹴ること）は一六回と、パスとキックの比率は一〇対一だった。（二〇一五年の）南ア戦では、キックを増やした。パス一二五回、キックは二二回と六対一（だった）。こうした作戦が相手のミスを誘った。

（中略）

（トレーニングコーチの）小田教授は（こう指摘する、即ち）、「日本は南ア戦で前半、後半（各四〇分）の最初の二〇分は、基本的にペナルティーゴール（ＰＧ、即ち、反則した選手の属するチーム側に与えられる罰則における）キックで、着実に点を重ねた。五郎丸歩《ごろうまるあゆむ》の精度の高いキックもこうした試合の流れを手繰《たぐ》り寄せるのに有効だった。そして、（日本は）相手の焦りを誘い、消耗させ、後半（四〇分の中の）二〇分の追い込みにつながった」と指摘する。

★レフリーの研究について

レフリーの癖も研究

日本の準備はこれだけにとどまらない。レフリーの研究にも力を注いだ。（二〇一五年九月の）南ア戦でレフリーを務めることになったジェローム・ガルセス氏（フランス人）には（来日してもらった、即ち）、Ｗ杯直前の昨年（二〇一五年）八月、宮崎合宿に招聘《しょうへい》し、練習試合で笛を吹いてもらった。

レフリーの癖はスクラム（の判定）に特に現れる。日本の低いスクラムがレフリーに反則をとられるかをみる機会だったが、ガルセス氏は、（日本の低い）スクラムの反則をとらなかった。「日本のスクラムは弱くない。大丈夫」という自信は本番にも大きく生かされた。もちろんこうしたレフリーを招待できるのも、世界のラグビーに名が知られているエディーＨＣの貢献は大きい。

★本番の会場などの確認について

本番会場となった英国のブライトンにも（日本チームは二〇一五

年）四月に足を運んだ。（そこの）芝生が深く、長めのスパイク（靴底の滑り止めの金属金具）のシューズが合うことなどもつかんだ。

食事は炊飯器を持ち込み（米のご飯が食べられるようにし）、さらには主将のマイケル・リーチの発案で、（選手たちは）自分のポジションと（それぞれ）相対する（南アの）選子の特徴を事前に頭に叩き込んだ。「（相手は）ボールを運ぶと強いが、タックルを受けると適当に（いい加減にその場を繕って）パスする」など分析結果も活用した。選手らは「相手を知ると、強みになった」と語っている。

★自信について

南ア戦の（日本の）勝利はこうした世界一の準備の上で、成し遂げられたものだ。選手たちが、（南ア戦の）最終盤、相手ミスで（日本チームはどう対処すべきかについて）ＰＧ（ペナルティーゴール）かスクラムを選ぶときに、「（日本選手の）誰も（同点）ＰＧを狙おうという選手はいなかった」（リーチ主将）というように、選手らの心の中には、「練習通りにやれば勝てる」という共通の認識が広がっていた。

（小田教授はこう指摘する、即ち）「今回（二〇一五年）の日本代表は、勝利にしがみついてもぎ取ったのではない。事前の準備段階で、すでに南アに勝っていた。体と心の中では勝っていた。だから（ＰＧではなく）スクラムを選び、逆転サヨナラトライ（得点）となった。これは本当に選手からみれば練習通り以外の何物でもないのです」と小田教授は、日本代表の強さをこう指摘する。

エディー氏に代わる日本代表のＨＣ（ヘッドコーチ）が、ジェイミー・ジョセフ氏にほぼ決まった。ジョセフ氏は、世界最高峰ラグビー、スーパーラグビー（の参加チーム、即ち）「ハイランダーズ」（ニュージーランドのラグビーユニオンチーム）を率いている。日本の宗像《むなかた》サニックスブルース（即ち、福岡県の実業団ラグビーチーム）でプレーした経験もあるなど知日派（である）。

エディー（ＨＣ）が持ち込んだ新たな新風を継承するには、外国人の方がいいと（筆者は）思っていただけに、ジョセフ氏のＨＣ就任を歓迎したい。ただ、（日本チームは）エディイズムとどう歯車を合わせるか、課題も多いが、二〇一九年の次期W杯日本大会に向け、準備の大切さ、考えることを学んだ選手が半数以上残るとみられるだけに、今後どう進化していくか、とても楽しみだ。

玉村　治（スポーツ科学ジャーナリスト、科学ジャーナリスト）

★ラグビーワールドカップ二〇一五での日本の奇跡的勝利の理由

ラグビーワールドカップ二〇一五で日本が南アフリカに勝利したことが何故奇跡だと言われているのか？その点は以下の記事で説明されている。

「日本、南アから大金星　ラグビーW杯」（www. nikkei. com. 2015/9/20）からの情報を加えながら、「一層分かり易い」観点で紹介します。

◎「ラグビーワールドカップ二〇一五で日本が南アフリカに勝利が奇跡の理由」

（solife-a. com/2015/09/21）

現在（二〇一五年九月二〇日）、イングランドで開催されているラグビーワールドカップ二〇一五。

このラグビーワールドカップ二〇一五大会で、「一つの奇跡が起きた！」と、日本国中が賑わっているらしく、そのことが何かとニュースで取り上げられているそうです。

朝の（フジテレビの）情報番組『とくダネ！』のMC（キャスター）である小倉智昭《おぐらともあき》さんが、その奇跡で大興奮して、第一声からかなり大声で挨拶していた光景を観た時には、ただただビックリしたほど。

何故いつも冷静な彼が、大興奮しているのか？

その理由は、ラグビーワールドカップ二〇一五での日本ｖｓ（対）南アフリカの一戦にあり（ますが）、この試合で、ある大きな奇跡が起こったというのですが、一体どんな奇跡が起こったというのでしょうか？

きっと試合の内容についても気にされている方もいらっしゃると

思いますので、その辺の事情を本記事で探っていきます！

＊日本がラグビーで南アフリカに勝利！

（二〇一五年九月二〇日）イングランドで開催中のラグビーワールドカップ二〇一五で、あの（優勝候補の一つの）南アフリカから日本が歴史的勝利をもたらしてくれました。

あまりラグビーに精通していない方にとっては（不思議な感じがするかもしれません）、日本が南アフリカに勝利したことそのものがどれだけ凄いことか分からず、世界中で大きく盛り上がっていることに（対して）キョトンとされていることと思います。

ただ、（あの南アのチーム、即ち）世界三位にランキングされ、（二〇一五年以前の）過去七回のワールドカップの内二回も優勝している強豪国（南ア）から（日本が）勝利するということは、天地がひっくり返るほど凄いことで、世界中に衝撃が走ることは当然なことなのです。

そんな奇跡的な勝利を挙げることになるとは誰も想像すらしておらず、試合開始後は、日本が先制したものの（即ち、五郎丸（ヤマハ発動機）のＰＧで三点先制をしたものの）、すぐさま南アフリカが（三‐七と）逆転し、（日本が一〇‐七と）再逆転して（次には相手の）リードを許すという展開、かつ（終盤戦では）ロスタイム（空費時間）に突入し、ほとんど残り時間がなかったため、完全に誰もが日本の敗退となると諦めかけていました。

しかし、日本は二九‐三二と（南アの）リードを許した（後の）ラストワンプレイという局面で、（日本が）敵陣ゴール前のスクラムを獲得すると、そこから逆サイドに大きく展開し、逆転のトライ（ボールの接地による得点）を得た。

このトライ（得点によって三四‐三二で）試合終了となり、（日本は）奇跡の大逆転劇で南アフリカから勝利を勝ち取ることが出来たのです。

筆者自身、ラグビーのルールに詳しいわけではないので、正直なんとも言えない部分があるのですが、実はこの（ラストワンプレイという局面で、敵陣ゴール前の）スクラムを獲得する際に、スクラムか、ペナルティキックかのどちらかを得ること（を目指すこと）を選択できたらしく、（エディー）ヘッドコーチからは、（同点のチャンスとなる）ペナルティキックを選択するように（との）指示があったそうです。

しかし、日本代表のリーチ・マイケルキャプテン（主将）は、ペナルティキックでゴールを得ても、（それによって）三点しか入らず（最終的に）同点止まり（になる）と考え、ここ（の場面）で一気に逆転することを考え、あえてスクラム（を目指す）という大博打に打って出ました。

（「約三万人の観客が総立ちで見守る終盤の最後の一プレーで、日本はウイング（四人のスリークォーターバックの内、左右両端の二人の選手のうちの一人）のヘスケスが逆転のトライを目指した。」）

その結果、逆転のトライ（得点）が生まれ、日本が劇的な勝利に至ったのです。

（南アが）何度（も）形成をひっくり返して、（日本は）リードされながらも、集中力を全く切らさずに粘り強く戦い抜いたことと、最後に（選手達が前述の）勇気ある決断をしたことが、南アフリカに（対して）勝利した最大の理由だと言われています。

今回のゲームを振り返り、高校卒業後に南アフリカでプレーしていたウイング松島幸太朗選手はこう語っています。

「南アフリカは、（日本によって）低くタックルを入れられることにそれほど慣れているわけではない。日本の武器はそういった精密なタックルにあるわけだから、（日本は）相手を休ませること無く、どんどん低くタックルを入れていこうと、チームで話し合って実践していった」と…。

（日本は）徹底的に南アフリカの特質を分析し、（南アの）弱点をしっかりついた上で、粘り強く戦い続けてきた事と、最終局面での（あの）勇気ある決断が、この奇跡を生んだのです。

＊日本が南アフリカに勝利することが奇跡の理由

（前略）

ラグビーワールドカップ二〇一五で、日本が南アフリカに勝利したからといって、何故奇跡と叫ばれるのか全く意味不明と思っている人も多いのです。

しかし、〝奇跡〟というからにはちゃんと明確な理由があります。

ラグビーの中の常識として、その競技の特質から、（ラグビーの）試合で大波乱は起きにくいと言われているらしく、ニュージーランドやオーストラリア、イングランド、スコットランド、南アフリカなどの強豪に勝つ（という）のは、格下の国々では非常に難しいと言われているそうです。

事実、（二〇一五年以前の）過去七回の（ラグビー）ワールドカップで優勝したのは、ニュージーランド（二回）、オーストラリア（二回）、南アフリカ（二回）、（英国の）イングランド（一回）のみで、ベスト四まで範囲を広げてもフランス、アルゼンチン、（英国の）ウェールズとスコットランドまでしか入っていません。

（ラグビーの源流は一八二三年の英国であり、ラグビー協会（ラグビーユニオン）が設立されたのは一八七一年であり、第一回ラグビーワールドカップが開催されたのは一九八七年です。日本でラグビーといえば、（ラグビーリーグではなく）ラグビーユニオンのことです。第八回大会（二〇一五年）は予選出場国（地域）は九六、出場枠は二〇です。）

（二〇一五年のワールドカップは）まだ八回目と、歴史の浅いラグビーワールドカップではありますが、（それ以前の）過去七回の大会で、ベスト四に入った国が、たった八カ国しかその名が刻まれていないわけですから、なかなか番狂わせが起きにくいことがよく分ります。

ちなみに、南アフリカのランキングは世界三位で日本は一三位。ランキングだけを見れば、それほど大きな差があるようには思えないのですが、先程からもお話しているように、世界の上位と比較すると、その差（即ち、世界における三位と一三位）は歴然としていて、サッカー（のワールドカップ）でいうところの、一位と一〇〇位くらいの差があるといわれているそうです。

　そんな格上の国（南アフリカとの対戦）から日本が勝利を得たことは、まさに非常に価値が高い歴史的勝利なのです。

　そして、こんな大それた快挙を、日本はやってのけたのですから、世界が激震するような奇跡を起こしたとして賞賛されているわけです。

（後略）

（了）

私のコメント

○ラグビーワールドカップ二〇一五について、南アフリカ側から見れば、次のように言えます。即ち、当時における彼らの試合の理論、目標、考え方、アプローチ、遣り方では日本チームに勝つ事はできなかったのです。日本チームから見れば、次のように言えます。即ち、当時、日本はあれだけの総合的な準備をしたが故に、優勝候補の一つの南アフリカにさえ勝つ事ができました。しかし、日本は南アを含む三つのチーム以外のチームに勝つことはできなかった、即ち、試合は、実際にやってみないと、結果は分からない、いかなる理論、目標、考え方、アプローチ、遣り方も絶対的な物ではないという事の実例です。以下の他の二つのスポーツでも番狂わせが起こっています。

(五) 心を鍛える方法と有益な言葉

■はじめに

「言葉の力」で心を鍛える事ができる。有益な言葉を口ずさむ事によって、心を強くし、豊かにする事ができる。其の面で工夫する余地が有る。

以下で幾つかの苦難の記事を紹介し、次に、精神力を強くする上で有益な言葉を列挙したい。尚、( )内は私の説明的な言葉である。

本稿の読み方として、真っ先に、「終わりに」で要点を得る事もできる。

■本稿についての学生の感想

◇言葉による心の鍛錬ということを、最近私はいつも考えていたので、(本稿は)すごく励みになった。

◇本稿はとても良かったです。すごく考えさせられました。自分の頭の中ではプラス思考でいたほうが良いと思っているのに、どうしてもマイナス思考から抜け出せない時がありました。最近は、(精神の鍛錬で)努力することを忘れていました。今日からまた決意新たに頑張ります。

■付録

・本稿についての学生の感想

■苦難と闘う人々

(一九九九年)アフリカのスーダン(の第二次内戦)において、「おばあちゃん」(当時四七歳)は夫と多くの子供全員を亡くした。(残酷にも)その時に夫や子供は彼女の目の前で殺された。彼女は今、五人の幼い孫を育てながら、必死で生き抜いている。励みになる歌を歌いながら(一)。

（日本で内戦が無いのは如何に恵まれている事か。世界中の国や地域で何千万時間掛けてでも戦争と内戦の防止に取り組む価値が有る。多数の戦死者が出た後で終戦の為に全力を尽くす以上の意義が有る。）

フランク・シナトラのようにどん底から立ち上がる人が本物のプロだ（ポール・アンカ）（二）。（私は「七転び八起き」の人々から希望、勇気、元気をもらい、其の人達に感謝する事がよく有る。）

乙武洋匡《おとたけひろただ》氏は両手両足の大部分が無い状態で生まれた。明るく元気に大変有意義に人生を送っておられる。一浪後、受験競争に勝って早稲田大学に入学。頬と、肩の先の僅かな（約五、六センチの）腕でペンを支えながら書く。一字一字ゆっくりゆっくり丁寧に書く。「（何事も）苦労を苦労と思わない。これまで（当時の二三年間）の唯一の苦労は小学生時代のバス酔いだった。」乙武氏の著書『五体不満足』はベストセラーになった（三）。（両手両足が無い状態で一日生きるだけでも大変だと思う。

「ヘレン・ケラー女史は目が一日でも見えれば、如何に幸せかと言われた（趣意）」という事を学生の感想文で知った。身障者は健常者に自然に勇気を提供している。）

柳澤桂子《やなぎさわけいこ》女史（生命科学者）は三二歳から六一歳迄毎日いつも体中が痛かった。

激痛の時も有った。原因不明の其の難病にはどの薬も効かなかった。だが、柳澤女史は不幸と思わないで、病床で寝た儘で病状や自然を観察し、思索し、体調を記録した。発病から三〇年後、六〇代に新薬の御蔭で身体全体の痛みと痺《しび》れは消えた。其の新薬は彼女の夫が研究して発見した物だ。

柳澤女史は病気と三〇年間粘り強く闘って病気に勝った。六一歳の時に寝たきりの生活から回復し、普通に活動できるようになった。闘病中に二二冊の著書を上梓《じょうし》した。長い間、夫はずっと献身的に彼女を支えた（四）。

（柳澤女史は何と心の強い、偉大な人であろうか。彼女の人生の奇跡に深い感動を覚えずにはいられない。）

◎コレリ大尉のマンドリン

映画「コレリ大尉のマンドリン」（ジョン・マッデン監督作品、二〇〇一年）のヒロイン、ペラギアは医師を志望し、成就した。一九四〇年代にギリシャの島で第二次世界大戦の過酷な日々を、次に大地震を経験し、運良く生き延びたペラギアらは美しい島の復興に立ち上がった（六）。

「どんな悲惨な時代でも人生は限りなく素晴らしい物だ。ユーモアと愛と希望がある限り。」この映画のセリフは印象的だ。愛と希望の美徳だけでなく、ユーモアの利点の活用を工夫する価値が有る。この映画の人々が一度だけでなく、二度も大惨事に襲われ、全てを失ってもゼロから出直し、勇敢に島の復興に取り掛かる姿に感動した事を思い出す。

私の過去を振り返れば、パソコン関連で三度も失敗したのは残念だが、其れが脳裏に浮かぶや否や考えを切り替える事にしている。

一回目の失敗では、フロッピーディスクの異常に気付かず、其れをパソコンで使用するやいなやパソコンが故障して起動する事ができなくなり、パソコンとデスクの中の全情報は消失した。

二回目には、長年苦労して入力したディスクの全情報がパソコンのアプリのブリーフケースの操作ミスで全て消えた。

三回目には、急性肺炎のために創価大学を依願退職した時に、研究室のパソコンの全情報を外付けのバックアップ用のディスクに移し、自宅のパソコンに全情報を入力したのだが、その過程で研究用のフォルダの情報を消失した。パソコンの情報のバックアップやウイルス対策は不可欠である。

いずれの失敗でも暗澹たる気分になった。パソコンは凄く便利だが、一回の操作ミスで全情報を失う事が有り、非常に危険な面も有る。パソコン関連の失敗を思うと、大地震や戦争で全財産を失う事の災難についてより深く理解する事ができる。

以下の記事は、小説家の吉村昭《よしむらあきら》氏のエッセイである。

◎朝のつぶやき

（二〇〇三年）五月一日で七六歳の誕生日を迎え、数え年では七七歳、喜寿ということになる。

二〇歳の冬に肺結核の三度目の発症に見舞われ、末期患者として絶対安静の身になった。体は痩せに痩せ、死は確定的になった。

幸いにも肋骨切除という半ば実験的な手術を受けて死をまぬがれ、それから現在まで生き続けてこられたことが不思議でならない。たまに風邪をひく程度で、体にこれと言った故障はない。

年に一回開かれる中学校のクラス会に出席すると、友人に、老いを感じているか、と問う。友人の大半は、別に感じていないと、答える。わが意を得たり、という思いがする。

朝、目が覚めると、幸せだなあ、とつぶやくのを常としている。発熱と絶え間ない咳、そして激しい消化不良で痩せさらばえて、病臥《びょうが》していた頃のこと。

局所麻酔のみによる激痛につぐ激痛の手術を思い起こすと、とりあえず健康である自分のことを幸せだなあ、と思うのだ。

先日、二泊三日の（新潟県南東部の）越後湯沢への旅から帰した。（越後湯沢の）町にあるマンションの一室を仕事場にしていて、一か月半に一度の割で足を向ける。（中略）仕事場から見える緑の色のひろがりに、このような素晴らしい色を目にすることができるのは、生きているからだ、と思う。

所詮は、気の持ちよう一つで、むろんわずらわしいことも数々あるが、肺結核の末期患者であった頃のことを思い返すと、悪《あ》しき雑念は消える。

今日も朝の目覚めに、幸せだなあ、とつぶやいた（五）。

（重病の経験の有る、老いた体で一流の小説家として生き抜くのは大変だと思われるが、彼は「毎日、忙しい、忙しい」と思いながら、せかせかして過ごすのではなく、生きる事への感謝と喜びを日々実感されている。ご自身の凄《すさ》まじい闘病体験を自然に上手く活かしておられる。彼の心理には「上見て学べ、下見て暮らせ」の格言の働きが無意識に作用しているのかも知れない。）

■「上見て学べ、下見て暮らせ」について

「上見て学べ、下見て暮らせ」という格言は覚え易い。この格言は「心の鍛錬」にとって基本原理の一つであり得る。

「上見て学べ」の「上」とは何か？　其れは何らかの点で自分の現状より恵まれている人や状況だ。「下見て暮らせ」の「下」とは、何らかの点で自分の現状より恵まれていない人や状況である。「上」、「下」がそれぞれ意味している事は内外の話題になった人や歴史上の人物や事件にも当てはまる。

「上」の優れた点を見て学び、上を目指して努力する。「下」を見て恵まれていない状況を思い、続いて、自分は恵まれているとの認識を深め、勇気や自信を感じる事ができる。其れが先の格言の趣意だ。

「上」を見て学び、向上を目指すことを前提としている場合、「上見て学べ、下見て暮らせ」は妥当だ。自分の苦悩や悲惨を乗り越え、心を平静にする上で先の格言は効力を発揮するからだ。先の格言で「足るを知ること」を認識するきっかけにし、自分の欲をコントロールし、心の余裕と活力を得る事ができる。或る時には其の格言は心の救いになる事が有る。

一方、「上」を見て、或る程度学ぶけれども、向上の姿勢が弱い場合、表面的に学び、向上する姿勢が弱いか、或いは無い場合、「下見て暮らせ」は良くない考えに見えるかも知れない。というのは、自分は別に真剣に努力しなくてもいい、「下」を見て程々《ほどほど》暮らせばいい、敢えて進んで苦労しなくてもいいという安易な解釈が可能だ。

「上」を見て真剣に学び、「上」を真剣に目指す事を前提としている場合、「下見て暮らせ」の考えは人の安易な生き方を示唆しているの

ではなく、平静な心的状態へ導く指針になり得る。

「上見て学べ、下見て暮らせ」を不適切に使えばどうなるのか？　其の場合、「上見て学べ」を軽く考える、或いは「上」を見て学ぶ事を無視して主に「下見て暮らせ」の方を優先する。即ち、「自分の能力は普通レベル、或いは其れ以下だ。努力しても、努力しなくても大差ない。『下』を見て今を楽しく暮らせば良い。あくせくする事もない」と思い、惰性の生活を正当化する。苦労や努力から逃げる口実にする。「上」を見て自分と比較して嫉妬し、卑下し、動揺し、「下」を見て軽蔑し、傲慢になる。程度の差は有るが、そういう心理に陥りがちだ。

どのように「上見て学べ、下見て暮らせ」を適切に用いる事ができるか？　どこまでも「上」を目指し、深く学んで、それを生かしていこうと思う、そして、今の自分の苦難は、歴史上の偉人達の筆舌に尽くせない程の苦境を他人事と思わない、難病の人の苦しみより遥かに楽だ、戦場の人の地獄の苦しみより耐え易い。其れを思えば、自分の苦しみは何でもない。其れ故に、くよくよしないで前向きに向上しようという意欲が強くなる。先の格言は其の様に考えるきっかけになる。

他人の大変な苦労話を聞き、もっともっと大変な人がいる、自分の苦しみは大した事は無いと思い、ほっとして安らかな気分になり、勇気が湧いてくる。「上見て学べ、下見て暮らせ」の機能が働くからだ。

他人の辛い体験談を偶然見聞きして勇気や安堵を覚える事が有る。「上見て学べ、下見て暮らせ」の原理は向上心や平静を得るのに役立つ事を多くの人が無意識に体験していると思われる。だが、偶然の機会を唯《ただ》待つのではなく、普段、先の原理を積極的に用いる事ができる。

本稿の苦難の記事を読んだ後で、「自分の苦しみは大した事はない」と思えた場合、先の原理が無意識に働いたと考えられる。私は創価大学に奉職して数年経過した頃から今迄、同原理の利点を色々な方法で頻繁に活用してきた。

仕事や運動の後で、疲れて何もしないで休んでいる時「疲労故に苦しい、不快だ」と思いながら過ごしがちだ。

其の様な時に、先の原理を思い出し、さらに「一時間のマラソンの力走、プロボクシングやプロレスの、血を出しながらの練習、戦場での過酷な戦い、刑務所内での最低レベルの生活、大地震後の普通以下の生活、胃がんの激痛等と比べれば、何もしていない今の休憩時は楽だと思って過ごす事ができる。

簡単に言えば、休憩中の苦しい時に、「スポーツの練習より楽だ、箱根の山道を走るより楽だ！」等と思うことができる。そうすれば、仕事後の疲労の不快感、孤独、退屈に耐え易くなり、平常心で休む事ができる。

■心を鍛えるにはどんな言葉が役立つのか？

心を鍛えるには、どんな言葉が役立つのか？　有益な物を列挙したい。

○言葉を本当に身に付けるかどうかは日々の実践に懸っている。

○心を鍛える上で最も効き目の有る言葉を求めよう、信頼性と価値の高い言葉を一つでも二つでも銘記しよう。

○現状の打開にとって必要な言葉を自分で創作しよう、其の様な言葉は記憶し易い。例えば、「プラス思考に徹せよ！」等。

○簡潔で短い言葉は認識し易く、口ずさみ易く、覚え易い。印象的な物も記憶し易い。

○「心を強くする事」を生涯の目的・目標の一つにする事ができる。其れは確固たる人生と生活の基本になり得る。諸々の苦しみに耐え易くなり、生き易くなるからだ。先の目標を持っていれば、全ての活動の意義はそれだけ深くなる。全てを実践する意欲と力が増す。発見や工夫を思い付く。

目標が有る人は張り合いが有り、強い。

○日々、意識的に心を強くする事ができる。それは有益であり、必要だ。必要性を認識すれば、実践の意欲が強くなる。

○「病は気から。」不調を気にしてくよくよするのは心身にとって良くない。為すべき対処をしたら、不調を気にしないで、気力を強くする方に注意を向け、心を強くし始めれば、心も体も良い方へ向かい、病気の予防になる。

○心を強くする必要がある。心が強いのは得だ。強い心によって様々な気分を早目に平静にし易くなる。気持ちが落ち着き、仕事への集中力が増し、人や将来に対する不安が軽減し、人前で毅然としていられる。強い心は全てにおいて有利だ。

○心が弱いのは損だ、消極的になりがちだ。確《しっか》りした振る舞いをし難《にく》くなる。「オレオレ詐欺」で騙され、病気や経済苦に負け、仕事や人間関係で不利になる。そういう事は日常茶飯事だ。

○心は動揺し易く、ころころ変わり易い面が有る。逆境では弱気になり易い。

○心が弱ければ、人と話す際に、目先の色々な状況で落ち込み易い、人の言動に紛動されて感情的になり易い、思うようにならないといらいらし、困難やトラブルに遭うと動揺し、自分の信念を見失い、目先の誘惑に負ける事は有り得る。

○苦しい時には、克己に関する有益な言葉が直ぐに頭に浮かばず、自分で自分を上手くコントロールしにくくなる。そういう事は起こりがちだ。心の鍛錬によって其れを軽減し易くなる。

○心の持ち方によって心は強くもなれば、弱くもなる。

○困難の克服にとって本当に役立つ言葉を直ぐに思い出せず、弱気になり、最善や次善を実践できない事は有り得る。

○疲労や不調で苦しい時でも脳裏にとっさに浮かんでくる有益な言葉は本当に役立つ。心の支えになり、自分を元気にしてくれる。

○いつでも、どこでも瞬時に口ずさめる有益な言葉は実際に役立つ。いざという時に確実に其れを使う事ができる。例えば、「もっともっと大変な人がいる、苦しくても何でもない。」この種の言葉によって心が安らぎ、自信と勇気を得る。

○普段、苦難への対策として有益な言葉を時々口ずさんでおく。どんな時でも其れを直ぐに思い出せるようにしておく。そうすれば、有益な言葉を本当に生かす事ができる。

○五年、一〇年、二〇年でも厭《あ》きる事なく、日々、口ずさむ事ができる言葉こそ本当に自分の為になる。

○難病は辛い。だが、激痛故に汚い言葉を喚《わめ》き散らすのは周囲や関係者に迷惑を及ぼす。其れ故に、有益な言葉で地獄のような激痛に耐えて打ち勝つように努めるのは望ましい。だが、極度の激痛に対して医療で処置せざるを得ない。

○勇気や忍耐等の抽象語は機能の面でメリットとデメリットが有る。メリットとしては、其れらは記憶し易く、思い出し易く、最も軽やかに口にする事ができる。

○瞬時に言葉の意味を生き生きと認識する点では抽象語よりも具体的な句や文の方が効力が強い傾向が有る。即ち、実際に一度だけ使って効力を得る点では、文の方が効き目が強い。例えば、「忍耐」と「希望」よりも「いかに苦しくてもじっと耐えて打ち勝つ、後でより良くなる」の方が具体的であり、心を打つ物が有る。

○有益な言葉の中で確実に覚えている物、直ぐに思い出せる物は最も役立つ。自分の血肉の様に定着した言葉こそ最も有用な知識だ。

○毎日、言葉で心を鍛える事ができる。有益な言葉を確実に自分の物にする方法の一つは次の通りだ。自分にとって有益な言葉をカードに書く。例えば、「カードを必ず見るように、忘れないように」等と書き、他の有益な言葉も追加する。其のカードを手帳に入れておく。

○休憩中や活動をしていない時にカード上のお気に入りの言葉を口ずさむ。其の際に、ゆっくりと、或いは、早目に、一回でも二回でも有益な言葉を発する、或いは黙読する。

○先のカード方式において、一つか二つの有益な言葉を口にするだけでも有効だ。カード方式は、種々の徳目を身に付ける上で役立つと思われる。

○不調やひどい失敗の状況でも腐らないで粘り強く戦い続ける。其の姿勢は心の強さの実証であり、良い将来に対する良い準備になる。

○反省し、心を整理した後は失敗についてくよくよしないように早目に気持ちを切り替える、失敗をうまく活かす。失敗するのは自分だけではないと思えば気が楽になる。

○人間だから、現場で喜怒哀楽の感情が生じるのは当然であり、其れは人間的だ。目先の苦難に対していらいらし、暫くの間、気分が落ち込むのは尤《もっと》もだ。

○自分の心が自然に明朗になるのを何日も待つ事ができるが、工夫によって早目に気分を明るくするのに越した事は無い。

○マイナス的思考は少ない程いい、短期間である方がいい。心身の健康の為に、周りの人々の快適さの為に有益な言葉でマイナス的な心情を早目に良い方へ切り替えるのは望ましい事だ。

○困難でもこつこつと、休み休み、色々な方向で冷静に理性的に、一歩一歩強い心で対処する事を目指す。

○「亡くなった人は何一つ活動する事はできない、自分は一つ一つの有意義な事をすることができる。」そう思うのは、苦しみに耐え易くする考え方の一つだ。

○何億もの亡くなった青年より恵まれているのだから、苦境でも平気、平気。

○苦悩に囚《とら》われない工夫をした上で、仕事に専心する。仕事は価値を創るもの故に尊い。仕事に専念すれば、充実感が生じ、自分の心は救われる。

○「よし、遣るぞ！」この気持ちは元気の基準。

○くよくよし出したら、其れは疲れた証拠だ。疲れたら、できるだけ休むのを優先し、勇気を出して休み、病気や事故を防ぐ。不調の人や年配の人は多目に休むぐらいで丁度いい。

○自宅での仕事では、不調でも少し仕事をして休み、亦少し仕事をする。このリズムで一時間過ごすことができる。或いは、仕事前に、意欲が出る迄かなり長い間休み、或いは祈り、決意を深める。「一つ一つ勝利し、成功する！」と祈り続けることができる。「集中！　集中！」と口ずさむ選手もいる。

○次の仕事の為に、或いは、明日の活動の為に早目に仕事を止め、休んで鋭気を養い、心身を鍛える。其れも大事な課題だ。

○仕事後に、存分に休み、散歩し、体操し、部屋を一箇所でも片付け、或いは人と話して活力を得る。其れは仕事の欲から解放される過ごし方だ。

□先ず、一鍬《くわ》耕せ（趣意）（八）。

○年を取るにつれ、新たな事を始めるのは億劫《おっくう》になりがちだ。難題に取り掛かると思うと、億劫になる。普段、あまり遣っていない事を遣り始める時にも意欲が湧かない事が有る。

○遣り難《にく》い課題を後回しにしないようにすべきなのだが、どう対処すべきか？　決意と実行が大切だ（九）。

○不調でも、プレッシャーが有っても、「為せば、成る」「遣れば、できる」等と強く決意する。そして少しでも実行してみる（一〇）。

○課題の目的、目標、意義、価値を深く認識する。そうすれば、課題に取り掛かる意欲が増す。

○時間を掛けて本格的に遣ると腹を決め、「遣れば、できる」と思って挑戦を始めてみる。其れは、難題や苦境を乗り越える出発点に立ったことになる。勇気を出して一歩踏み出し、一つでも遣ってみる。其れは、難題の克服の第一歩だ。

○難題に取り掛かる前に、三〇分、或いは、一時間休んで意欲を高める事ができる。

　真っ先に難しい仕事に取り掛かるようにするにはどうすべきか。適度に休んで少しでも遣り始める。そうすれば、ストレスが溜まらず、憂鬱《ゆううつ》にならない。徐々に課題への意欲が高まる。気が楽になり、次の箇所を遣りたくなるものだ。

○課題の最初の段階では、容易にできる箇所で、不完全なレベルで少し遣ってみる。そう思えば、取り掛かり易くなり、気が楽になり、徐々に発展するものだ。

○自分にとって最低レベルで始めてみる。開始後は、遣った箇所をより良くしようとの欲が出るものだ。

○課題全体ではなく、一つだけでも遣ろうと思う。軌道に乗れば、遣る意欲は高まる。

○勇気を出して遣り始めれば、後は開けていく。有益な言葉を口にすれば、意欲が増す。

○苦境でも、「弱気の自分に勝つぞ！」と口ずさみ、敢えてより良い因を積む方を選択する。人間には其の力が元々《もともと》有るとされている。其の際に、無理な生き方を防ぐ為に、総合的に、長期的に、主体的に検討事項に対処する必要が有る。

ストレスには身体を動かせ（一一）。

○人が為した不快な言動、過去の悔しい事、不確実な未来の事についてあれこれ思い煩わないようにする。くよくよし出したら、仕事や散歩に没頭するのはストレスの解消に役立つ。

○あれこれ嘆いても良くならない。心を整理した上で休みを上手く取り、目先の課題を一つ一つこなしていく。今、自分のできる事を一つ一つ遣っていく。

○自分がどう評価されるかを気にすれば、きりが無い。人の考え方や評価は多様だ。人による評価を気にしないで、ひたすら良い因を積むことを目指す。そうすれば、自分の仕事に専念し易くなり、実力を付けていく事ができる。

○理想から見れば人や自分の言動は、当然ながら、最高ではない。それを受け入れる事ができる。人も自分も向上する可能性が有る。それを期待する事ができる。

◆私が頻繁に活用している言葉とは？

○日頃、私が頻繁に活用している言葉は、「（色々な理由で）いかに苦しくても、何事もじっと耐えさせて下さい。打ち勝たせて下さい。後でより良くなる。」先の言葉の簡潔な表現は？

○（今も苦しみに）じっと耐えて打ち勝つ、後で良くなる。苦難の人々を思えば、何でもない。

池田ＳＧＩ会長の言葉の内で最も素早く私の頭に浮かんでくる物の一つは？

じっと堪《こら》えて、今に見よ。

池田ＳＧＩ会長の文章の内で本稿に関連の有る物の一つは？

楽観主義とは、なんとかなるという無責任とは違う。苦しみに負けない。貧乏に負けない。非難中傷に負けない。何があっても、「何だ、こんなことぐらい！」と、はね返す強さ。希望に向かって前進する意志の力。これが楽観主義である（一二）。

■終わりに

◆普段、私はストレスを感じても、次の言葉の中の幾つかを口ずさみ、平常心で過ごし易くなるようにしている。六九歳の時に重症の急性肺炎と血栓になったが、以下の言葉の有効性を確認した。

心の鍛錬を忘れないように。

○多忙であれば、目先の仕事を優先し、心の鍛錬を忘れがちだ。どう対処すべきか？　休息中にカード方式を試みる事ができる。

カードを必ず見るように。

○先ず、手帳内のカードを見る。「カードを必ず見るように、忘れないように」（という言葉）を見る毎に其の決意を深める。これさえも持続するのは容易ではない。カード方式の実践を習慣にするのは持続のコツだ。

為になる言葉を口ずさんで、心を鍛えるぞ。

○カード上の有益な言葉を見て口ずさんで、自分の物にしながら心を鍛える。心の財が増えていく。「日々、実践している」という事が大事だ。実践しないと、良い言葉を確実に定着するとは限らない。私にとって最も有益な言葉の一つは、「いかに苦しくても、じっと耐えて、打ち勝つ、後で良くなるよ」である（一三）。

「有益な言葉で治るよ、強くなるよ」の方を考える。

○休息中に、脳裏に色々な考えが浮かんでくる。其れらを考えないでリラックスするには、どうすべきか？　次の言葉を口ずさむことができる。『有益な言葉で（苦悩や病気は）治るよ、（自分の心は）強くなるよ』（という言葉）の方を考える。」時々、其の言葉を口ずさめば、平常心で休息し易くなる。いつでも、直ぐに頭に浮かび、口ずさむ事ができる先の言葉は有効だ。

「自分の魂は永遠だ。」

○人間はいつか死ぬ存在だ。自分の死後も魂は永続し、再び人間として生まれる。其の思想を信じる。そうであれば、「老い」や「死」に囚われないで生き易くなる。

良い因を積む事を目指すように。

○人生は山有り、谷有りだ。好調でも、不調でも、生涯、「良い因を積む事を目指す。そうすれば、より良い運命の転換へ向かう。」日々、心を鍛えるのは、良い因を積む事である。

人の為に尽くすのは生きがいの一つだ。

○人間はいつか死んで全財産を誰かに贈与し、何も持たないであの世へ旅立つ。他者（他人、所属組織、社会、人類）に尽くしておけば、通常の生活でも、死期の頃も、生きた甲斐が有ったとの充実感を覚えるだろう。

人は陰で苦労されている。

○男性も女性も嫉妬心で煩う事が有るだろう。対策として、人の陰の大変な苦労を認識するように努める。人の大活躍は組織や社会の発展の為になると思う。それは心の健康に良い。

人への期待度を低くすることができる。

○他人の気に入らない言動にどう対処すべきか？　或る記事に依れば、他人への期待度を低くしておく事だ。他人も陰で苦悩していると思う事だ。この考え方で夫婦間の些細なトラブルを解決し易くなるという。ただし、他人への期待の仕方は多様である。

心を強くする事を人生の目標の一つにする事ができる。

○生涯に亘り、自分の心を強くする事を目指す。そうであれば、日々の全ての活動は心の鍛錬の良い機会になる。一つ一つの活動がより有意義になる。

心をどう強くするのかに関心がある。

○自分の心をどう強くすべきか？　人の言動に対してよりも自分の心の鍛錬の方により強い関心を持つようにする。「仕事、仕事、仕事に専念すれば、救われる」という言葉も同様に有効だ。毅然とした心を持ち易くなる。

今の目標は「一歩前進」だ。

○今、一歩、歩む。一つ遣るつもりでいる。「一つなら、できる」と思う。焦らないで、ゆっくり一つ遣る。軌道に乗れば、次の一つを遣り易くなる。遣る意欲が強くなる。

　人間は死んで魂以外の全てを所有できなくなる。亡くなった人の視点で考えれば、今の自分に命が有る事、必要な物を所有している事、少し前進できる事、そういったことが有り難いと思えてくる。

　今、少しの向上が目標であれば、不調でも実践できる。一ミリでも前へ進む事なら、必ず実行できる。世界の最高峰のエベレストに一歩ずつ登るような覚悟を持つ（一四）。そう思えば、日々、落ち着いて遣り易くなる。目標の設定の仕方は多様だが、今の目標のレベルを低くする事にも、実行し易いメリットが有る。

亡くなった人は何一つする事はできない。

○「上見て学べ、下見て暮らせ」である。この言葉をじっくりと深く理解すれば、心が落ち着き易くなる。亡くなった人の視点で考える事ができる。亡くなった人は何一つする事はできない。生きていれば、色々な事を体験できる。実際に一つ一つする事ができるのは素晴らしい、普通の生活ができる事も素晴らしい、今日、生きられるのは幸せ、一つでもする事ができるのは幸せ、この世の現実の壮大な歴史を知る事ができるのも幸せと思えてくる。

文豪、トルストイに依れば、「欲が小さければ小さいほど幸せだというのは真理である。」実際には、欲の持ち方は人によって多様であり、欲は生きる原動力でもある。

ゆっくり着実にやろう。

○人の意見や期待に囚われないで、自分の力量に合う課題を自主的に選択する事ができる。遣るべき課題を、何か月も何年も掛けて「ゆっくりと着実に」実行する。長い目で見れば、其の遣り方によって粘り強く持続できる。「持続できるのは尊い事である。」焦らないで心を落ち着けて生活し易くなる。ただし、軌道に上手く乗った場合、最高の能率で遂行できる場合も有り得る。

今のこの活動は他のと同じ様に大事だ。

○或る活動に従事している際に、他事が気になることがある。活動に集中できにくい場合が有る。どの活動も他のと同様に意義が有ると認識すれば、心を落ち着けて活動に専念し易くなる。

同じ遣るなら、喜んでやろうよ。

○何事も、同じ遣るなら、「これも為になる」と思い、喜んで遣る方が効果は大きい。無理なレベルの課題を長期間にわたり、持続するのは健康に良くない。

心を落ち着けて、毎回、進歩させよう。

○何事も、心を落ち着けて、毎回、進歩させるつもりで遣れば、遣り甲斐は強くなる。

より良くするには何ができるかを考える。

○困難な課題に取り掛かる時に、億劫だと思うよりも、前向きに遣る方が有利だ。現状をより良くするにはどうすべきか？　面倒くさいと思い、成り行き任せにし、行動しないで先延ばしするのは危険な場合が有る。いざという時は、鋭気を養い、踏ん張って実行する方が有利だ。

苦難は起こり得る、希望も有り得る。

○誰にも苦難は起こり得る。そう覚悟していれば、実際に苦境になった時に動揺を軽減できる。思いも寄らない様な素晴らしい希望が生じる可能性も有る。

生きていれば、楽しみを見出すことができる。

○苦境の時は、生きるのが辛い、なんで生きなければならないのかと思う事が有るかも知れない。だが、考え方次第で何等かの楽しみや生き甲斐を早目に見出す事ができる。実際に難病からの快復や大地震後の復興を見事に成就した人々は大勢おられる。何をしても楽しくないのは、疲れているからだ、或いは、焦って一挙に多くを達成しようと思うからだ。

楽観主義で生きるぞ、ケセラセラ（なるようになる）（一五）。

○世界中、問題だらけだ。悲劇的な事件が余りにも多い。核兵器の問題は最も深刻だ。悲観主義に陥る危険が有る。不安定な状況でも、最悪への対処の努力を持続し、其の上でケセラセラ、「なるようになる」だ。楽観主義は平常心で過ごすコツであり、精神衛生に良い。

「今を必死で生きる事だけを考える。」

○苦悩を放置しない。自分の心を整理してすっきりするように努める。其の上で「今を必死で生きる事だけを考える。」即ち、今、為すべき課題に必死に取り組む。そうすれば、ストレスを克服し易くなる。この考え方は、したたかに生き抜く上で有効だ。

「よし、遣るぞ！」は元気の基準。

○不調であれば、何をしても、頭がすっきりしない、能率がよくない。其れは疲れた証拠だ。「よし、遣るぞ！」の気持ちが有るのは、元気な証拠だ。多忙でも、元気が出る迄勇気を出して休みを取り入れる。場合によっては、「死んだつもりで思う存分に休む」「思い切って三〇分、或いは一時間休む。」休みながら、時々、良い言葉で心を鍛える。鋭気を養えば、後が捗《はかど》る。

歩く事はあらゆる病気の予防になる。

○歩く事（散歩）はあらゆる病気の予防になると思えるほど効果的だ（一六）。一日に三〇分の散歩を持続すれば、結局は、体力は増進し、仕事の能率も上がり、健康と長寿にも良い。コストのかかるサプリメントを少な目にし、散歩、ラジオ体操、温水摩擦（一七）を持続するのは重要だ。一種の金儲けでもある。健康を増進すれば、医療費の節約になるからだ。車椅子の生活にならないように、日々、よく歩く必要が有る。

苦しみによって強くなる事ができる。

○今、疲労や不調で苦しい。苦しみは有るものだ、不快だが、止むを得ない。苦痛によって体調が分かり、適切に対処できる。苦しみは心の鍛錬の肥《こ》やしであり、為になる。

いかに苦しくても、じっと耐えて打ち勝つ、後で良くなるよ。

○休息中にこう思う。疲労で苦しくても、じっと耐えて打ち勝つぞ、二〇分経てば、だんだん良くなる、耐えるしかない。今の苦しみはスポーツの練習より楽、箱根の山道を走るより楽だよ。そう思えば、疲れに耐え易くなる。

無理のない生き方を選択する。

○退職後、周囲の人から活躍を期待されても、総合的に考えた上で、無理の無い生き方を主体的に選択する事ができる。自分の体力と力量に合った課題、社会から求められている仕事を、適度の休みを取りながら、喜んでやる事ができる。其れは社会の発展、健康や長寿にとって有益だ。人間は一二二歳頃迄生きる可能性が有るという（一八）。努力次第で種々の希望を実現する可能性がある。

これからだ、生まれ変わった気持ちで出直そう。

○「これからだ、生まれ変わったような気持ちで出直そう！」過去の事に囚われないで、新たな気持ちで生きよう。そうであれば、くよくよしないで遣る事ができる。プラス思考や楽観主義で生き易くなる。

◆難病への対策として普段から心を鍛えておきたい。

どの人も老いと病気を避けられない。其れを覚悟しておく方が有利だ。

くよくよしても仕方が無い。潔く当分祈るしかない。

○病気で悩んでも、直ぐに治る訳でもない。くよくよしても仕方が無い。焦《あせ》っても、いらいらしても、不安に思っても、恐れても逆境を簡単に打開できない。「時は全てを癒してくれる。」時は良い薬だ。祈るのも良い薬だ。じっくりと時間を掛けて療養しよう。ひたすら祈り続けよう。言語に絶する激痛のために大声で喚《わめ》けば、気は済むが、周囲に迷惑をかける。医療の対処後は苦痛に耐える工夫をする方が望ましい。

激痛でも大した事は無いよ。

○激痛でも、其れで死ぬ事は無い、大した事は無い。為すべき処置をしたら、強気で過ごそう。苦痛を気にしないほうが治りが早い。祈り続けるのが一番いい。

今も心をより強くするぞ。

○苦しみに耐えながら、よく休む。療養中は、心を強くする事を目指し、病気を治す事が目標だ。其れは大いに遣り甲斐が有る課題だ。そう思えば、闘病の意欲は強くなる。

ひたすら祈るぞ。注意を祈りに向けるぞ。

まるかいふくをねがってひたすらいのれば、ちゅういが（病状や苦しみの方ではなく）祈りの方へ向く。苦しみに耐え易くなる。休みを適度にとれば、元気が出る。医療をきちんと受ければ、医学の恩恵を存分に受けることになる。他事（即ち、過去の事、現在の事、将来の事、人や自分の事）について煩わないようにすれば、祈りに集中すれば、病気は早く治る。重病でなければ、足の屈伸運動、線画の作成や詩作等に少しずつ取り組む事もできる。

苦痛と闘って勝つぞ！

○「苦痛と闘って勝つぞ！」「苦しみよ、無くなれ！　痛みよ、消えろ！　気力で苦痛を切り捨てるぞ！」と一挙に一〇回以上口ずさむ、或いは、用紙上の先の言葉を見る。もし其れを怠り、気を抜けば、病魔が勢いを増すだろう。祈り続けて、絶え間なく闘う。実践を持続するのが最善だ。

「プラス思考は治癒力（免疫力）を高める。」

○あれこれ思い煩っても仕方がない。起こった出来事をプラス思考で良い方へ捉える。「プラス思考は免疫力と治癒力を高める。」其れは素晴らしい効果だ。何事もプラスになった、為になったと考える方が心がより強くなる。

病気も為になるよ。

○「苦しい、辛《つら》い、なんで自分は難病になったのか、なんで自分が苦しまなくてはならないのか。不快だ。」そう思うよりも、次のように思う方が有利だ。病気は為になる、病気によって健康の有り難さがよく分かる。病気によって心を鍛えることができる。そう思うほうが健康によい。病魔に勝つのと負けるのとでは天と地の差、大違いだ。断じて病気に負けない、絶対に勝つぞ、いつもそう思うぞ。

「体中の良性の細胞を気力で強くするぞ、悪性の細胞を叩き潰すぞ。」

○難病に打ち勝つ為にこう思う。「頭の先から足先までの全ての良性の細胞を気力で何倍も強くするぞ、悪性の細胞の一つ一つを叩き潰す！　撲滅するぞ。」其のイメージを、数年掛けて百万回脳裏に浮かべながら、繰り返し、繰り返し必死に口ずさむ。或いは、用紙上の其の言葉を、一日中、時々見て過ごす。其の点で「世界一の努力をする。」「気迫は支えになる（白鵬、二〇一六年）」

「助けてください」と祈り続けるぞ。

○重病の場合、凄く苦しくて何も考えられない。其れでも、「助けて！守って！」とひたすら祈り続けるぞ。

「この病気を治す事ができる。」そう信じるぞ。

○「この病気を必ず治す事ができる！」そう信じる。「信力と医療で治すぞ！」と強く決意する。休みながら鋭気を養い、心を強くするぞ。信力、医療、体力強化で為すべき事を為すぞ。新薬が開発される可能性も有る。

将来この病気は治るよ。

○「将来（一週間後、一か月後、三年後、一〇年後）、この病気は（必ず）治る」と何百回も口ずさむ。或いは、用紙上の先の言葉を見て過ごす。そうすれば、症状についてあれこれ考えずにすむ。

■注

（一）「話の肖像画」、『産経新聞（夕刊）』、アグネス・チャン、一九九九年一一月一九日。

＊スーダンの第二次内戦について

スーダンの第二次内戦以前の歴史を簡単に述べておきたい。

スーダンは、一九世紀以来のイギリスによる植民地から、一九五六年一月一日にスーダン共和国として独立した。

第一次内線（一九五五〜七二年）はスーダンの独立前から始まっていた。

一九六九年五月、陸軍のクーデターでジャーファル・ヌメイリを議長とする革命評議会が全権を掌握し、国名をスーダン民主共和国に改め、一九七一年にヌメイリが大統領に就任した。第一次スーダン内戦は一九七二年のアディスアベバ合意まで続いた。

一九七五年に、アメリカの巨大石油会社シェブロンによってスーダン内陸部のアビエイ地域で油田が発見されると、ジャーファル・ヌメイリはスーダンの南部と北部の境界のヘグリグ油田地帯をスーダン北部に組入れるために地域区分の組替えを始めた。

一九七八年には、スーダン南部の分離独立の目標を掲げたＳＡＮＵ（スーダン・アフリカ民族同盟）、その軍事部門である反政府勢力アニャニャⅡが結成され、活動を始めた。

スーダンの第二次内線（一九八三〜二〇〇五年）

一九八三年始め、スーダン南部に「新スーダン」建設を掲げる非アラブ系黒人のディンカ人が主体の反政府組織、スーダン人民解放軍（ＳＰＬＡ）が、ソ連とエチオピアの支援を受けたジョン・ガランの指導の元に組織され、ＳＰＬＡはアニャニャⅡと反政府組織の主導権を争うようになった。

ヌメイリ政権は一九八三年九月にイスラム法を導入したため、これに反発する南スーダンのスーダン人民解放軍（ＳＰＬＡ）がゲリラ闘争を拡大、第二次スーダン内戦に突入した。一九八四年からは旱魃《かんばつ》とエチオピアからの難民流入で経済困難に陥った。

クーデター・第三次ウンマ党政権（サディク・アル＝マフディ政権）

一九八五年四月六日にアブドッラフマーン・スワール・アッ＝ダハブ率いる軍部によるクーデターでヌメイリ大統領は失脚し、エジプトに亡命した。一九八五年一二月に国名はスーダン共和国に戻され、翌一九八六年四月、議会選で、ムハンマド・アフマドの曾孫にあたるサーディク・アル＝マフディーを首相とする文民政権が成立した。

クーデター・バシール政権

一九八九年六月三〇日、オマル・アル＝バシール准将がイスラム主義組織民族イスラム戦線（ＮＩＦ）と連携して無血クーデターを成功させた。バシールは、「革命委員会」を設置して非常事態を宣言し、自ら元首、首相、革命委員会議長、国防相に就任し、ＮＩＦ（イスラム主義組織民族イスラム戦線）の主張に沿ったイスラーム化を推進した。

一九九一年に隣国エチオピアに「アフリカ最大の人権抑圧者」と呼ばれるメレス・ゼナウィ新大統領が就任し、スーダン人民解放軍（ＳＰＬＡ、スーダン南部の反政府組織）は後ろ盾（エチオピアからの後援）を失い三分裂した。

最高機関だった、バシールによる革命委員会は一九九三年一〇月、民政移管に向け解散し、同委員会の権限は内閣に委譲されたが、バシールが首相を兼任したまま大統領に就任した。一九九四年に、スーダン中央の地域のコルドファン州が北コルドファン州、南コルドファン州、西コルドファン州の三州に分割された。

同年（一九九四年）、バシール大統領が、スーダン人民解放軍（スーダン南部のＳＰＬＡ、反政府組織）の新たな後ろ盾となっていたウガンダを非難すると、一九九四年二月六日にウガンダのヨウェリ・ムセベニ大統領から神の抵抗軍（ウガンダの反政府武装勢力）へ最後通牒が伝えられたが、その二週間後にウガンダの神の抵抗軍は南スーダンへの越境を開始した。

一九九六年三月の議会選では欧米諸国との関係改善を図るバシール大統領派が圧勝し、バシール政権が存続した。一九九七年に第一次コンゴ戦争が終結すると、バシール政権はウガンダへの姿勢も軟化させた。

一九九八年五月、政党結成の自由などを含む新憲法の可否を問う国民投票を実施し、九六・七％が賛成により新憲法は成立した。そして一九八九年以来禁止されていた政党活動が解禁となった（政党登録開始は一九九九年一月）。

しかし、バシール大統領は、大統領の権限縮小を狙う国民議会のハサン・トラービー議長との確執から、一九九九年一二月に非常事態を宣言し国民議会を解散、内閣も総辞職し、二〇〇〇年一月に親トラービー派を排除した新内閣が発足した。そしてトラービーはバシール政権の与党「国民会議」（ＮＣ、ＮＩＦを母胎とするイスラム主義政党）の書記長を解任された。

トラービーは新党「人民国民会議（ＰＮＣ）」を結成し対抗したが、一二月の議会選、大統領選では野党はボイコットし、バシール大統領とバシール派政党が勝利した。

二〇〇一年二月、ＰＮＣ（新党の人民国民会議）と南部のスーダン人民解放運動（ＳＰＬＡ）がスイスのジュネーヴでスーダンの第二次内戦終結や民主化に向け協力するとの覚書に調印したため、政府はトラービーらを逮捕して対抗した。

バシール政権（第四次ウンマ党連立政権）

バシール大統領は二〇〇二年八月一九日、小規模な内閣改造を実施し、イスラム主義中道派のウンマ党（ＵＰ）の分派メンバーを閣僚に登用した。さらに二〇〇二年一一月三〇日には中道リベラル政党「民主統一党」（ＤＵＰ）の分派メンバーも入閣させるなど、野党勢力の取り込みを図ることで、「スーダン人民解放軍・スーダン人民解放運動（ＳＰＬＡ／ＳＰＬＭ）」（スーダン南部の反政府組織）との和平交渉と併せて柔軟姿勢を示した。

二〇〇五年一月九日には、バシールとＳＰＬＭ（スーダン人民解放運動）との間で第二次スーダン内戦の包括的な暫定和平合意、半年後の（スーダン南部の）暫定政府発足について合意に達し、スーダン南部はスーダン政府から自治を認められた。

（二）（「世界の音楽」、ポール・アンカ、ＮＨＫＴＶ、一九九九　一二月八日。）

次の記事は、フランク・シナトラに関する、Wikipedia の記事をより簡潔に編集した上で紹介した物だ。下線部だけでも概略の情報を得ることができる。

＊フランク・シナトラについて

フランシス・アルバート・〝フランク〟・シナトラ（一九一五年一二月一二日‐一九九八年五月一四日）は、アメリカのジャズ・ポピュラー歌手。

フランク・シナトラは、現在も歌い継がれる数々の世界的大ヒット曲を世に送り出し、その卓越した歌唱力によって「ザ・ヴォイス」と称された。エルヴィス・プレスリーやマイケル・ジャクソンなどと並び、二〇世紀を代表する歌手の一人である。「Q誌の選ぶ歴史上最も偉大な一〇〇人のシンガー」において第三位にランキングされた。

第二次世界大戦前の一九三〇年代から、死去する一九九〇年代までの長きに渡り現役の歌手として活動し、数々のミリオンセラーを連発し、また多くのミュージシャンに影響を与えた。映画俳優としても活躍し、一九五三年には第二六回アカデミー賞助演男優賞を受賞している他、数多くの名作、ヒット作に出演している。

（中略）

フランク・シナトラの経歴

一九一五年、フランク・シナトラはニューヨーク市でイタリア系アメリカ人の家庭に生まれる。一九三〇年代初頭、当時ラジオで人気を得ていたビング・クロスビーの歌声に憧れて歌手を志す。

（中略）

その後、バーのラウンジで歌っていたところを見出され、一九三九年には当時大衆的な人気が高かったトランペッター、ハリー・ジェイムスの楽団「ミュージック・メイカーズ」の専属歌手としてフロデビューする。（中略）

一九四〇年には、やはり人気のあったトロンボーン奏者トミー・

ドーシーオーケストラに引き抜かれ移籍して大活躍、一〇代の女性を中心にシナトラへの人気を決定的なものとした。

（中略）

戦時下における熱狂的な人気の反動か、第二次世界大戦終戦後の一九四〇年代後半から一時人気が低迷し、一九五〇年には喉の疾患で一時声が出なくなりスランプに陥った。所属している映画会社のMGM、レコード会社のコロムビアのいずれからも見放されてしまう。

シナトラはそのまま「過去の存在」となるかと思ったが、一九五三年にはフレッド・ジンネマン監督の第二次世界大戦前夜のアメリカ軍兵士を描いた文芸映画『地上より永遠に』の脇役であるイタリア系アメリカ人兵士「マッジオ」役に抜擢され、結果的にこれが大きな転機となった。

これまで主役級ばかりを演じてきたシナトラにとって、脇役の演技は格落ちであったにも関わらず、この役にほれ込み相当の運動をおこなった。軍隊内の虐待で惨めに死んで行く兵士を演じ、アカデミー賞助演男優賞を獲得、奇跡的なカムバックを成し遂げる。

（中略）

こうして一九五〇年代後半にキャピトルから多数送り出されたシナトラのアルバムはジャズ的センスに富んだ質の高いものばかりで彼の最盛期をこの時代とする批評家は多い。またフランク・シナトラ＋ネルソン・リドルの、シンガーとアレンジャー（編曲者）のコンビネーションは、アメリカのポピュラー音楽史上最高と言われている。

（中略）

なお一九六三年には、歌手となった長男のフランクJrが誘拐され、二四〇〇〇〇ドルを要求されたものの二日後に解放されるという事件が起きた。

（中略）

一九六六年には、「夜のストレンジャー」がグラミー賞を獲得し、シナトラの人気が健在であることを世界中に示した。

一九六九年にはフランスの歌手クロード・フランソワの楽曲「コム・ダビテュード／いつものように」にポール・アンカが英語詞を付けたナンバー「マイ・ウェイ」をヒットさせ、一二四週に渡りシングルチャートに、五一週に渡りアルバムチャートにとどまる大ヒットとなった。（これは通俗的に流行したことで日本でもよく知られており、シナトラ＝「マイ・ウェイ」のイメージが強い）。以降この曲は「ニューヨーク・ニューヨーク」「夜のストレンジャー」に並ぶシナトラの代表曲となった。

（三）「おしゃれカンケイ」、日本テレビ、二〇〇〇年一月一六日。

次の記事は、乙武洋匡氏に関する、Wikipedia の記事を編集した物だ。下線部だけでも概略の情報を得ることができる。

＊乙武洋匡氏について

乙武洋匡氏（一九七六年四月六日）は、文筆家、タレント、元東京都教育委員、元教職員、元スポーツライター。東京都出身。

先天性四肢切断（生まれつき両腕と両脚がない）という障害があり、移動の際には電動車椅子を使用している。

早稲田大学卒業後、明星大学通信教育課程人文学部に入学。

大学時代に早稲田のまちづくり活動に参加。このまちづくり活動を取材したＮＨＫの番組出演がきっかけで、障害者としての生活体験をつづった『五体不満足』を執筆し、出版。屈託のない個性と「障害は不便です。しかし、不幸ではありません」と言い切る新鮮なメッセージがあいまって大ベストセラーとなった。

この『五体不満足』は一般書籍の部数記録としては二〇一〇年、日本第三位の記録を持っている（出版科学研究所調べ）。また学生時代から報道番組にサブキャスターとして出演。二〇〇〇年二月に都民文化栄誉章を受賞。

大学卒業後は、スポーツライターとしてジャーナリズムの世界に手を広げ活躍しつつ、二〇〇五年、新宿区の非常勤職員として「子どもの生き方パートナー」に就任。また同年より小学校教諭免許状を取得するために、明星大学通信教育課程へ学士入学し、教員の道への足がかりとした。

教員免許状取得を思い立ったのは、以前からの教育への関心に加え、長崎男児誘拐殺人事件などをきっかけに、子どもの人格形成に大人がどのような責任を負っているか問題意識を抱いたためという。

二〇〇七年二月に小学校教諭二種免許状を取得。同年四月より二〇一〇年三月三一日まで杉並区の任期つき講師として杉並区立小学校に勤務。合宿の際は生徒と共に入浴したり、トイレの手助けを受けたとも語った。

二〇一三年三月、東京都教育委員に就任するも、二〇一五年一二月三一日で途中辞任。

自身のTwitterによると、身長一〇七cm、体重三八kg。

私生活では、二〇〇一年三月結婚。二〇〇八年一月に第一子（長男）が誕生。二〇一〇年七月に第二子（次男）が誕生。第一子誕生の際は小学校勤務だったため育児休暇を取得。

上記の活動と並行して二〇一一年四月よりロックバンド「ＣＯＷＰＥＲＫＩＮＧ」のボーカル「ＺＥＴＴＯ」としても活動している。東日本大震災の被災地に対する風評被害の払拭、被災地の復興、及び被災者の被災地への早期帰還を促進するために、福島県に二〇一五年に開校した県立中高一貫校の「応援団」に就任した。

二〇一五年三月、第三子となる、長女誕生。二〇一五年四月より、政策研究大学院大学へ進学する。

（四）「命再び」、ＮＨＫ　ＴＶ、一九九九年一一月。

次は、柳澤桂子女史に関する、Wikipediaの記事を編集した物だ。下線部だけでも概略の情報を得ることができる。

＊柳澤桂子女史について

柳澤桂子（一九三八年一月一二日）は、東京出身の生命科学者、サイエンスライター、エッセイスト、歌人。

略歴

一九六〇年、お茶の水女子大学理学部植物学科卒業。

一九六三年、コロンビア大学動物学科大学院修了Ｐｈ・Ｄ・取得。慶應義塾大学医学部分子生物学教室助手。

一九六九年、このころ原因不明の難病を発病し、最初の入院をする。

一九七一年、三菱化成生命科学研究所副主任研究員。

一九七五年、同主任研究員。東北大学理学博士。

一九七七年、このころより入退院を繰り返す。

一九八三年、三菱化成生命科学研究所退職。

一九八六年、短歌を始め、「音」短歌会に入会。

一九九三年、『卵が私になるまで』で第一〇回講談社出版文化賞科学出版賞受賞。

一九九四年、『お母さんが　話してくれた　生命の歴史　四巻』産経児童出版文化賞受賞。

一九九五年、『二重らせんの私』で第四四回日本エッセイスト・クラブ賞受賞。

一九九九年、ＮＨＫ「ドキュメントにっぽん」の「いのち再び」で闘病する姿が放送される。日本女性科学者の会功労賞受賞。

二〇〇一年、ＮＨＫ「ＥＴＶ二〇〇一」～いのちの対話（ピアニスト梯剛之との対話）が放送される。

二〇〇二年、お茶の水女子大学名誉博士。

＊『コレリ大尉のマンドリン』について

『コレリ大尉のマンドリン』のあらすじは次の通りだ。

一九四〇年、第二次世界大戦でギリシャ・ケファロニア島の医師イアンニスの娘ペラギアも戦争に巻き込まれようとしていた。彼女の婚約者で島の漁師マンドラスは戦争に行ったきり音沙汰もなく、翌年（一九四一年）、ギリシアはドイツ・イタリアに降伏する。

漁師マンドラスは傷を負いながらも生還したが、かつての純真さを失い、敵国への憎しみに燃えるその瞳にペラギアは戸惑う。

やがてケファロニア島にイタリア軍の占領部隊が到着。イタリア兵の行軍を率いるアントニオ・コレリ大尉は、奇妙なことに背中にマンドリンを背負っていた。

コレリ大尉はこの過酷な戦時下でも人生と音楽を愛することを忘れない陽気で大らかで屈託のない人物だった。彼と部下たちに対して、初めは敵意を見せていた島の人々は心を許していく。島民は占領軍将兵との牧歌的な日々を送っていた。

ペラギアはコレリ大尉の誠実な優しさと、彼の奏でる澄んだマンドリンの音色に抗うことはできなかった。次第に惹かれ合うコレリ大尉とペラギア。

一九四三年、イタリアは、ムッソリーニの失脚に引き続き、降伏する。戦争に負けたイタリア軍がギリシアに着き、ドイツ軍との戦いになると状況は一変する。故国に帰れる、と喜んでいたイタリア兵が大勢殺される。

ドイツ軍との凄惨な戦いの末、イタリア軍は壊滅する。コレリ大尉はドイツ軍によって処刑場へと連行されたが、そこで奇跡的に命をとりとめた。彼は、漁師マンドラスによって医師イアンニスの家へ運びこまれ、ペラギアの手厚い看護によって回復する。幾つかの理由でコレリ大尉の心の傷が癒えることはなかった。ペルギアは彼を島から脱出させることにする。

一九四七年、平穏が戻ったケファロニア島でペラギアは医学を学んでいたが、ある日、建物が全壊する大震災が起こってしまう。

参考資料

「コレリ大尉のマンドリン」（Wikipedia：movie. walkerplus. commwww. cinematopics. com）

（六―二）映画『コレリ大尉のマンドリン』、ジョン・マッデン監督作品、二〇〇一年。

＊『コレリ大尉のマンドリン』について

原作『コレリ大尉のマンドリン』（ルイ・ド・ベルニエール、太田良子（翻訳）、二〇〇一年九月一一日）は、イギリスで一九九四年に刊行されて以来、七年間で二〇〇万部以上の売り上げを記録し、世界二六か国で出版された大ベストセラーの歴史・恋愛大河小説である。

『コレリ大尉のマンドリン』の粗筋《あらすじ》は次の通りだ。

一九四〇年、第二次世界大戦でギリシア・ケファロニア島の医師イアンニスの娘ペラギアも戦争に巻き込まれようとしていた。彼女の婚約者で島の漁師マンドラスは戦争に行ったきり音沙汰も無かった。翌年、ギリシアはドイツ・イタリアに降伏した。

漁師マンドラスは傷を負いながらも生還したが、かつての純真さを失い、敵国への憎しみに燃えるその瞳にペラギアは戸惑った。マンドラスは戦争で変わり果て、島の解放を目指すパルチザン（非正規軍）に身を投じた。

やがてケファロニア島にイタリア軍の占領部隊が到着。主にイタリア軍が同島を占領し、お目付け役として少数のドイツ軍も島に存在した。イタリア兵の行軍を率いるアントニオ・コレリ大尉は、奇妙な事に背中にマンドリンを背負っていた。

コレリ大尉はこの過酷な戦時下でも人生と音楽を愛する事を忘れない、陽気で大らかで屈託のない人物だった。彼と部下達に対して、初めは敵意を見せていた島の人々は心を許していった。島民は占領軍将兵との牧歌的な日々を送っていた。

ペラギアはコレリ大尉の誠実な優しさと、彼の奏でる澄んだマンドリンの音色に抗う事はできなかった。二人は次第に惹かれ合っていった。

一九四三年イタリアは、ムッソリーニの失脚に引き続き、単独降伏した。戦争に負けた多くのイタリア軍がギリシアに着いた。ドイツ軍とイタリア軍の戦いになるとケファロニア島の状況は一変した。多くのイタリア兵は故国に帰れると喜んでいたのだが、友軍であったはずのドイツ軍は武器の引き渡しをイタリア軍に命じた。ドイツ軍は、ギリシアのパルチザンに武器が渡る事を恐れ、イタリア軍に武器の放棄を要求したのだ。

イタリア軍はドイツ軍との凄惨な戦いの末、壊滅した。降伏したイタリア軍部隊の将兵百数十人がドイツ国防軍により虐殺される事になる。

コレリ大尉らはドイツ軍によって処刑場へと連行された。戦火の絶望の内にあっても、ドイツ軍に銃殺されるべく連行されるトラックの中でも、コレリ大尉は部下達に「さあ歌おう」と声を掛けた。死ぬ覚悟をするよりも、ハミングするほうがずっと楽しい。そして其れが、何かができるという意欲に繋がったのだ。「音楽」と「ユーモア」の力が発揮された。

コレリ大尉は奇跡的に命を取り留めた。彼は、漁師マンドラスによって医師イアンニスの家へ運び込まれ、ペラギアの手厚い看護によって回復した。だが、幾つかの理由でコレリ大尉の心の傷が癒える事は無く、ペルギアは彼を島から脱出させる事にした。

一九四七年、平穏が戻ったケファロニア島でペラギアは医学を学んでいた。ある日、建物が全壊する大震災が起こってしまう。（以下、略）

（八一一）「困難な状況下で役立つ言葉やその言葉の考えを直ぐに思い出せず、最善や次善を実践できない」というのは、美徳を発揮していない事であるが、次の指摘は其れに関連している。

「どんな人間的美徳も習慣になってしまわぬかぎり、確かに身についたものにはならぬ（カール・ヒルティ）」

（「カール・ヒルティ名言集・格言～最大級～心に残る名言集・格言」meigen. keiziban-Jp. com/hilty）。

◎一億四千万円詐欺被害＝五十代女性に架空請求――静岡

時事通信　三月七日（月）一八時二〇分配信

静岡県警沼津署は七日、昨年十月～今年二月にかけて、同県沼津市の五十代女性が、有料サイトの運営会社社員などを名乗る複数の男から現金計約一億四千万円をだまし取られる被害に遭ったと発表した。

同署が詐欺事件として調べている。

同署などによると、昨年十月上旬、架空の有料サイト運営会社から、女性に利用料金を支払うよう催促するメールが届き、女性が電話したところ「金融庁が裏取引を疑っている」などと言われた。

その後、金融庁職員を名乗る男から電話で「監査が入ると口座が凍結される。サイト運営会社に預金を預けてください」などと言われ、同年十二月中旬〜今年二月上旬にかけ、自宅を訪れた男に約十回にわたって現金計約一億四千万円を渡したという。

最終更新：三月七日（月）二一時四分

（八―二）「カール・ヒルティ、名言集・格言〜最大級〜‐心に残る名言集・格言」、meigen.keiziban-jp.com/hilty）。

（九）先送りの弊害と対策については、次の記事を参照。

■付録

◆本稿についての学生の感想

本稿に関する多くの学生の感想の中から印象的な物を選び、分かり易く編集した上で紹介したい。（　）内は私の補足的な言葉だ。

★心の鍛錬の「カード方式」について

◇本稿（の苦難の人々の記事）を読んで涙が出た。かつて私がすごく悩んだ時に目にした句は、「今の悩みは何のため？いつか悩める友を助けるため（即ち、今の悩みは、将来、必ず役に立つ！）」という言葉でした。（それを）思い出すことができて良かった。

手帳を使うのは面倒くさくて、これまであまり手帳に書き込むことは無かったけれど、今後は、手帳をしっかり使っていこうと思った。このような授業はすごく刺激になります。

◇「くよくよしない」等（の考えの大切さ）は分かっているつもりです。でも、（苦しい状況下で）それを実行するのが難しいんです。

◇（本稿の）こういうやり方（カード方式）を長きに亘り（着実に）持続できるかどうかが問題なんだろうと思う。

★「上見て学べ、下見て暮らせ」について

◇私は、（残念ながら）「上見て学べ、下見て暮らせ」をまずく使っています。（本稿によって）「もっといろんな事（の良い面）に感

謝して努力しなければならない」と思わされました。（その時、その時の活動をマイナス的な気持ちで従事する時間を減らすようにして）自分の人生をもっと大切に生きたいです。

◇私は「上」も見たくないし、「下」も見たくない。「前」を見ていたい。自分を奮い立たせるのに「上」や「下」を見たくない。自分自身の（努力と進歩の）中に、そして眼前（の為すべき事への挑戦）に、全て（の対策）は有ると思うから。（人々の「上」や「下」の状況の比較によって遣る気や幸福感を得たくない。常に（目前の課題に専念し、充実して前進したい。）

◇私はどちらかというと、（注意の向け方において、「下見て暮らせ」ではなく）「上見て学べ」の方を最近、強く意識しています。これを重視して毎日前進していくと、（向上と）創造性のある活動を（目指）していけます。そしてそれを支えるものが、「下見て暮らせ」です。（困難に直面した時に）こんなことでへこたれてたまるかと思うためにも、「下見て暮らせ」は必要だからです。

◇これまで色々な所で多くの為になる話を聞いてきたが、どんなに感動し、決意したことでも（記憶が薄れがちであり）、時間が経ち、現実の（強い）苦しみに接すると、過去に聞いた話を意外に思い出せなかったりする。（現場で有益な言葉を活用していない場合が有る。）

◇「（大学一年次の自分と比べて）以前はもっと頑張れたのに」と落ち込むことがある。だから、どんな時にでも（無意識位に）口ずさめる（有益な）言葉、新たに決意できるための自分の言葉を持つことは大切だと思った。自分の好きな有益な言葉を書き留めて、直ぐ思い出せるようにして、人生（の険しい山）でもたくましく楽しく乗り越えていきたい。「上見て学べ、下見て暮らせ」は、かなり自分の心の中に入って（定着する）言葉だ。

◇心を鍛えるために、是非私も心の鍛錬のための言葉をじっくり考えてみたい。人間はとても欲深い生き物です。自分より恵まれていない状況にある人に比べれば、私はとても幸福なはずなのに、

（普段）何となく不満を抱いていることが有ります。だからこそ、他人の（苦境の）立場に立って考えること、また「上」を見て学んでいくと同時に「下」（のもっと厳しい状況）を見て（忍耐強く）暮らしていくことも重要なのだと（はっきりと）分かりました。

◇「自分の心を（着実に）鍛錬していくこと」は、本当に難しいことだと常に思っている。最大の壁は、やはり、「自分に勝つこと」だ。自分の（心の）弱さを身にしみて実感することほど辛いことは無い。そんな時に（自分が）自分に言い聞かすための言葉が有れば、少しは救われそうな気がするが、残念ながら、今の私には（特に効果的な言葉）は無い。（普段）自己嫌悪に陥り、自分を卑下してしまう。それを今まで何度となく経験してきた。

本稿を読んで、日頃から自分にとってプラスになる言葉を（今日）持とうと決めた。

以前に自分がどん底に落ちた時は、大抵自分しか見えていなかった。（今後は）もっと（苦境の立場の）周りの強い人々に目を向けようと思う。苦難の人々は私より辛い状況に立たされていながら、強く生きているのだ。

最近（当時、二〇〇一年）、私は映画『レナードの朝』（ペニー・マーシャル監督作品、一九九〇年）を見て、今までにない感銘を受けた。（嗜眠性《しみんせい》脳炎患者の）レナード・ロウのように一生懸命に、強く生き抜きたいと思った。

★学生にとっての有益な言葉

◇大学受験の時に、友達や先輩からもらった言葉で何度勇気づけられたことか。（有益な）言葉は本当にすごい力があると思う。だから、気に入った言葉をいつもノートに書き込んでいる。

◇常に自分の心の中にある良い言葉は大切だと思った。確かに、どんなに疲れていても思い出せる（有益な）言葉は自分にとって最高の励まし（になる）と思う。

◇私は（何らかの理由で）自分について悲観的になっていた時に、ある先輩から、「人間の命は八万回（良い方やマイナス的方向へ）変わる」ということを教えてもらいました。その時に私は、「今は自分は落ち込んでいるけど、きっと直ぐにまた明るい自分になれる」と思うことができ、その日から自分の感情の起伏をそれ以前よりもうまくコントロールできるようになりました。

◇授業で本稿を読んで一つのことを思い出しました。（すごく辛いことが有った時に「強くなるんだ！」と無意識に呪文のように唱えていました。（確実に良い効果が有ったのです。）

◇創立者の言葉、「常に、今いる場所で勝て！　全てやり切ると決めなさい」という言葉は、事有る毎に、私に「頑張ろう！」という気にさせてくれる。生きていると、いろんな壁に突き当たり、逃げの姿勢になる時が多々有るが、創立者の厳しい言葉に毎回励まされ、やる気を起こさせてもらっている。

◇自分は人生の糧となる言葉を持っています。それは「仏法は勝負だ！」です。それは究極の問題であり、戦いです。「勝たなければ、全てに意味が無い」と、私の先輩はいつも熱弁してくれます。最近になって、この意味を（深く）理解することができました。本当に励みになる言葉です。（勝つのと負けるのとでは大違いです。「同じ遣るのなら、勝つ！」と強く思っています。）

◇私はいつも「（色々な事に）負けない自分になる！」という言葉を心に留めています。勉強やクラブ活動など、色々な時に、この言葉を心の中で唱えて自分を奮い立たせています。どうしても楽な道へ進もうとしてしまう（弱い面の有る）自分、また、難しい（遣り難い）問題から逃げてしまいそうになる自分に勝ちたいと思っています。

◇二年前の大学入試の日のことを思い出しました。（合格か、不合格かの）緊張と不安で一杯だった私に、先輩方がメッセージが書いてあるカードをくれました。そのカードには、（創立者の言葉）「勝つこと以上に大事なのは、何が有っても負けないことである（負けないこと、これなら自分にもできる！　との思いや自信が強くなります）」と有りました。その言葉にとても勇気づけられたのを覚えています。今でも、辛い時にはこの言葉を思い出しています。悩んでいる友人にこの言葉を教えてあげたいと思います。創立者ほど言葉の面でも人を勇気づけてくださる方はいない。

◇本当に本稿で述べられている通りだ。言葉一つでこんなにも勇気付けられるのだ。（効果の強い）言葉の持つ力はすごいと思った。

★課題の一つでも遣る事について

◇本稿（の苦難の人々の記事）を読んで、泣きそうになりました。何が有っても、どんなに辛い思いを抱《かか》えているとしても、（どうしても）先ず、第一歩を踏み出さなくてはならない。そのためには、勇気が、希望が、知恵がいる。それらを引き出すための「最も効力のある言葉」を私も胸に抱いて、日々向上していきたいと思う。「先ず、一つやる。不完全でもやる。そうすれば、気が楽になる」という言葉に救われました。

◇今、勉強、創大祭、アルバイトの活動や課題が有り、忙しい日々ですが、やろうと思うことが（思うように）できなくて、焦ってばかりです。本稿を読んで、「焦らないで、少しずつでも前進していけばいい」と思い、少し希望を持てました。（一気に全て遣ろうとしないで）長い目で見て、（先ず）少しずつ取り組み、確実なものにしていきたいです。

◇あれも（遣る）、これも（遣る）と一日のノルマを決めて、英語の勉強をしていますが、ずっと続けていると意欲が減退して、勉強するのが苦痛になりがちです。でも、このエッセイを読んで、「目の前のことを一歩一歩、休み休みでもいいから、こなしていくしかない。やろう！」と思い、再びやる気が湧いてきました。

◇毎日、これだけは「やらなくては！」と幾つか決めている自主的課題（即ち、資格試験の準備、記念フェスティバルへの参加、『人間革命』の読書、他）の範囲と量が有るのですが、妥協しようとする自分に負けてしまい、明日二日分やろう等と思い、自分に勝てない日も有りました。

「負ける」理由はそれなりに有るのですが、本稿を読んで（思ったことは）、もし辛くて（種々の活動を）止めたくなっても、「全く何もしないということが無いようにすること」、「（いずれの活動も）止まることが無いようにすること」が大事だということでした。

（今後は）もし自分で決めた量をこなせなくても、先ず、三分の一でも、一ページでも、一分間でも課題を進めていきます。(そうすれば後で軌道に乗り、意欲が高まり、持続し易くなります。挫折か、持続かの分岐点で良い方へ向かいます。)

◇これまで私に足りなかったのは、「決断する勇気」だったと思う。(できるだけ楽をしたいという)依存的存在の楽《らく》さから抜け出ることを決め切れなかったのです。これからは(ある意味で)臆病な自分に勝ちたいし、「勝てる!」と信じようと思う。

◇本稿(の苦難の人々の記事)を読んで自然に涙が出ました。(逆境でも)いかなる信念を持って生きるかがその人の人生の「幸福(のレベル)」(楽しさ、喜びの数、他)を決めるのだと強く感じました。

苦しい時にその苦しさから逃げると、(その状況から立ち上がるだけでもかなりの時間とエネルギーを要し、困難は増大します。)後で必ずその時の苦しみは二倍、三倍になって、自分に降り掛かります。

種々の課題の苦しみに(早目に)真正面からぶつかっていき、その中に(もっと良くなるという)希望を見出したい。その生き方はものすごく幸せなことだと思います。(例外として、状況によっては逃げる選択肢を用意しておくことが大事な場合も有り得ます。)

「じっとこらえて、今に見よ」は私も座右の銘にしています。苦しい時には、いつも(その言葉を)自分に言い聞かせています。(困難に)負けてしまわないように。

◇「辛いことは嫌だ嫌だ」と言っていても(良い事は何も)始まらない。ケイン・コスギはこう言っていた。「簡単にできるものなど一つもない」と。(私は)この言葉にすごく感動した。今、自分が当たり前にできる事は今までの十数年の集大成であるし、今、うまくいかないものでも、じっと耐えて頑張り続ければ、いつかは(難しい)目標を達成できるはずだ。実際、世の中には、「困難な目標」を達成している人がいるのだから。

◇自分の今の状況は悪いだけに、本稿によって僕は非常に励まされた。何からやればいいのか分からないくらい自分に必要な言葉ばかりだが、先ず、一つずつ、問題を解決していきたい。

◇毎日、毎日、自分との戦いです。この世の中で真面目に生きようとすると、辛いことも多々あります。自分が良いと思うことを（持続）するのは、何でも困難で、嫌で、根気のいることです。何か心の指標となる言葉を持つことはとても大事です。以下はフランスの思想家、ミシェル・ド・モンテーニュの言葉です。

「運命は我々に幸福も不幸も与えない。ただその素材と種子を提供するだけだ。我々の心が好きなように運命の提供物をより良い物、より強い物に変え、用いる。我々の心は、それを幸福にも不幸にもする唯一の原因であり、支配者である（趣意）。」（『エセー（随想録）』、一五八八年。）

全部、自分の心一つで（色々な方へ）変わる。毎日毎日コロコロ変わる。（弱気が出る事が有り）絶えず何かを継続させることはとても難しい。でも、そのために（目指すべき素晴らしい）目標が有るんですよね。

◇私は最近、今までの人生の中で最大の壁にぶち当たり、すごく辛かった。一人で孤独で自分に自信が持てなかったのです。

そんな私も大学生活五年目になってやっと英語（の学習）が楽しくなってきた。でも、「今さら（英語の学習なんて）」と思ってしまって、一歩踏み出す勇気が無かったのだと気付かされました。「やろう！」と思えれば、心が元気な証拠ですよね。私は「やろう！」と思えた。残りの大学生活で頑張れる気がします。

★学生の決意について

◇本稿を準備して下さり、有り難うございました。とても為になりました。是非（カード方式を）実践したいです。他の（本稿の言葉以外の物）についても、今、先生に見せていただいたような「為になる（言葉）」「パワーになる（言葉）」「元気が出るためのノート」を作りたいと思いました。実際、私の先輩で、『エネルギーノート』を作った先輩がいます。

◇昨年、自分は（生活の仕方において）急いでいて、焦り、自分（の信念）を見失った。体力、気力の限界まで突っ走って、心のゆとりが全く無かった。今日、本稿を読んだ時、昨年は全然分からなかったことが今、はっきりと分かった。（その点を強く決意して）

ゆっくりと一歩一歩（為している事を）噛みしめながら、人生を歩んでいきたいと思った。

◇「（物事に対する自分の考えや生きる姿勢を）言葉として形に残す」という行為は、まさに卓見です。この（カード方式の）試みはまさに仏教の、むしろ宗教の真髄を突く最高（レベル）だと、（本稿を）見て感じました。

◇英語の授業（の一部）で本稿を読んだのですが、本当に良い言葉を知りました。とにかく、（色々な事で）どんなに苦しいことや辛いことが有っても祈って祈って祈り抜く（のが大事です）。じっと（色々な事に）耐えて努力し（続ければ、徐々に）必ず良くなることを（深く）学びました。

◇先週、本稿を読んで、私の生活（の仕方）が変わりました。今は少しよりポジティブです。

◇楽観主義は無責任とは違うという言葉に（接して）すごく嬉しくなりました。私は「楽観主義」に関して引け目に感じていたからです。「楽観主義」という言葉に対して、「（あまり）深く考えていないこと」、「（全てに対して単に）気にしないこと」、「（自分の難題について）考えることから逃げて（目先の課題に従事して）いること」というイメージを持っていました。しかし、今日からは、「（私のお気に入りの言葉や生きる姿勢は）楽観主義だ！」と堂々と誇りを持ち、自分の長所だと思い、胸を張って生きていきます。

◇本稿に共感するところが多かった、すごく良かったです。私も自分を鍛える言葉を三つ持とうと思います。（目先の課題だけでなく）色々な事に少しずつでも（いいからと思い）挑戦していこうと今日決めました。

◇今、本稿を読んでいると、自分が抱えている悩みが、とても小さい事のように感じられます。（プラス思考等の）心の持ち方、考え方一つで前向きに強く生きていけます。そのために、心を（着実に）鍛えることができる（有益な）言葉を私も持とうと思います。

（六）私の健康法——温水摩擦

■はじめに

「私の健康法」を書いたきっかけは、二〇一一年に池田大作SGI会長のメッセージ「君たちも永遠の宝を残しなさい」に注目し、私の体験を記事にする考えが閃いた事です。当時、其の閃きを生かし、「温水摩擦」の経験を纏《まと》めたのです。

本稿の要旨は次の通りです。

温水摩擦には確実に効果が有りますが、普及していません。

温水摩擦の理解が深まれば、状況は変わるでしょう。

温水摩擦、乾布摩擦、冷水摩擦は何《いず》れも風邪予防になり、冷水摩擦の驚くべき効果の実例が有ります（付録に解説があります。）。

温水摩擦は乾布摩擦や冷水摩擦より有利な面が有り、入浴とセットにすれば、温水摩擦を短時間に容易に実行できます。実践の細かい手順を臨機応変に調整できます。

本稿で温水摩擦を積極的に奨励する論調で述べ、「注」と「参考資料」に健康関連の情報を収め、温水摩擦の効率的な遣り方の最終的結論を注（一五）で述べています。

◆本稿についての感想

◇今回のお話は面白かったです。健康に興味が無い人はいないです。私も関心を持っています。温水摩擦がどんなものか（について）今迄全く知らなかったので、とても勉強になりました。有り難うございました。

◇このエッセイで「温水摩擦」を初めて知りました。今の時期は風邪をひく人がとても多くなります。風邪をひくことは授業やクラブ活動などに大きな影響を及ぼし、日々の戦いが止まってしまいます。そういう訳で風邪予防についてとても知りたいものがあります。今後、風邪に強い体になるという「温水摩擦」を実践し、病魔に負けない体作りをしていきます。

■温水摩擦の手順

温水摩擦をどのように遣るのか？真っ先に思い浮かぶ遣り方は次の通りです。

夏季には、入浴を終え、下着を着る直前に温水摩擦を行います。其の手順の最初に浴室内の洗面器に水を入れ、適量の湯を加えて温水を作ります（二）。

自分にとって適温の温水にタオルを浸し（三）、其れをよく絞り、其のタオルで首の周りを含め、体全体をほんの少し軽く擦《こす》る感じで丁寧に拭きます。

次に、別の乾いたタオルで体全体を拭きます。暑い日には浴室から自室へ移り、そこで汗が殆ど出なくなる迄上半身をタオルで何度も拭きます。

冬の温水摩擦では、入浴前に予め浴室や脱衣所の温度を暖房器具で或る程度上げておきます。

入浴と温水摩擦の過程での各手順の時間量、タオルによる摩擦の程度、タオルの冷たさの程度を固定的に考えるのではなく、臨機応変に調整する事ができます（四）。

朝夕や日中に温水摩擦の為にわざわざ衣服を脱ぐ遣り方ではなく、入浴時に自然な感じで温水摩擦を実行できます。

■温水摩擦を始めた動機

温水摩擦を始めたきっかけは、「落語」の公演中に冷水摩擦の情報を得た事です。当時、民主音楽協会（略称は民音）のパンフレットに載っていた「落語」の公演に私の生涯で初めて出席しました。私の趣味は映画鑑賞ですが、当時、ボランティアとして民音の地域の係りを担当しており、何等かの申込みを増やすつもりで偶然、落語の公演に行く気になったのです。

公演の最初に落語家が「演目」の前の「枕《まくら》」として、入浴終了時に浴室内で冷水摩擦をする事の驚異的な効果について真面目に説明されました。ひょっとすると、当時、風邪が流行《はや》っていたのかも知れません。落語家は次のように話されました。

「この話をお聞きになられただけでも公演に来た甲斐《かい》が有ったと思われるでしょう。私の先輩は落語界で体が最も弱い人、『病気の問屋』の様な人だと言われてきました。或る日、彼は入浴後に浴槽から出た時に洗面器の水でタオルを漱《すす》いで絞り、其のタオルで冷水摩擦をする事を決意されました。長年其れを続けた結果、落語界で体が最も丈夫な人になられたんです。」

この実例や本稿の参考資料（三）の例は、重く受け止めるべき現証です（五）。

■温水摩擦と洗顔の類似点

私は冷水摩擦を応用し、自分の体質に合う温水摩擦を決意しました。

温水摩擦は或る面で冬季の私の洗顔に似ています。洗面器の水に少しの湯を加え、其の温水で顔全体に亘り両手で軽く摩擦する感じで丁寧に洗顔します。

日々の洗顔は顔の皮膚を強くします。其れ故に、冬でも、戸外で顔に何も覆《おお》っていなくても平気でいられます。洗顔の効果の点からも温水摩擦は効果的だと言えます。

夏の或る日、車の免許の更新の為に、冷房の良く効いた講義室で受講しました。其の時、寒さを感じる程低い室温に耐える事ができたのは温水摩擦の御蔭だと思いました。

■温水摩擦、乾布摩擦、冷水摩擦の比較

温水摩擦を他と比較すると、乾布摩擦は持続し難い面が有ります（六）。然《しか》しながら、入浴とのセットで乾布摩擦を行えば、其れは持続し易くなります。温水摩擦はタオルの冷たさによって体に刺激を与え、抵抗力を付けるので、乾布摩擦よりも効果的だと考えられます。

冷水摩擦は私にとって刺激が強過ぎるし、心臓が弱い人には適していないようです。生来、頑健な人は、決意しさえすれば、寒い冬

でも冷水摩擦を持続できるでしょう。

冬季には、体の芯迄冷えるとの連想の有る冷水摩擦を習慣にするには、安全な実践法や強固な決意を要します。冷水摩擦の際に、肌を刺すような冷たさに耐える故に、其れは精神の鍛練にもなります（八）。とは言え、冬の冷水摩擦は年配の人や病弱な人にとって危険でしょう。

温水摩擦は、抵抗感なしに実践することができ、心臓麻痺などの危険性や違和感は無く長続きし易いです。其の点が温水摩擦の最大の長所です。

如何に優れた健康法でも、持続できなければ、有効に生かせません。温水摩擦の場合、自分の体調に応じてタオルの冷たさや摩擦の程度を調整できます。

遺り易さ、違和感が少ない事、持続可能性、安全性、実践の効果の点で最も推奨度の高い物は温水摩擦です。

■温水摩擦の実践法と効果

入浴と温水摩擦の一連の行動は軽い運動になり、入浴には健康の効果が有るので、私は、退職後は、ほぼ毎日入浴と温水摩擦をしています。

風邪気味の時や多忙な日は、入浴と温水摩擦を控える事が有ります。温水摩擦の実践回数は多い程効果的ですし、温水摩擦を習慣にする方がいいので、入浴の際には、多少疲れていても、少しでも温水摩擦をする方が得だと思っています（八）。

若い頃、よく風邪をひき、通院しました。現在は、温水摩擦の効果により、風邪をひく回数は減り、風邪の期間も短くなっています。勿論《もちろん》、其れは、他の色々な点で健康に留意しているからでもあります(九)。温水摩擦は風邪に強い自分にする対策だと確信しています。

■温水摩擦を始める勇気と積極性

私は妻に温水摩擦の効果を説明しました。其の後、二〇一一

○月のある日、「温水摩擦を実践してる？」と妻に訊いたところ、彼女はこう応答しました。「私はラジオ体操を（一九八六年以来、朝のラジオ放送に合わせて）毎日してるから。これが私の健康法なのよ。」其の後、私は再び妻に温水摩擦の効果を強調しました。同年一一月に、彼女は先の同じ質問に対して「あれもこれもできないよ」と答えました。

妻は風邪をひく事が有ります。風邪で生命力が落ち、不快な思いをするのは少ない程いいです。元気なら、仕事の能率や充実感は増大します。

見聞きした健康法を全て実践する訳にはいかないにしても、あの落語家の先輩の実証を思えば、温水摩擦を試みる価値は有ります。其れに関連して「人の意見を参考にして『新しい活力』を引き出す」という指針が有ります（一〇）。

馴染みの無い「温水摩擦」に拘《こだわ》らないで、其れを始める勇気や積極性が望まれます（一一）。其れによって肉体的により強くなり、生涯元気に生活する基盤がより強くなります。

このエッセイの注（一二）、（一五）で私の健康法（二）、（三）として「温水摩擦法」の革新的な手順を説明しています。

■終わりに

入浴の準備に対し、妻に感謝しています。亦、温水摩擦のきっかけになった、あの落語家に謝意を感じています。あの公演での話以外に乾布摩擦や冷水摩擦の効果の情報を得た事は無く、本稿の執筆中に関連項目を調べました。

もしあの落語の公演に参加しなかったら、恐らく今でも温水摩擦をしていないでしょう。私の生活法の一部を変革する程の情報提供を頂いたあの落語家と彼の先輩に重ねて謝意を表します。

■（注）以下のゴシック体の箇所で「健康」の情報の要点を得る事ができます。

（一）「池田大作ＳＧＩ会長のメッセージ」、『聖教新聞』、二〇一一年八月二四日。『聖教新聞』の第一面の中央欄の記事で「何かを残しなさい」の言葉に注目したのです。

(二)温水摩擦の準備として、浴槽に浸《つ》かりながら、浴槽脇の壁の水道の蛇口で洗面器に水を入れ、次に蛇口の摘まみを「湯」の方に回し、洗面器に湯を少し加える作業を、或る期間続けた結果、水道の装置が故障しました。鉛管工に水道装置を取り替えてもらったのを契機にして前述の温水を作る遣り方を注(四)のように変えました。

(三)温水摩擦の過程で風邪をひかないように、あまり冷たくない温水を用いました。間も無く其の遣り方を注(一二)の様に変えました。

(四)寒い日に温水摩擦をした後、乾いたタオルで体を拭くのを略す事が有ります。脱衣所で適度の大きさの暖房器具(節電の為に私宅のは、縦二四センチ、横一七センチの小型)を用いる事ができます。

入浴の際に脱衣所で衣服を脱ぐ前に、二つの洗面器の中の一つ(温水摩擦用)に適量の水を入れます。入浴終了頃に浴槽に浸かりながら、(水道の湯を使わないで)先の洗面器に浴槽の湯を少し加えて温水を作るようにしました。しかし、間も無く注(一二)の様に遣り方を変えました。

(五)次の記事は「現証」についてです。

◇「現証」ほど、雄弁な力はない。だからこそ、現実社会で一つ一つ、実証を勝ち開いていくのだ。その体験を語っていくことが、広宣流布を進めゆく、何よりの力となる。(「御書とともに(六〇)名誉会長が指針を贈る　現証に勝る力なし」、『聖教新聞』、二〇一一年一一月一六日。)

(六)かつて私は乾布摩擦を数か月持続しました。当時は冬でしたが、私の寝室に暖房器具は無く、起床するや否や頭に掛布団を被《かぶ》った儘で乾布摩擦をしました。何かのきっかけで乾布摩擦を止めました。寒い日にわざわざ衣服を脱いで乾布摩擦をするのは容易ではありません。持続するには決意と習慣化が必要です。

(七)寒中での冷水摩擦には心身の鍛錬の価値が有る事を、次の記事で汲み取れます。

◇厳寒の震えるような　真夜中にあっても　毅然として　わが法城を護り抜く雄々しき　青年英雄の姿よ！

（中略）

君たちがいれば　広宣城は盤石だ。多くの無数の同志も愉快に前進できる。（以下、略）

（「広宣流布の柱　わが若き創価班に贈る」より）

（「池田名誉会長　桂冠詩人の世界　未来を照らす〝創価灯〟たれ」、『聖教新聞』、二〇一二年二月五日。）

（八）温水摩擦の僅かな効果を実感できないかも知れません。亦、湯で漱《すす》いで絞った温かいタオルで体を拭くのと、やや冷たくしたタオルを使用するのとでは、大した違いは無いように見えます。然しながら、毎回の効果の僅かな差は数年後には大きな物になります。次の名言は其の点に通じています。

◇偉大な歴史は一日にしてならず。「小事」の積み重ねが必ず「大事」をなす。勇んで今日を勝て！（「わが友に贈る」、『聖教新聞』、二〇一一年一二月一三日。）

（九）精神を鍛えれば肉体もより強くなるので、日々、信仰に励んでいます。以下の記事は其れに関連しています。

◇病魔に負けるな！　断じて健康になって広布のために戦うのだ。この使命感を燃やす時無限の生命力が湧く！（「わが友に贈る」、『聖教新聞』、二〇一一年一〇月二八日。）

先の記事の所感は次の通りです。

○健康の維持にとって使命感や責任感は力になります。実際、使命感故に「元気でなくては！」「断固、病気を防がなくては！」との思いが強まった事が有ります。

ＳＧＩ会長の数々の言葉によって如何に多くの人が触発され、救われ、奮起し、限りなく向上してこられたことか。ＳＧＩ会長は今の為に、亦、将来の為に、高レベルの言論の価値、知的・精神的財産を残されています。以下は二〇一一年九月一五日以降の記事です。

★池田ＳＧＩ会長の健康関連の指針

◇健康を勝ちとる一つの大きな鍵は、「智慧」です。とくに、どんなに忙しくても、否忙《いな》しければ忙しいほど、聡明に時間を工夫して睡眠をとることです。疲れをためないことが何より大事です。

（「連載エッセー第一一回　ハッピーロード――希望の光歓びの詩――『健康の世紀』へ」、『ｐｕｍｐｋｉｎ』、潮出版社、池田大作　創価学会インタナショナル（ＳＧＩ）会長）、二〇一二年一月号、一八頁。）

○私の所感ですが、この珠玉のエッセイには健康関連の豊かな智慧と情報が満ちており、中でも、「疲れをためないことが何より大事です」という指針は私の支えになっています。尚、本稿の「注」の最後に続く「参考資料」に前記の連載エッセイ（第一一回）を転載しています。

◇食生活の乱れや睡眠不足に注意！　生活はリズム正しく疲れをためない工夫を。日々健康を勝ち取れ！（「わが友に贈る」、『聖教新聞』、二〇一二年二月二三日。）

◇寒さ対策を万全に！　風邪をひかぬよう手洗い・うがいなど賢明な体調管理を。どうか健康第一で！（「わが友に贈る」、『聖教新聞』、二〇一一年一一月一七日。）

◇防寒対策を万全に！　外出の時などは「寒い所に出る」と意識して行動せよ。雪道・凍結路にも注意！（「わが友に贈る」、『聖教新聞』、二〇一一年一二月一七日。）

◇厳しい残暑。熱中症に注意！　寒暖差にも配慮し万全の体調管理を！　健康こそ前進の力だ。（「わが友に贈る」、『聖教新聞』、二〇一一年九月一五日。）

◇御聖訓には、「南無妙法蓮華経は師子吼《ししく》の如し・いかなる病《やまい》さはりをなすべきや」「日蓮が・たましひは南無妙法蓮華経に・すぎたるはなし」（一一二四頁）と断言なされている。御本仏のお約束は絶対である。ゆえに、何があっても、まず題目だ。題目は「我、妙法の当体なり」と仏の生命を呼び覚ます暁鐘《ぎょうしょう》（夜明けに鳴らす鐘）である。ありとあらゆる生老病死の苦悩を圧倒する、最強無敵の師子吼なのだ。（「巻頭言――題目は生命の凱歌なり」、『大白蓮華』、二〇一一年、一二月号、三頁。）

◇妙法という大良薬を持った人生はなんと健やかで頼もしいことか。信仰の年輪とともに、ますます生命力を増し、心は生き生きと若返るのである。いかなる魔性にも負けず、永遠の仏の生命に生ききる、三世の健康長寿の道が開かれているのだ。さあ、きょうも、はつらつと使命の道を！（「御書とともに（六四）名誉会長が指針を贈る」、『聖教新聞』、二〇一二年一月一二日。）

◇断じて病に負けるな！「南無妙法蓮華経は　師子吼の如し」強き生命力で宿命転換の劇を！（「わが友に贈る」、『聖教新聞』、二〇一一年一二月一九日。）

◇私は絶対に負けない！　父母のために　わが友人のために　そして恩師のために。（「創大生・短大生・学園生に　創立者が贈言」、『聖教新聞』、二〇一二年一月一一日。）

◇いかなる艱難《かんなん》辛苦があろうとも　金色に輝く希望の光を　断じて忘れるな！　おお君たちよ　私が心から信頼し　愛する君たちよ　希望に生き抜くのだ！　断固と勝ち抜くのだ！　二〇一二年一月二日　八四歳の誕生日に世界平和詩人。（「希望は人生の宝なり」、『聖教新聞』、二〇一二年一月四日）

◇「冬は必ず春となる」希望の大哲学を生き生きと語れ！「体験」が心に響く。「確信」が心を動かす。（「わが友に贈る」、『聖教新聞』、二〇一二年二月二〇日。）

（一〇）この引用文は次の記事に有ります。

◇広布は総合力！　先輩は後輩と一緒に呼吸を合わせていけ！　よく意見を聞いて新しい活力を引き出せ。（「わが友に贈る」、『聖教新聞』、二〇一一年一〇月一二日。）

（一一）以下は「勇気」についての指針です。

◇決意が行動を生む。勇気が未来を創る。時代の柱たる君よ！　今こそ師弟勝利の「大願」を立てよ！（「わが友に贈る」、『聖教新聞』、二〇一二年一月四日。）

◇一念が定まればすべてが変わる！　一歩踏み出す勇気だ。自分に負けない勇気だ。さあ突破口を開け！（「わが友に贈る」、『聖教新聞』、二〇一二年一月七日。）

◇幸福になるのも「勇気」。試練に打ち勝つのも「勇気」。人に尽くすのも「勇気」。平和と正義のために行動するのも「勇気」であります。先人が「勇気あるところ希望あり」と語った如く、苦難があればあるほど、ほとばしる勇気で立ち向かい、敢然と乗り切り、断じて勝ち越えてみせる。そして後に続く友に、限りない希望を贈る。これが、使命に生きゆく人生の究極であります。

日蓮仏法の魂も、「勇気」であります。

（中略）

戸田城聖先生のもとで、女子部の「華陽会」が学んだ、『トム・ソーヤーの冒険』の作者である、アメリカのマーク・トウェインは語っている。

「どれだけ多くの人間が自分の力を知らないことか！　人間には宇宙を動かす力が秘められている」のだと。（ドロシー・クイック著、野川浩美訳『マーク・トウェインと私』、ほんのしろ。）

人間生命に秘められた、この宇宙大の力を解き放つ鍵こそ、「勇気」であります。そして、その極致こそが「勇気ある信心」なのであります。戸田先生は「信心とは、要するに、どんなことがあっても必ず勝つと、心を決めることだ」と結論されました。（「名誉会長のメッセージ　勇気は勝利の力なり」、『聖教新聞』、二〇一二年一月八日。）

（一二）以下の長文は「私の健康法（二）」に相当する物であり、「温水摩擦法」の新たなアイデアについてです。

★私の健康法――温水摩擦（二）

二〇一一年一一月、本稿の前半について或るゼミ生は「（私は）温水摩擦を実行していません」と返答しました。

翌年（二〇一二年）一月、私の親戚の人は疑問を発しました。「アトピー性皮膚炎の人にとっては、温水摩擦で皮膚を擦《こす》るのは良くないんじゃないですか？」

温水摩擦の利点が分かっていても、滅多に風邪をひかない人にとっては、温水摩擦の必要性を感じない、新たな健康法の温水摩擦を実践するのは億劫《おっくう》だと思うかも知れません。「温水摩擦」の言葉を初めて聞き、其の意義を認識していない場合、新たな事をするのは面倒臭いと思うかも知れません。

温水摩擦の実践は平和の維持の努力に似ています。即ち、悲惨な戦争が起こらないうちに永続的な平和の為に不断の準備をするのは尊い事です。同様に、酷い風邪をひかないうちに地道に温水摩擦を実践するのは良い準備です。

序《つい》でながら、早目に肺炎やインフルエンザの予防注射を打ってもらうのは賢明です。二〇一一年一二月、政界で活躍してこられた、七五歳の方が肺炎で亡くなられたという記事を目にしました。

インフルエンザに罹《かか》った婦人に依れば、「凄い高熱があり、息が苦しくて、これで死ぬんではないか」と思ったそうです。私はインフルエンザの流行時にはマスクを着用しなければとの思いが強くなりました。

二〇一一年一二月、温水摩擦の簡単な方法に気付きました。即ち、入浴を終えるや否や洗面器に浴槽の湯を入れ、水道の水を少し加えて温水にする事です。

半月後に、もっと簡単な遣り方を思い付きました。即ち、入浴中の或る時に温水摩擦用のタオルの準備をします。即ち、入浴中の或る時にタオルを浴槽の湯に浸してよく絞り、浴槽の端の上に広げておきます。タオルは自然に冷えます。体が十分に温まった状態で浴槽から出るや否や先のタオルで温水摩擦をし、続いて下着を着ます。

遣る意志さえ有れば、先の遣り方で温水摩擦を簡単に実行できます。冬でもあまり寒さを感じないように、また、風邪をひかないように種々の工夫をします（四）。

温水摩際をしない事に比べれば、温水摩擦を時々するだけでも効果が有ります。あの落語家の驚異的な話を思えば、入浴時に温水摩擦を実践しないのは損です。

温水摩擦の科学的実証の有無に関わり無く、温水摩擦が安全である限り、亦、本稿の温水摩擦の有益な情報を知ったからには（一三）、其れを上手く生かす方が得です。

温水摩擦の手順の要点は次の通りです。入浴終了頃に温水摩擦用のタオルで体を拭きます。（一四）。即ち、温水摩擦の準備として浴槽に浸《つ》かったままで、温水摩擦の数分前にタオルを浴槽の湯に浸して絞り、浴槽の傍《わき》の上に広げて置いておきます。浴槽から出るや否や先のタオルで温水摩擦をし、下着を着ます。以前の遣り方に比べれば、遥かに遣り易いのです。

最低レベルの温水摩擦としては、温かいタオルよりやや低い温度のタオルで首の周り、胸と腹、背中を拭きます。其の際に、体調に応じてタオルの「冷たさ」と「摩擦」のレベル、体を拭く箇所の増減を調節します。

温水摩擦を長年持続するには、工夫が必要です。というのは、冬の寒さ、不調、他に遣るべき事が有る事等の理由で温水摩擦を遣りたくない気分が生じがちだからです。其れ故に、「煩わしい風邪に備える意欲」「温水摩擦を持続する決意」「着実に実践する工夫」が必要です。

以下は持続の秘訣です。

・小さい事でも努力すればするほど、人の為にもなり、自分の為にもなると心から思う事
・自分の専門だけに関心を持つのではなく、生活全般で努力する事ができます。
・大事な健康を守る点でも責任感を持つ事
・温水摩擦において、技能の向上への関心よりも「持続可能性」の方を優先する事
・理想的な温水摩擦を目指すのではなく、少しでも遣ればいいと考える事ができます。
・「温水摩擦をする余裕は無い」と思うよりも「温水摩擦は、短時間でできる、最低レベルで遣ってもいい」と思う事ができます。
・温水摩擦が習慣になる迄、「入浴の際に温水摩擦を！」を入浴毎に口ずさむ事ができます（一一）。

継続していれば、自分に合った温水摩擦法を発展させる事ができます。実際、このエッセイを執筆している期間に、思索と試行を積み重ねていき、思いも寄らない程に温水摩擦法を進歩させたのです。

二〇一二年一月中旬に妻が私に話しかけました。「（あなたは）温水摩擦をした後で体全体に湯をかぶるの？　私はそうしてるよ。温水摩擦をした後は寒く感じるから」と。彼女も温水摩擦の考えを実行に移していたのです。

冬季には、私は温水摩擦をした直後に寒く感じるのを少なくする為に、できるだけ急いで下着を着ていました。「入浴終了後の温水摩擦、続いて下着を着る」という固定観念が有りました。詰まり、温水摩擦後に湯をかぶるとか、再び浴槽に浸かる事は思いも寄らなかったのです。

妻の考えは冬の温水摩擦によく適しています。即ち、温水摩擦後に再び湯に浸かって体を十分に温め、浴槽から出て洗面所で温かいタオルで気持ち良く体を拭き、下着を着ます。妻は当時の私の遣り方に囚われずに柔軟に対処していたのです。

私は早速、妻の発想を試してみました。寒い日に、温水摩擦の為に浴槽から出る時に、「温水摩擦後に温かい湯に浸かるのは快適だ」と思うと、寒くても、温水摩擦を進んで実行する意欲が増しました。これは気分的に大変良い事です。

あの落語家のアイデアの斬新さは入浴と冷水摩擦をセットにした事です。従来の冷水摩擦では、冬には、一日の内のある時刻に気合を入れて冷水摩擦の為に態々《わざわざ》衣服を脱いで寒い中で行うのであり、両者には効率と快適さの点で大きな違いが有ります。

温水摩擦の長所は、冷水摩擦とは違い、冬の寒さの中で違和感が少なく、心臓麻痺の危険性は無く、持続し易い事です。入浴しさえすれば、「序《つい》でに」という気軽な感じで数分間で温水摩擦をする事ができます。

妻のアイデアに依れば、入浴中の或る段階で温水摩擦を行い、続いて浴槽に浸かる、或いは湯を浴びる、そして温かいタオルで体を気持ちよく拭き、落ち着いて衣服を着ます。

以前の私の温水摩擦の終了の仕方では、冬は寒い思いをしながら脱衣所で急いで衣服を着ます。妻の遣り方では、余り寒さを感じないで下着を着ます。両者には快適さにおいて大きな違いが有るのです。妻の考えは革新的！　凄い発想の転換！　と思える程であり、其の点でも彼女に感謝しています。

従来の入浴法に温水摩擦のワンステップを加えるアイデアは次の通りです。入浴中の或る段階で浴槽から出て、温水摩擦用のタオルで首の周り、胸と腹、背中を拭きます。其の後、再び入浴して体を充分に温めます。

其の遣り方では、タオルで体を摩擦する量は従来の入浴法よりも自動的に二倍以上になります。見方を変えれば、本稿の考えは入浴文化の変革です。即ち、入浴と温水摩擦をセットにした、一種の新たな入浴法です。言い換えれば、「入浴とは、体を温めた上で洗うもの」という固定観念の打破です。温水摩擦の導入によって人間は風邪に一層強い存在になる可能性が有ります（一五）。

「風邪は万病の元」「風邪は百病の長」の諺が有る程であり、風邪対策は大事です。風邪をひくのは少ない程良く、風邪をひいても、酷くならず、一日も早く治る方がいいです。其の為に温水摩擦で体の皮膚を鍛える訳です。

為すべき課題が多い事や各自の専門にできるだけ多く従事する事を理由にして、数分間の温水摩擦を受け入れようとしないのは損です。

入浴の度《たび》に温水摩擦を僅かでも実行しようとするのは、持続のコツです。温水摩擦によって一日の生活や人生の有り方迄微妙に、時には大いに好転する可能性が有ります。あの落語家の先輩が立派な模範です。

入浴とセットの温水摩擦で風邪対策に備えるのは価値的です。多忙でも、少々の不調でも、「健康第一」「命と健康は最高の宝」の信念で、種々の心の障壁を乗り越え、温水摩擦を持続する事ができます。「温水摩擦は自分にとって良い健康法！」と確信しながら、風邪に強い人、いつも顔色の良い人になるのは素晴らしい事です。風邪の流行に関わり無く生活し易くなり、充実した生涯を送る基盤が強化されます。

本稿の「注」で池田ＳＧＩ会長のかなりの数の健康関連の記事を引用していますが、其の分、本稿は豊かになっています。（一三）「情報を知ったからには」という表現が有る記事を以下で紹介します。

「仕事に貫くプロの厳しさ」という記事を偶然に入手したのですが、其の「関連記事」の中で「知ったからには」の表現が用いられています。

「関連記事」を紹介する前に其の記事の入手の経緯を説明します。そうする価値が有ると思うからです。

★「関連記事」の入手の経緯

二〇一二年二月一三日、私は出張で新潟市内のホテルに宿泊し、そこのレストランで新潟の名物料理を注文し、料理の準備の時間が掛かるものだと思いながら待っていました。その間に和服姿のウエートレスが来られ、親切にも、主要紙を含め、三種の新聞を私に見せながら、爽《さわ》やかな笑顔で言われました。

「今日（二月一三日）は新聞の休刊日で、これは昨日（一二日）の新聞ですが、宜《よろ》しければ、どうぞ」と。其の時テーブルには私一人だけが居ましたので、三種の新聞の中のどれでも自由に選ぶ事ができました。「今、新潟に居るのだから」と思い、「新潟日報」を選んだのです。

同紙を捲《めく》っているうちにプロ意識についての記事が目に留まりました。其の記事には、「実行の大切さ」を示唆している記述が有り、其れは本稿（「私の健康法」）に関連していると思い、其の場で記事の前半の中の数行だけ手帳に書き留めることにしました。そうしている内に欲が出てきて、記事の後半の全てを書き写しました。

其の後、ウエートレスが「新潟日報」を受け取られる時に、私は同紙の第九面を指しながら言いました。「ここに凄くいい事が書いてあるので手帳に其れをメモしました。有り難うございました。」ウエートレスは笑顔で「私も是非読んでみます」と興味を示されました。

翌日の夜、私は同じレストランの同じテーブルで一人で着席していた時、中年のウエーターは新聞を提供しないで、料理の注文を訊《き》かれただけであり、普通の応対でした。

前日（二月一三日）の夜、ウエートレスは「新聞のサービス」について次のように思ったとしても当然だったでしょう。

「今日（二月一三日）は新聞の休刊日だからお客に新聞のサービスをしなくてもいい。前日（二月一二日）の新聞は新しくはないのだから、お客に其れを提供しても、お客は喜ばないでしょう。」

彼女はそう思い、普通の応対をすることもできたはずです。当時、私は遠方の新潟に来ているのだから、名物料理の値段が高くてもそれにしようと思って注文したのですが、料理が出されるのを待つ時間が長いので、ウエートレスは新聞のサービスをする方がいいと判断したのかも知れません。

ともあれ、以下で「関連記事」を紹介できるのは次の理由に依っています。本件の運の良さ、即ち、新潟への出張、あのホテルでの宿泊、あのレストランでの名物料理の注文、一人だけの着席、当日の新聞の休刊日、あのウエートレスの親切、「新潟日報」の選択、関連記事内で言及されている古田武氏の情熱的実践、「関連記事」を執筆された方の、プロとしての努力、そして其の好機を生かす事を決意し、其の場でメモを取る実行、そしてメモを生かす決意と実践が有った事です。

★「関連記事」の紹介

以下は新潟市内で入手した記事の内容です。「一層読み易い」観点で編集した物を紹介します。

◎「仕事に貫くプロの厳しさ」

（『クリーニング革命』の）著者（古田武氏《ふるたたける》）は中学卒業後上京し、住み込みでの修業期間を経て、婦人服専門のクリーニング店を出店した。

「(自分が)納得するまで(高度の技術等を)知りたくなる病」が高じ、(古田氏は)欧州で高度な技術を持つクリーニング店を視察する。(それで分かった事は次の点だ、即ち)服が持つ風合《ふうあ》い(着心地、触れた時に感じる材質感)を(品質の低下の方へ)変えてしまう蒸気は使わず、(婦人服の)パーツ(部分品)ごとに丁寧に仕上げるフランスの「ブヤンヌ」社の技術は、クリーニングの概念を超えていた(即ち、単に服をきれいにするだけでよいという水準をはるかに超える技術だった)。

著者(古田武氏)は悩んだ。帰国して(ブヤンヌ社の技術を)導入した場合、(客から)「そこまでやらなくていいから安くして」と言われるに決まっている。だが、(古田氏はあの高度の)技術を「知ってしまった」し、(あのクリーニングの)仕上がりがいかに素晴らしいかも「見てしまった」のだ。

(古田氏は)「お客様の喜び」のために、創意工夫と努力を重ねる一方で、(次の点は同業者の言い訳だと判断した。即ち)、ちょっとした染み取りを「面倒くさい」と話す同業者を「自分の知識や技術が足りないことを認めたくないがゆえの言い訳」と断じ、仕事の結果をすぐに求める風潮に対しては「それだけの努力をしたのか」と問い掛ける。

さて、この本(『クリーニング革命』)をどう読むか。〝プロ中のプロ〟の仕事に驚いて終わることもできる。だが、「(自分は本書を)読んでしまった」今、仕事に日々全力で向き合っているのかと、厳しく問われている気がしてならない。

(アスペクト・一五七五円)(「仕事に貫くプロの厳しさ」「気になる一冊」『クリーニング革命』、古田武、『新潟日報』、第九面、二〇一二年二月一二日。)

尚、「仕事に貫くプロの厳しさ」の記事の前半で次のエピソードが紹介されています。

古田武氏がクリーニングした婦人服、そして其れと同じ品物の新品の両方が店頭に並べられていた時、或る客は前者の方を選んで買ったのです。其のエピソードは次の点を示唆しています。先の客は新品よりも、一回以上着た婦人服、即ちクリーニングされた品物の方がより素晴らしい物だと気に入り、買ったのです。其れ程古田氏がクリーニングした品物は魅力的になったのです。(この記事を一層分かり易く説明した他の記事を「付録」に収めている。）

（一四）入浴直後に温かいタオルで体全体を拭く場合、タオルは冷えていき、途中からは自然に温水摩擦になります。詰まり、入浴すれば、必ず一回は自動的に温水摩擦をしている事になります。

（一五）以下は、「私の健康法（三）」に当たる物です。

★私の健康法――温水摩擦（三）

高齢者にとって入浴と温水摩擦における寒さ対策は大事です。冬の入浴中の、ヒートショック（急激な温度の変化により血圧の乱高下等が起こること）による突然死は多発しています。

二〇一六年一月、トイレの水が氷る程の寒い日でしたが、東京の或る男性（七〇歳代）は入浴中に亡くなりました。彼は病気をした事が無い程頑健な人でしたが、仕事後に飲酒して夜中に帰宅し、風呂に入り、血圧が急に上がったのでしょう。脱衣場は寒く、浴槽の湯は熱いので、其の温度差が心臓に良くなかったようです。

検死の解剖によると、彼は入浴して三秒で心肺機能が停止し、即死でした。奥さんは其の時、二階で寝ていました。彼女は午前四時頃トイレに行った時に浴室の電気が点《つ》いており、それでご主人の逝去に気付いたのです。

＊「冬の入浴と温水摩擦」の手順の結論

以前、私は自宅の洗面所（脱衣所）、或いは浴槽の外で温水摩擦をするものと思っていました。ところが、「冬の入浴と温水摩擦の手順」の結論では違う遣り方にしています。理由は以下の通りです。

私宅の浴室の隣に洗面所が有り、入浴の際には、洗面所で衣服を脱ぐ、或いは着ます。冬には、節電のために洗面所で小型の電気ストーブを使用しますが、洗面所や浴室は暖かいと感じる程の室温ではありません。ですから、以前は、温水摩擦後に、洗面所で寒い思いをしながら、できるだけ早く衣服を着るようにしていました。寒さ対策として、二〇一二年二月、次の考えが閃きました。即ち、衣服を脱ぐ時は、半纏《はんてん》に類した物を着用し、温水摩擦は浴槽内で行うことです。

具体的に言えば、冬季には、入浴のために脱衣所で半纏を脱ぎ、次に上着或いはパジャマ等を脱ぎます。次に下着のシャツを着た儘で再び半纏を着ます。次に下半身のズボン下等全てを脱いで浴槽へ行き、そこで半纏と下着のシャツを脱ぎ、洗面所付近に置き、浴槽に入ります。

入浴中の或る段階で、浴槽に浸かった儘で温水摩擦用のタオルを準備します。即ち、タオルを浴槽の湯に浸し、絞り、浴槽の端の上に広げて数分間置いておくと、タオルは適度に冷えます。

浴槽の中で立った儘で少し冷えたタオルで首の周り、胸と腹、両脚の上部の表側を温水摩擦し、タオルを浴槽の端の上に置きます。続いて浴槽内で体を温めながら、左右の腕全体を冷えたタオルで温水摩擦します。次に体全体を温めます。

次に、浴槽内で立った儘で冷えたタオルで背中を、次に、脚の上部の裏側を温水摩擦します。かくして、短時間に効率良く温水摩擦し、次に浴槽内で体全体を温めます。

入浴を終了する際に浴槽の中で立った儘で温かいタオルで上半身を拭きます。次に浴槽から出て、浴槽の脇、或いは脱衣所で膝から下を拭きます。以上について箇条書きで述べてみます。

【冬の温水摩擦の手順】

（一）温水摩擦の数分前に、浴槽に浸かった儘でタオルを浴槽に浸して絞り、浴槽の端の上に広げて置く。浴槽に浸かりながら、一、二分ゆったりと黙想するか、或いは浴槽の湯の温度を調節する。

（二）浴槽で立った儘で先のタオルで首の周り、胸と腹、両脚の上部の前側を温水摩擦する。次にタオルを浴槽の端の上に置き、浴槽で体を温める。其の時に左右の腕を温水摩擦する。次に体全体を温める。

（三）浴槽内で立った儘で冷えたタオルで背中と両脚の上部の裏側を温水摩擦する。次に浴槽で体全体を温める。

【冬の温水摩擦の要点】

（一）タオルを浴槽に浸して絞り、浴槽の端の上に広げて置く。

（二）浴槽内で立った儘で冷えたタオルで上半身の前面を温水摩擦し、タオルを浴槽の端の上に置き、浴槽で体を温める。其の時に左右の腕を温水摩擦する。

（三）浴槽で立った儘で冷えたタオルで背中等を温水摩擦し、浴槽で体を温める。

【冬の入浴を終了する手順】

（一）入浴終了時に、体を十分に温めてから、タオルを浴槽に浸して絞り、浴槽内で立った儘で温かいタオルで上半身と両脚の上部を拭く。

（二）浴槽外で温かいタオルで膝から下を拭く。

（三）脱衣所で衣服を着る。

＊本稿の作成についての私の所感

・右記の結論は、分かってしまえば、マジックの種明かしのように実に簡単に見えます。しかし、思索と試行が無ければ、先の結論を発見できないでしょう。

・冬に温水摩擦を決意し、先の結論の情報だけを得て実践すれば、寒さの不快を感じないで済みます。しかし、結論の意義の重要性と素晴らしさを深く認識しないかも知れません。

・私は結論に至る過程を体験したからこそ、結論の良さをしみじみと享受できます。

・もし本稿を執筆しなかったならば、二〇一一年八月以前の、伝統的な入浴法と非効率な温水摩擦法を、そんな物だと思い込み、改善する事無しに生涯続ける事になったかも知れません。其の可能性は非常に高いでしょう。

・本稿を書き始めたからこそ、温水摩擦について思索する機会が生じ、新たな温水摩擦法を思い付き、当初より遥かに効率的で快適な温水摩擦法を開発できたのです。

・もしこの新入浴法と温水摩擦法をセットで実行し、持続すれば、体質は改善され、効果的な風邪対策になると確信しています。

本稿は、池田大作ＳＧＩ会長への国連関連の非公表の報告書（二〇一二年五月三〇日）に掲載させていただいた物の改訂版です。

付録

■参考資料

★本稿に関する学生の感想

◇私は子供の頃、よく風邪をひき、他の病気にもかかり、体が弱かったのです。でも成長するにつれ、風邪をめったにひかなくなり、体が強くなりました。（私のコメント：これは、人間には蘇生する力が有ることの実証です。自分の体は弱いと決め付けないで、心身の強化を目指すのが大事だと思います。）

◇温水摩擦という健康法について初めて知った。今はあまり健康に気を使わなくても元気であり、体調を崩すことはめったにない。だが、年をとるにつれ健康を考えていかねばならないのだろう。（青年も）今のうちに少しでも健康に気を使うことが求められる。

このエッセイの中に「使命感が健康に結びついている」という箇所がある。池田先生は『明日を見つめて』において、「人間は何か生き甲斐があるからこそ、健康を保っていこう、生き抜いていこうと内側から力が湧き出てくるものである。そして、最も生き甲斐を感じられるのは他者への貢献である」と述べられている。

人間誰もが年をとり、（財産も名誉も何も持たないで）死んでいく身である。今、自分のためにどんなに富や贅沢を求めていったところで死んでしまえば皆同じである。死んだ後も継続して残していけるのは自分という（この世に生きた証拠としての）存在なのだ。自分が（激励し）助けた人が（自分を）知ってくれている。死を見つめた時に、（自分の人生において）どれだけ他人の心の中に自分（の存在）を残せるかが大事である（こと）をよく認識できる。

◇来たる（二〇一一年）一二月二六日に私のクラブの定期演奏会が

あり、（私は）それに向けて毎日、あわただしく動いています。その中で感じることは、「健康（の素晴らしさ）に代えられるものは無い」ということです。健康でなければ、戦いたくても戦いは進まないし、前進もできない。

このエッセイで引用されている、池田大作先生の御指導、「病魔に負けるな！　断じて健康になって　広布のために戦うのだ。この使命感を燃やす時　無限の生命力が湧く！」との言葉が深く胸を打ちました。「自分の健康は自分でしか守れない」とも言われています。「温水摩擦」を私の生活に取り入れ、一生涯、健康体でいたいと思いました。

◇これまで「自分の健康法」などを考えたことは無く、このエッセイを読んで感じたことは次の点です。温水摩擦を行うことは驚くほどに風邪予防・病気予防につながっていることを知りました。よく病気になりがちな人達にその点を教えてあげたいと思います。

生来、体が弱くて、母に心配をかけた私（池田ＳＧＩ会長）は、幼い頃から、揺るがぬ富士の勇姿に励まされてきました。

青年時代も病気との戦いが続き、幾たびとなく、「富士のごとく強くなれ！　断じて屈するな！」と自らに言い聞かせたものです。

それだけに、闘病する友の報告を伺うと、わがことのように胸に迫り、絶対に打ち勝ってもらいたいと、強く祈らずにはいられません。

仏典には、「命と申す物は一身第一の珍宝なり一日なりとも・これを延るならば千万両の金にもすぎたり」と説かれております。

新しい一年、かけがえのない一日また一日を、何があっても、富士のように恐れなく、そして健やかに生き抜いていきたいものです。

（中略）

わが家でも、妻が四十代の時に無理をしすぎて、体調を崩したことがあります。家族みなが心配し、妻のありがたさを痛感しました。それを境に、子どもたちも自分でできることは自分でやるように役割分担を決めて、一家の生活のスタイルを切り替えたのです。

大切な「家族」のためにも、自分自身の「健康」を大切にと、妻は後輩の方たちにアドバイスしています。

（中略）

健康を勝ちとる一つの大きな鍵は、「智慧」です。

とくに、どんなに忙しくても、否《いな》忙しければ忙しいほど、聡明に時間を工夫して睡眠をとることです。疲れをためないことが何より大事です。

今日は、今日の自分が元気にベストを尽くす。

そして、明日は、明日の元気な自分にバトンタッチして、ベストを尽くしてもらえばよいのです。

そのためには、無理をせず、なるべく決まった時間に寝て、生まれ変わったような新鮮な命で、今日から明日へ、生き生きと活力を満たしていくことです。

「ぐっすり眠ること」を生活の基本として、日々、朝日が昇るように、はつらつと、わが心身を蘇生させていく。これが大宇宙のリズムに則った、正しい生命の軌道といってよいでしょう。

世界的な心臓外科医でもある、ヨーロッパ科学芸術アカデミーのウンガー会長が強調されていた健康法は「毎日、歩くこと」です。「階段を上ること」も心がけたい、若い人はできれば三階までは歩こうと勧められていました。

もちろん、それぞれの年齢や状況に応じて、自分なりにできることでいいのだと思います。

健康法といっても、改まって、お金や手間をかけなければできないというものではない。日常のちょっとした努力で、心も楽しく長続きさせていけるということです。

私と妻も、青年たちとラジオ体操をすることを、一つの日課としてきました。カセット一台あれば、世界のどこに行っても、みなで手軽にできます。一緒に「健康体操」をしたことを良き思い出として、継続してくれている海外の友人もおります。

また、ウンガー会長は、人間とは身体と精神が一体の存在である、健康長寿のためには「身体面での運動」とともに「精神面の運動」がポイントであると強調されました。

それは、確固たる信念や信仰を持って、勇敢に誠実に、人のために行動していくことです。

（中略）

現代は「ストレス社会」といわれます。

どんなにストレスのない、安楽な世界を追い求めても、それは望めません。生きるということ、それ自体が、ストレスとの戦いだからです。

であるならば、こちらが強く賢く、たくましくなって、ストレスの上手をいくことでしょう。

「ストレス」の概念を打ち立てたハンス・セリエ博士は、次の三つのことを勧めています。

一、恨みや怒りはストレスに耐える力を低下させるため尊重や思いやりに変えること。

二、人生の目標を持つこと。

三、他者に尽すことが、そのまま自分にもプラスになるような生き方をすること。

深く納得できる洞察です。

その意味からも、ストレスを一人で抱え込むのではなく、お互いに励まし合いながら笑い飛ばしていけるような、豊かな人間関係を持つことが、健康の安全地帯といえるでしょう。

また、確かなる人生の目標は、つかみどころのないストレスに振り回されぬ強さをもたらしてくれます。

さらに、悩める友を励まし、他者に尽くす地道な積み重ねは、いつしか自分のストレスなど、悠々と見下ろせる境地を開いてくれるものです。

あの千年前の『源氏物語』には、「御病気のお苦しみよりも、生きがいのない苦しみ」という意味深長な一節があります。作者の紫式部自身、満たされない結婚生活や夫の急死に直面しつつ、その苦しみに耐え抜いて、積極的に生きがいを見出していった女性です。

前向きな目的観を持ち、朗らかに充実の日々を生きる。そこには、ストレスも病魔もはね返す、命の張りが生まれるのではないでしょうか。

（中略）

大文豪トルストイは断言しました。

「人間は病気のときも健康なときも変わりなく、自分の使命を遂行できる」と。

妻の友人である広島の女性リーダーは、三度のがんと四度の手術を勝ち越えてこられました。

最初は子宮がん。幼い二人の子育ての真っ最中でした。自らが三歳の時に母を亡くしていた彼女は「今こそ宿命を変えてみせる」と奮い立って、手術に臨みました。

ところが、翌年には乳がんが発見され、さらに二年後には脚がんで〝余命半年〟の宣告を受けました。

それでも彼女の心は怯まない。「絶対に勝てるから！」との励ましに、必ず必ず応えてみせると誓い、祈り、戦い抜きました。そして医師も驚く回復を遂げ、死魔を打ち破っていったのです。

今、最初の手術から実に三〇年を経て、元気いっぱいに周囲の方々へ勇気を贈っておられます。

「病によって人間が深まる」とは、この母の大確信です。さらにまた、「魂の力」は原子爆弾よりも強いという非暴力の英雄マハトマ・ガンジーの信念を学んだこの母は、一人一人から生命の無限の力を出し切って、健康を勝ち開き、そして平和を勝ち開いていこうと、愛する郷土・広島を駆け巡り、人々を励まし続けています。

（中略）

明治時代、気象学者の野中至・千代子の夫妻は命を賭して、初めて富士山山頂での冬期気象観測を行いました。それは、烈しい風と堅き氷、さらに高山病に挑みながらの死闘でした。そのなかでも千代子は、こまやかな気づかいと明るい笑いをもって、夫を支え、大業を続けていったといわれています。

「芙蓉の人」と讃えられる彼女は綴り残しました。

「国々の海山かけし大庭を
わがもの顔に眺めあかしつ」

そこには、富士山頂から眼前に広がる壮大な光景を、まるで、わが家の大きな庭として悠然と眺めゆくような心情が詠まれているのです。

仏典には、「病ある仏になる」と説かれています。

病気を契機として、より正しい生命の道を求め、試練の坂に立ち向かっていく人生は、勝利です。

その断じて負けない命は、黄金の光に包まれながら、生死を超えて、すべてを晴ればれと見渡せる幸福の境涯の高みに立てると示されているのです。

人類が熱望する「健康の世紀」へ、共々に励まし合いながら、若々しく一歩また一歩、踏み出していきたいものです。

負けるな
いつも堂々
富士の山

（二）次の記事に健康の情報が含まれている。

◎「人材城」

（『新・人間革命』、法悟空、『聖教新聞』、二〇一二年四月二三日、二四日）

山本伸一は、さらに、「広宣流布は、長途の旅ゆえに、健康に留意し、リズム正しい信心即生活の日々であれ」と訴えた。

「健康増進のためには、〝健康になろう〟〝健康であろう〟と決め、日々、朗々と唱題し、満々たる生命力を涌現させて、勇んで活動に励むんです」

ロマン・ロランは、小説のなかで、主人公に「奮闘するのが僕の健全な生活です」と語らせている。奮闘が元気を生む。

皆の健康を願いつつ、伸一は話を続けた。

「そして、食事、睡眠、運動などに、留意していくことが、健康のためには必要不可欠です。当然、暴飲暴食や深夜の食事は控えるべきですし、必要な睡眠時間を確保するとともに、熟睡できる工夫も大事です。また、生活のなかに運動を上手に取り入れて、体を鍛えていくことも必要です」

初代会長・牧口常三郎は、七〇歳を過ぎても、国家権力の弾圧で投獄されるまで、元気に、広宣流布のために奔走してきた。彼は、心身の鍛錬を怠らなかったのである。

（中略）

彼は、若い時から、歩きに歩き、冷水に体を慣らすなど、日々、体を鍛え続けてきたのである。

風邪も、ほとんどひいたことがなかった。それも、長い鍛錬の蓄積によるものであろう。急に同じことをすれば、体に支障をきたしかねないだけに、不用意にまねるべきではない。しかし、老化の防止のために、自分にあった方法で体を鍛えることは必要である。

山本伸一は、場内を見渡しながら語った。

「健康は、基本的には、自分で守り、自分で管理するしかありません。最終的には、自己責任です。自分の体のことを、いちばんよくわかるのは、自分であるともいえます。

健康を創造することは、自身の人生の価値を創造することにつながります。

しかし、健康に留意していても、生身の人間ですから、一定の齢になると、誰でも体のどこかに故障が出てくるものです。そうした場合には、さらに体調管理に努め、よく休養をとりながら、長寿の人生を全うしていただきたい。

また、〝無理をしても、信心しているんだから……〟という安易な考えで、非常識な行動をし、生活のリズムを崩し、体を壊すようなことがあっては、絶対になりません」

最後に、伸一は、「皆さんのご健康、ご長寿を、毎日、妻と共にご祈念申し上げております」と述べ、あいさつを結んだ。

（二）乾布摩擦について

乾布摩擦は、乾いたタオルなどで肌を直接擦《こす》る健康法である。

（乾布摩擦によって）自律神経のバランスを整えて免疫力を強化し、主に呼吸器疾患を予防する。その点で効果があると言われている。

乾布摩擦の作用機序において、鍼灸治療《しんきゅうちりょう》（はりときゅうによる治療）の効果の一因とされる軸索反射《じくさくはんしゃ》そして体性内臓反射が関わっていると考えられる。

乾布摩擦は、特別な器具を用いないため、広く民間療法として知られ、日本や北欧などで行われている。（中略）但しアトピー性皮膚炎など皮膚疾患を持っている場合は乾布摩擦を行うことにより症状が悪化することがある（Wikipedia）。

（注）

・自律神経は、末梢神経系の一つであり、自分の意志と無関係に内臓・血管・腺などの機能を自動的に調節する。

・作用機序とは、薬理学的効果を発揮するための生化学的相互作用である。

・軸索反射は、神経の特定の末梢部位を強く刺激して求心性神経軸索（神経繊維）の分枝を興奮させることで生じる。

・体性内臓反射については、触覚・痛覚などの皮膚感覚、筋の収縮状態を感知する深部感覚、内臓の痛覚などに刺激を加えると、自律神経の活動などを反射性に変化させる、その結果、内臓の機能が変化する。

（三）冷水摩擦について

インターネットの或るサイトの記事を、分かり易い観点で編集した上で紹介したい。

◎「冷水摩擦でカゼを退治しよう　健康のすすめとニッポン改革　安原和雄《やすはらかずお》」

（前略）

▽「毎日のタオルこすりで五〇年間カゼ知らず」……

健康雑誌『夢21』（二〇〇八年二月号・わかさ出版刊）に、特集「カゼ知らずになる……すぐできる強化法は〈タオルこすり〉の一つとして、「七二歳の今も……毎日のタオルこすりで五〇年間カゼ知らず」という見出しの記事が載っている。いささか自己PRめくが、この記事は、実は私（安原和雄）自身の体験談を編集記者がまとめたものである。以下にその要旨を紹介しよう。

安原さんは高校時代から今まで大きな病気にかかったことはほとんど無い。カゼで寝込んだことも一度も無いという。カゼぎみで喉が痛くなったり、熱っぽくなったりしたことはあるが、卵酒を飲んで寝れば、翌朝には治ってしまうとのこと。

そんな安原さんの元気の秘訣《ひけつ》が、高校生の時から五〇年以続けている「タオルこすり」である。

「私（安原）は子供の頃、とても病弱だった。小学生の時にはリウマチ（＊）にも悩まされた。（父は）そんな私を心配したのか（助言してくれた、私は）高校に入学した春、父からタオルこすりを勧められた。やり方は外の井戸端で上半身裸になり、水でぬらしてから絞ったタオルで肌をこする。真冬でも一日も欠かさず続けた。そのおかげか、高校三年間、病気で休んだことは一度も無かった。」

それ以来、タオルこすりが洗顔や歯磨きと同じように日課になった。今では毎朝浴室で裸になり、全身を（タオルで）こすっている。タオルこすりとともに毎朝、約一五分間の座禅、一〇〇回の竹踏み、二〇回の腕立て伏せ（こぶしを床について行う）も行う。食事は腹六分を心がけ、野菜や魚中心にしているとのこと。

「私は、自動車やエスカレーターはなるべく使わず、自分の足で歩くようにしている。食べすぎや運動不足で、不健康な人が増えてしまった。自分の健康は自分で守るようにしなければならない。（中略）その意味でも健康に役立つうえに、お金がかからず、誰でもできるタオルこすりは、もっと見直されていい。」

▽これから始めたいと思う人への助言

戦後すぐの小、中学生時代、私は病弱で、リウマチのため寝たきりになって、一か月以上、学校を休むことも度々あった。その私が、高校時代に始めた冷水摩擦（タオルこすり）によって「体質の構造改革」ができたように思っている。（タオルこすりを）始めた頃、辛いと感じたのは、肌を刺す真冬の寒風が吹く中での冷水摩擦である。当時は、特に田舎では水道が無く、戸外の井戸に依存していたからである。

（中略）

以上は私（安原）の体験から得たことで、人の体質によっては効果も異なるはずだから、各自工夫するのが最上の策である。

「冷水摩擦で長生きできるか」とよく聞かれるが、「寿命は授かりものだから分からない。ただ、命ある限り一日、一日をさわやかに生きたいと念じている」と答えることにしている。

（四）入浴について

医学的知見

一般に、適度な入浴は皮膚の清潔を保ち、心身のストレスを取り除く効果がある。長期間入浴せず、シャワーも浴びなかった場合、衛生状態が保たれず、皮膚炎や感染症を引き起こす可能性がある。

（中略）

不感温度（即ち、入浴して熱くも冷たくも感じない湯の温度）よりも五度以上高い、熱い温度のお湯に入浴すると、入浴開始直後は血液の流れを皮膚表面から遠ざけようとする身体的現象が発生する。また水圧により血管が押しつぶされ、心臓に加わる負担が大きくなる。高血圧症や心臓に持病を持つ人が熱い湯に入浴することを避けるように言われるのはこのためである。

また入浴時間が長くなるにつれて、体温の上昇が始まる。すると身体の放熱をするために血管の拡張がおこり、脳や内臓に回る血液の量が減少する。これは血圧の低い人が湯上りの立ちくらみを起こしやすい原因となっている（Wikipedia）。

◎「入浴時の温度管理に注意してヒートショックを防止」

（smcb. jp「コラム」、「Ｔｈｅｎやんさん」、二〇一五・一・二九）

入浴時の事故は結構あります。特に冬場は危険です。

冬に多発する入浴中の突然死について、東京都健康長寿医療センター研究所がこんな注意を呼びかけている。

同センターが作成したガイドによると、ヒートショック（＊）とは急激な温度の変化によって血圧が大きく変動して起こる健康被害のこと。体全体が露出する入浴時に多く発生する。

全国六三五消防本部まとめでは、入浴中の心肺機能停止は一二～一月に多く、特に一月は八月の一一倍発生しており、ヒートショックが主な原因になっていると考えられている。

ヒートショックのリスクが特に高いのは高齢者や高血圧患者、動脈硬化が進行している糖尿病や脂質異常症患者だ。

同センターは予防策として（一）脱衣所や浴室、トイレを暖かくする（二）浴槽にはシャワーで湯を張る（入れる）（三）夕食前、日没前に入浴する（四）食事直後や飲酒時は入浴を避ける——などを呼びかけている。

風呂の中で倒れる老人は昔から結構います。少し注意して気持ち良い入浴を楽しみたいですね。

Ｔｈｅｎやんさんは瀋陽の医科大学の教官でした。固形癌（皆さんが想像する胃癌・肺癌等）の研究者ですが、二〇〇三年直腸癌を経験しました。病気の予防や検診の大切さを知って頂くべく、活動いたしております。

（以下、略）

（五）うがいについて

うがいの効果

京都大学の川村孝教授のグループが、被験者を「うがいをしない群」「水うがい群」「ヨード液うがい群」に割り付けて、うがいの風邪予防効果を検証した。

その結果は、一か月あたり一〇〇人中の（風邪の）発症率は、うがいをしない群二六・四人、水うがい群一七・〇人、ヨード液うがい群二三・六人であった。水うがいをした場合の（風邪の）発症確率はうがいをしない場合に比べ、四〇％低下となった。（水うがいは風邪予防に効果的だという結果だった。これを知れば、うがいの励行に積極的になる。）

一方、ヨード液うがいをした場合はうがいをしない場合に比べ、（風邪の発症率は）一二％の低下にとどまり、（ヨード液うがいでは）統計学的に意味のある（風邪の）抑制効果は認められなかった。

この（実験の）結果について川村教授は（こう述べる、即ち）、うがいをすることにより、（うがいの）水の乱流によってウイルスや、埃《ちり》の中にあり、ウイルスにかかりやすくするプロテアーゼ（＊）という物質が洗い流されること、（うがいで用いる）水道水に含まれる塩素が何らかの効果を発揮したことなどが考えられる（と述べている。）

また、ヨード液うがいでそれほど（風邪の抑制）効果が出なかったことについては、ヨード液が、のどに常在する細菌叢《さいきんそう》を壊して、風邪ウイルスの侵入を許したり、喉の正常細胞を傷害したりする可能性があるとみている（Wikipedia）。

（注）

＊プロテアーゼとは、タンパク質やペプチド中のペプチド結合を加水分解する酵素の総称。ペプシンなどの消化酵素や、細胞内で種々の酵素やペプチドホルモン（インシュリンなど）の前駆体から酵素・ホルモンを生成する酵素など、多数の種類がある。

（六）手洗いについて

手洗《てあら》いは、石鹸、消毒液などを併用し、両手を擦《こす》り合わせ、手指（の汚れ等）を水で洗い流す行為である。手洗いは感染症の予防に大きな効果があるとされる。

手洗いは、幼稚園や小学校の幼少時からうがいと並んで教えられる感染症予防法である。特に風邪やインフルエンザの予防には特効（特に著しい効き目）があるとされ、最近話題になったノロウイルス（非細菌性急性胃腸炎を引き起こすウイルスの一属）対策にも大きな効果が期待できるといわれる。

確実な感染症予防には消毒液が使われる。しかし、必要以上の手洗いの繰り返しは、皮膚を健全に維持するのに必要な油脂（脂肪酸、中性脂肪）まで洗い流してしまい、肌荒れなどの皮膚病の原因ともなる（Wikipedia）。

（七）ラジオ体操について

子供のころ、誰もがやったことがあるラジオ体操。大人になってすっかり忘れてしまっている人が多いけれど、実は（ラジオ体操は）中高年の健康維持に絶大な効果があるという。

●体力年齢が一〇歳若返る

「中高年の間でウォーキング（健康維持・体力増強のための歩行運動）がブームですが、ウォーキングで脚以外の筋力をつけたり、背中から腰にかけての筋肉を柔らかくするのは無理。ラジオ体操なら、激しい動きやゆったりした動きが組み合わされており、短時間で効率よく全身を動かすことができます。」

こう言うのは、「図解本当はすごい『ラジオ体操』健康法」（中経出版）の著書がある、中京大学体育学部の湯浅景元《ゆあさかげもと》教授だ。

「四〇〜五〇代になると筋力や持久力の個人差が大きくなります。これは実は老化の差ではなく、日ごろの運動量の差です。老化は防げませんが、ラジオ体操を継続すれば、体力年齢は一〇歳若返らせることができます（湯浅氏）。」

ラジオ体操は、第一・第二で計二六種類の動きを組み合わせたもの。

●早起きをする必要はない

ラジオ体操と聞くと、〝毎朝六時半からＮＨＫの放送に合わせてやるもの〟とのイメージが強い。

早起きが苦手のサラリーマンにはキツイ。

「ラジオ体操は、毎日継続しなければ効果がありませんが、必ずしも早朝にやる必要はありません。中高年のビジネスマンにお勧めなのは、夜、布団に入る二〇〜三〇分前の体操です（湯浅氏）。」

多少、酒が入っていてもかまわない。

朝のＮＨＫ放送を録音して、それを聴きながら、メリハリをつけて体を動かす。伸ばすところは、しっかり伸ばして、筋肉を緩めるところは、しっかり緩める。

「人の体は、体温が下降気味のときに寝つきやすくなります。体操をすると体温が上がりますが、終えてしばらくすると体温が下がり始めます。これによって快適な睡眠を得られる。また運動の効果は睡眠中に出てくるため、就寝前のラジオ体操はより効果的なのです（湯浅氏）。」

●（ラジオ体操によって）脚力低下・息切れ・メタボを解消（することができる。）この方法（ラジオ体操）を継続すれば、健康維持の効果は絶大である。何よりメタボ対策や精力増進にもつながるというから心強い。

「息切れの原因は、呼吸器系の運動能力低下と脚力の低下です。ラジオ体操の胸を伸ばす運動や深呼吸で呼吸器系を鍛え、両脚で跳ぶ運動や脚を曲げ伸ばす運動で脚力を鍛えることができます（湯浅氏）。」

全身運動が心臓を鍛えるため、これも息切れ対策になる。血流と筋肉の活動が活発になることで脂肪が燃え、メタボ対策の効果も期待できる。

「体を前後に曲げる、運動や体を回したり胸をそらす運動によって、背筋や腹筋を鍛えるとともに柔軟にし、腰痛の慢性化を防ぎます。基礎体力がつくことで自信がつくと、精力も増し、性生活も改善しますよ（湯浅氏）。」

（八）風邪について

治療法

東洋医学でも西洋医学でも、一般に、安静にして睡眠をしっかりとることは風邪の治癒に良いとされている。

東洋医学と西洋医学とでは、健康や病気に関する考え方が異なる部分が多く、風邪の場合の予防法・治療法にも差異が見られる。

東洋医学の治療法

現在の日本では、医師免許のための試験は西洋医学の知識が問われる内容になっているので、日本で東洋医学の治療法を行なっている医師らは、西洋医学の知識・経験に加えて東洋医学の知識・経験を身につけた医師たちである。例えば富山医科薬科大学、東京女子医科大学などが、漢方または東洋医学の講座を設けており、それらの講座で学んだ医師などが、日本各地で東洋医学を実践している。

東洋医学においては、風邪にもっともしばしば用いられる処方は、葛根湯《かっこんとう》である。

（a）葛根湯は漢方薬の一つであり、基本方剤（二種以上の薬を混ぜてつくった薬剤）としての桂枝湯《けいしとう》に葛根・麻黄《まおう》を加えたもの。

（b）言い換えれば、葛根湯は葛根を主材料にし、麻黄（強い発汗薬）・桂枝・生姜《しょうきょう》・甘草《かんぞう》・芍薬《しゃくやく》・大棗《たいそう》を煎《せん》じた（即ち、煮つめて成分をとり出した）薬である。風邪などの際に、強化された発汗作用のある薬として葛根湯を用いる。

（c）桂枝湯は風邪の初期症状、頭痛などの症状に処方される発汗作用が弱い発汗薬である。桂枝を用いた漢方処方の基本をなす。

虚証、寒証の人は葛根湯ではなく桂枝湯を用いる。

高齢者の場合の風邪対策の漢方薬について

香蘇散《こうそさん》（が用いられる）。元来、虚弱体質の人の風邪が（香蘇散の）適応（の薬）だが、「老人の場合、一見頑強に見えても抵抗力は低下していることが普通なので、六〇歳以上であれば、体質を選ばず（香蘇散を）使用してよい」と思われる、（また）「いつも風邪をひいていると訴える人や、鬱状態をともなっている人には、平素から（香蘇散を）服用してもらうことで風邪の予防になる」と大塚恭男は述べている。

（中略）

あまり適切とは言えない処置について

抗生物質の使用

風邪というと、すぐに抗生物質を処方する医者も多いが、多くの場合、風邪の原因は、その多くがウイルス（＊）であるので、細菌を対象とした抗生物質は効果がない、と（医師・医療関係者の集団の）メディカルブレインや（元医学部教員の）米山公啓らによって指摘されている。

実際、抗生物質を飲んでも飲まなくても、風邪をひいている期間は同じだという調査結果がある。〝抗生物質が、風邪をひいている期間を短くする〟などという科学的論文は存在しない、つまり、普通の風邪であれば、結局、抗生物質を飲まなくても治っているのであり、患者は薬で風邪を治しているつもりでも、実際に風邪を治しているのは、人体が本来持っている自然治癒力なのである、と米山は述べている。

どうして風邪に抗生物質がやたらとつかわれるかと言えば、その答えは医者が「儲かるから」である、とメディカル・ブレインによって指摘されている。

（医療現場で行われている悪慣行に一石を投じる形で、ようやく）二〇〇三年六月に、日本呼吸器学会が、成人気道感染症の指針のなかに、「風邪への抗生物質はできるだけ控えるべき」と明記した。二〇〇四年五月の改訂版では「風邪に抗生物質は無効。細菌性二次感染の予防目的の投与も必要ない」とした。

それにもかかわらず、臨床の現場では、風邪に抗生物質が処方されている、この傾向はアメリカでも同様である、と米山は二〇〇五年出版の本で指摘した。

例外を言えば、風邪をこじらせた結果、細菌性の肺炎や気管支炎になってしまった場合は抗生物質は意味がありはする、だがそれ以外は使っても無駄かむしろ有害であり、「これは抗生物質ですから、〇〇〇の症状が出た時だけ飲んでください」とはっきりと伝えて処方するならばともかく、ただ、「一日何回飲め」というのでは、わざわざ抗生物質の副作用を出させているようなものである、と指摘されている。

（中略）

細菌感染であることが明確な時にのみ（抗生物質を）使用すべきであるともされている。風邪でやみくもに抗生物質を処方する医者（藪医者《やぶいしゃ》、診断・治療の能力の劣った医者）は考えものである、とメディカルブレインよって指摘されもした。

（Wikipedia）

（了）

（七）技能の向上を目指して

■はじめに

技能を伸ばす上で考慮すべき事は何か（一）？　例えば、外国人の早い英語を瞬時に正確に聴きとって理解する事、国際マラソン大会で優勝する事、映画の名作「七人の侍」（黒澤明監督作品、一九五四年）の様な、多大な影響力のあるシナリオを書く事等は（二）、「技能の高レベル」の点で共通しています。

どの分野でも最高レベルの技能を伸ばす方法を、組織の総力を挙げて探究しています。

以下で、二〇〇一年の大阪国際女子マラソン大会の記事を紹介し、次に、英語のリスニングの技能を伸ばす学習での受講生の感想（三）、其れに対する筆者の所感を述べ、付録で「技能」に関する記事を、「スピーディーに読む」観点で編集した上で紹介します。

★本稿に関する学生の感想

◇本稿には渋井陽子選手の例も出ており、それは同世代の私にとって大変身近であり、励みになります。

◇（本稿に関する）学生の感想を読んでとても触発された。また、渋井選手の生き方に強く感動した。

◇（鍛錬の必要性が分かっていても）課題を行う際の困難にぶつかると、どうしても一旦は逃げ腰になりがちです。いかにそれに立ち向かっていくかが求めていくべき課題です。本稿は、これからの生活の教訓になりました。

■新聞記事の紹介

二〇〇一年一月二八日の記事に依れば、「二一世紀の初頭を飾った大阪国際女子マラソンに初出場した渋井陽子選手（三井海上）は二一歳の若さで初マラソン走者としての世界最高記録（二時間二三分一一秒）を出して優勝した。その記録は女子マラソン世界歴代一二位だった（四）。」

大阪国際女子マラソン大会の翌日の新聞には、第一面の最上段の左端から右端迄に亘る大見出しで「飛び出した新世紀ヒロイン」と有り、其れが目に飛び込んで来るような感じでした。

小出義雄監督（積水化学）はこうコメントしました。「渋井は今まで日本にはいなかったタイプ。前傾姿勢を腕の振りでカバーし、その姿勢を維持できるだけの太ももの筋力を持っている。経験を積めば、二時間二〇分台はすぐに出る。」小出監督は渋井選手の走っている姿を見ただけで何が彼女の長所かを見抜きました。

◆渋井選手の長所

先の記事に依れば、渋井選手の長所は次の通りです。

＊高橋尚子選手と同じく、渋井選手は自分から練習を求めていくタイプである。

＊考え方がしっかりしている。

＊マラソンに対して怖がっていないという精神力の強さが有る。

＊二二キロ過ぎの地点で思い切ったスパートをかけてさえ、最後迄走り抜く根性は凄い物が有る。

＊苦しさに耐えぬく精神力の強さが有る。

＊次の記事は彼女の主体性を示している。

・二〇〇一年の大阪大会の前に鈴木秀夫監督（三井海上）は渋井選手に設定タイムの目標（二時間二十四分台）のメモを手渡していた。二〇〇一年の大阪大会の前に、鈴木監督の目標の設定の仕方も卓越しており、「やれば、できる」という自信を持つことができるものだったと考えられる。

・昨年（二〇〇〇年）の大阪大会で、ルーマニアのリディア・シモンは二時間二二分五四秒で優勝し、弘山晴美《ひろやまはるみ》選手（資生堂、注）は二時間二十二分五六秒を出した。

・二〇〇一年の大阪大会で渋井選手はひそかに左手に弘山晴美選手のラップタイム［途中記録］（五）を書き込んでいた。即ち、それは、鈴木監督が彼女に伝えていた設定タイムの目標を越える物だった。

・二〇〇一年の大阪大会で渋井選手は二時間二十三分十一秒を出して優勝した。その記録は、鈴木監督による設定目標を越えていた。

◆渋井選手の課題

渋井選手に依れば、

◇（二〇〇一年の大阪国際女子マラソンの）ラスト五キロは「生まれたての小鹿みたい」に足に力が入らなかった。

◇ラスト一キロがあんなに長く、きついとは思わなかった。

◇（先の点が）これからの課題です。（二〇〇一年の大阪大会で渋井選手が優勝した直後に、自身が克服すべき課題を自覚し、述べているのは自主的です。）

◆渋井選手に関する記事の他の内容

渋井選手は二〇〇一年一月の大阪国際女子マラソン大会の実績によって、翌年八月のカナダでの世界選手権に参加する資格を得た。

渋井選手は高校三年の時にインターハイに出場し、三千メートル競技で五位に入賞。（当時、彼女は目立たなかったでしょう。）高校卒業後、平成九年（一九九七年）に三井海上に入社。実業団入りし、伸び悩んでいた渋井は（こう話した。即ち）、「土佐（礼子）先輩に刺激を受け、（自分の弱さに）負けたくない、（土佐先輩と）一緒に走りたいという思いで、（今の強い自分に）変われた」と話した。（彼女は人と比較し、競争することで刺激を得ています。）

二〇〇一年の大阪大会の前年には、渋井選手は一か月間中国の標高一九〇〇メートルの高地で特訓し、一時体調を崩した。（大阪大会の前年だけに、動揺したかも知れません。）

だが、渋井選手が帰国後に走った結果は（土佐選手の調整タイムを上回った。即ち）、同僚の土佐礼子選手（当時、土佐選手は渋井選手より先に、二〇〇一年八月のカナダでの世界選手権代表を決めていた選手）の調整タイムを上回っていた。その時、渋井選手は自信があった。

鈴木秀夫監督（当時、四八歳、三井海上）の指導のモットーは、「（選手を）頭から押さえつけるやり方では、選手はついてこない」である。ある時は、「練習が（辛くて）不満なら帰れ」と突き放し、ある時は、優しく、(目指さすべき)目標を(具体的に)示してあげる。鈴木監督のメリハリのきいた手綱《たづな》さばきで、渋井選手も世界に飛び出すランナーに磨かれていった。鈴木監督のこのスタンス(態度、姿勢)は監督就任五年目で三井海上に女子マラソン界の黄金時代をもたらした。

技能に関する情報を或る程度得たら、この後の記事全体に目を通す事もできるし、或いは、時折、少しずつ読む事もできる。

◆筆者の所感

渋井選手の記事で次の事が分かります。納得のいく目標を自主的に設定し、種々の障害が有っても目標を目指して長期に亘り粘り強く努力し続ければ、思いも寄らない程に実力を伸ばす事ができます。

二四、五歳頃迄、体力、運動能力、頭脳の柔軟性や独創性、記憶力の強さと永続性はよく伸びます(六)。年をとるほど疲れ易くなり、練習効率が低下し、覚えにくくなり、覚えたことを忘れ易くなります。(二五歳以降の時期にも長所は有りますが。)

過ぎ去った時期(例えば、高校時代)を二度と取り戻せないのは当たり前です。其れにも拘わらず、とかく人は過去を振り返り、「あの頃にもっと熱心に練習に励んでいたら、或いは、数か月間、集中的に猛練習をしていたら、もっとうまくなれたはずだ、今もっと楽しく練習できるのに」と後悔しがちです。

二四、五歳頃迄の過ぎ去った時期を繰り返すことはできず、残念だと思う時が有るかも知れません。健康を心がけ、もっと賢明に、もっと一生懸命に励んでいたら良かったのにとの思いが生じる事も有るでしょう。青年時代の時間の貴重さをどんなに強調しても、強調し過ぎる事は有りません。其の点を深く認識していない人もいれば、認識していても折々の怠惰への誘惑や娯楽に時間を使い過ぎる人もいるでしょう(七)。

若い時に自発的に「娯楽」を少な目にし、「苦労」を多目にするようにして自分を鍛えて向上を目指す事ができます。妥当な目標を設定して向上心を一層強くし、できるだけ怠惰と後悔を少なくし、向上の面で「充実感」を増す事ができます。

スポーツ選手の猛練習の様に、休みを上手く取りながら、一日に何時間も練習する事ができます。一段と成長すれば、一層充実感が増します。逆に、惰性で過ごせば、実力は低下します。練習すべき時に努力を怠たれば、何らかの点で損します。苦労しながら成長した分だけ得をします。そう思えば、苦労のし甲斐が有ります。

冬の日に、暖かい部屋から寒い戸外に出るのは億劫な時が有ります。しかし、明確な目的と目標を持って外出用の装備をして外へ一歩出さえすれば、後は、身体が段々温かくなり、気分が爽快になり、気力が強くなり、後の生活は一層充実します。目標の実現にとって、日々の実行と良い習慣化は大事です。日々、少しでも実践を始めれば、憂鬱が減少し、向上の欲が出てきます。

鍛錬の重視の生き方は前述の通りですが、実際には、各自の身体的、精神的、個人的、社会的な境遇に応じて臨機応変に

様々な考え方の選択肢から、自分に合ったもの、或いは自分が望んだものを選択することができます。自分の実状や都合はどうであれ、自ら苦労を求めて努力すればするほど目指すべき技能のレベルは向上し、自分だけでなく関係者にとっても満足度は高くなります。

◆リスニングの技能を伸ばす為の英語の授業について

学生の感想によって彼らの考え方や心情を知る事ができます。印象的な物を、分かり易く編集した上で紹介したい。

学生Ａさんの感想

◇正直に言って、本当に今日の英語の期末テストは難しかったです（八）。自分がこんなに力不足だと実感したのは久し振りです。本当に悔しい。（この一年間を思い返せば）、普段の授業で（真剣な姿勢というよりも）、聴き取り練習をやっているつもりになっていたこと、謙虚に（深く基礎を）学ぼうという姿勢が無くなっていたこと、傲慢になっていたことに本当に気付きました。

本当に悔しいので、もっと力を付ける為に英語の聴解力の点でも読解力の点でもしっかり学習していきます。（真剣に、徹底的に）勉強しないと、こんなにも力が落ちてしまうのかということを身に沁《し》

みて感じました。（毎回の着実な練習の）積み重ねが大切なのですね。最近、英語の聴き取りが苦手になりつつあったのですが、しっかりやっていきたいです。

筆者の所感

○教授・学習の改善の為には、教員と学生の両者がより良い方へ変わる必要が有ります（九）。

学生Ａさんは自分の学習態度を謙虚に反省し、奮起しているのは、人間的に立派だと評価できます。学力や個性の多様な多人数クラスには、授業の運営上困難な問題が有ります。

英語の評論や短編小説の教科書には難しい語彙や構文の文章が有り、学生は其れらを軽視しません。だが、英語の初級や中級のリスニング用のテキストは比較的平易な会話や文章で編纂されており、其れ故に学生は教材に対して軽視の心が生じ、練習を怠る心が生じがちです。

例えば、年度によっては、クラスの一人か二人はリスニング練習中心の授業中に英文の小説を読みます。彼等は日本人にとって速い速度で話される英語を聴いて容易に、正確に、瞬時に理解する目標を充分には達成しない事が有ります。コミュニケーションの能力を付けるには効果の有るリスニング練習は不可欠です。

どの分野でも基本を重視します（十）。例えば、プロ野球の選手はバットの素振りを軽視しないで、一日に何百回も、休みの間隔を上手く取りながら、遣ります。基本練習に徹底的に励んでこそ実力を効率的に、確実に定着できます。大学で難度の高い会話や文章を聞いて練習問題をするだけであれば、其れは難し過ぎて、結局、基礎力も高度のリスニング力も身に付かない事が有ります。教材が難し過ぎて英語嫌いになる人がいます。「軽視」「傲慢」「諦《あきら》め」に陥る落とし穴が有ります。授業で提供された練習課題にどこまでも真剣に取り組む方が能率的であり、後の練習が容易になり、得策です。

学生Ｂさんの感想

◇今回のテストは今迄で一番難しかったです。英文の細部が聴き取れなくて悔しかったです。まだまだ修行が足りないと感じました。勉強をもっと頑張れば（速い）英語をよく聴き取れるようになるとの希望も出てきました。この英語の授業は力が付きます。ディクテーション（英文を聴いて書き取る事）は為になるので、これからもずっと続けていただきたいと思います。一年間有難うございました。

筆者の所感

○先の様な感想は教員にとって励みになります。Bさんは後輩の成長や教員への感謝を述べている点で思い遣りが有ります。テストでの悔しい思いによってこれ迄以上に頑張る決意であれば、其れは顕著な向上のきっかけになります。比較的難しくないテスト問題で満足感や自信を得れば達成感は有りますが、時には、「真剣勝負」で挑戦する感じの、レベルが高いテストで刺激を得るのも利点が有ります。

学生Cさんの感想

◇毎回の授業で発見や触発があり、新鮮であり、楽しく主体的に学ばせていただくことができました。テキストだけでなく、洋楽によるディクテーションをするのは良かったです。以前は普段何気なく洋楽を聞いていたのですが、この授業を受けてからは、自然に（洋楽の）英語に注意して聴くようになりました。創価大学に入学して以来もう二年が過ぎようとしていますが、これからもしっかりと自分の生きた証《あかし》、歴史を創っていきます。本当に有難うございました。

筆者の所感

○勉強に専念できる人は授業の流れに上手く乗って効率的に実力を付け、皆と共に充実感を味わえます。主体的に学ぶ人は嫌々遣っていない故に、リスニングだけでなく英語全般に探究心を注いで応用力を身に付けています。其の点でCさんは授業を上手く生かしています。

学生Dさんの感想

◇楽しい一年間の英語の授業を有難うございました。（授業中に）英語や英語圏の文化（の学習）だけにとどまらず、シドニーオリンピック（女子マラソンで優勝した高橋尚子選手のドキュメンタリー）のビデオを（数回に亘って）見せていただき、（彼女や関係者の非凡な努力に）感動しました。映画『ユー・ガット・メール』（ノーラ・エフロン監督作品、一九九八年、英語の字幕を利用できる物）を少しずつ鑑賞する際にも、面白い物を選んでいただき、授業が毎回楽しみでした。英文の書き取りを授業中にやった御蔭で普段でも一生懸命英語を（正確に）聴き取ろうとする癖がついて、（映画館やＡＶライブラリーで）洋画を見ても英語（の音声）に集中するようになりました。

筆者の所感

〇英語のリスニング力を付けるには週一回の授業だけでは不充分です。日常生活で種々の方法で自習する必要が有ります。Ｄさんは授業外でも自主的に実践しており、リスニング力が確実に伸びていると思います。

学生Ｅさんの感想

◇（一週間に一回ではなく）毎日のように英語の聴き取り練習で鍛えないと、リスニングの力は弱くなるなと（今回のテストで）つくづく思った。

速い英語のリスニングはすごく難しそうにみえるが、毎日、練習を続ければ、着実に力が伸びていくことも分かった。インプット・アウトプット（多量の英語を聴く事、そして其の結果として理解する力を獲得する事の両方）で頑張ろうと思わせてもらえる授業だった。

筆者の所感

〇リスニング力の獲得についても、「為せば、成る」です。其れを決意しさえすれば、徐々に楽しくなり、練習効率が上がります。どの技能でも「継続は力なり」です。

何年も練習を着実に続けていると、自分が思っている以上の力を発揮します。練習に慣れて、上達のコツが良く分かり、練習の仕方が進歩するからです。

大学卒業後も長きに亘り練習を続けた人が真の実力を付けています。リスニングにはウォークマン等の利用が便利で効果的です。遣る気と習慣化で毎日実行する事です。「どうも遣る気がしない」から「よし、毎日少しでも遣ろう」へと自己変革をする事ができます（十一）。

現代は国際化の時代であるだけに、どの分野で仕事をするにせよ、外国人と意思疎通ができれば、其れは強力な文化的手段になります。最近、日本の企業では英語のコミュニケーション能力に優れた人を優先的に採用する傾向が一層強くなっています。

他の学生の感想

◇やはり、（高橋尚子選手のように）輝いている人は、そうなるまでの過程で辛い（猛練習の）日々を過ごしてきている。それを乗り越えて初めて輝きの栄光を得ることができる。自分も頑張りたいと思った。

◇自分自身の「忍耐と根気」「孤独に打ち勝つこと」などが技能の練習にとって一番重要であり、その積み重ねが自己を大きく成長させ、強くさせるのだと感じました。

◇「持続する」というのは辛く苦しい思いを伴うことがありますが、忍耐と努力によって大きな成果が得られるということが（自分に）伝わってきました。

◇この（二〇〇一年度の）授業では、先生は（当時、五七歳頃）、

私達学生とのコミュニケーションをとてもとっていらして、毎回楽しく（授業を）受けることができました。これからも英語をしっかり勉強していき、絶対（自分の）ものにしていきます。

◇今回のテストによって自分の勉強の方法をもう少し（より良くするために）見つめ直そうと思った。（すなわち）もっと（注意を）集中して英語を聴き、書き取った後できちんとテキストで（学習結果の正誤を）確認するように心がけていこうと思った。ディクテーションは難しく、自分の力の無さを感じてしまうので、（以前は）なかなか自分からやらなかった。だから、この授業で触発されてよかった。

◇（この授業で）最も強く感じたことは、（練習の遣り方の）工夫次第でリスニングの勉強を楽しんでやることができるということです。今までリスニングの勉強は堅い感じの練習用テープ教材とか、ラジオ番組でやるしかないと思っていました。それ（そのやり方）だけでなく映画や音楽も時にはリラックスして（楽しみながら）練習できる教材になるのだと分かり、とても嬉しかったです。この授業では毎回やる気を起こさせて頂きました。一　間楽しく実

のある授業を有難うございました。

■終わりに

どの技能を伸ばすにせよ、粘り強く練習を持続する人が努力の程度に応じて自分の物にする事ができます。努力の仕方を限り無く改善する事になるからです。

「才能は有限、努力は無限」という言葉には、努力する意欲が増す力が有るとの趣旨を或る選手が語っています。

国際的に活躍している選手や関係者から学んだ事は次の点です。技能の飛躍的な上達を獲得できるかどうかは、自分の色々な心情に打ち勝って根気よく自分の納得がいく練習を持続する事です。「(野球の)一〇〇〇本ノック」「一〇〇〇〇時間の練習」「目指すべき技能に関連した事を中心にして一日の全ての活動で意識的に向上させるように努める事」等が示唆しているように、多大な量と良い質の練習を自発的に行い、長期に亘り、自分に課した課題を地道にこなす事に懸《か》かっています。

人の記録を参考にするけれども、人との比較に囚われない。色々な不安やプレッシャーに負けない、焦らない。自信を持つ、平静な心で練習する、進化を楽しむ、休みを上手く取り入れる、色々な障害を乗り越える。自分に合う目的と目標を目指す。全力を尽くす、最新の練習法を取り入れる、大情熱を燃やす、怠らないで着実に練習し続ける。そういった事を長期間、持続するのが理想です。

英語が(実際に)使えるようになる九つの習慣

一・ルーティーンな(きまりきった)学習を月刊の英語学習誌で維持する(飽きのこない月刊誌などコア(中核の)教材を決めて学習を習慣化する)。

二・音声はプレイヤーに入れて持ち歩く(隙間《すきま》の(あいている)時間は常に聞いて耳を慣らす)。

三・毎日、ショートトークを二、三回(行う、即ち、今日の予定や今日あったことなどを短く英語で話してみる)。

四・週末はインターネットＴＶを見る（ニュース番組などを見て英語学習と現実（社会）との接点を見つける）。

五・月二回はディクテーションを行う（即ち、英語を聞いて書き取るディクテーションを行い、そのエラーから自分の弱点をチェックする）。

六・二ヶ月に一冊は洋書を読む（語彙を一〇〇〇語程度に絞った洋書もある。映画のＤＶＤに親しむのも効果的）。

七・三ヶ月に一度は他の学習者と交流する（セミナーや学習会に参加しモチベーション（動機や意欲になるもの）をキープする（保持する））。

八・年に一度は英語技能試験を受ける（ＴＯＥＩＣなどで（受験レベルの）目標を定め、（試験）結果で学習の進捗状況《しんちょくじょうきょう》（はかどった状況）を評価する）。

九・以上の学習（状況や結果）を手帳やノートに記録し管理する（日、週、月単ぐらいで一〇〇〇時間の目標を管理する）（松岡昇）。（「名言ＤＢ―リーダーたちの名言集」（systemincome・com/）

本稿は、『エクラン』（創価大学映画研究会編、二〇〇一年三月五日）の稿に基づき、新情報を加えて全面的に改訂した物です。

◇私は人の真似なんてしません。

◎「渋井ワールドへようこそ - ＤＴＩ」

(www.uranus.dti.ne.jp/kurikuri/runShibuiWorld.html)

◇はい、もう頑張ります。気合入れて。（二〇〇〇年一二月一〇日、全日本実業団女子駅伝）（＊コメント）走り終わって、「後は応援ですね」と聞かれて。走るときより気合入りまくり。

◇こんだけ苦しんでるのに、二六分だなんてもう悔しくて暴れ出しますよ。（一月二七日放送「ヒロイン」）（＊コメント）目標タイムについて。

◇勝つ。勝つ。勝つ。勝つ。（サンスポ二〇〇一年一月二九日付）（＊コメント）世界選手権の抱負を聞かれて一言。

◇だから、試合が終わったあとは、二日ぐらい寝続けないとダメなんです。（月刊陸上競技四月号）（＊コメント）shibu&reikoスペシャル対談にて。shibuの集中力は凄いという話になって、shibuがこう答えた次第。

◇一緒に手をつないでゴールしましょうか（笑）。（月刊陸上競技四月号）（＊コメント）世界選手権に話題が及んだ際に土佐さんに対して言ったこの一言もいいですね。古来こういうことを言う奴に限って本番ではどんどん先に行っちゃう。それは土佐さんも感じたのか即座に「いやいや、レースになったらシブさんが前に行くでしょ」と（土佐さんから）突っ込まれる始末。しかしさすがはshibu、返しの言葉は↓。

◇そうですね。いくら先輩でも、蹴落としますよ、口には出さないけど（笑）。（月刊陸上競技四月号）（＊コメント）即肯定。しかも口に出してるっちゅうねん（笑）。

◇がっつり遊びたいです。（二〇〇一年八月一六日ＴＢＳ出演時）（＊コメント）番組のエンディングで「今一番何をしたいですか？」と聞かれ、土佐さんが「まったり、休みたいです。あっ、遊びたいです」と答えると、shibuは、それにかけて気合を込めた表情と口調で上記の答え。さすがはshibu、全日本実業団女子駅伝のときと同様、どうでもいい場面で気合入りまくり（情報提供：てつさん）。

◇いつかは破らせていただきます！　あ、破るのは世界記録の方ですよ。（二〇〇一年一一月四日付サンスポ）（＊コメント）世界最高記録についての抱負はこれ。読みようによっては「髙橋尚子様などＮＯ眼中」とも言えなくはなく、単に髙橋尚子様との直接対決イメージを避けたとも取れる発言。しかし別のスポーツ紙には「髙橋尚子様の記録も破らせてもらう」と対髙橋尚子様の構図を作り出しているところもあり。さあ、真実はいったいどっちだ？

◇正月に遊びすぎたし、これからしっかりやっていこうと思います。

3キロ減ったら見てろよって感じです。（二〇〇二年一月七日付ニッカン）（＊コメント）これは昨今、叩かれ続けている某掲示板方面への挑戦状ですか（笑）。

映画『七人の侍』の製作について

一九五四年、当時の通常作品の七倍ほどに匹敵する製作費をかけ、何千人ものスタッフ・キャストを動員し、一年余りの撮影期間がかかったが、興行的には成功し、七〇〇万人の観客動員を記録した。

黒澤明監督が初めてマルチカム方式（複数のカメラで同時に撮影する方式）を採用し、望遠レンズを多用した。（中略）さらにその技術と共に、（リアルな）シナリオ、綿密な時代考証などにより、アクション映画・時代劇におけるリアリズム（現実の事実を客観的な態度であるがままに描出しようとする様式）を確立した。

黒澤が尊敬するジョン・フォード監督の西部劇映画から影響を受け、この『七人の侍』自体も世界の映画人・映画作品に多大な影響を与えた。ヴェネツィア国際映画祭銀獅子賞（最優秀監督賞として位置づけられている賞）受賞。

一九六〇年にはアメリカで『荒野の七人』（ジョン・スタージェス監督作品）としてリメイクされている。

映画『七人の侍』のあらすじ

前半部

日本の戦国時代末期、小さい、貧しい農村が舞台。

七人の侍は何故、何の関係も無かった農民たちを命懸けで守る気になるのか？　村人たちは盗賊の野武士にどう対処すべきなのか？

野武士たちは戦国時代の戦により、行き場を失い、農民を脅かす盗賊と化し、略奪を繰り返す。百姓は彼等を「野伏せり」と呼ぶ。

一五八六年頃、野武士は、麦が実る（収穫期）と同時に、ある農村へ略奪に行く事を決める。村人はそれを知り、絶望のどん底に叩き落とされる。前年も野武士の略奪に遭ったゆえに、今年は、若い百姓の利吉《りきち》は、野武士を皆突き殺すべきだと主張する。村人たちは怖気《おじけ》づき、反対する。戦い方を知らないので困り果てる。

離れの水車小屋に住む長老は野武士と戦うことを選択し、侍を雇うことを思い付き、それを提案する。

　前年に野武士の襲撃によって疲弊した農民たちは、今回は、侍に防衛を依頼するだけでなく自分たちも利吉を中心に玉砕覚悟で野武士と戦うことを決める。

（小さい）町に出た利吉ら、四人は侍を探すが、ことごとく断られ途方にくれる。

　初老（中年を過ぎ、老年に入りかけた四〇 - 五〇歳）の浪人・島田勘兵衛は、僧に扮して盗賊から子供を助け出し、礼も受けずに去って行く。

　利吉らは勘兵衛の振る舞いを目撃し、彼に野武士退治を頼みこむ。しかし勘兵衛は（村人が自分に）飯を食わせるだけでは（闘争は）無理だと一蹴する。野武士との戦いをやるとしても、侍が七人必要だという。

後半部

　農民たちは必死の努力で七人の侍を見つけ、困窮した百姓に雇われる形で野武士退治を依頼する。

　七人の侍は身分差による軋轢《あつれき》を乗り越えながら協力して野武士の一団と戦うことになる。

　ついに物見（偵察）の野武士が村に現れる。勘兵衛らは物見を捕らえ、野武士の本拠のありかを聞き出す。利吉の案内で野武士の本拠へと赴く。

　野武士（四〇人）との本格的な決戦が描かれる。

「侍集め」、「戦闘の準備（侍と百姓の交流）」、「野武士との戦い」が映画の前半部と時間的にほぼ均等であるが、構成的には三部に分かれるという見方もできる。

■『七人の侍』のシナリオの作成について

◆黒澤明監督は（彼の）『生きる』に続く作品として時代劇を撮る予定であった。それまでの時代劇は歌舞伎などの影響を受けすぎており、黒澤はこれまでの時代劇を根底から覆《くつがえ》すリアルな（現実感・迫真感のある）作品を撮ることを考え、橋本忍にシナリオ初稿の執筆を依頼した。

　徹底したリアリズムを追求した、それまでに無い時代劇として「下級武士の平凡な一日」のストーリーを構想していた。

　まず、城勤めの下級武士の平凡な一日がストーリーの根幹になる

物語『侍の一日』（一九五二年、仮題）を検討した。（Wikipedia の『七人の侍』に依る）

◆『侍の一日』のあらすじは次の通りである。

徳川の前期、一六五五年、主人公の侍（家禄百五十石の「使い番」）は（注一）、朝、勤務のために供を連れて城へ上がる。

城では忙しく執務に追われる。

昼に詰め所（用事に備えて待機している場所）で同じ（レベルの）家禄の馬廻り組（主君の乗った馬のそばで警護にあたった騎馬の侍）の友人と弁当を広げてほっと息をつき、世間話をする。弁当のおかずの品定めをしながら話に花が咲く。平穏で幸せな暮らしが先々まで望めた。

（ところが）、午後になって、参勤交代の資金調達に問題があることが発覚し、主人公は責任者として切腹を余儀なくされる。

昼食を（楽しく）共にした（あの）友人は介錯《かいしゃく》（注二）を頼まれ、号泣《ごうきゅう》しながらもこれを引き受ける（ここから先のシーンはラストまで台詞《せりふ》が無い）。（以下、略）（Wikipedia の『侍の一日』に依る）

◆（一九五二年九月）、『侍の一日』のシナリオの作成において、橋本が武士の日常の詳細を調べるために国立国会図書館支部上野図書館に通っていたが、「当時の武士の昼食は、弁当持参だったのか、給食が出たのか」「当時は一日二食であり、昼食を摂る習慣はなかったのではないか」等の疑問が解決できなかったため、「物語のリアリティ（実在性）が保てない」という理由で『侍の一日』の初稿の使用を）断念した。（Wikipedia の『七人の侍』に依る）

◆（換言すれば）、橋本は三か月ほど（武士の日常の詳細について）調べたにもかかわらず、徳川前期に侍が城で昼食をとる習慣があったという確証を得ることができなかった。この話（『侍の一日』）を作品として成り立たせるには絶対に昼食の設定が欠かせないという確信があったため、ノートと箱書き（即ち、シナリオの作成の際、紙に書いた長方形の枠の中に、あらかじめ一場面ごとに要点を書きとめておいたもの）を全て自宅で焼き捨て、東宝へ出かけてプロデューサーに独断で（『侍の一日』の）中止を告げた。（Wikipedia の『侍の一日』に依る）

◆（黒澤の）『姿三四郎』以来、（映画）会社の都合ではなく自らテーマを決めて映画を撮る姿勢を貫いていた黒澤は、『生きる』の次に撮るつもりでいた作品（『侍の一日』）を脚本家（橋本）が勝手に投げ出したことにひどく憤った。

橋本の前で延々と不満を述べる黒澤に（対して）、しばらく黙って聞いていた橋本は仕方なく「ところで黒澤さんは一日に何度メシを食べますか」と切り出した。

案の定、黒澤は「なに！」と強い剣幕で橋本を睨みつけたが、橋本が（こう説明した、即ち）「日本の歴史（の記述）は、（個々の）事件については仔細まで書き尽くされているが、こと生活に関しては、（例えば）いつから（一日に）三度食事をするようになったか、いつから風呂に入るようになったかなど、一切記録がない。これでリアリズムの映画（『侍の一日』）を作ろうとしても作りようが無いんです」と説明すると、（黒澤は）もう何も言わなかったという。

次に上泉信綱《かみいずみのぶつな》（注三）などの剣豪伝をオムニバス（注四）で描く作品を考え、橋本が脚本初稿を執筆したが、「（幾つかの短編の）クライマックスの連続では映画にならない」とこれも断念。本作（『七人の侍』）の誕生までに二度の流産を経ていたことになる。

ちなみにこの上泉信綱などの剣豪伝の脚本で描かれた剣豪たちのキャラクターは、この『七人の侍』の侍達の設定に生かされることとなった。

戦国時代の浪人（主家を自ら去ったり、あるいは失ったりした武士）は武者修行の折りにどうやって食べていけるのかを（橋本が）調べていったところ、農民達に飯と宿を与えてもらう代わりに（雇われた侍は）寝ずの番をして「ヤカラ」（たちの悪い人、同類）から村を守るという話が出てきたため、「武士を雇う農民」を（『七人の侍』の）ストーリーの根幹に据えることとなった。そしてこれを基に一九五二年一二月、小国英雄《おぐにひでお》を加えた三人は熱海の旅館「水口園」に投宿して共同執筆に入った。

当初は志村喬《しむらたかし》が扮するリーダーの島田勘兵衛と、三船敏郎が扮する最強の侍の菊千代、剣術に秀でた久蔵《きゅうぞう》の生きざまを、若侍の岡本勝四郎の視点で勝四郎と志乃（素朴で純情な少女、万造《まんぞう》（百姓）の娘）の悲恋を交えて描いた黒澤得意の師弟物語（勘兵衛と勝四郎の物語）という構想であったが、三船の演じるキャラクターの変更に伴い、物語の主眼も変わることになった。

（中略）

（小国英雄を加えた）三人は四五日間、「水口園」に閉じこもって脚本を書いていたのだが、その緊迫感は、お茶を運びに来た「お手伝いさん」も怖くて声なんかかけられないほどであった。

七人の侍のキャラクターのイメージは大学ノート数冊にびっしりと書かれていたという。

主に黒澤と橋本が（『七人の侍』の）同じシーンを競作（コンペ、「コンペティション」の略）したものを小國がジャッジし（勝敗の判定をし）、出来の良かった方が採用されるという、極めてシビアな（過酷な）執筆活動であった。

黒澤は、この映画を何十回も見たという井上ひさしとの対談で、どうやったらこのような絶妙なシナリオが書けるのか問われると、この脚本の根底にあるのはトルストイ（注五）の『戦争と平和』（一八六四‐六九）である。その中からいろいろなことを学んでいる。また、アレクサンドル・ファジェーエフ（注六）の『壊滅』（一九二七年）も下敷きになっていると答えた。（Wikipediaの『七人の侍』に依る）

はじめに

◇一流の人の言葉は値千金です。一冊の本を読むよりはるかに少ない時間で、何倍もの有益な情報が得られます（宮内義彦）。（私のコメント：以下の有益な名言の内容を変えないで一層分かり易く提示すれば、名言の価値をより良く生かすことができる。）

◇どれだけ良いアイディアがあっても、（それを）実行しなければ成功もしないし、失敗もしない。それは時間の無駄でしかない（柳井正）。

◇技術を上手にこなすには練習しかありません。何度も失敗しながらも繰り返し練習する中で、初めて何が悪いかが見えてくる。そうした鍛錬を経て技術が身についてくる（小松節子）。

◇（社会のルールや倫理の尊重等による）正しい生き方なくして真の成功はあり得ない（デイビッド・スター・ジョーダン）。（私のコメント：間違った生き方で大失敗すれば、技能の獲得は水泡に帰してしまう。）

練習の目標、質、量、方法等について

◇（着実に）伸びる選手は「妄想」を抱いていない。目標と妄想は違います。目標は（粘り強い努力によって）手の届く「半歩先」に置き、それを目指して練習する、その繰り返し（の長期的持続）だと思います（原晋）。

◇自信はないし、弱音はしょっちゅう吐くし、びびったりもする。やっぱり自分は弱いですけど、だからそれを埋めようと、（自分の不十分さを補うために）練習をいっぱいする（高橋大輔、フィギュアスケート）。

◇（人々によって試合の）結果だけが強調されていて、（選手が）練習でどのくらい成長したかなんて気にもとめられない。（あなたは以前より）どれだけ進歩しているのか、その（進歩の）過程は自分で楽しめ。勝敗（の結果）についてあれこれ思うのはやめるんだ（マット・ビオンディ）。

◇成功とは、人生において得た地位によって（成功を）測るのではなく、成功するために打ち勝った障害（の数や程度）によって測るべきものである、ということを私は学んだ（ブッカー・タリフェーロ・ワシントン）。

◇（どうすればより良く向上できるのかという）問題意識を持たずに、漠然と練習をしている人も（技能は顕しくは）伸びません。自分で（練習の改善点を）考え、もがきながら（秘訣を）体得していくしかない（石井一久）。

◇（試合の前日迄猛烈に）練習したことによって試合当日（直前まで）に疲れを残してしまうのはマイナスです。大事な（本番の）ときに気力、体力ともにピーク（最高潮）を迎えるには、（適切に）休む勇気も必要です（松岡修造）。

（何が励みになるのか？）

◇スポーツ選手だって、自己の記録を更新するのがうれしいわけだよね。はた目で見れば平凡な記録だったとしても、自分の（以前の）記録を超えられたことが励みになる。それでつらい練習も頑張ることができるわけだよ。だから（会社の仕事への）意欲の高い人材に（会社に）来てほしかったら、「ここ（の会社）だったら自分の力を（存分に）伸ばせそうだ」と、若い人に（輝かしい）未来を感じさせられる会社にならないとダメだね（秋元久雄）。

（練習を持続するコツは？）

◇ラグビーでもアメフト（アメリカンフットボール）でも、練習を辛いと思ってやっている人間は（長期間は）続かない。（長期にわたり）続けられる人間は、（練習は）辛いけれども面白くて仕方がないからやっているのです（飯田亮）。

（クリティカルマスとは何か？）

◇（練習）量が積み重なって（練習レベルの）質的な変化を起こす臨界点のことを、クリティカルマス（注）と言います。たとえば、スポーツや楽器のクリティカルマスは一万時間だとよく言われます。最初は練習しても大して上達しないが、一万時間（の練習、クリティカルマス）を突破すれば、突然技術が飛躍的に伸びるというわけです。一万時間というと、毎日二時間弱（の練習）でも約一〇年かかります（小飼弾）。

（注）クリティカルマス（Critical Mass、臨界質量）とは、市場でのある商品の普及率が一気に跳ね上がるための分岐点となっている普及率のことである。ある商品が市場に（新たに）登場すると、最初は（その商品は）最も先進的なイノベーター（革新者）と呼ばれる消費者層に受け入れられ、次に新しいものに敏感なアーリーアダプター（初期採用者）と呼ばれる利用者層に広まっていく。それから徐々に、保守的な利用者層に広がっていく。このとき、市場全体の普及率がクリティカルマスに達すると、それまでの普及率の伸びが一気に跳ね上がると指摘されている。クリティカルマスとされる普及率は、市場の約十六％であると言われている。

◇（技能の普通レベルをさらに上へ）突き抜けたことをしたいなら、

（容易で奥の深い）基礎を徹底的に学ぶことだ（見城徹）

◇僕にとって（練習を）やって当然のことは頑張ることには入りません。たとえば、日々の練習は毎日やって当然のこと。そこからどう（練習の質と量の面で）頑張るかが重要なんです（山本昌）。

（大松監督の決意とは？）

◇私は（大事な試合で）勝たなければならない。絶対に勝たなければならない。選手も（監督の）私も（凄く）やる気になった。これまで私たちはあらゆる苦闘を味わってきたが、いまは（オリンピック大会の準備では）あの過去の猛練習以上のことをやらなければならない。そうしてオリンピックでの優勝があるのだと思った（大松博文）。

◇（午後）四時から（夜中の）一二時まで、（以前の）毎夜七時間だった練習が、やがて一時間延び、一時間半延びるというようになり、当然睡眠時間はそれだけ減っていった。そして自分たちはすべてを犠牲にし、眠る時間も減らして（バレーボールを）練習している。この事実がやがてソ連に負ける道理がないという自信となって選手たちの胸に集積されていった（大松博文）。

◇試合は欲張らずに楽しくやればいいけど、そのためにも練習は（本番レベルの）九〇％や一〇〇％を何度も出せるように頑張るんです（福島千里）。

◇練習のプログラム（のレベル）を試合よりも数倍厳しくすれば、本番が物理的にも精神的にも楽になることを学びました（マルチナ・ナブラチロワ）。

◇試合で動揺しないためには、会場の雰囲気にのまれそうになる自分を抑えて自分に克《か》つ力が必要ですが、そういう力を鍛える特別な方法があるわけではなく、普段の練習がそのままメンタルトレーニング（精神的訓練）になります。ここはゆっくり、ここは速く……と、技の緩急や細かい動きに意識を集中して練習をしていれば、試合でも同じようにできます（宇佐美里香）。

◇プレゼン（注一、提示）は、練習すればするほど進化します。場数《ばかず》、多くの経験）を踏んだ人のほうがプレゼンがうまいのは、一回ごとの真剣勝負がリハーサル効果（注二、試演の効果）を上げるためです（佐藤綾子）（心理学者）。

（注一）プレゼンテーションは広告業界では、クライアント（広告主。広告活動を行う主体）に対する自社の経歴や作品の提示のほか、広告活動に関する計画、表現戦略の提案などについて自らの意思を他者に伝達するために表現・提示すること）。

（注二）リハーサル効果とは、短期記憶で一時的に保持されている情報を何度も反復すること。これによって情報がそのまま失われるのを防ぎ、より長い時間保持できるようになる。

◇（普段の）練習と違うことを（本番の）試合でいきなりやることはできないので、試合の良し悪しは、すべて練習の結果なのです（宇佐美里香）。

◇それ（オリンピック大会の日）まで毎日が（本番の）試合というような練習を全力でやってきましたので、当日はまったく緊張しませんでした（高橋尚子）。【覚え書き—金メダルをとったシドニー五輪を振り返って】。

◇私が知っている成功者（たち）は、すべて自分に与えられた条件のもとで最善を尽くした人々であり、来年になれば何とかなるだろうなどと、手をこまねいてはいなかった（何もしないで傍観していなかった）（エドワード・W・ホー）。

◇（顕著な）成長を続けるためには、私たちは（新たなやり方を）学び、決断し、実行し、そして、なおも学び、決意し、実行しなければならない（スティーブン・コヴィー）。

◇きっと成功してみせる、（勝利してみせる）と決心することが、何よりも重要だということを、常に銘記すべきである（エイブラハム・リンカーン）。

◇成功者たちの共通点は、成功していない人たちの嫌がることを実行に移す習慣を身につけているということである。彼らにしてみても、必ずしも好きでそれを行っているわけではないが、自らの嫌だという感情をその目的意識の強さに服従させているのだ(即ち、何としても目標を達成したいと願っているからこそ、嫌なことも実践するのだ（E・M・グレー)。

◇素晴らしい計画は不要だ。計画は五％、実行が九五％だ（カルロス・ゴーン)。

◇挑戦すれば、成功もあれば失敗もあります。でも挑戦せずして成功はありません。何度も言いますが挑戦しないことには始まらないのです(即ち、失敗を恐れないで挑戦するしかありません。)（野茂英雄)。

◇プレッシャー（精神的圧迫）を感じることをあえてしていかないと、人間、成長しませんから（福山雅治)。

◇大変なことをやるから人は（飛躍的に）成長する（佐々木常夫)。

◇度胸（を発揮する力）が欲しければ、恐ろしくて手が出ないことに挑んでみることだ。これを欠かさずやり続けて、成功の実績を作るのだ（デール・カーネギー)

◇（次回の）勝負は（今回）負けた時から始まる。（敗北で）弱さを知った時、（より「上」を目指さなくてはと思い、）己の成長が始まるんだ。人並みにやっていたら、人並みにしかならない（神永昭夫)。

◇私自身はまだまだ未熟。今でも新人時代のように、日々もがいているんです。だからこそ、昨日より今日、今日より明日は、一ミリでも成長できるよう、自分を磨いていきます（檀れい)。

◇強い思い・情熱とは、寝ても覚めても二四時間そのこと（成功への道）を考えている状態。自分自身の成功への情熱と呼べるほどの強い思いが、成功への鍵（稲盛和夫)。

◇分別と忍耐力に支えられた炎のごとき情熱を持つ人は、一番成功者になれる資格がある（デール・カーネギー)。

◇人は、何歳になっても成長できます。六五歳で終わりとは考えていません（依田平）。

（脳細胞はいつまで成長を続けるのか？）

◇脳細胞は胎児期から赤ちゃんの時期が最も多く、その後、年齢を重ねるにつれて減少していくことから、「歳をとるにつれて脳は衰えていく一方だ」と一般的には考えられていますが、これも誤解です。確かに脳細胞は歳とともに減少しますが、成人後も、脳内には未熟な細胞が豊富にあります。アミノ酸などの身体にとっての栄養成分が供給され続ける限り、脳の未熟な細胞は死ぬまで成長し続けるのです（加藤俊徳）。

◇少しずつ成長していく方がいい。ある時にぐっと飛躍的に成長したりするとかえって危ないですよ。反動（反発）も大きいですから。このことは折に触れて、社員たちにも伝えています（熊倉貞武）。

◇厄介なのが（面倒なのが）成功体験です。世の中は変わったのに「以前はこれで成功した」とか「なんで（やり方を）変えるのか」と言い出した途端、成長は止まります（豊田章男）。

◇（長期に亘る）持続的成長のためには、仕事のやり方を（新たに）変えなくてはならない（豊田章男）。

失敗について

◇私は勝ち続けることで成長したんじゃなく、負けて（悔しいけど、もっともっと頑張るしかないと思い、）強くなってきたんです（吉田沙保里）。

◇失敗するか成功するかは、やってみなければ（結果は）わからない。失敗したら、その時点で次（の対策）を考えればいい（萩原健司）。

◇成功者とは、（挑戦して失敗し、その）失敗から多くのことを学び取って、新たに工夫した方法で、再び問題に取り組む人間のことである（デール・カーネギー）

◇九〇〇〇回以上シュートを外し（て失敗し）、三〇〇試合の勝負に敗れ、勝敗を決める最後のシュートを任されて二六回も外した。人生で何度も失敗した。（失敗する毎にもっと努力した。）それが成功の理由だ（マイケル・ジョーダン）。

◇この世を（前へ前へと）動かす力は希望である。やがて成長して（おいしい）果実が得られるという希望がなければ、農夫は畑に種をまかない（M・ルター）。

◇仕事の成果はあくまで付録のようなもので、（仕事の）報酬とは、本当に泥臭い努力や作業の中に（充実感が）ある。そう考えれば、私たちはどんどん成長していける（児玉光雄）。

◇仕事の成功に対する報酬は、その仕事を成し遂げた、（素晴らしい！）ということである（ラルフ・ウォルドー・エマーソン）。

◇人の未来（がどのようなものになるか）は自分が今日考えていることに（よって）非常に大きく左右される。だから希望と自信、愛と成功のことばかり考えるのだ（デール・カーネギー）。

◇一番大事なことは、他人から指示、指導されて事をなすのではなく、やはり自らが望んで自分に命令をして活動していくということ。これが人間としての本当の活動であり、そのことによって、（情熱が生じ）真に成長し続けることができるのだと思うのです（鍵山秀三郎）。

◇（どんな障害があっても、目指すべき）目標をあくまで貫く（やり通す）ことは、（この世の色々な）危害のある者の精神をがっちりと支える（ための）筋金の一本であり、成功の最大の条件である（チェスターフィールド）。

◇成功の秘訣は（どんな障害に直面しても）目的を持ち続けることである（ベンジャミン・ディズレーリ）。

◇何事にも（どんな失敗や苦境にも）落胆しない、あくまでやり続ける――決して断念しない。この三つが大体において成功者のモットーである（デール・カーネギー）。

◇自分の心に描く夢（ビジョン）の実現に向かって努力するとき、ふだんなら思いもよらぬ成功が得られる（ヘンリー・ソロー）。

（最も良くない事とは？）

◇（上司によって）叱られて悩んでしまうという人は、その理由を見つめ直してみましょう。上司はあなたの成長を願って厳しくしている可能性が高いのです。（あなたにとって）最も良くないことは、自信をなくすことです。自分を信じられない人に仕事は任せられません。自分は（叱られてばかりで）ダメだという思い込みをなくしましょう（澤田秀雄）。

◇成功者になるために一番大切なものは、「自分にもできる」という信念（自信）である。（「やれば、できる」と思い、）思い切って事（課題）に当たらない限り、決して名声も成功も得られない（ジェームズ・ギボンズ）。

◇成功の秘訣は、よい機会がやってきたら、直ちに（それを）迎えられる心構え（準備）ができていることだ（ベンジャミン・ディズレーリ）。

◇私の人生における成功の全ては、どんな場合でも必ず十五分前に到着したおかげである（ホレーショ・ネルソン）。

■練習にとって何が大事か？

■はじめに

技能を伸ばすには、効果的な練習が必要です。これまで見聞きしたことに基づき、「練習の大事な基本」をまとめてみました。以下の下線部の情報で要点の一部を得ることができます。

学生の感想

◇（本稿の感想として）「何のため」ということが、今の私には一番大切に思えます。何のためという目的がはっきりしていない組織や団体には団結も発展もありません。常に「何のため」という原点を思索し、自分の情熱を燃やし続けていきたいです。

■練習にとって大切な事とは？

●常に技能の向上を目指す（向上の決意）。

・技能の向上の為に、練習の効果を最大限に出すことを目指す。そのために練習時における心と体を良い状態にしておく。過去の事や人の事についてあれこれ考えないで、平常心で練習できるように努めることができる。

・「これからだ！　新たに出直そう！　より良くしていこう」との心境にしておく。今からでき得ることを一生懸命にやるしかない。其の遣り方は心の健康にもいい。

・技能の向上のために何年も、数十年も時間をかける決意をする（目標は一〇〇〇〇時間の練習というやり方がある。）一段でも二段でも上を目指す。遣り甲斐が強くなる。何があっても、諦めないで決意と実践を持続する。

●健全な目的と目標を持つ。目的をはっきりと認識すれば、意欲が増す。行動前に「何のために」を認識する（目的・目標）。

目的や目標の内容についてよく考える。軽やかに行動できる。進んで目標の実現へと前進できる。

色々な障害で思うようにいかないことがあるものだ。「自分だけではない」と思えば、気が楽になり、いらいらが減る。

活動の意義がはっきりわかれば、やりがいが強くなる。障害に耐え易くなる。

練習で忍耐力や持続力が身につく。人間形成にとっても練習は為になる。同じやるなら、喜んでやる。心を落ち着けて毎回進歩させる。単調に見える基本練習を重視する。基本練習によって最も効率よく容易にできる。野球の「一〇〇〇本ノック」という言葉で勇気と意欲を得る。進んで練習することができる。面倒くさいと思えることでも、価値があることを認識する。粘り強く練習に励むことができる。

目標の成就のために、人と比較しないで頑張る。昨日の自分より今日の自分のほうがよりよくなることを目指す。あせらないで努力し易くなる。

●自信を持って練習する。自分の能力を上手く引き出す。（自己の能力の肯定・自信を持つことの重要性）

他人による自分の評価についての言動を気にしない。自分で自己の能力を肯定し、自信を持つことができる。そのようにできる人は心が相当強い。

自信を持てば、自分の能力をよく引き出せる。親から諸々の遺伝子を受け継いだゆえに今の自分がある。極端なことを言えば、自分が天才では場合については、自分には責任は無いと言える。

ありのままの自分を受け入れ、認め、自分に与えられた条件で自分なりに頑張る。他人が自分を褒めることは滅多にないので、時折、自分で自分の努力を褒める。多くの人のおかげでもあると感謝することができる。さらに自分の能力を伸ばし易くなる。

「無いものねだり」よりも、「有るもの思い」の自信増し！　自分には命や健康の宝がある。自分の持ち味がある。そのように考えて自信を強化する方が有利だ。

プラス思考と楽観主義で心を明朗にし、強くする。何でも、いい方へいい方へと考える。意欲と自信が増す。

「為せば、成る」「やれば、できる」「意志あれば、道あり」という名言を上手く生かす。あれこれ思い煩わないで、一心不乱に為すべきことを為す。志を強くする。弱気はエネルギーの損失である。人と比較しない。強気でやることができる。長年、努力していれば、自信がついてくると信じて練習する。

●地道に練習し続ける。すばらしい上達へ向かう（持続・希望）。

不調でも、苦境でも、日々、同じ練習の繰り返しでも、上達の希望を信じる。希望の実現を目指すことができる。上達の希望を抱けば、意欲と力が出る。練習の苦しみに耐え易くなる。ひたすら希望の実現を願い、努力を続けることができる。希望と自信が増大する。良い循環になる。

●練習が好きになるように工夫する（練習好き・工夫）。

「好きこそものの上手なれ。」即ち、好きなものに対しては、苦労を厭わないで、熱心に努力し、それに関して勉強し、工夫するものだ。其の結果、上達が早くなる。

練習が好きになるように、色々な練習方法を試みて、やり方を工夫する。

練習内容をよく理解するように努める。よく分かれば、ますます面白くなり、練習したくなる。

練習を義務的にやるよりも、自主的に進んでするほうが意欲が強くなり、苦しい練習にも耐え易くなる。

練習を地道に積み重ねれば、ストレスを軽減でき、心は安らかになる、充実する。

練習で疲れて苦しくなってもいい。後で休めば、回復する。

練習内容の目的、目標、意義をよく理解する。練習に好奇心を持つ。練習に対して積極的になり、コツや技術をよく覚えられる。

練習の工夫として、短い休みを頻繁に取り入れるようにする。疲れすぎないようにする。練習が苦しすぎないようにする。練習が好きになる。練習を長時間、集中して行うことができる。タイマーを上手く活用する。練習効率がよくなる。そうすれば、練習効果は上がる。

人と比べない。自分の少しの上達でも喜ぶことができ、練習が好きになる。

自分の上達の程度を知るには、頻繁な小テストと記録が必要だ。

●先ず、練習を少しでも始める。だんだんやる気が出る（勇気・実践）

早目に練習の場所にいるように習慣化する。練習に取り組み易くなる。

娯楽よりも練習を優先する姿勢でいることができる。日常生活の全ての活動を、何等かの練習の機会にすることができる。

練習の上達法について気が付いたことをこまめにメモをとることができる。

あれこれ考えるよりも、練習のために先ず一歩動く。練習の必要品を少しでも用意する。

練習場所で存分に休んで鋭気を養う。遣り慣れた課題を先にどんどん遣りたい誘惑に打ち勝って、真っ先に最も遣りづらい課題を少しでもやる。勇気を出して一つでも実践する。気が楽になる。ストレス対策になる。

適度に休む。元気を回復する。練習の意欲が強くなる。課題を少しでもやる気が出てくる。だんだん練習の欲がでる。

良い考えを遣り始めれば、だんだん発展する。目標の実現へ向けて飛躍する場合がある。

「（あれこれ）案ずるより産むが易し。」課題ができるかどうか心配するよりも、実際にやってみれば、できるものだと思うことがある。

苦手な課題でも、適度に休んで、余裕を持って早目に取り掛かる。気が楽になり、ストレスがたまらない。気合を入れて、先ず、一つやってみる。

課題に取り掛かる際に、おっくうでも、最低レベルでもいいからと思い、できるところから一つでも始めてみる。それなら今でもできる。「一歩の力は強い（一）。」

●一つ一つの課題に全力を尽くすと決意する。合理的な練習を行う（決意・練習の質と量。理論の学習の重要性）。

練習中に他事を考え、気を抜けば、失敗しがちだ。練習効果は下がる。本気で練習に集中しているかと自分に問うてみる。練習の遣り方や練習効果を確認する。無気力や惰性であれば、練習結果のレベルは低下する。一つ一つに全力を尽くせば、充実感が増す。

情熱を込めて練習し、本物の力をつけることを目指す。適切な休みの間を効果的に入れながら、何百回も、何時間も練習する。きついと思うほどの練習も行う。限界にも挑戦する。普通の練習が楽にみえてくる。

他事にとらわれないで練習に専念する。全神経を集中して鍛える。集中力を高めて練習効率を上げる。即ち、気持ち（心）をうまく整理し、悩みを少なくしておく。メモ帳に心の整理の要点やモットーなどを書いておき、時々それを見る。

効力のある言葉を何回も口ずさんで意欲を強くし、練習効果を高める。

伝統的方法や最新の科学的練習方法を学ぶ。基本練習は大事ゆえに、ものすごい量の基本練習は不可欠。基本を軽んじれば、後で思うように実力が伸びなくなる。

練習の良いアイデアを実行する。「習うより慣れよ。」即ち、実践により完全の域に達する、練習すれば完璧な技能を身に付けることができる。人や本から教わるよりも、実際に練習や経験を重ねるほうがよくコツや技術をよく覚えられる、体で覚えていくほうがしっかりと身につく。この格言の価値は多大である。理論を習うのも大事だが、猛練習は不可欠だ。

●休憩を適度に取り入れる。練習効率がよくなる（合理的練習・休憩の重要性）。

練習で苦しくなってもいい。休みを適度に入れながら、練習を何度も繰り返す。今できうることをやる。「休息は決して時間の浪費ではない。」休み休みやる。休めば、力が涌き出る。病気をしなければ、長期間練習を持続できる。病気や不調であれば、練習効率は最低になる。悪循環になる。元気なら、訓練を長時間続けられる。

反社会的な誘惑の落とし穴に落ちない。娯楽を少な目にすることができる。油断して怠慢にならないように気を付ける。欲を制御できることを目指す。「苦の方を求めよ、後が楽なり」ぐらいで丁度いい。

人間だから理屈通りにいかないことがあるものだ。「誰でも失敗している」と思えば、気が楽になる。失敗、怪我、スランプもあるものだ。孤独な時はあるもの。そのように覚悟すれば、耐え易くなる。大変なのは自分だけではない。時が経てば元気になる。時には、遊んでストレスを解消することができる。音楽の効用を活用できる。

●苦しみにじっと耐えて、打ち勝つ。後で良くなる（忍耐・克己）。

不安、不調、困難にくじけないで踏ん張る。目前の課題を一つ一つこなしていく。

練習中、苦しくても平気。苦しみで強くなれる。試合の勝負は、実際にやってみないと分からないところがある。リードされていても、諦めないで戦い続ける。いつも「断じて負けない」と思う。あれこれ考えないで「絶対勝つ！」と決める。平常心で試合に臨む。結果はどうであれ、心の奥底では断じて勝つと信じる。そのような考え方がある。

一方、最高の集中力を発揮するために勝利にこだわらない遣り方がある。「負けてもともと」と思えば、気が楽になる面がある。

●これから何年も何十年も根気よく練習し続ける。ある日パッと開ける（根気・継続・希望）。

「石の上にも三年。」即ち、冷たい石の上で、不快でも、多くの時間を掛けて座りつづけていれば石は暖まってくる。其のたとえのように、長年、忍耐強く辛抱すれば、成功する確率は高まる。障害に直面しても、希望を持って練習や課題をやり続ける。一〇年後、二〇年後にどんなにすばらしいチャンスが来るか分からない。今を必死でやり、将来のチャンスに備える。着実に練習を積み重ねれば、不安や後悔は少なくなり、幸運、実力、充実感は拡大する。

■終わりに

◆「技能」の向上のために（一）

二〇〇一年一月、関西創価高校野球部は部創立一九年目に初の甲子園出場決定の朗報を受け取った。

同野球部員三八人は春季大会での「全国制覇」を目指し、練習に励んだ。その記事で示唆を得ることができる。

「野球部が誕生したのは、関西創価高校第一回入学式が行われた昭和五五（一九八〇年）。部員はわずか一三名だった。当時は専用グラウンドもなく、他校にお願いしても練習試合さえ断られる状態だった。大阪といえば、ＰＬ学園を筆頭に全国屈指の超激戦区。甲子園を目指す強豪たちがしのぎを削るなか、新参の野球部は（他校の）二軍相手でも勝つことができなかった。……いつか必ず勝つ！　……彼らは『負けじ魂』を燃やしつづけた。負けても負けてもなお前に進んでいく不屈の精神は、（この一九年間）先輩から後輩へと連綿と受け継がれていった。心の奥で創立者と誓った『甲子園への道』（二）。」

「（関西創価高校野球部の）選手たちは、常に確認し合っているという。大事なのは、（他校の）相手がどうであれ、自分たちに『必ず勝つ！』という、チャレンジ精神が燃え上がっているかどうかだ、と。（二〇〇一年の）大阪大会の決勝で『〇‐三』とリードされた時も、（関西創価高校の）チームに弱気は微塵もなかった。勝利への執念、そして猛練習に裏付けられた自信が、選手を見違えるほど逞しく変えていた。……一気に四点を奪って逆転し、（大阪大会で）一八一校の頂点に立ったのである（三）。」

ベストセラー『世界がもし百人の村だったら』によれば（四）、（其の著書の出版時の）世界の総人口六三億人のうちで、大学教育を受けている人はわずか一パーセント、読み書きさえできない人々は十四パーセントだという。

大学生は自分に与えられている条件を生かして価値創造の面で自分らしい貢献をすることができます。

日々の練習で技能を伸ばしながら、「技能の上達にとって具体的に細かい面で何が大事か」を探究することができます。

（了）

◆「技能」の向上のために（二）

「心に残る名言集・格言～まとめ日本最大級～」(megen. kezibanｰjp. com/) における「練習」「仕事」「成長」「成功」の項目における名言から、「練習」関連の物をピックアップし、前述の「技能」の向上のために（一）に含めなかった物を、提示順を変えた上で紹介したい。尚、随時、「一層スピーディーに読む」視点で（　）内に説明的言葉を加えている。

練習の重要性について

◇簡単に、たくさんのことが覚えられるといった記憶術の本がいっぱい出ていますが、僕はあんまり信用していません。記憶するには、努力と反復練習しかありません。スポーツで体を鍛えるのと同じように脳も鍛えるものだと思っています（東国原英夫）（そのまんま東）。

◇いくら（サッカーの練習法の）本を読んでも（練習をしなければ）サッカーがうまくならないのと同じで、ブレスト（注、会議手法）も練習しないと上達しません。実際、入社したばかりの社員はなかなか自分の意見を言うことさえできませんが、一年もすれば誰でも気軽にアイデアを言い合えるようになります（柳澤大輔）。

（注）ブレインストーミング（brainstorming, brainstorm）を略して、ブレスト。集団でアイデアを出す会議手法のこと。

（論理思考の訓練とは？）

◇マッキンゼー（注一、マッキンゼー&カンパニー）でもロジカルシンキング（注二、論理思考）のトレーニングを何カ月もやるわけではありません。入社当初にちょっと研修をしたら、あとはＯＪＴ（注三、職場内訓練）です。もちろん最初から上手くはいきません。同僚の思考プロセスを見様見真似で学び、できていない部分を（関係者によって）指摘されながら、徐々にロジカルシンキングを磨いてきました。感覚としては、千本ノック（注四、野球の練習法）のようなものですね。ある程度は、時間をかけて練習するしかないものなのです（桑原祐）。

（二〇一五／七／四）。

◇論理力を鍛えるのは、スポーツの練習と同じです。野球が上手くなるためには素振りの練習が欠かせないように、論理力を身につけるにも「仮説→検証」のプロセスを（何度も）繰り返すしかありません（成毛眞）。

◇不安もプレッシャーもありますが、それをはねのけられるのは納得できる練習しかないんです（田村亮子）。

◇辛いときは練習ですよ。グラウンドで走って（肉体的に）苦しむ。肉体的にも精神的にも苦しむことで（辛さやストレスを）発散できますよ。それで自分自身を取り戻せるというか、休みの日で一人で走る公園でもそれは感じます（三浦知良）。

（英会話の練習で大事な事は？）

◇英会話の練習で不可欠なのが、「音読」です。基本的な文章を何度も音読し、頭に刷り込ませることで、英会話をするときにも、無意識にその文章が出てくるようになります。黙読ではなく、声に出すことによって、動的記憶として残るのです。ピアノの楽曲を繰り返し練習することで勝手に手が動くようになりますが、それと同じ原理ですね。このトレーニングを習慣づけることで、無意識に話せる言葉が増えていきます。基本的な文法に加えて、単語集も音読することで、語彙も増やせます（安河内哲也）。

◇スピーキングの練習として、もっとも簡単で効果的なのはリスニングと同時に行なう「シャドーイング」。聞こえてくる英語に合わせて同じことを言う、という方法です。電車内では唇を小さく動かし、口の中でつぶやくだけでＯＫ。外を歩いているときなら、小声でつぶやくとよいでしょう。同じものを繰り返し練習することで、スムーズに英語が口から出るようになります（早川幸治）。

◇ほとんどの人の英語学習はプールサイドでハウ・トゥ・スイム（泳ぎ方）の本を読んでいるようなものです。（プールで）水に入って（泳ぐ）練習をすれば泳げるのに（面倒くさがって練習を）やらない。英語も同じで、（学習時に英語を実際に）使う練習さえすれば使えるようになります（松岡昇）。

自分の力を知ることについて

◇僕はジダン（ジネディーヌ・ジダン（一九七二年六月二三日）、フランス国籍の元サッカー選手）やフィーゴ（ルイス・フィーゴ、一九七二年一一月四日）、ポルトガル出身の元サッカー選手）やロナウド（クリスティアーノ・ロナウド、一九八五年二月五日）、ポルトガル出身のサッカー選手）みたいなスーパーな選手ではないから（パベル・ネドベド、注）。

【覚え書き―なぜそんなに練習するのかと聞かれたときの返答】。

（注）パベル・ネドベド（一九七二年八月三〇日）、チェコ出身の元サッカー選手。）

（猛練習の結果は？）

◇私は運動神経についてはかなりゼロに近く、小中学校時代の運動会では徒競走はつねにビリでした。ところが、高校二年生のマラソン大会のときに一念発起をして死ぬほど練習をしたところ、上位三分の一に入ることができました。私のような運動神経がゼロに近い人間がイチロー（本名：鈴木一朗、一九七三年十月二二日）、愛知県出身のプロ野球選手）みたいなトップアスリートになることはとうてい不可能ですが、平均以上のレベルに達することなら努力次第で十分に可能なのです。同じように地頭《じあたま》（注）についても、努力次第で平均以上に達することができます（藻谷浩介）。

（注）地頭とは、大学などでの教育で与えられたのでない、その人本来の頭のよさ。一般に知識の多寡でなく、論理的思考力やコミュニケーション能力などをいう。

練習方法について

◇以前現役だったころと比べれば、体力や（疲労の）回復力が落ちていることは、素直に認めなくてはなりません。だからこそ、無駄を削《そ》ぎ落とし、有効な練習法を考える必要があるのです（クルム伊達公子）。

◇私は朝、目覚めた瞬間、ベッドから起き上がるだけで自分の身体の調子がわかります。もし調子が悪い日なら、眠りが浅かったのか、それとも疲れがまだ残っているのかと、まず原因を考えます。そしてそれをもとにその日の練習プランを組み立てます。自分の状態に気づいて、それに対する対策を練る姿勢で組み立てていくと、効率的な練習ができるのです（クルム伊達公子）。

◇練習はとにかく、量より質ですね。そのためにも、（練習の）オンとオフを切り替えるために、練習を終えたら仲間と食事に行ったり、飲みに行ったりと、リフレッシュの時間は大切にしています（吉田秀彦）。

◇練習がうまくいかないときや不安になったときは、神社で瞑想をしたこともあります。ただ無心になることで、心の落ち着きを取り戻しました（宇佐美里香）。

◇現役時代の終盤は、アキレス腱（注）が痛くてジャンプを伴う練習がつらくなった。そこで「この練習の本質は何か」をとことん考え、アキレス腱に負担をかけずに同じ効果を出せる練習にスイッチした（為末大）。

（注）アキレス腱とは、ふくらはぎにある腓腹《ひふく》筋・平目《ひらめ》筋を、かかとの骨に付着させる、人体中最大の腱。

◇監督としてなかなかうまくいかず、「やはり（私は監督に）向いていない」という思いを抱き続けました。そんな私が多少なりとも肩の力を抜いて監督業に取り組めるようになったのは、選手たちの「野球ノート」（の活用）です。それを読んでいれば、今のチームにどんな練習が必要かも見えてきます（荒井直樹）。

◇時間がない中で新しい練習方法を考えることは生きがいで、そこに楽しさがある（室伏広治）。

練習の量について

◇おけいこ事は、いくら練習してもなかなかできない時期があります。ですが、もうダメだと思っても練習を続けていると、ある日、ポンとできてしまいます。（市役所の職員については）それとよく似ていて、一年がたって（問題が）氷解するように、フッと職員の皆さんの心が開いてくれました。市民の皆さんからは市役所の空気が変わったという声をいただきます（林文子）。

◇苦しい練習、容赦ないシゴキ（きびしく鍛えること）に耐えるとそのレベルが上がる。レベルが上がると今までの練習が簡単に思えてくる。そうなればどんどん上達する（中畑清）。

◇仕事で話す機会があれば、必ず前日に（話す）練習をしますし、以前は録音して聞き返していました。こうした練習を積み重ねれば、どんな人でもスキル（技能）を飛躍的に伸ばせるでしょう（伊賀泰代）。

◇ある一定の（練習）レベルに到達するには、地道な基礎練習の積み重ねが不可欠。そのために、場数が少なくてはキャリア形成の致命傷になりかねません（大塚寿）。

◇僕には若いときに作った体力の貯金があります。（プロ野球の西武への）入団当初、それこそいつ体が壊れてもおかしくないくらいの厳しい練習が課されました。また監督の方針で、キャンプも遠征先も玄米食。この時期があったからこそ、体力面で大きな容量を持つことができたんです（工藤公康）。

（猛練習の結果は？）

◇小学校六年生から大学までの一一年間は、バスケットボール一色の生活を送っていました。私は松江市の出身ですが、当時の島根県の高校バスケは、全国でもトップクラス。私が二年生の時にはインターハイに出場し、準決勝まで進みました。練習はとてもハードでしたが、（私は）六〇代になっても肩こりすらなく健康なのは、学生時代に培った体力や筋力の恩恵だと思っています（井原勝美）。

◇私の高校時代は柔道漬けでした。教科書は柔道場に置きっぱなし。合宿のときは、柔道部の稽古が終わると、今度は近くの警察署の柔道場に行って稽古をつけてもらうなどして、何の疑念も持たずひたすら練習しました。練習量がすべてを決定するということは、私が携わってきた分析機器の研究開発の世界にも通じるものがあるように思います（中本晃）。

◇京都の片田舎にある無名校から、（いろいろな学校からの）十把一絡《じっぱひとから》げのテスト生として（プロ野球の南海ホークスに）入団した私は、最初から努力以外にこの世界で生きる術はないとわかっていました。だから連日連夜、誰よりもバットを振りました。三年目でレギュラー、翌年にはホームラン王になれたのも猛練習のおかげです（野村克也）。

（本当の実力とは？）

◇スポーツトレーニングは、筋力アップや技術向上を図る「ストレングス」。疲労を取り、故障を治す「ケア」、そして持っている力を発揮するための「コンディショニング」。この三つのアプローチで成り立っています。練習したことをいかに本番に結びつけるか。これはビジネスの世界でも同じです。（練習で）一〇〇の実力を一二〇に増やしても、（本番で）七〇しか発揮できなければ、力がついたとはいえません（小林弘幸）。

◇〝無理〟という言葉を壁と思うかバネと思うか、（無理に思えることを飛躍のバネにすること）、それだけで人生は大きく変わる（木村拓哉）。

◇上手くいかない事もあるけど、それって冷静に考えると当たり前な事だね！　だって、（自分は）天才じゃないもん（上田桃子）。

◇限りなく心を打ち込んでかかれる事柄であれば、人間はたいていのものに成功できる（チャールズ・シュワッブ）。

◇どんな職業につこうと、成功に向かう第一歩は、その職業に興味を持つことだ（ウイリアム・オスラー）。

◇人生で成功者になるための主な条件は、仕事に対して日々に興味を新たにできること、仕事に絶えず心を打ち込めること、毎日を無意味に過ごさないことである（ウィリアム・ライアン・フェルプス）。

◇人生にせよ、芸術にせよ、これからさらに成長していく可能性があればこそ生き生きしたものとなるのだ（岡倉天心）。

◇「人は誰しも磨けば光るダイヤモンドの原石」です。私は常々、（社員を）指導する人たちに（対して）は、縁あってみずからの部下となってくれた人の可能性を信じ、その人の成長、成功、幸福を願い、祈りながら育ててほしいと願っています（旗持玲子）。

失敗への対策について

◇「思考」とは何であるかを知っている人間は、成功からも失敗からも、（思考によって）非常に多くのことを学ぶ（ジョン・デューイ）。

◇九回失敗しないと、なかなか一回の成功が手に入らない（山中伸弥）。

◇落胆と失敗（の経験）は、（それらへの反省によって）人を確実に成功に向かわせる試金石である（デール・カーネギー）。

◇あらゆる失敗は（それらによって）成功に向かう第一歩である（ウィリアム・ヒューエル）。

◇週に一回の失敗が二週間に一回（の失敗）になれば、成長したということです。五年もすれば失敗しなくなります（大山泰弘）。

◇自分の夢に向かって（「やれば、できる」という）確信を持って歩み、自分が思い描く人生を送ろうと努めるならば、きっと思いがけない成功にめぐり合うだろう（ヘンリー・ソロー）。

◇賢者は（自然に）自分に与えられるより多くの（良い）機会を（主体的に）作る（フランシス・ベーコン）。

（チャンスは来るのか?）

◇私たちの手の中には、数知れない小さなものが毎日落ちてきます。それは小さい好機（チャンス）です。神様は私たちが利用するのも悪用するのも自由なように、これを（私たちに）残して行かれるのです（ヘレン・アダムス・ケラー）。（即ち、私達は多くのチャンスに恵まれており、それを生かせるのです。）

◇成功者はみなゲームが好きだ。（自分の考えの）自己表現の機会が与えられるからだ（デール・カーネギー）。

大事な徳目について

◇仕事の大小を問わず（しっかり遣り切る）責任を果たせば、きっと成功する（デール・カーネギー）。

◇神は私に成功をおさめること（を命じたの）ではなく、（諸活動に対して）真心をつくすよう命じた（マザー・テレサ）。

◇それ（即ち、勤勉という条件）がなければ、他の条件一切を束にして（提供されて）も、成功はおぼつかない（という）条件が、ただ一つある。それは「勤勉（仕事などに一生懸命に励むこと）」だ（デール・カーネギー）。

◇（どんな困難に直面しても）辛抱すればこそ、成功が得られる（ヘンリー・ロングフェロー）。

◇自分（の健康や諸活動）に投資することを惜しむな。さもなくば、君の成長は止まってしまう（フース・ヒディンク）。

次の記事は練習に関する有益な最新情報を含んでいる。幾つかの注を読まないで通読する読み方もあります。

◎ミス恐れぬメダリスト

（「ほんの散策」、『読売新聞（夕刊）』、鵜飼哲夫（編集委員）二〇一六年九月五日）

（二〇一六年八月の）リオデジャネイロ五輪の余韻（味わい）にまだひたっている。（同五輪の）開幕二日後には（米国のプロ野球で）

イチローが大リーグ通算三〇〇〇安打を達成した（注）。（私は五輪の）感動を再び味わおうと（日本の）アスリート（運動選手）らの本を読み、（彼らの）偉業の重みを確認している。（中略）

（リオ五輪の）チーム種目では、（五輪の過去の）三大会一二年ぶりに（銅）メダルをとったシンクロナイズドスイミング（において）も、井村雅代ヘッドコーチのもとでの一日一〇時間を超える猛練習（の効果）で、水上の華を咲かせた。その（井村の）著『シンクロの鬼と呼ばれて』（新潮文庫、聞き手＝松井久子）によると、井村は（選手達をこう激励した）「日の丸（日本の期待）を背負って泳げ。（進んで）プレッシャーを感じて泳ぎなさい。それが選手の醍醐味（ほんとうの面白さ）や」と（激励し）、本番を意識した練習を（選手達に）させ、強い心身を育てた。（本番での重圧は付き物であるので、本番と同レベルの練習で体力と自信を強化したのである。）

（リオ五輪での日本の）体操の男子個人総合の内村航平、女子レスリングの伊調馨《いちょうかおり》の金（メダル）を始め（注）、大逆転（の試合）に興奮した五輪でもあった。（選手たちが本番で犯す）ミスや失点をひきずって（戦い、負けるかもしれないと思い）、弱気にならないため、彼らは（五輪以前に）どんな練習をしたのか。

二〇一六年九月一三日、伊調の日本の国民栄誉賞受賞が決定した。ＮＨＫ総合テレビによれば、伊調は試合に平常心で臨み、気持ちの高ぶりを克服して心の落ち着きを維持するようにしている。

（リオ五輪での日本の）男子卓球で（五輪史上）初の（銅）メダルを獲得した水谷隼《じゅん》は、（彼の）著書『負ける人は無駄な練習をする』（卓球王国）の中で（こう記した。即ち）、練習中にミスして「すみません」と謝る選手は、（練習中に）ミスしないことにばかり（注意を）集中するから強くなれない、と記した。（ミスなしに）入《い》れるだけの「死んだ（効力のない）ボール」を打っても良い練習にはならない。

「すみません」と謝るくらいなら、たとえミスしたとしても（それで不利になるかもしれないが。それに囚われないで）「（勝利に結びつくような効力のある）生きたボール」を打つことに集中すべきだ）

（ボールを打つ）技の難度が高まれば、ミスしやすいが、ミスしないよう（にするために、技の）難度を下げては勝てない。それが（国際試合の）トップ（レベルの選手たちの）の世界だ。（あまり高くないレベルの技を用いることでミスしないようにするだけの練習法は最良ではないのだ。）

（プロ野球の）三割打者も（全打撃のうち）七割がアウト（だ）。バッティング（打撃）は、「（約七割は）失敗するもの」と考えるイチローが〈なにかをしようとしたとき、失敗を恐れないで〉と語る姿勢と水谷の（高い技能重視の）練習法は相通じる。

（打率が）悪くても（選手が）常時（安打を）二割五分くらいは打てないと、監督は（選手を）レギュラーとして使ってくれません。二割あるいは二割前半だと、試合から（出場を）外されてくることもあるし、（レギュラーではなく）代打・代走中心の起用、あるいは（試合に）出場していても、チャンスの場面で（他の選手による）代打を出されることもあると思います。（打率が）二割くらいだと、まずレギュラーになる数字ではないし、そういう選手は常時試合に出ることができないばかりか、一軍と二軍を行ったり来たりのレベルの選手ではないでしょうか。

常時、（打率）三割前後打つバッターは、ファンの記憶にも長く残る選手ですが、二割前後の選手はやがてはファンの記憶から忘れ去られます。

（例外としては）、連続試合出場記録を持つ元広島（カープ）の衣笠祥雄《きぬがささちお》選手は（打率が）一割九分のときもありましたが、彼の場合は（連続試合出場の）大記録がかかっているから、レギュラー出場していたし、名球会入りしている大選手ですから例外です。）

一般的に（関係者から）注目されるのは二割八分以上の極《ごく》一部の選手で、彼らのみ高年俸が支払われ、みんなその極一部になりたいために必死にがんばっているのです。

（「二割打者と三割打者ってたいして変わらないじゃん」oshiete. goo. ne. jp他）

（リオ五輪で活躍した羽根田卓也は）宮本武蔵の『五輪書《ごりんのしょ》』にある（鍛錬の量に関する言葉）「千日の稽古を鍛とし、万日の稽古を錬とす」という言葉が好きである。四年前（二〇一二年）のロンドン五輪（のカヌー競技）決勝で、攻めに出て（舟が）転覆し、七位に終わったが、レース直後、観戦していた記者の取材に（対し羽根田はこう語った。即ち）、「（成績の順位を）守るつもりでの失敗ではなく、タイム（速さを争う運動競技で、所要の時間）を稼ぎにいくつもりだったので、（試合で）敗れても（記録面で）大きな進歩」と語っていた。そしてリオ五輪では（羽根田について）「攻めて快挙」の見出しが本紙（読売新聞）に踊る「銅」（メダルを獲得した）。（リオ五輪で）日本勢初のメダリストになった。

（失敗を恐れていては、勝利は難しい。）とはいえ、失敗するとビビる（気持ちが萎縮する）という人には、名言ハンター（欲しいものをあさり回る人）、大山くまお著『「がんばれ！」でがんばれない人のための〝意外〟な名言集』（ワニブックス）がある。

（その著書に次の記事がある。即ち）、〈（自分の）仕事で本当に成功したものは、全体の（仕事のうちの）わずか一％にすぎない。九九％は失敗の連続であった〉というホンダの創業者、本田宗一郎《そういちろう》の言葉を始め（注）、失敗を恐れぬ心を（先の著書は）教えてくれる。だからといってやみくもに（見当をつけないで）挑戦しても栄光にはたどり着けない。（米国の）大リーグ投手のダルビッシュ有《ゆう》のこんな名言もある。〈練習は嘘をつかないって言葉があるけど、頭を使って練習しないと（惰性の練習は）普通に嘘つくよ〉（「練習すれば、上達し、勝利する」は本当の場合もあるが、いくら練習しても良い結果にならないのは普通だ。）

（最も効果的な練習をするように）頭を使うには最新のスポーツ科学を導入した練習法と練習環境が必要だが、ここに（取り組むべき）課題がある。日本では（カヌー競技において）流れが複雑な「人工コース」がないため、羽根田（卓也）は一〇代から海外で武者修行、一〇年を費やした。（私はリオ五輪の）「感動をありがとう」と言った後には、選手たちに優れた練習環境（の活用という提案）を贈りたい。（敬称略）

◆「技能」の向上のために（三）

「名言DB―リーダーたちの名言集」（systemincome. com/）における「技能」等の項目における名言をピックアップし、提示順を変えた上で紹介したい。尚、随時、「一層スピーディーに読む」視点で（　）内に説明的言葉を加えている。

・益本康男《ますもとやすお》氏の名言

◇（株式会社クボタの）グループ全事業所を対象に「技能コンテスト」をスタートさせました（注）。それは、退職年齢を迎える技術者が増加し、（高度の）技能を伝えることができる人が激減している現状からです。このような技能コンテストを一生懸命やってもらって、現場を指導できる人材を育成しようとしているのです。

◇（私が）部長の時は課（における活動内容）を変えようと新しいことにどんどん挑戦して、（半分は成功し、他の）半分くらいは失敗してきました。自動車メーカー向けの部品を作ってうまくいかなかったこともあります。ただ、挑戦したのはいいことだと（良く）評価してくれる上司に出会ったことが（発展にとって）大きかった。

◇「できない」と即答する人はダメだ。（そういう人は）過去に経験したことのないことはできないって考えちゃう。できると思って（やってみて、実際には）できないことはあるが、（実行してみないうちに）できないと思ったら絶対にできない。

◇農機（農業用の機械や器具）で世界一の米国ディアは売上高が約三兆円と我々の三倍近くありますから、正面から戦ったら太刀打ちできません。でも（ディアには）弱点はある。（我々は）そこを攻めます。

やっぱり（ディアは）きめ細かさは足りないと思いますよ。（ディアは）製品開発でも細かいことは気にしないのではないでしょうか。（例えば、農機の）操作がしやすいとか、小回りが利くとか、運転席が密閉されエアコンが利くとか。米国のユーザー（利用者、買い手群）にもそうしたニーズ（要求、需要）はあります。日本人はそういう技術開発が得意でしょう。

クボタが狙っているのは、量的に多い機種である二〇〇馬力級のトラクター（牽引車《けんいんしゃ》）です。これを米国に投入します。大きな農機はディアに任せて、ちょこちょこ端の方から狙って徐々に広げていきます。

・塩原研治《しおはらけんじ》氏の名言

◇（長野県中部の）諏訪《すわ》の研修センターには、偶然ですが、知り合いが一人いました。（その人、即ち）高校の先輩が私と同じように島内精器（のちのセイコーエプソン島内事業所、セイコーのクォーツ時計の製造所）に入って諏訪に来ていたのです。

（私は彼と）話をしてみたら（彼は）「技能五輪（国際技能競技大会）というものがあって……」と目を輝かせて熱心に時計の勉強をしていました。

　その先輩は一年後にセイコーではじめて技能五輪において世界一になった人だったのですが、（私は）その熱意に惹かれて、時計の勉強にすごくはまりこんでいきましたね。

（塩原氏はアイルランド大会時計修理部門で金メダルを獲得。国家検定時計修理一級、厚生労働省卓越技能者「現代の名工」認定、黄綬褒章《おうじゅほうしょう》受章。）【覚書き―修行時代を振り返っての発言】

◇セイコーの研修センターの先生は（次の考え方に徹した、即ち）「（研修生は）教えられたことをしているだけでは応用してものを考えて実行することができないから、世界では勝てないのだ」という考え方を徹底していたんです。

　しかも、ただ放任というのではなく、「〇〇を一時間以内に、〇〇の精度で」と、こちらに与える課題がとてもハッキリしていて適切なんです。

（研修生は）課題を解くために必要な工程を自分で工夫して作るので「やらされるもの」にはならない。おかげで、（私は）自分だけの領域を開拓する楽しみにのめりこみました。

◇セイコーの研修センターでは（研修生は）訓練を「やらされている」という印象は全然ありませんでした。それは指導員が素晴らしかったからだと思います。

研修センターの先生は、一九六七年に、スイスの天文台が主催する時計コンクールの「ニューシャテル」において、機械式時計の精度を一日五秒以内どころか〇・〇三秒以内の誤差にまで高めた、当時で間違いなく世界最高の水準に達していた時計職人でした。

「後輩が先輩を越えていくのは当然」というのが（先生の）基本的な姿勢で、つまり先生のやり方を押しつけることがないんです。教えることをしない。「この修理は最初にここから」なんて説明はいっさいありません。修理の順番も方法もこちらが自分で考え、必要な道具についてもそれぞれで改良していくんです。

◇技術の伝承（即ち、受け継いで伝えていくこと）とは、（自分たちが）既存の知識を勉強するところに（あるの）ではなく、いま、一番むずかしい課題を突破するところにしかありません。つまり、そのためには、まず自分たちが先輩から受け継いだ技を少しでも高めないといけないわけです。

◇私は不器用なタイプなのですけど、時計の修理においてはそれもひとつの個性と捉えて（努力することにし）、直観でパッと仕事を進めるのではなく、あらゆる方法を試してから最善の方法を見つけるという手順を追求することにしたんです。

◇セイコーの研修センターは土日になると休みなのですが、（私は）休みは「カリキュラム通りではなく時計の勉強を自由にできる日」と思っていたぐらい、時計の世界に入りびたっていました。

◇（デンソー工業技術短期大学校では）ヒトを大事にすると同時に、現場を大事にする。モノをつくる最後の砦（防御と攻撃の為の物）は現場にあって、そこの技能を継承するためにこの学校（デンソー工業技術短期大学校）（注）があるのです。

新製品開発や試作などの高い創造性が求められる分野は、高度な技能を持つ人材の育成がますます重要になっています。技能五輪はそうした現場のひとつのシンボルといえるもので、ここまでこだわってやっているのは、あるいはうちぐらいのものかもしれません（荻野幸一）。

・（有限会社　秋山木工の）秋山利輝氏の名言

◇私はいっさい（社員を）褒めませんよ。（社員が）技能五輪で金メダルを獲っても（私は）褒めません。私は社員を全員、一流の家具職人にするつもりで育てています。慢心や勘違いを起こさせないよう、（社員が）一人前になるまで（私は）厳しいことしか言いません。（指導者が社員を）甘やかすのは（社員への）愛が足りないからです。

◇技術を磨くより、人間性を磨くほうがはるかに大事。心が一流になれば、技術も必ず一流になります。

◇長い目で見ると、（社員は）多少ぶきっちょなくらいの（不器用なくらいの）ほうがいい。なまじ器用だと、へんな自信が邪魔するんです。（社員の）手先が不器用で、（私が）何度言っても、うまくできないようなやつのほうが、謙虚に努力して技能五輪全国大会で入賞したりします。

◇今やれることを全力でやらないと、次のことも全力でやれなくなります。だから常に本気、常に全力投球でやる習慣をつける。

◇中途半端なところで投げ出したらダメなんですよ。完全に身についたと言えるところまで、やりきっておかないといけません。一つ事をやりきるというのはそういうことです。

◇目の前のことを、常に一〇一パーセントの力を出してやれ。

◇職人というと、（技術の）腕は立つけど頑固でちょっと偏屈、という昔のイメージがあるかもしれません。でも、今の時代はそれではやっていけません。お客さんの話をしっかり聞いて、相手がどんなものを求めているかをきちんと理解し、確かな技術で迅速にいいものをお届けする。それが二一世紀型職人に求められるものです。

◇いい職人の条件は、人さまに喜んでいただくこと。

◇製品として自分が納得のいくものをつくらなければいけませんが、自分の満足などはあくまで付帯的なこと。最も大事なのは、いかに相手を驚かせ、喜ばせられるかです。

◇私は一六歳でこの道（家具制作）に入り、二七歳のときに会社（秋山木工）を起こしました。一九七一年のことです。当時は、大量生産された使い捨て感覚のモノが氾濫し始めた時期でしたが、私は「こういう暮らしに慣れると、何でも使い捨てにする感覚が心に染みついてしまうんじゃないか」という気がしました。そういう世の中になってきたからこそ、（私は）「百年、二百年使い続けられる家具をつくろう」と考えました。

・加護野忠男氏の名言

◇伝統産業の新人育成の方法を研究していると気づくことがある。技能者の育成プロセスに関して、多くの産業に共通した方式があることだ。職人志望者に試練を与えるという育成の方法である。誰もが嫌がるような厳しい仕事、あるいは雑用の仕事を与えるという方式である。

◇最近は、ほとんどすべての職場で（新人の）初期鍛錬の厳しさがゆるくなっている。潤沢な労働力があって（即ち、求職者が多く）、仕事が少ないときには、試練に耐えた人材だけを育てるというやり方が通用したが、労働力が貴重になってくると（求職者が不足すると）、新人につらい仕事を課す初期鍛錬は通じなくなってくる。しかし、職業人としての忍耐力や従順さは、相変わらず重要だ。

◇新人に課すつらい仕事には、忍耐力や従順さがあるかどうかを見極めるほかに、忍耐力や従順さを高めるという役割もある。実際に苦労をしてみると、苦労に耐える体力や知恵が備わる。

◇新人に（対して）きつい仕事が与えられるという慣行は、欧米の職場でもあるようだ。これを欧米の学者は、「正統的周辺参加」と呼んでいる。

新人は職人集団で仕事をしながら、それ（仕事）との交換に技術を習得させてもらう。しかし、仕事のできない新人は、交換で（会社に）与えられるもの（提供できるもの）を何も持っていない。だから最初は、（新人は）皆が嫌がるような周辺部の仕事をすることによって正当性を認められる。

◇トヨタ自動車は、豊田自動織機の（新分野への）種まき（開発）から生まれた。現在のキヤノンがあるのもカメラから電子機器（の開発）への多角化が行われ、新しい技術の種まきが行われたからだ。ブラザー工業が奇跡的な事業転換に成功できたのも、多角化によって種まきが行われたからである。

我々は刈り取り（高い成果）にばかり目を奪われ、種まき（新たな開発）を忘れてしまう。多角化は評判が悪いけれども、リスク（即ち、不確実にしか予見できない事象の生起によって被《こうむ》る損失もしくは収益減の可能性という危険）の分散という効果のほかに（新たな）技術の蓄積という効果を持っている。

・井上礼之《いのうえのりゆき》氏（ダイキン工業社長）の名言

◇モノ作りへの姿勢やその原理原則に対するこだわりといった暗黙知（即ち、言語化しても肝要なことを伝えようがない知識）は生産現場でこそ伝承されるものです。

当社（ダイキン工業）でその中核的役割を担っているのが、現在三一人のマイスター（師匠）と、三九人のトレーナーです。

彼らはロウ付けやアーク溶接といった領域で高度な技能を持ち、その技能と暗黙知の伝承に情熱を持って取り組んでくれる存在です。

彼ら師匠らが国内外の工場や研修施設などで定期的に指導し、戦略技能や暗黙知を移管しています（管理・管轄を他へ移しています）。

◇「一流の戦略、二流の実行力」と「二流の戦略、一流の実行力」とを比べれば、私は間違いなく後者を選びます。実行なき戦略は無に等しいからです。

◇ダイキン工業が空調（空気調節の機器）の売上高でグローバル（世界的な規模の）NO・一になった最大の要因は、実行に次ぐ実行を重ねながら成長してきた人材の力にあると考えています。「社員一人一人の成長の総和が企業発展の基盤」なのです。

◇昨年（ダイキン工業が）買収した米グッドマン・グローバルを見ると、（グッドマンは）実行に焦点を当てたスピード経営を展開しています。グッドマンでは当社（ダイキン工業）の役員が生産ラインの、ある改善提案をしたところ、（グッドマンは）翌朝には既に（先の提案を）実行していて、「見てくれ」と言ってきたそうです。世界の勝ち組企業のスピード感はそれほどのものなのです。

◇実行の徹底に不可欠な納得性を高めるには、リーダーが現場の第一線に入り込み、社員の声を聞き、侃々諤々《かんかんがくがく》の議論をしたうえで、意思決定をすることが重要です。当社（ダイキン工業）は現場の現実を背景とした決断をリーダーに求めています。

◇先見性や洞察力を持って他社より半歩先に決断し、実行に移しために重要になってくるのが、リーダーのバランス感覚です。

◇先行き不透明で変化のスピードも速い時代に正しい決断を下すためには、論理力や戦略立案力よりも、直観力が鍵となります。直感を磨くためには、現場主義と「コミュニケーション」が非常に重要になってくると思います。

◇他人のフィルターを通さず（即ち、他人の偏見によらないで）、自分の目で現場を見て情報を集めれば、自然と直観力は磨かれていきます。

◇当社（ダイキン工業）では今年いよいよ米キャリア社を抜き、空調機器の売上高で世界一となる見通しです。しかし、世界一の座が見え、世界各国に事業が拡大すればするほど、人材育成に力を入れていかなくてはならないと痛感しています。急激に海外で事業を拡大したため、国内外で後を継ぐ若いリーダーが圧倒的に不足しているのです。

◇世界で通用するリーダーを育てるには、とにかく「修羅場（闘争の場面）を多く踏ませる」ことに尽きると思っています。

◇商品に対する要求も国によって違います。たとえばエアコンの場合、日本では二五度前後の適温を保つ機能が求められますが、シンガポールでは冷えれば冷えるほど好まれます。現地のニーズを的確にとらえた商品を低価格で大量に提供する必要が出てきました。

Ｒ＆Ｄ（研究開発）もすべて日本人でやるのではなく、現地の人々が欲しがっている商品を現地スタッフが開発してローコスト（費用・経費が多くかからないこと）で提供する時代になりました。

◇技術革新は一見異質なものをぶつけ合ったり、組み合わせたりする中から生み出される場合が少なくない。

◇リスク覚悟で相手をとことん信じ、（相手に）任せてみる。たやすいことではないですが、現地社員にしてみれば、自分の力で達成できたという成功体験になり、何ものにも勝る活力と帰属意識につながります。

◇目先の目標に向かって猪突猛進《ちょとつもうしん》するタイプの人は、突発的で劇的な変化が発生する時代は（成功は）厳しいと思います。走りながらも目標を確認し、必要なら修正できるしなやかさがない人は（成功するのは）難しい。当たり前と思っていた社会や業界、専門やマーケティングといったものをまず一度否定してみる。自分で否定と肯定の振り子を振りながら正しい方向を見つけるべきです。

◇バランスがいいとはいえない人材が、独自の個性でつかんだ情報なりアイデアなりを、上手に現場にフィードバックするには（即ち、アイデアが現場に送られ、実効性をより高めるには）、経営陣がともに現場に入り込んで、強力に（個性的な社員を）サポートしてやるくらいの体制を整えないと意味がありません。そうでないと、（独自の個性の人は）ただの奇人変人で終わってしまいます。結果、（企業は）その人を潰すことにもなりかねません。

◇突発的で劇的な変化が多発する乱世に生き残るためには、外部環境の変化にいかに（うまく）適応できるかがカギとなってくるでしょう。いわば（独自の個性ある社員の）突然変異種をどれだけ（多く）持っているかが、企業の新たな発展の大きな力になると思います。

◇最近、スポーツ界では体罰が（行われたことが）問題になりました。あれは（監督、コーチ、選手の）言葉力不足が原因だと思います。言葉で自分の意図や意思をしっかり伝える技能が発達していないために、伝わらないことによるイライラが爆発し、体罰が起きているような気がします。言葉によって人生が変わることがやはりあるはずです（為末大）。

◇良い、対人関係の構築力や（発展のための）問題意識（を持つ）力などの能力は、専門知識や技能、それらに（よって）支えられた（望ましい）行動と成果という、再就職に際して、かつて最も重視された要素を支える土台のようなものだった。しかし、これからは逆に、その土台（前述の下線部）こそが最も重視される時代になる（小島貴子）。

◇子供には読み書きそろばんの（基礎的）技能と、人間関係をきちっと保てる対応力、多少の（辛い）ことにへこたれない強い気持ちを身につけさせよう。

そうすれば田舎であろうと、都会であろうと夢（や目標）はどこでも持てるはずです。

自分の（問題の）始末は自分でする。自分のエサ（生活費）を自分で稼ぐ。これができればどこでも楽しく生きていけます。大切なことは、その生きる（基礎的）技術を大人がきちんと子供に身につけさせることです（横山清）。

◇教育家の配慮がどんなに行き届いても、生まれ付きの（低い知能指数の）愚者を知者に変えることはできないのはもちろん、どんなに勉強を勧めても、天賦の能力にない学問や技能を身に付けさせることは、望んでも到底無理である。

それぞれの人の（能力の）遺伝がどういうものであるかを十分観察して、その人の到達可能なところの限界にまで到達させ、その後に大切なことは、これまでの（教育の）成果を荒らして薪《まき》（燃料にする細い枝や割り木）のような人物にしないように、よく注意することである（福沢諭吉）。

◇（フレデリック・）テーラーが考えたマニュアルを作る方法と、マニュアルを使って教育と訓練をする本当の狙いは、仕事の内容を標準化することでした。

仕事に熟練していない人でも、早く平均的な技能を身につけさせ、平均的な仕事ができるようにすることでした。つまり、マニュアルは普通の人よりもズバ抜けてよい仕事をする名人や達人を育成するためのものではないのです（竹田陽一）。【覚書き—テーラーとは、米国の生産性向上の専門家フレデリック・テーラーのこと】

「超一流」と呼ばれる人は、一流の人とも何が違うのでしょうか

「超一流」の人を目にすると、私たちは「あの人は生まれつき才能に恵まれていたんだ」と思い込んでしまいがちだ。しかし、超一流の人たちが超一流になりえたのは、本当に生まれつきの才能が要因なのだろうか。

チェス、バイオリン、テニス、数学……など世界中のトッププレーヤーたちを、30年以上にわたって科学的に研究してきた「超一流」研究の第一人者、アンダース・エリクソン教授。そんな教授が、著書『超一流になるのは才能か努力か？』でもまとめた、世界中から大きな注目を集めた研究結果を紹介。研究結果から導き出された「超一流」への鉄則とは？

私がドイツのマックス・プランク研究所にいた、今から30年前のことです。

研究所の目の前にはベルリン芸術大学がありました。そのなかでも音楽系の専攻は、その教育内容、学生の質ともに抜きん出ていて、今でも世界トップクラスの大学です。毎年、この音楽専攻から、世界で活躍する「超一流」のピアニスト、バイオリニスト、作曲家、指揮者が輩出されていて、卒業生の中には20世紀を代表する音楽家が何人もいます。

しかし、そんな大学でも、全ての学生が「超一流」というわけではありません。たとえば、バイオリン科の学生の中には、卒業後に世界的ソリストになるのが確実な、「スーパースター」と呼べるような生徒がいる一方で、ソリストのプログラムを受験したものの不合格となり、音楽教員を目指すコースにしか入学できなかった学生もいるのです。

もちろん、教員コースの学生も、ふつうの人と比べれば、とても高い技術を持つ演奏家であることは間違いありません。しかし、大学へ入学した時点で、既に両者の差は歴然としており、彼らが歩むであろう人生の道のりは、大きく分かれているのです。

では、彼らの能力、ひいては人生を分けたものは一体何なのでしょうか。

●〝超一流〟と〝一流〟両者を分ける「1万時間の法則」

生まれつきの才能か、それとも積み重ねた努力か――。

それを解き明かすため、私はバイオリン科の教授に協力を依頼し、卒業後に世界トップクラスのバイオリニストになることが確実な生徒（Sランク）、優秀ではあるものの世界で活躍する程の実力は持っていない生徒（Aランク）、そして教員コースに進んだ生徒を、それぞれ十人ずつ選出しました。

そして、彼らがバイオリンを習い始めてから今まで、一体どれほどの時間を練習に費やしてきたのかを徹底的に調査したのです。

すると、三つのグループの間で、十八歳になるまでの練習時間の合計に、大きな差があることがわかりました。まず、教員コースに入学した学生は、十八歳になるまでに平均で三、四二〇時間の練習を積んでいました。これは、趣味でバイオリンを弾いている人とは比較にならない程の練習時間です。しかし、Aランクの学生はそれをさらに上回る五、三〇一時間、そしてSランクの学生は七、四一〇時間もの練習を積んでいたのです。

ここで注目すべきなのは、練習時間の差が、そのまま能力の高さに直結しているところです。彼らはみな、ドイツ最高の音楽大学に合格した、才能ある音楽家たちです。そうしたハイレベルな人たちの中でも、練習時間の差が、そのまま能力の差に繋がっていたのです。

また、彼らの中には、比較的少ない練習時間で高い能力を獲得することができた、いわゆる「天才」は一人もいませんでした。つまり、人よりも優れた能力を得るためには、人よりも多くの練習を積むしかない、ということです。

その後、ダンサー、テニスプレーヤー、数学者、チェスプレーヤーなど、対象を変えて同様の研究を行いましたが、やはり結果は一貫しており、「能力の差は練習時間の差」で説明できることがわかったのです。

私がこうした研究結果を発表した後、その論文内容を引用して、「1万時間の法則」というフレーズが生まれました。これは、「どの分野でも、達人の域に達するためには1万時間の練習が必要だ」という法則です。確かに私は、トップクラスのバイオリニストが二十歳になるまでに費やした練習時間の平均として、この1万時間を挙げました。

しかし、この法則は、「超一流」研究が解き明かした、非常に重要な要素を見落としています。それは、「ただ努力するだけでは、能力は向上しない」という点です。つまり、超一流になるためには、「正しい努力（＝練習）」をしなければならないのです。

●超一流の人がやっている特別な「練習方法」とは？

たとえば、意外にも年長の医師は、若手の医師と比べて、医療の知識に乏しく、適切な治療の提供能力にも欠けていることがわかっています。これは、楽にこなせる範囲で満足し、ただ「経験」を積むだけでは、能力は向上しないどころかむしろ落ちていく、という事実を示しています。

では、「超一流」と呼ばれる人たちは、どんな練習を行っているのでしょうか。私は30年以上にわたり、あらゆる分野のトッププレーヤーたちを科学的に研究してきました。その結果、彼らがある共通した練習法を採用していることを見つけ出したのです。

私はその練習法を、「限界的練習」と呼んでいます。「限界的練習」の一番の特徴は、自分にとっての「居心地が良い領域（コンフォート・ゾーン）」から飛び出し、限界を少しだけ超える負荷を自身にかけ続けることにあります。

たとえば、テニスのフォアハンドは得意だけど、バックハンドは苦手、という人がいるとしましょう。その人がいくらフォアハンドの練習を繰り返しても、テニスの腕は一向に上達せず、むしろ時間とともに衰えてしまうでしょう。それは、自分の限界を超える練習を全くしていないからです。

そうではなく、苦手なバックハンドの練習を繰り返し、あえてコンフォート・ゾーンから飛び出すことで、初めてテニスのスキルがアップするのです。

限界的練習には他にも、「グループではなく、一人で没頭する時間を確保する」「上達が頭打ちになったときは、取り組むメニューを少しだけ変えてみる」「オンの時間とオフの時間をはっきり分け、一日のスケジュールを組む」など、いくつかのポイントがあります。

●「生まれつきの才能」など見つかっていない

私たちは、優れた能力を持ち、他を圧倒する「超一流」の人たちを目にすると、ついつい「あの人は生まれつき才能に恵まれていたんだ」と思ってしまいます。しかし、これまでの研究では、「トッププレーヤーに共通の遺伝的特徴」など一つも見つかっておらず、ゆえに「生まれつきの才能」といったものが存在するエビデンスは一切ないのです。

つまり、私たちには、「スポーツの才能はこれだけ、勉強の才能はこれだけ」といった、生まれ持った能力の限界値などない、ということです。能力を伸ばすには限界的練習を積み重ねるしかありません。しかし、それは裏を返せば、私たちは誰でも、限界的練習を繰り返すことによって、周りの人から見れば「生まれつきの才能」にしか思えないほどの、傑出した能力を獲得することができる、ということを意味しています。

この限界的練習のメソッドは、すでに多くのプロスポーツチームや、教育機関に採り入れられています。これは、勉強、仕事、子育てなど、全ての分野で応用できる鉄則なのです。皆さんもぜひこの限界的練習を活用し、自分の人生の可能性を切り拓いてください。

◆「技能」の向上のために（四）

「名言DB—リーダーたちの名言集」（systemincome.com/）における「臨界点」の項目の名言の提示順を変えたうえで紹介したい。尚、随時、「一層スピーディーに読む」視点で（ ）内に説明的言葉を加えている。

◎「澤口俊之《さわぐちとしゆき》の名言／歳をとって衰える種類の記憶、伸びる種類の記憶」

◇（六〇代になり）歳とともに記憶力が衰えてきたと嘆く人は多いですが、もしそれが「人の名前が覚えられなくなった」という程度のことであれば、気にしないほうがいいです。

単純な事柄に関する記憶力は、二〇歳を過ぎると次第に衰えていきます。覚えたいことは、（何度かの）繰り返しによって（記憶を）定着させるしかありません。

一方で、複雑なものごとを「理解して覚える」という記憶力は、加齢で衰えません。むしろ鍛えれば伸びます。

◇新聞の社説を批判的に読むのも（次の点に効き目があります、即ち）、複雑なものごとを理解して覚えるという記憶力の向上に効きます。毎日、（社説の）テーマが異なるので知識が増えますし、批判するためには更なる知識を使います。これを日々の習慣にすれば、判断力や決断力など別の能力も磨かれます。

◇後悔（即ち、自分のしてしまったことを、後になって失敗であったとくやむこと）をバネにできるのは（即ち、もとの平静な心理に戻るのは）、脳がまだ発達途上の二四歳までです。二五歳を過ぎた大人は、ものごとの過程や原因を分析しない限り、成長できません。

◇いま、すべきことは何か。成し遂げたい目標がはっきり見えれば、余分なことを遮断《しゃだん》し（止めて）、しなくてはいけないことに集中できる。

◇目標を一つの（かなり高い）数値や程度に限定すると、（その目標への）到達が困難に感じられ、挫折を招きやすくなります。しかし目標値の上下に幅を持たせると、その（目標値の）下限にはたやすく到達でき、さらに頑張ろうという意欲も湧きます。結果、最初の（目標の）設定よりももっと高い到達点に達することができるのです。

◇朝は頭が一番すっきりしている時間帯なのに、どうでもいいことに脳を使うのはもったいない。

◇会議を効率化するコツは、会議の目的をはっきりさせることです。問題を解決するための会議なのか、問題を見つけるための会議なのか。まずは（会議の）目的をはっきりさせること。前者の理詰め（即ち、思考・議論などを、論理・理屈で押し通すこと）の会議は脳がフレッシュな午前中が効果的。ほかにも上司の方針の表明、徹底を図るようなものは午前中に（会議を）したほうがいい。後者のクリエーティブな（創造的な、独創的な）会議は、事務作業が一段落した午後がよいでしょう。

◇自分で「報酬」を設定することも（意欲の向上と持続にとって）

有効です。たとえば、「一日頑張ったら帰りに一杯飲もう」「この一週間を乗り切ったら週末は旅行だ」と、楽しいことを用意するのです。これらの報酬を、一日や一週間といった短いスパン（時間の幅）から、三カ月や半年、一年後といった長いスパンのものまで、バリエーション（変化、変種）を持たせて設定すると、それだけやる気が続きます。

◇（適切な）目標（の力）よりもさらに強い原動力となるのが「（望ましい）夢」（の力）です。ハーバード大学のある実験で、

（A）夢を持ち、それを明記していた人
（B）夢はあるが、書いていなかった人
（C）夢のなかった人

の三グループの一〇年後を調べたところ、（A）（グループ）の年収は（C）（グループ）の一〇倍、（B）は（C）の二倍となっていたそうです。（実現可能な素晴らしい）夢があるか、それを明確にイメージできているかが、どれだけ生きるエネルギーを左右するかが見てとれる結果です。

◇夢が実現して、それがどれだけ素晴らしいかを（夢の実現の結果を）過去形で紙に書いて貼っておきましょう。そのため（夢の実現のため）なら努力ができる。（夢の実現を）信じるということは考える対象を限定することなのです。

◇（素晴らしい）夢を持つことは、三十代、四十代からでも決して不可能ではありません。自分が何に関心を持ち、何に喜びを覚えるかを今一度見直してみましょう。そして「やりたい」と思うことをなんでも列挙してみましょう。それを得るために頑張ろう、と思いながら毎日を生きられれば理想的です。仕事（への姿勢）のみならず、（物事の）考え方や生き方全体が、前向きでエネルギッシュなものへと変化していくでしょう。

◇適度に自分の能力を肯定しながら（自信を持ちながら）、（望ましい）未来を志向する。それが大事です。

◇（仕事や活動に対して）やる気を出し、維持する力には個人差が

ありますが、日頃の行動や習慣を通して「やる気の出る脳」を育てることは可能です。

　最も簡単な方法は、有酸素運動をすることです。最近の実験では、有酸素運動が「脳由来神経栄養因子（ＢＤＮＦ）」という、神経細胞の成長を担《にな》うタンパク質を増やすことが判明しています。

　感情（の）コントロール（の）力がつくだけでなく、記憶を司《つかさど》る「海馬《かいば》」が大きくなるなど、記憶力や学習力の向上が図《はか》れる、というデータもあります。

　ただし、あくまで「適度に」行なうことが大切。それには毎日一〇分〜二〇分の早歩きがお勧めです。毎日の通勤で歩く速度を早めてみるだけで、十分に効果が出るでしょう。

（注一）有酸素運動について：脂肪や糖質を（ある量の）酸素によってエネルギーに変えながら行う、規則的な繰り返しのある比較的軽い運動。ジョギング・ウオーキング・水泳・エアロビクスなど。エアロビクスとは、体内に酸素を多量に供給し、心臓や肺の活動を刺激することによって健康を増進させる全身運動。

（注二）（脳の）海馬とは、大脳辺縁系の一部である、海馬体の一部である。特徴的な層構造を持ち、脳の記憶や空間学習能力に関わる脳の器官である。大脳の古皮質に属する部位であり、欲求・本能・自律神経などのはたらきとその制御を行う。

◇引越しや転職、留学などによって環境がガラリと変化したり、我が子の誕生などで大きく感情が揺さぶられたりすると、脳（の力）は（より高い方へ）変わります。

　しかし、そこまで思い切ったことをしなくても、脳を変え得る情動体験は身近につくりだすことができます。

　たとえば、とてもいいのが山登り。（山野で）花が一面に広がる天国のような風景が目に飛び込んできたりして、非日常を味わうことができるからです。ただし、絶叫マシーンなどで味わう興奮は、脳を変えるような情動体験ではありません。

◇努力（の良い結果）を褒《ほ》められて育った人は、例え失敗しても（自信を失うことはなく）チャレンジ（即ち、困難な問題や未経験のことなどに取り組むこと）を繰り返すことができます。どんな状況でもモチベーション（動機や意欲）を維持できる人を育てるには、能力（に対して）ではなく（根気強い）努力に価値を置くことが重要。

◇面倒くさいこと、嫌なこと、でも明らかにやったほうがいいことは、ルーティン化（きまりきった活動に）してしまうことです。朝、（習慣的に）顔を洗うように、（実行するか、しないかを）考えなくてもやる習慣をつけてしまうのが一番手っ取り早い（実践の）方法です。

◇「コミュニケーション能力を上げたい」「うまく人間関係を築けるようになりたい」という人は、メタ認知をもっと働かせるように努力してください。

メタ認知とは、「自分の言動が他人にどう見られているかについての意識や視点」です。したがって、自分自身を客観視することを習慣づけてください。

具体的にいうと、日記を書くことが効きます。ツイッターやフェイスブックなどのＳＮＳで意見を発信するのもいいでしょう。「読んだ人はどう思うだろうか？」という意識が生まれ、メタ認知を向上させる訓練になります。ただし、習慣化することが重要です。癖にしないとなかなか（考え方は）変わりません。

◇（自分に対して）人に何かを言われると落ち込みやすく、いつまでも引きずるという人は、「自分は創造力が高い」と（良い方へ）思いましょう。

芸術家として成功した人の多くがうつ病を患っていたことからもわかるように、落ち込みやすい人は高い創造力を持つ傾向があります。別の言い方をすると、落ち込んだときこそ、クリエイティブな（創造的な）仕事をした方がいい。

◇寝る前に明日やることをメモする習慣をつけておけば、無意識に（関連）情報が整理され、斬新な企画や問題の解決方法がひらめくことが大いに期待できます。

（八）病気見舞と心を強くする方法

■はじめに

二〇〇二年、田中孝子さん（仮名、四十代）が大腸癌《がん》で入院する事になった旨を私は電話でお聞きし、大変な事になったとの思いが頭によぎりました。後日、妻と私は御見舞に行きました（一）。本件について私は授業中に短時間紹介しました（二）。御見舞いで田中さんに何を伝えたかったのかを以下で述べます。

＊受講生の感想

◇田中孝子さんの闘病体験などを通して、誰もが逃れられない「生老病死」と「信心」の関係について、素晴らしいお話を読ませて頂きました。

◇（田中さんへの）この励ましの文章を読んで、私自身凄く勇気をもらうことができました。どんなことがあっても、（「生老病死」への対処の）最高の道を見つけられるまで闘っていこうと再び決意できました。本当に有り難うございました。

■御見舞について

二〇〇二年六月、妻と私は田中孝子さんの病室（六人部屋）へ向かいました。片道約二時間掛けて行き、其の途中で四、五回電車等を乗り換え、夕方、やっと病院に到着しました。

田中さんはベッド上の中央に座って新聞を読んでいました。大腸癌の手術後にかなりの日数が経過していましたが、彼女は胸の右の箇所に栄養剤注入用のチューブを付け、鼻にもチューブを付けていました。体内から鼻の方へ出る液で酷くむかついて吐くのを鼻のチューブで防ぐようにしてありました。

田中さんは入院以来、二十日間何も食べておらず、点滴で栄養を摂取していましたが、顔のやつれた感じは無かったです。彼女の二つの卵巣のうちの一つに癌が転移する危険性が有り、大腸癌の手術の際に卵巣の一つが摘出されました。

田中さんの病室近くの控え室で約三十分、懇談したのですが、私は次の内容を話しました。

「入院中は退屈で、うんざりだとの思いが有るかも知れません。体力を回復するのは最も大事です。病室で仕事をする患者がいますが、其れは中途半端な過ごし方だと思います。病気を治す事にできるだけ多くの時間を使うのがいいと思うのです。

ところで、クリストファー・リーヴは『スーパーマン』の四つの映画で主演しましたが、七年前（一九九五年）に落馬事故で（彼の）首から下が麻痺しました。其れ以来、車椅子の生活をし、人工呼吸器を使っています。生涯、其の状態で生活する事になるだろうと言われています。」

働き盛りの年齢の田中さんはこう応答しました。「まさか自分が癌になるとは思ってもみなかったです。（でも）私は病気が治る見込みが有るので幸せです。」「治る」というのは如何に素晴らしい目標である事でしょうか（三）。彼女は仏法を信仰し、関係者から激励を受けている事も有り、癌患者とは思えない程平静で明朗で前向きな感じでした。これは信仰の素晴らしさの実証です。

私は予め御見舞い用として作成していた文書を田中さんに手渡して控室から出ようとした時、彼女は笑顔でこう言いました。「お見舞に来て下さった方からこのような激励文を戴くのが一番嬉しいです。」彼女は感謝の表情だけでなく、明確な言葉で気持ちを伝えました。

私は御見舞い中に激励として信仰の素晴らしさについて話さないつもりでした。其の代わりに、当時、私の居住地域の小規模の座談会で仏教の講義をした内容を御見舞い用の文書にして彼女に贈ったのです。

其の文書で「四条金吾殿御返事」に関連の有る記事を紹介しており、仏教用語が頻出しています。読者の方々は本稿に違和感をお持ちになられるかも知れません。然しながら、文書の内容は人生の「生老病死」の中の病苦に関する事ですので（四）、以下で敢えて文書を紹介しています。

　どの人にとっても家族の誰かが突然、難病になった時にどのような心の持ち方で対処するのかという事が問題になります。其の備えとして、また、高等宗教の仏教に関する教養として、以下の記述が何等かの参考になれば、幸いです。

■御見舞い状の内容

　田中孝子さん、どうか全力を尽くして平癒を成就して下さい。心の底から強く願っております。以下は、私が地域で行った御書講義の纏《まと》めです。其れが一助になれば、幸いです。

●日蓮大聖人（注）による「四条金吾殿（注）御返事」の解説

「四条金吾殿御返事」の中の一部分について、『大白蓮華』(注)（二〇〇二年）六月号の解説を用いて述べてみます。

（注）日蓮大聖人（一二二二～一二八二）は、仏教の創始者である釈尊が目指した「万人の成仏」の真髄を説くのは唯一「法華経」であるとしました。そして、その法華経の精髄を「南無妙法蓮華経」と顕し、全ての人が成仏（何があっても揺るがない絶対的な幸福な境涯を成就）できる方途を示しました（創価学会公式サイトのSOKAnet)。

（注）四条金吾（通称）は鎌倉時代の在家門下の中で、中心的な存在の一人である。北条氏の一族の江間家に仕え、武術に優れ、医術にも通達（創価学会公式サイトのSOKAnet)。

（注）『大白蓮華《だいびゃくれんげ》』は、聖教新聞社が月一回発刊している、創価学会会員向けの機関誌である（Wikipedia)。

●「四条金吾殿御返事」の通解

この言葉、南無妙法蓮華経《なむみょうほうれんげきょう》（注）には、釈迦・多宝・十方の諸仏の功徳が収められています。南無妙法蓮華経（以下、「妙法」と記述することもあります）という言葉は、例えば、如意宝珠（注）のような働きがあります。（「如意宝珠」の働きとして）、如意宝珠の一珠も百珠も同じことです。一珠でも無量の宝を降らし、百珠でも、また無尽の宝を生じるのです。

　普段、色々な悩みについてあれこれ考え、不安や恐れ等を感じながら過ごす事が有ります。インターネットの記事に依れば、死期の頃に、「自分の人生において、心配するという事に時間を多く使わなければ良かった」と後悔する人が多いのです。

自分の能力は普通並みか、或いは其れ以下だと思ったり、大きな力を発揮できないと自分で自分の能力を決め付けたりすることがあります。真剣な向上や闘病を目指さないで、刹那的な快楽や無気力に偏向した生活をする事が有ります。或る看護師に依れば、入院中の患者の中には、投げ遣りの姿勢で療養する人が多いそうです。

苦境の時に、「南無妙法蓮華経」をひたすら唱え、心を強くするのは、簡単ではありませんが、それだけに大変価値的な生き方です。

「南無妙法蓮華経」の意味は、「私は法華経の教えを信じ、実践します」という事ですが、仏法の実践として妙法を何度も唱えれば、生命力と意欲が強くなり、色々な苦悩を幸福へと転じる力と知恵が生じます。

長い人生で生老病死の苦悩が有る中で、絶対的な幸福境涯を獲得するのは難しいですが、「南無妙法蓮華経」は、全ての人が成仏する（注）為の根本法です。即《すなわ》ち、妙法は、釈迦仏をはじめとする諸仏を成仏させた根源の法です。妙法の力によって全ての仏が成仏しました。そして諸仏の全ての功徳（注）が南無妙法蓮華経に収まっています。以上は、妙法の力がいかに偉大であるかという事を示しています。

（注）成仏について

仏教の開祖釈迦は、仏陀すなわち「覚《さと》れる者」となった。このことを指して（次のようにいう、即ち）、悟りをさまたげる煩悩を断って、輪廻《りんね》（迷妄に満ちた生死を絶え間なく繰り返すこと）の苦から解き放たれるという意味で解脱といい、仏陀（覚れる者）に成るという意味で成仏という（Wikipedia）。

（注）功徳とは、幸福をもたらすもとになる善行。神仏の恵み、御利益《ごりやく》。

妙法の功徳について学べば、信心の力が強くなります。妙法を受持し、学習し、信心の実践をしていけば、一切の仏の功徳を受ける事になります。其の点で法華経（南無妙法蓮華経）の教えと唱題の力が如何に偉大であるかを日蓮大聖人は「如意宝珠」の譬えを用いて説明されています。

如意宝珠は不思議な宝の珠です。片手の手のひらに置く事ができる程の大きさです。其の宝珠から無限の宝を取り出す事ができるので、極めて不思議な訳です。如意宝珠を持っていれば、自分の思い通りに、どんな宝でも取り出す事ができ、自分に合ったあらゆる願い事を自分の思うように叶える事ができるという点で、其れは驚嘆する程不思議です。強盛な信力と実践力で病気を治すという願いも叶います。事実、難病が治ったケースが新聞でよく報道されます。これ程の素晴らしい宝を持つ事ができるのはこの上ない幸福です。

「如意宝珠」は一つの譬えです。仏法では、妙法を受持し、学習し、唱題し、信心と生活で努力していけば、如意宝珠を持っているかのように、自分に合った人生の一切の願い事を成就することができます。其れは本当に凄い事です。

日々における信仰の信力と実践力に応じて、それぞれの努力に相応《ふさ》わしいだけの仏法の力が顕現《けんげん》します（はっきりと現れ出ます）。即ち、日蓮大聖人が一二七九年十月一二日に御図顕《ごずけん》された大御本尊（注）の偉大な力を深く信じて南無妙法蓮華経と真剣に唱え、実生活で熱心に行動する事によって、妙法の素晴らしい力が現実の生活に現われてきます。

（注）大御本尊について

万人が深く尊敬し、帰依していくべき根本としての対象。大御本尊の中央に南無妙法蓮華経の題目（が認められ）、題目の下に宗祖日蓮の花押《かおう》（署名の代わりの符号）が縦書きされ、題目の周囲に諸尊を勧請し（祭り）、四（つの）隅に四大天王（が祭られ）、左右に不動・愛染（明王）の梵字（サンスクリット語の文字）が書かれているのが特徴である（Wikipedia）。

苦難でも、其れに紛動されないで、前向きに其れを乗り越えていきます。其の為に、あれこれ煩わないで、何よりも真っ先に、南無妙法蓮華経と唱え始めます。そうすれば、生きる意欲がだんだん強くなっていきます。苦難に負けない気持ちが生じ、解決の道が開けていきます。其の為に、状況に応じて、妙法を、五分、或いは十分、或いは一時間唱えます。苦しくても、一回唱えるというのであれば、そうする事ができると思い、一回唱える気になります。一回でも必ず功徳を得ることができます。

様々な苦悩を幸福へと転換させる力が妙法に具《そな》わっています。本来、人間には限り無い力と可能性が有る、御本尊の力、唱題の力、自分の力が有ると心から確信し、自ら唱題等の実践をし、他人に仏法の素晴らしさを話す等の有益な活動に励んでいきます。そうすれば、どのような苦悩にも負ける事が無く、前向きに前進する事ができます。

無限の力の有る妙法を日々の生活で本当に良く生かすように祈り方を工夫することができます。即ち、現実の様々な課題において、妙法の力を深く信じ、妙法を何度も唱えて、或いは口ずさんで生命力と闘う意欲をますます強くし、実際に御題目の効果を発揮する事を心から願っています。

右の御書講義録は、後で情報を追加して改訂した物です。田中さんには改訂前の物をプラスチックのケースに入れて贈呈しました。

「何でも無駄はありません。後で全て生かすことができます」と有りますが、地域での御書講義録を御見舞いで生かすことができ、良かったと思っています。

■苦難と闘う人々について

闘病の人達の例を挙げてみます。

●二〇〇二年、俳優の遠藤征慈《えんどうせいじ》さん（当時、劇団「雲」に所属、六一歳）は、肝臓癌の苦痛と共に生き抜いています（五）。（当時から）九年前の一九九三年、五二歳の時に肝臓癌と分かりました。「元気なころと比べてもしょうがない。（人間の）最後は（誰でも）寝たきりなんだから。」「日常生活を送れる状態を永く保ち、よりよい短歌を作っていきたい。『これこそが自分に与えられたテーマです』と自分に課して、日々挑戦しています。」

二〇〇二年四月、遠藤さんは（埼玉県秩父市西部の）奥秩父に旅行に行き、久々に癌の不快感から開放されたと喜びを語っています。これまで随分長い間あれこれと悩んできました。（後略）（病気で苦しんでいる人々を適切に激励するのは慈悲だと思います。）

●二〇〇二年、漫才師の星セント（当時、五四歳）は肺癌になり、五か月前に突然声が出なくなりました（六）。二か月入院し、右の肺を全て摘出しました。三七時間の大手術でした。その一か月後に喉の手術も受けました。星セントは言いました。「治る！　そこに懸けるしかない。男は失恋と失業と闘病で大きくなるんだ。漫才芸の行き着けるところまで行きたいので、（星ルイスとの）漫才コンビ（セント・ルイス、一九七一年結成）を解散しないことになっている。」

この二例に共通している事は、二人とも闘病生活で具体的な目標を持っている事です。遣り甲斐のある目標を心に描く事によって生き抜く力を得る事ができます。重病の場合、先の考え方を直ぐに取り入れるのは難しい面が有りますが、遠藤氏も星セントも、自分でき得る事を試み、闘病生活を充実させています。

●二〇〇二年一一月二六日、私は姉から手紙を受け取りました。母（当時、九五歳）が肺炎で入院したとの知らせでした。

直ぐに広島市内の姉宅に電話すると、姉の返答は次の通りでした。「昨日（一一月二五日）、（母は）退院しました。『（お母様は高齢の年だから、（手術の結果については）覚悟しておいて下さい』と医師から言われたのですが、（母は）約一〇日で退院したので、舟入病院の関係者はびっくりしています。母はいつもにこやかで感じがいいとも（関係者から）言われていました。」

姉の手紙の内容は次の通りです。「前略。その後、皆々様、お変わりございませんか。和子さん（妻）の腰（腰痛）はいかがですか。案じております。こちらは、一一月一五日、母の容態がおかしいので、（私は）救急車で（母と）舟入病院に来ました。（母は）肺炎と診断され、（高）年齢なので覚悟しておいて下さいと言われましたが、母は平常の信心が強いため、翌日には高熱が下がり、何とか私も毎日、家と病院の往復で頑張っております。母は一ヶ月位の入院予定です。

今は普通と変わりありませんから、（親友の）松本竹子さんは一日おきに（病院に）見舞いに来てくれています。（母の病気については）誰にも知らせていないので、（本件で）心配しないようにして下さい（楚輪トシコより）。」

●二〇〇二年、私の知人の畑山育造さん（仮名、六十代）が脳梗塞で入院されたので、同年の十月初旬、家内と私は片道一時間以上かけてお見舞いに行き、約三十分懇談しました。

畑山さんは仏法を信仰されていますので、本稿で既述したお見舞いの文書をプラスチックケースに入れて贈呈しました。その際に、読み易いように文書を拡大コピーした物をお渡ししました。当時、畑山さんの入院以来一週間経過していましたが、彼の右手と右足は不自由でした。

当日、彼は難病にもかかわらず、悲観的な雰囲気は全く無く、最近のお仕事以外に、次の内容を積極的にサービス精神旺盛な感じで話され、感銘を受けました。

・リハビリの際に、目前のサッカーボールの大きさのボールを掴もうとして右手をボールに近付けるのは容易ではない。
・畑山さんは右利きですが、脳梗塞のため、最近は左手を使っていますが、左手でノートに十幾つの字を書くのに一時間かかった。（その字は幼稚園児が書いたような字だった。）
・二日前（入院後五日目）にやっと話せるようになった。
・ベッドから起き上がり、すぐ近くの車椅子に乗るまでの一つ一つの動きを実行するのは非常に大変な思いがし、実行は難しい。
・（心臓の）血管の一つが異常になっている。
・（十数年前に心臓の手術を受けたが）、数年前から心臓病の薬を飲むのを勝手に止めたのが良くなかったと医師から言われた。
・糖尿病の症状が出ているし、回復に時間がかかりそうだ。
・池田大作先生がいつもスピーチやエッセイ等の記事で「会員の皆さんはくれぐれもお体を大事にして下さい」と言われているのを畑山さんは見過ごしていた。
・健康の尊さに気付いた時は既に遅かった。

当時、畑山さんも私の母も仏法のおかげで、難病にもかかわらず、関係者が驚くほど明るく前向きに生活されています。御題目の南無妙法蓮華経を唱える、或いは口ずさむのはいかに素晴らしいかをつくづく感じます。

■「南無妙法蓮華経」の効果と心の鍛錬について

「南無妙法蓮華経」を唱える事の効果と心の鍛錬について説明します。

南無妙法蓮華経には、偉大な力が有る事を信じて唱えれば、或いは、口ずさめば、前向きに生きる上で効き目が有ります。元気と勇気が出てきます。

人生は変化の連続であり、心配、不安、恐れ、ストレスなどが生じがちです。

二〇一六年八月に、ＮＨＫ総合テレビの「真田丸」で苦悩に満ちた豊臣秀吉の寂しい臨終の生き様が生々しく映されていました。

仕事後の休息中に何も考えないようにしている時、或いは、酷い疲労を感じている時、様々なマイナス的な出来事や感情が頭に浮かび、気分が滅入る事が有ります。「病は気から」と有るように、マイナス的気分は体に良くないです。

楽観的な人は「楽観的」というだけで十年も寿命が伸びるという研究報告が有ります（七）。其れは驚嘆すべき効果です。苦境でも、病気や疲労でも、如何に楽観的に過ごすかが課題です。作詞家、阿久悠氏は「苦境を好機に変える天才」という言葉を口ずさんでいた事が有ります（八）。

一九八〇年代に、私は脳溢血の予防や治療にとって、「くよくよしないように努める事が大切」という情報をラジオ番組で得ました。

くよくよした気分になる事への対策の一つとして、妙法の御題目を唱える事ができます。唱題によって生命力と気力が強くなり、勇気や自信が湧き、心が強くなるのを感じます。其の理由は次の通りです。

「南無妙法蓮華経」は種々の法理（道理）を含んでいます。「南無」「妙法」「妙」「法」「蓮華」「経」にはそれぞれ重要な意義が有ります。南無妙法蓮華経を唱えるや否や「因果倶時《いんがぐじ》」の原理が働きます（九）。「南無妙法蓮華経」における「蓮華」は、妙法が「因果倶時」の原理を有している事を表しています。「蓮華は、その花が開いた時に同時に実が生じる（一方、通常の植物は、先ず花が咲き、或る期間を経てから実が生じる）」という事から、無数の植物の中で、蓮華が比喩として用いられています。

因果倶時の原理とは何か？　一般に、良い因を積めば、其の結果として、将来（数週間先、数か月先、或いは数年先に）良い成果を得られる、或いは其の可能性が高くなると考えられています。しかし、何年も待つ気にはならないと思う人がいるでしょう。「因果倶時」の原理においては、妙法を唱えるという良い因を積めば、（「ずっと先に」ではなく）、妙法を唱えた時点で良い結果が生じるとされています。

妙法を唱えれば、或いは口ずさめば、瞬時に、状況に応じて○・○一パーセントの程度であれ、○・一パーセントの程度であれ、一パーセントの程度であれ、精神的、肉体的により強くなります。妙法を唱えるという良い因を積むのと、其の時点でくよくよ考えて過ごすのとでは、違いが有り、唱題を一か月、半年、或いは一年続けた時に大きな違いが生じます。

「プラス思考は免疫力（治癒力）を高める」とされています（一〇）。其れについて次のように考える事ができます。

起こった事についてプラス的な方へ思考すれば、其の分、心も体も元気な方へと変化します。南無妙法蓮華経を唱えるというのは、一種のプラス思考です。即ち、「妙法を唱えたので、また、今も唱えているので、生命力が強くなった、元気が出た、希望と勇気が生じた、問題が解決の方向に向かった、唱題は為になった、唱題は効き目が有った、唱えて良かった」と考えるのはプラス思考です。

真剣に妙法を唱えている間に、マイナス的な事を考えないで、唱題という良い因を積んでいるので、瞬時に「因果倶時」の原理が働いています。

妙法は「色心不二」の原理を含んでいます（一一）。其の原理は次の通りです。仏法では、心と体は一体と捉えられています。即ち、体が強くなれば、其れに応じて心もより強くなる、心が強くなれば、其れに応じて体もより強くなるという特性が有ります。逆のケースでは、体が弱くなれば、其れに応じて心もより弱くなりがちである、心が弱くなれば、体もより弱くなる傾向性が有ります。

一般的な考え方では、心と体は別物であるとされています。従って、治療の為に科学的な医療さえ実施していれば良いのであり、心の問題を考慮に入れなくても良いと思う、或いは、そう感じている医療関係者がおられるでしょう。

癌患者が「病は気から」だ、其れ故に、自分は気を強く持たなければと思いながらも、実際には、日々、癌の症状が気になり、其れに紛動され、病状や将来等についてくよくよと悲観的に考えがちです。患者が頻繁に悲観的になれば、心は弱くなり、其れに応じて体も弱くなり、体の抵抗力は低下し、病気は悪化する傾向が有ります。この時点において、病気に勝つように決意するのか、或いは、病気に負ける儘にして過ごすのかの分岐点になります。

重症でも、理想的対処としては、あれこれ思い煩わないで妙法の効果の方を考えて口ずさむ、或いは、用紙上の仏法の言葉等を見て、口ずさんで過ごし、心を強くする事を目指します。其れは可能でもあります。この時点は自分が自分に勝つか負けるかの分岐点です。

「苦しい、苦しい、癌は治らないかも知れない、悔しい」等と思いながら過ごす。或いは、「苦しい、でも、耐えて心を強くする訓練になる、信心を強くする好機になる。あれこれ考えない。南無妙法蓮華経の利剣でピシッと雑念を切り捨てる。医療と妙法とプラス思考と楽観主義で治ることだけを考える。今を必死で生きる。自分にできることは祈ることだ、其れが自分の仕事だ」と思い、妙法を唱えて過ごす。其の様な分岐点は闘病中に何度も有ります。其の度に後者を決意して実践し、他の色々な為すべき事への対処に努める。そうすれば、心も体もより強くなり、病気がより早く治る方へと変化する可能性が増大します。そう思えば、妙法の御題目を唱える必要性は強くなります。

どのようにして妙法の力を良く生かす事ができるのか？　其のキー

ワードは「因果倶時」「天地雲泥の差」「必要性の力は強い」等の考えです。また、（有益な言葉の分量や字の大きさや書き方等において）予めカードや用紙に信条等の要点をメモしておき、其れを活用する事もできます。其れをよく認識した上で唱題すれば、唱題する甲斐が強くなり、唱題を持続し易くなります。「百万遍の唱題」という言葉は一つの目標を示していますが、時折、其れを成就した人の話を耳にします。

信仰の力を存分に発揮する鍵は強盛な祈り、信力、行動力だという事を納得できます。

前述を認識していれば、いつでも、どこでも自分から進んで御題目を唱える事ができます。其れをどう持続すべきか？苦境を乗り越える為に、「心を強くし、唱題する必要がある」と、自分が自分に言い聞かせるのも（セルフトーク）一つの方法です。

「南無妙法蓮華経」の意味は「私は法華経の諸々の教えを信順し、実践します」という事です。唱題を習慣化すれば、唱題し易くなります。

休息を始めるや否や唱題という修行の方を求めて次のように口ずさむ事もできます。即ち、『南無妙法蓮華経で（疲労の苦しみも）治るよ、強くなるよ』の方を考える。」其の言葉を一、二回口ずさみ、休息します（一二）。或いは、休みながら、カード上の其の言葉を見ながら口ずさみます。其れによって前向きの心になります。

御題目を一回唱えれば、其の分だけ、僅かでも、或いはある程度（一三）、心も体もより強くなります。「因果倶時」「色心不二」等の原理が働くからです。唱題は、一瞬一瞬必ず良い効き目があります。唱題によって〇・一パーセント分でも心と体がより強くなり、〇・一ミリ分でもより良い方へ前進する事ができます。其の様な遣り方と、くよくよ考えて過ごす事を比べれば、違いが有るのを理屈でも納得できます。

何もしないで休んでいる時や就寝直前に妙法の御題目を数回口ずさむ事ができます。其の際に、「一回唱えよう」「一回なら、（口ずさむ事が）できる」と思えば、「実践できる」との思いが生じます。唱題によって心がより強くなり、マイナス的思考をしないで過ごし易くなります。

闘病中に、医師に病状を診てもらう。後は、療養で為すべき事を為し、粘り強く御題目を唱える、或いは口ずさむ。或いは其れに関する言葉を見て口ずさんで過ごす。この様に時間を有効に使い、充実して過ごす事ができます。

唱題中に雑念が浮かぶ、忙しい時は妙法の素晴らしさや唱題を忘れる、そういう事は起こりがちです。仏法関連の活動で学び、唱題の秘訣や刺激を得る事ができます。

何事でも、より良くなる事を願って、「真剣に祈る！　強く深く祈る！　いかなる困難もこの精神の力があれば必ず勝ち抜ける！（一四）」とあります。闘病の際に、あれこれ思い煩わないで、祈り方を工夫し、唱題に専念する、或いは、用紙上の有益な言葉を見て口ずさんで過ごす事ができます。其れは本当に効果的な過ごし方だと実感しています。

■日常生活での御題目について

自宅で御題目を唱える、或いは口ずさむ。其について、私は次のような考えを持ち、実践しています。例えば、

（a）「南無妙法蓮華経で（苦悩も病気も）治るよ、（自分は）強くなるよ」と一、二回口ずさみます。或いは、カード上の其の言葉を見て口ずさみます。其の場合、「妙とは蘇生の義なり（日蓮大聖人の『御書』）」「南無妙法蓮華経の力で蘇生する」という具体的意味を明確に認識する事ができます。亦、「より強くなる」という目標も認識する事ができます。

休息中や眠りに入る前にこう口ずさみます。

（b）『南無妙法蓮華経（の力）で治るよ、強くなるよ、因果具時だよ、天と地の差だよ』の方を考える。」或いは、カード上の其の言葉を見て口ずさみます（一五）。其れによって、あれこれ他事を考えないで妙法を口ずさむ理由についての確信が強くなります。

休息中にこう口ずさみます。

（c）「『南無妙法蓮華経で治るよ、強くなるよ』の方を考える。」この言葉を一、二回口ずさみます。其の際に、何もしないで気楽に

していたいと思い、そうする事も有ります。「修行の方を求めよ、苦の方を求めよ、後が楽なり」と思う事もできます。そうすれば、唱題を持続し易くなります。亦、疲労感による苦痛や、何もしていないという退屈や孤独に耐え易くなります。これも妙法の素晴らしい効果です。

私が長きに亘り求めてきた最も有益な言葉の一つは何か？

（d）「南無妙法蓮華経で治るよ」です。其れは比較的簡潔で何度も流暢に口ずさみ易いです。しかも、妙法の意味を脳裏に浮かべ易いです。就寝時に先の言葉を口ずさめば、心は落ち着き、他事を考えないで妙法を口ずさむ事ができ、眠り易くなります。一〇〇回口ずさもうと思いますが、五、六回口ずさめば、自然に眠りに入る時期が有りました。

（e）「南無妙法蓮華経」をリズミカルに五分、或いは一〇分、或いは三〇分以上唱題する際に、簡潔な唱題の良さを認識できます。リズミカルに唱題できる心地良さが有ります。一時間唱える場合、力強い声で流暢に「南無妙法蓮華経」と発することができます。生命力が強くなる良さを実感できます。

（f）「南無妙法蓮華経は最高の心の良薬なり。」「南無妙法蓮華経の何千億円分の命の宝が自分の中に有る。」この様に、妙法に関連する言葉を自分で創り、其れを見て口ずさむ事ができます。自分の心が豊かになるのを実感できます。「南無妙法蓮華経」と数回唱える際には、妙法の意味を認識しない事が有りますが、先のような表現の場合、妙法とともに他の何か効果的な言葉を口ずさむことによって大きい効果を得る事ができます。

（g）「南無妙法蓮華経の最高の良薬で必ず治る、強くなる。真剣で着実な唱題で難病が治った人達がいる。唱題は因果具時だから。」この種の言葉を自分に言い聞かせる事もできます。生命力が強くなります。

（h）「南無妙法蓮華経と唱えれば、〇・〇〇一パーセント分でもより良くなる。妙法の力で〇・〇〇一ミリ分でもより良く前進できる、其れを信じるよ。」其のように口ずさむ事もできます。この種の言葉によって妙法の力を確信し易くなります。

次のように口ずさむ事もできます。

(i)南無妙法蓮華経と唱える事によって、あたかも心がダイヤモンドや鋼鉄のように強くなるかの如く感じるのを目指すぞ。

私は次の言葉も気に入っており、普段、よく口ずさみます。

(j)いかに苦しくても、南無妙法蓮華経(の偉大な力)でじっと耐えさせて(下さい)、打ち勝たせて(下さい)、後で良くなるよ。

(k)御本尊に全てお任せして、ひたすら南無妙法蓮華経と唱え続けよう。

(l)「南無妙法蓮華経と申さば、必ず守護し給うべし」(日蓮大聖人の『御書』)

(m)南無妙法蓮華経と口ずさめば、必ず守られる、救われる。

(n)心を鍛えるには、南無妙法蓮華経と唱える必要が有る。必要性の力は強いので、必要だと心から思えば、唱題を持続できる。

(o)南無妙法蓮華経を忘れないように、いつも唱えるように。唱題の持続の秘訣の言葉です。

(p)今、真っ先に、南無妙法蓮華経と口ずさもう、だんだん良くなるよ。あれこれ考えるよりも実践第一です。先ず始める事です。

(q)「南無妙法蓮華経で治るよ、強くなるよ。一回(唱えるだけ)なら、(口ずさむ事が)できるよ。」これは次の内容を表しています。即ち、「休息中に疲労で苦しくても、数分毎に妙法を一回ずつ口ずさむという事なら、容易にそうすることができる。休み休み一回ずつ口ずさむというのなら、苦しくても、そうすることはできる。御題目で強くなれるんだから、今、一回でも口ずさもう。」

以上の(a)――(q)の中で、最も一般的な唱題の仕方は、(e)であり、自分が望む回数の量の唱題をする事ができます。状況に応じて、それぞれ相応《ふさ》しいやり方で妙法を口ずさむことができます。

■終わりに

日ごろから健康管理に気を付ける必要が有ります（一六）。適度に休むのも一種の大事な仕事です。効果的な休養によって活力を引き出せます。

「休息は決して時間の浪費ではない（格言）。」

「健康に細心の注意を！　病気に負けるな！　病気になるな！　一日でも長く広布に生き抜き使命を果たせ（一七）」

多忙であれば、目先の仕事を優先し、心身の鍛錬を忘れがちです。休息中に何もしていない時に、つい煩わしい事を考えてマイナス的思考に陥る事が有ります。難病にも拘わらず、仕事、趣味、娯楽、知識欲に囚われて、其の面で多くの時間を使いがちです。そういった習慣を変えるには、次の遣り方は効果的です。

休息中に、先ず、手帳を出し、手帳内のカードを見ます。例えば、カード上の言葉、「南無妙法蓮華経（と唱えるの）を忘れないように！」を見ます。他の有益な言葉のうちで、一つでも見て口ずさんで心を鍛えます。そうすれば、心はより強くなります。

もっと持続し易い遣り方は、有益な言葉関連の要点をメモした用紙（A四版）を家の数か所に置いておき、仕事前後や休息中に先の用紙を見て口ずさみ、心を鍛える事ができます。

南無妙法蓮華経は明るい太陽
南無妙法蓮華経は青空と緑の自然
南無妙法蓮華経は楽しい音楽
南無妙法蓮華経は愉快な会話
南無妙法蓮華経は面白い話

休みながら、カードを見ながら口ずさむことができます。そうすれば、退屈でもなく孤独でもなく、心豊かに過ごすことができます。

■〈注〉

（一）以下は「心を強くすること」に関連のある記事の引用である。

フランスの歴史家ミシュレは言う。「強者とは人の心を強くしてくれる者たちのことです。」友の心を強くする。人の心を偉大にする――その人が偉大な人間なのである。（中略）

イギリスのチャーチル首相。第二次世界大戦で、ファシズムとの戦いの最中の言葉である。「戦いはいかに厳しくとも、勝利は必ずやわれわれの上にある」こう確信して戦うのだ！――これがチャーチルの叫びであった。（「第二三回本部幹部会での池田ＳＧＩ会長のスピーチ」二〇〇二年一二月一〇日『聖教新聞』）

日蓮大聖人の御生涯は、命にもおよぶ大難の連続であった。「開目抄」には、「波に波をたたみ難に難を加え」（『日蓮大聖人御書全集』二〇二ページ）と仰せである。

押し寄せる大波のように、次々と大難が襲いかかった。大聖人は、なぜ、その一切を勝ち越えることができたのか。御聖訓には仰せである。「一人なれども心のつよき故なるべし」（同一二二〇頁）。

信念がある。信仰がある！　強き心がある！だから一人であっても勝てたのである。信念をもった人ほど強いものはない。どんなに迫害されようと断じて負けない。負けないということが、「妙法蓮華経」である。

法華経の精神であり、日蓮大仏法の魂である。わが学会には大聖人に直結した「心の強さ」の真髄がある。だからこそ、これだけの難を受けながら、「仏法を基調とした、世界第一の平和と文化と教育の団体」を築き上げることができたのである。大事なのは、「信念の一人」である。立場でもない。役職でもない。人数でもない。私も、一人、立ち上がった。戸田先生をお守りし、悪意の言論と敢然と戦った。何ものをも恐れなかった。（中略）

釈尊が、幾多の苦境を乗り越えて、出世の本懐たる「妙法蓮華経」を説き始めたのは、何歳からであったか。大聖人は、「御年《おんとし》七二歳」（同四八〇頁）と記しておられる。釈尊の人生の最終章である。

（後略）

（「第二二回本部幹部会での池田ＳＧＩ会長のスピーチ」『聖教新聞』二〇〇二年一一月一九日）

（二）以下は「授業中に体験談などを読むこと」に関連のある記事についてである。

受講生は英語（CNNニュースなど）を聴いて書き取ること等を約三十分集中的に行《おこな》った後で、このエッセイの一部分を読んで五分間感想を書きました。

我らの舞台は世界である。創価の人間主義を全世界に拡大する時代が、いよいよ本格的に到来した。三十年前のトインビー博士との対談を一つの起点として、私の海外出版も現在、三二〇点・三〇言語を数える。お隣の中国では、中学校の国語の教科書に、私の『人生抄』が掲載されている。

中国には、約五千万人の中学生がいる。若き友が私の文章を読んでくれているのは、本当にうれしい。（北京大学の出版社刊の教科書『語文』に、魯人、老舎ら中国の文豪とともに、外国人として、ただ一人、池田名誉会長の箴言《しんげん》が三ページにわたって掲載されている。）

さらに、アメリカでも、私の論文などを収めたボストン二一世紀センターの学術書が、現在、ハーバード大学、コロンビア大学をはじめ、全米一二六の大学で教材として活用されている。世界の知性は正視眼で見る。焼もちの人間には真実が見えない。（「第二二回本部幹部会での池田SGI会長のスピーチ」『聖教新聞』二〇〇二年一一月一九日）

（三）「治ること」の重要性については、映画「東京物語」で、主人公の夫が妻の病気について「治るよ、治る、治る」というセリフを述べている。

（四）「人生の生老病死について」

以下は、トルストイと「人生の生老病死に関連したこと」についての記事の引用である。

トルストイが『戦争と平和』を書き上げるころのこと。トルストイは、土地を買うため検分しに出かけた。とても遠くで、五日もかかる旅だった。長旅の途中、トルストイは、自分のしていることが、だんだん、むなしくなってきた。――おれは、どこへ行くのか？　何のために？　ある晩、恐怖に襲われた。それを後に『狂人の手記』

に書いている。(中略)

トルストイは思った。――いずれは、「死」がやってきて、すべてが消滅するのに、こんなことをしていていいのか?人生の意味を、根本的に見直さなくては!(中略)

人生の目的とは何か――幸福である。(中略)幸福はどこにあるのか。この難問に答えを与えたのは、一人の農民の言葉であった。「魂のために生きよ!」(中略)

トルストイは、自分自身に問いかけた。「私は自分の死滅するのを知っている。私は生き、そして死ぬ。私は生を愛し、死を恐れる。――いかにして私は自己を救うべきであるか?」(中略)

貧しく素朴で学識もない人々は、人生の意義を自覚し、生も死も平静に受け入れていたのである。

「日蓮大聖人「まず死を習うべし」(御書、一一九二頁)」日寛上人は、「我等、妙法の力用に依って即蓮祖大聖人と顕るるなり(「当体義抄」文段《もんだん》)と断言されている。

仏と等しい力が自分の中に湧いてくる。ここに信心の極意がある。法のため、人のため、平和のために行動しながら、「生も歓喜」「死も歓喜」と永遠の幸福の道を歩んでいけるのだ。(中略)

トルストイは信じた。――何ものにも壊されない幸福は、信仰なくしてはつかめない。自分のことしか考えない人は、決して幸福にはなれない。自分のために生きようと思うなら、人のために生きることだ。(中略)

いろいろ悩むより、かけがえのない「今」を悔いなく生きよ!目の前にいる「一人」を救え!――トルストイはそう教えたのである。(中略)

民衆の魂を奮い立たせる以外ない――これが一つの結論だった。

フランスの(哲学者)ヴォルテールは(注)匿名で発表した小説「カンディード」で最善説を揶揄《やゆ》・批判した。

ライプニッツは(こう主張する。即ち)、現実世界が、すばらしい場所である、または、すばらしいことが起きる傾向がある、ということを述べているのではなく、「現実は、起こりうることの中では一番マシである」と(良い方へと)主張しているのである。

人が想定するよりよい世界は、人間の限定された知性と知識では認識できない（悪）、何らかのそれを補う悪や、あるいは、現実化を阻む論理的な自己矛盾を持っているのだ、ということである。

ただし、この最善たる「現実の世界」は「現在」とイコール（同じであること）ではないため、進歩や改良の可能性が否定されているわけではない。したがって、むしろ、現実に）起きたことは必然であった、というような納得と近い（考えである）。

アメリカ合衆国で生まれた思想であるニューソート（new thought、新思考）（注）はきわめて楽天主義的である。この思想は現代の成功哲学でよく説かれるプラス思考（ポジティブ・シンキング）などに影響を与えている。

グラスに半分残った水を見て「まだ半分もある」と言うのは楽天主義者「もう半分しかない」というのは悲観主義者という有名な性格判断法がある（Wikipedia）。

なぜ（この現実世界が）最善かというと、神がこの現実世界を造ったからです。この最善説の背景には可能世界の存在があります。可能世界とは、（例えば）、現実には、カエサル（ローマの将軍・政治家、英語名はシーザー）は、（元老院令を無視して）ルビコン川（属州ガリアとイタリアとの境をなした川）を渡り、また（カエサルは）ブルータス（共和派）によって（元老院内で）暗殺されました。

（最善説においては）善も悪も神の無限の叡知にかなっているのがこの現実世界なのです。しかし、カエサルがルビコン川を渡らず、ブルータスに暗殺されなかった世界もあり得たのです。しかし現実世界では、カエサルは上述したような生涯を送りました。何故か？これは人間の自発性、偶然性と神の選択に関わる問題です。

ライプニッツによれば、人間の意思決定は「最善の理由」に基づく故、予め確実だと言っています。次に神（について）ですが、上にも書いたように、この現実世界は神が造ったものだから他の可能世界よりも最善なのです（detail. chiebukuro. yahoo. co. jp）。

・オプティミズムについて

オプティミズムは〈楽天観〉、〈楽天主義〉、〈楽観主義〉、〈最善説〉などと訳される。世界や人生の善なることを確信し、それを肯定する立場。ライプニッツの弁神論の一環としてのオプティミズムが有名。

・弁神論（＝神義論）について

世界における諸悪の存在が全能の神の善性と矛盾するものでないことを明らかにしようとする立場。ライプニッツの弁神論は殊に有名であり、「より大きな善（の実現）のために小さな悪が容認される」という、基本的な流れが（心の）救済に向かっている「予定調和」の神学になった（detail.chiebukuro.yahoo.co.jp）。

（九）「因果倶時」について

「因果具時」（www.komei.or.jp/高知市議会　山根たかひろホームページ）

私が、「因果具時《いんがぐじ》」という言葉を、初めて聞いたのは高校生の時でした。

先輩から「因果具時」とは、一念の生命に、因（原因）と果（結果）が具足（充分に備わっている）し、先後の別がないことであると教わりました。つまり、一般的には、原因と結果が同時に起こる（こ）とはあり得ないことで、多少であっても、因と果の間に時間的差異かあるのが現実に現れる出来事であるとされる。

しかしながら、仏法による方法の円融即応の理からすれば、因は果を具し、果は因に即して一体であり、決して切り離すことは出来ないものであると学びました。

たまたま雑誌に載っていた「因果具時」の活字が、目に止まりました。それには、次のように掲載されていました。

因果具時（ドトールコーヒー創業者　鳥羽博通《とりばひろみち》）

◆私が座右の銘にしている言葉に、「因果倶時」というものがある。

「原因と結果というものは必ず一致するものだ」と釈迦が説いた言葉だ。

◆現在の「果」を知らんと欲すれば、つまり、現在の自分がどういう位置にあるかを知りたいと思うなら、過去の原因を見てごらんなさいということだ。
◆原因を積み重ねてきた結果として今日がある。（その意味で）原因と結果は一致している。
◆そして、未来の「果」を知らんと欲すれば、つまり、将来自分はどうなるだろうかと知りたいのであれば、今日一日積んでいる原因を見れば分かる。
◆自分自身が毎日、未来の結果の原因を積んでいるということだ。
◆人生の真理をこれほど厳しく、鋭く突いている言葉はないと思う。
◆この言葉の意味を初めて知った時、一日、一時間どころか、一分、一秒すらおろそかにはできないと、息の詰まるような思いがしたものだ。

私は、このコラムを見て、因果（の）不思議の哲理を現実の中で生かしている言葉に感動しました。

「一念三千」の哲理からすれば、私たち衆生の一念の生命に三千の諸法が具足することから、いずれを因、いずれを果とすることは出来ません。

一瞬一瞬の一念の生命がそのまま一瞬の生命に存するのであり、つまり、一切の因果が衆生の一瞬の生命に具足するということの哲理となります（山根たかひろ）。

（一〇）「プラス思考」について

プラス思考とは、物事を肯定的な方向に捉える考えを行う傾向、積極思考である。プラス思考という言葉は日本だけの表現であり、世界的にはPositive Thinkinig（「ポジティブ・シィンキング」）である。反語はマイナス思考「ネガティブシンキング」（Negative Thinking）であるが、両者とも自身の行動の〝結果〟を受けての解釈をする思考である。日本では斎藤澪奈子《さいとうみなこ》が著書『超一流主義』の中で唱えた事で知られる（同書での表記は「ポジティブ・シィンキング」）。

（一一）「色心不二」について

色心不二《しきしんふに》とは、色法《しきほう》（物質的存在の総称）と心法《しんぽう》（心の働きのあるもの）が対立的差別的存在であり、しかも一体不二の関係にあることをいいます。

色心不二の色とは、形あるものの意で、認識の対象となる物質的存在をいい、心とは目に見えない精神を意味します。そして不二とは、而二不二《ににふに》といって、二にして二でないということで、差別即平等を意味します。

すなわち、色心不二は、物質的存在と精神が、仏の悟りの上では融合した不思議の法であることを明かしているのです。

古今東西の宗教者や哲学者は、肉体や物質などのあらゆる客観的な存在は、心の主観による観念上のものにすぎないと説く唯心《ゆいしん》論や、物質こそが根源的存在であり、心は客観的実在である物の構成による反映であると説く唯物《ゆいぶつ》論などの思想を唱え、物質または心のどちらか一方に執われた考え方をしていました。

しかし、天台大師は、摩訶止観に、「此の三千（は）、一念の心に在り。若《も》し心無くんば已《や》みなん。芥爾《けに》も心有れば即ち三千を具す」とあるように、一念の心法に三千の諸法が具足され、さらには、いかなる微少な色法にも同じく三千の諸法が具足されていることを明かしました。

（中略）

総本山二十六世日寛上人は、観心本尊抄文段に、「本尊に迷う、故にまた我が色心に迷う、故に生死を離れず」と仰せのように、正しい本尊に迷うために物質的・精神的な苦悩や迷いが起こり、そのゆえに絶対的な安らぎもない、と教えられています。

（日蓮大聖人の）『御義口伝』に、「帰命とは南無妙法蓮華経なり。（中略）帰とは我等が色法なり、命とは我等が心法なり。色心不二なるを一極《ごく》と云ふなり」（御書一七一九頁）とあるように、自身の色心を南無妙法蓮華経と即座開悟された事《じ》の一念三千の当体たる人法一箇の御本尊こそ、御本仏が悟られた境智冥合・色心不二の根本の悟りであり、末法の衆生が帰依すべき絶対の本尊なのです。

ゆえに、（日蓮大聖人の）『四条金吾殿御返事』に、「真実一切衆生色心の留難（現実社会からの妨害）を止《とど》むる秘術は但南無妙法蓮華経なり」（御書一一九四頁）とあるように、末法の衆生は大聖人の御当体である御本尊を信受し、題目（南無妙法蓮華経）を唱える行体のところに、凡夫の迷いの色心は直《ただ》ちに御本尊の色心と一体となって、即身成仏の大利益を得ることができるのです。

（「色心不二について教えてください - 色心不二とは、色法と心」detail. chiebukuro. yahoo. co. jp）

（一二）お題目を口ずさむことを着実に持続するにはどうすべきか？

より良いやり方の一例は次の通りです。休息する際には、次のように口ずさむ、或いは、用紙上の次の言葉を読むことができます。

「南無妙法蓮華経の偉大な力で疲労や苦悩の苦しみも治るよ、心と体がより強くなるよ、因果具時だから、プラス思考だから、効果は天と地の差だから。」

「先の言葉の方を考えながら休む。今も心を鍛える良いチャンスだよ。五分か十分で疲れは治るよ。他の煩わしい事を考えないようにするよ。疲労で苦しいと思うより、今も耐える訓練になると思うよ」と一、二回ゆっくりと口ずさみ、ゆったりと休息することができます。

もっと簡潔に次のように口ずさむこともできます。「南無妙法蓮華経で治るよ、強くなるよ。この方を考えるよ。」

（一三）一人ももれなく幸福に―ここに、諸仏の願いがある。この大慈悲の結晶が題目にほかならない。一遍の題目にも無量無辺の功徳力がある。題目三唱でも、心を込めて行えば、無限の力が湧く。

広宣流布の誓願を掲げ、御本仏直伝の師子吼の題目を唱える我らだ。病魔にも、不幸にも負けるわけがない。大確信の唱題行に挑み、自行化他の実践に励みゆこう！（「御書とともにⅡ（六二）名誉会長が指針を贈る」、『聖教新聞』、二〇一五年七月三〇日。）

（一六）うがいや手洗い、顔洗いの励行とともに、全身の抵抗力を高める日々の努力が欠かせない。そのためには、まず過労や睡眠不足を排し、生活のリズムを整えていくことである。バランスのとれた食生活、適度の休養と運動を心掛けていくことである。そして風邪にかかったと思ったら、暖かくして早めに休む。治るまで決して無理をしない。（中略）

意欲に燃え、社会貢献の行動に勇み立つ人にとって健康な毎日が第一。そのためにも〝風邪に気をつけ、かからない！〟との強い思いを持つことが大切。無謀を戒《いまし》め、自己を律する「生活即信心」の賢明な振る舞い——そこに、厳寒の季節を健康に生き抜くための秘けつもある。（「社説——〝風邪〟と冬の健康管理」『聖教新聞』二〇〇二年一一月二七日）

本稿は、『ＥＣＲＡＮ』（創価大学映画研究会編、四九号、二〇〇二年一一月二日）の稿に基づき、新情報を加えて全面的に改訂した物である。

■付録

◎本稿に関する受講生の感想について

◇私は、三歳の時から喘息を患っていて、小学校の高学年、中学一、二年の時が（症状の）ピークでした。（その時期には）、夜になると、毎日のように（喘息の）発作が起き、母に連れられて病院に行きました。酷い時は、点滴をしても（発作は）治らず、入院することもありました。

喘息は、本当に苦しくて、呼吸するのが本当に辛くなります。その時は、なぜ自分ばかり苦しいんだと、思い悩んでいました。でも、治りたいの一心で、唱題に励むと、喘息も少しずつ出なくなり、（その時期以降は）、夜中に病院に行くことはなくなりました。

◇（私が）高校生の時に、父は胃がんと告知されました。その時、（私の）頭の中が真っ白になり、何もする気が起きなくなりました。しかし、（間も無く、家族の皆が）「このままじゃいけない！」と思い、団結し、毎日毎日、「絶対（父に病気を）克服させてみせる！」と（思いながら）、真剣に唱題しました。お蔭で、父は（手術で）胃を三分の二摘出して（もらい）、完治しました。現在は、今まで以上にはつらつと元気に仕事をしています。一家（全員）でお題目の（効力の）凄さを、体験を通して感じることができました。

◇私の父は、六年前にうつ病になりました。仕事を休まなくてはならず、その頃、私自身は、高校入試、大学入試という時期だったので、どうしたらいいか分からず、途方に暮れそうになる時もあり、現実から逃げたくなる時もありました。一番辛いのは父であり、父の代わりに一家を支えなくてはならない母だったと思います。父が唱題できない分、母をはじめ関係者がお題目を送って下さいました。

　私は創価高校の入試で不合格になり、父の症状も良くならず、不安に駆られたこともありました。「題目で鉄の扉も必ず開く！」との言葉を目に焼き付けて唱題に励みました。三年後、念願の創価大学に合格することができ、父も仕事に復帰し、今では前以上に元気になりました。（それまでの）時期は、本当に辛かったけど、信心の（力の）確信をつかめました。

◇先日、小学校時代の同級生が亡くなりました。（死因は）脳溢血でした。二、三週間前に倒れて、手術を受けましたが、ダメだったそうです。生老病死（への対策）について全ての人が（真剣に）考えていかなければならないと改めて実感しました。

◇最近、色々なことで悩み、落ち込んでいるなかで、最も信頼している人から裏切られました。どん底の（精神）状態になり、どうしてよいのか分からなくなっていました。しかし、悩んで立ち止まっていても、何の解決にもならないので、本当に辛い時こそ、信心で乗り越えていくしかないと決意し、（最近）、死ぬ気で唱題に挑戦しています。しかし、弱い心（やマイナス的な考え）が絶えず出てきます。その度に、（私は）池田先生のスピーチや『御書』を読んで前に進もうと努力しています）。

◇今朝、（創価大学の）寮内でちょっとしたトラブルがあり、私は落ち込んでいました。悲観的な性格ゆえに、頭の中でどんどん事態を悪化させて考えていました。（対策として）「落ち込む」から「立ち直る」へ、再び、「落ち込む」から「立ち直る」への（繰り返しの中で）、自己の（力についての）確信を深めていくことが大切だと気付きました。（私は本稿に）大変感動致しました。結局は、勝敗は自分の心が決めることです。（私は）精神力を（もっと）強くして生きていきたいです。

◇難病、事故、知人や親戚の死などで人生の窮地に立たされた時、信心を知らない故に（何事も）諦めてしまうか、（或いは）信心によって乗り越えていくか、（これは）天と地の差であると思いました。

◇左々夫妻が一生懸命に（知り合いの）患者を激励されたことが（本稿で）伝わってきました。難病の人は、やはり自分の病状に対して計り知れない不安を抱くものだし、闘病中の孤独感に耐えるのもとても辛いと思います。そんな時、（お見舞いとして）訪ねてきてくれた人から（適切に）激励されると、少しでも望みがあるのなら、それに懸けてみようという気持ちを持つのは人間として普通だと思います。やはり人の（真心《まごころ》からの）親切は嬉しいものなので、私も（激励について）見習いたいと感じました。

◇どんな苦難が襲いかかってきても、全てに打ち勝っていける妙法を持《たも》つことができたこと自体が本当に素晴らしいことだと改めて感じた。そうは言っても、日頃から健康に気を付けていきたい。（左々先生は）病気の人に励ましの文書を届けたということだったけど、そうやって、一人一人を励ましていくことがどれだけその人達にとって心強いかと思うと、（適切な激励は）とても尊いことだと思った。

◇最近、多忙なためにゆっくり体を休めることができません。横浜から（八王子の創価大学に）通ってきているので、（自宅に）帰ると、午後十一時半であり、朝早く起きるので、睡眠時間をあまり取れていません。体を壊しては何もならないし、（もし自分が難病になり、それに）気が付いた時には、もう遅いです。だから、これからは、周りの人のためにも、体をもっと大切にしていきたいです。

◇（本稿で）信心と健康の大切さがよく分かりました。（私は）バイト、クラブ活動、勉強に（従事して）とても忙しく、（その上）、最近、創大祭の準備もあり、睡眠をきちんと取れていない日々が続いています。周りの皆にも心配をかけています。もっと自分の体を大切にし、唱題もしっかり上げて、「休みをうまくとる」ことを心掛け、頑張っていきたいと思いました。

◇（適度に）休みをとらないと、猛烈な闘いに挑めなくなるので、（上手く）休むのも闘いなんですね。私は今まで、睡眠不足でも、何とかなると思っていましたが、これからはしっかり睡眠をとろうと思います。

◇私は普段、前向きでいることを常に心掛けていますが、時々人が信じられなくなり、後ろ向きの（マイナス思考の）自分になってしまいます。しかし、がん患者の人達に比べたら、自分の（人間関係の）悩みはなんて小さいものなんだと思いました。田中孝子さんは、ご自身が難病だというのに、人からの激励を素直に受け止めていて、本当にすごい（度量の大きい）女性だと思いました。私も今迄以上に前向きになっていけるようにしたいです。

◇左々先生の励ましの文書の内容の濃さも素晴らしかったし、「難病に負けずに闘おう！」との意志を持つことができる方《かた》は本当に偉大だと思いました。私は、「立ち向かおう！　闘いきって大勝利してやる！」と思うこと自体（によって）イライラした感じになります。私自身、信心根本（の人）、またプラス思考の強い人にならねばと思いました。

◇体調が良くないと、本当にしんどくて、苦しいです。元気でいられるというのは幸せなことだと実感しています。それに、唱題の力というのは、本当に凄いと思いました。自分が（不調で）どうしようもない時、頑張りたい時、（真剣に）唱題すると、（どんどん）パワー（意欲や生命力）が出てきます。凄い（効力）です。自分が苦しい時（悩んでいる）人の為に何かしたいのにどうしようもない時、（唱題で）祈ることができるということは幸せだとつくづく思いました。

◇御本尊に毎朝お題目をあげていると、ふつふつと歓喜が湧いてきます。「今日も一日やるぞー」と（の気持ちが生じ）、力が出てくるのも分かります。今日一日は何をするのか（について）、やるべきことを頭に思い浮かべて、全てに挑戦して必ずやり遂げようと決意できます。お題目の（効力の）凄さを日々感じています。

◇僕達は素晴らしい信仰を持っているのだと改めて思いました。

◇実は、最近、（私は色々な理由で）唱題することができなくなっているのですが、今日は、左々先生のエッセイを読んだので、今後は、時間（不足）のせいにせず、頑張らなければと、再決意しました。自宅生で、バイトで深夜まで（働く）ともなると、（何事も実行は）難しいですが、自分の夢や目標のためには、自分で決意し、御本尊（の力）を心から信じきって、唱題するしかないと思いました）。

◇私は仏法に出会えて、また、池田先生に出会えて、幸せだと思う。どんなに苦しい時でも、信心があれば、必ず乗り越えていけるという確信がある。信心を根本（にして）、周りの人を幸せにしていける人材になりたい。そして池田先生がいつも必ず言われること、「お体には気を付けて、絶対無事故で」という言葉を聞き流さないようにしたいと思う。

二〇一六／六／六

（左々正治）

◎姉への手紙

楚輪トシコ様

お姉さん、お元気でお過ごしのことと推察しております。

私の近所には、病気の人が何人かいます。金森さん（男）は玄関口で倒れ、救急車で運ばれ、足腰が弱くなり、痛みがあります。布さん（男）はアルツハイマー病でデーサービスにほとんど毎日行っています、三瓶さん（男）は筋萎縮症で歩くのが不自由、杉本さん（女）は精神病院に入院し、ひどくなり、今は有料老人ホームに移っています。

妻も私は元気です。私の素晴らしい人生があるのも姉さんのおかげです。

お姉さん、ご自身のお心を1％でも1ミリでもより強くするようにしてみてください。即ち、あれこれくよくよ考えるのは心を弱くすることです。お題目、南無妙法蓮華経の偉大な力で不調も治ると信じることが心を強くすることです。それ以上にお体もより強くなります。「南無妙法蓮華経（の偉大な力）で治る」と、時々、口ずさんでみてください。「心を強くすること」「心が強くなること」は、最高に素晴らしい、偉大な目標ですので。

追記：最近の聖教新聞の記事の要点を追加します。

富田登美子さん、享年七三歳、地区副婦人部長、兵庫県。二〇一五年二月、逝去。末期がん。震える肉筆で壮絶な体験を記録した。上行結腸がんを告げられても、揺《ゆ》るがぬ境涯へとたどり着く。

二〇一三年八月八日に、がん性腹膜炎の手術の朝、彼女はがんを宣告されて3週間目、心の動揺無く過ごしました。信心のおかげです。病気によって信心を強くする気持ちが強くなります。「病によりて道心はをこり候なり（一四八〇頁）」以下は、二〇一三年夏からの日誌です。

（二〇一三年）七月二四日、全身ががん、がん性腹膜炎、胃腸の外側にがん細胞がまき散らされている状態だった。病魔に負けないぞと思った。

八月四日、私の身はもうボロボロです。背中も胸も横腹も痛んで眠れない夜もあります。

八月一三日、体がすごくしんどくなると、心がみだれます。最高の治療はお題目しかないと思います。

八月一八日、信心はすごいと思います。やりきったものが勝ちます。

八月二七日。治してみせると思っています。「なにの兵法よりも法華経の兵法をもちひ　たまうべし（一一九二頁）」です。

九月八日。入院しました。夜1時間ほどしか眠れなかった。腹水とおなか、背中の痛みにまいった。

十二月、彼女はペンを握れなくなった。何も食べられない、髪の毛が抜けた、酸素吸入のマスクも着けた。でも、負けていなかった。魂は乱れなかった。悠々としていた。信心の底力です。

（「魂の闘病日誌、11回」、聖教新聞、二〇一六／五／一七日付）

◎「楽観的」というだけで、一〇年も寿命が伸びる

（東洋経済オンライン、二〇一六年七月三一日、toyokeizai.net）

「人間は楽観脳と悲観脳のバランスでできている。」

（二〇一六年）七月二四日夜、（ＮＨＫ）Ｅテレ「心と脳の白熱教室」のレクチャラー（講師）、オクスフォード大学のエレーヌ・フォックス教授の、第一回の講義が放送されると、ツイッターのタイムラインは、「楽観脳」「悲観脳」の言葉でにぎわった。

（中略）

ＮＨＫ（Ｅテレ）「心と脳の白熱教室」第一回では、主に悲観的な性格について考えました。第二回となる今回の講義のテーマは「本当の楽観主義とは何か」です。

楽観的な性格は実際の健康や成功に結びつくか

前回の講義では、悲観的な「思い込み」が本当に人間を病気にし、ひいては死を招くことさえある、という例を紹介しました。それでは逆に、楽観的でポジティブな（肯定的な）性格が実際の健康や成功に結びつくこともあるのでしょうか？

こんな調査があります。

二〇〇一年に（米国の）ケンタッキー大学のデボラ・ダナー（教授）らが発表した有名な研究です。ダナーたちは、全米で一九三〇年代に修道院に入った一八〇人の修道女が書いた自叙伝を検証しました。修道院に入ったときの彼女たち（平均二二歳でした）が、それまでの自分を振り返って紹介した文章を分析して、どの修道女が楽観的で、どの修道女が悲観的だったかを点数化したのです。

そして、約六〇年後の一九九〇年代。研究チームは彼女たちに接触しました。

すると、なんと楽観的な修道女のほうが長生きしていることが明らかになったのです。

その時点で一八〇人のうち七六人が死亡していましたが、若いころ陽気で明るい自叙伝を書いた修道女は、暗い文章を書いていた修道女よりも、平均で一〇年も長寿でした。

修道院という環境で、同じように禁欲的で健康的な生活を送っていながら、バラ色の世界観をもつ「だけ」で一〇年以上の長寿が得られたのです。

健康や寿命だけではありません。ビジネスや人生での成功にも、楽観主義が大きくかかわっている例をあげましょう。たとえば、決してあきらめない楽観主義者だったことで有名なトーマス・エジソン。

彼が電球の開発に取り組んだとき、うまくいかなかった試作品は一万個を超えました。それを知ったエジソンは、「失敗したのではない。うまくいかない方法を一万通り見つけただけだ」と高らかに口にしたのです。彼が最後には竹のフィラメント（連続したきわめて長い繊維）に出会って、電球の開発に成功したことはご存じの通りです。マイケル・J・フォックス（注）

また、かつて俳優として絶頂にありながら、パーキンソン病で人生のどん底に突き落とされたマイケル・J・フォックス。彼は不屈の楽観主義で病気と闘い、ついに俳優復帰を果たすまでになりました。私が彼と直接何度も話し、実験に参加してもらった結果は驚くべき展開を見せたのですが、それは第四回（の講義）でお話しすることにしましょう。

真の楽観主義とは？

さて、世の中には「ポジティブ思考」を勧める自己啓発本があふれています。しかし、私は、単に前向きに「こうなってほしい」と考えるだけのポジティブさと、こうした（前述の）人々の楽観主義は似て非なるものだと考えています。

何が違うのか？

私の考えでは、真の楽観主義とは四つの要素に分けられます。もちろんポジティブ思考はひとつの大切な要素です。しかし、それ以外の三つ、

・実際のポジティブな行動
・根気と粘り強さ

・自分の人生をコントロールしている感覚

を持つことこそが、成功につながる真の楽観主義だといえるでしょう。

エジソンやマイケルの逸話は、単に前向きな思考法を表しているだけではありません。彼らは何度失敗しても、粘り強く継続して実際に挑戦を続けたからこそ、最終的に成功を得ました。これこそが、真の楽観主義といえるでしょう。

さて、私の専門の脳科学から見ると、こうした楽観的な人の脳では何が起こっているのでしょうか?本講義のテーマである「楽観脳と悲観脳」の秘密の一端がここにあります。

一九六〇年代、(米国、ニューオリンズ州のテュレイン大学の精神医学者)ロバート・ヒース博士は、さまざまな精神疾患の患者の脳に電極を埋め込む実験を世界で初めて行いました。その被験者のひとり、二四歳の青年「B - 一九」は重度の抑うつ症でした。彼は毎日のように自殺願望にさいなまれ、喜びが感じられなくなっていたのです。ヒース博士は彼の脳のあちこちに電極を埋め込み、電流を流してどんな気分がするか尋ねました。

(青年「B - 一九」の脳の)ほとんどの場所では何も起きませんでした。しかし脳の「側坐核《そくざかく》(注)」という小さな場所を電流で刺激されたときには、(青年)「B - 一九」は「気持ちよくて、暖かい感じがする」と言い、自慰や性交をしたい、という欲求を感じたのです。これによって、側坐核が快感をもたらし、一時的に憂うつを晴らす場所だということが明らかにされました。私は、この側坐核を中心とした回路こそが「楽観脳」の中心部だと考えているのです。

(注)側坐核について

側坐核は、前脳に存在する神経細胞の集団である。報酬、快感、嗜癖、恐怖などに重要な役割を果たすと考えられ、またこの部位の働きが強い者ほど嘘をつきやすいことが京都大学の研究グループによって突き止められている。側坐核は両側の大脳半球に一つずつ存在する。(Wikipedia)

楽観脳と悲観脳のバランスが大事

現代では、もちろん人の脳に電極を刺して実験することはできません。代わりに私たちが用いるのが、脳画像を撮影できる「ＭＲＩ」や脳波測定です。私はこれらの機器を用いた実験で、楽観脳についてのある事実を確かめました。

講義でも詳しくお話しするその事実とは、「楽天家は同時に刺激を好む」ということです。楽観主義の人は、快楽や興奮を追い求める度合いが強く、強烈で激しい経験を好みます。そして、刺激的な経験のためなら危険を冒すこともいといません。

そうした人々は楽観脳の回路が強く働いていることが、現代の脳計測技術でも実証されはじめているのです。

彼ら（楽観主義の人）も、楽観的な修道女やエジソンのように長寿と成功が約束されているのでしょうか？　実は必ずしもそうではありません。楽観的なあまり、ドラッグや危険な冒険、興奮を追い求め過ぎて危険に身をさらしてしまうことは、楽観主義のデメリット（欠点、損失、不利益）ともなるのです。

大事なのはバランスです。

楽観脳は確かに、長寿と成功に影響します。しかしそれは同時に、「悲観脳」がバランスよく危険を察知して、あまりに刺激や興奮を追求しすぎないように制御するからでもあるのです。

（次回の）講義では、楽観脳と悲観脳のバランスがとれた本当の楽観主義と、それをどうやって身につければいいのか、考えていきましょう。

◎「幸福は最良の薬」を裏付ける研究成果

(wired. jp/2005/04/21/)

（結論的に言えば）、「喜び」や「感謝」（の気持ち）を強く感じている人は、否定的な感情（くよくよした気持ちなど）が多い人よりも一〇年も長生き（であった）。不幸せな（心情を抱いている）人と幸せな（気持ちがある）人とでは（コルチゾールというホルモンの濃度の差があった。即ち）、（肉体の）健康状態に大きな影響を与えるホルモンであるコルチゾールの濃度に三二％の差があった――不幸せな人に（とって）は、さらにストレスになりそうな（圧迫感になりそうな）研究結果（であるのだが）、それを集めてみた（Rowan

Hooper 二〇〇五年四月二一日)。

(満足感のある)幸福の追求は米国独立宣言にも謳《うた》われている。しかし、幸福はとらえどころがなく、その因果関係を解き明かすことがとても難しいのは、周知の通りだ。

幸福(満足感)をもたらすものはさまざまで(あり、例えば、自分の)大きな胸に幸せを覚える人もいれば、大金、仲間からの尊敬、巨大なチョコレートバー、果ては精液という例まであるという。

だが、概して幸せな(幸福感を抱いている)人々のほうが不幸な(気持ちを抱いている)人々よりも健康だと述べても、異議を唱える人はまずいないだろう。この結論は直感的には正しい感じがするが、ではなぜ、幸せな人の方が健康なのだろうか?

ロンドン大学ユニバーシティー・カレッジ(UCLの)疫学・公衆衛生学部の研究者たちが興味を持ったのは、まさにこの点だ。そして彼らは、(肉体の)複数の重要な生物学的作用の機能(の力)が幸福感(の心情を抱くこと)によって向上することを突き止めた。

(ロンドン大学の)UCLのマイケル・マーモット教授(疫学・公衆衛生学)は(こう語る。)「(周囲の社会的環境の)心理社会的要因は(肉体の)健康(の増進)にとってきわめて重要だ。最低限必要なもの――――きれいな水、十分な食物、寝起きする場所――――が与えられている場合、その人の健康状態を大きく左右するのは、人の心に影響を与える環境のあり方だ。つまり、これ(環境のあり方)が心理社会的要因ということになる」と語る。マーモット教授は、UCL内の『健康と社会に関する国際センター』の所長も務めている。

今までにも、幸福(肯定的感情を抱いていること)と長生きの関連性を示した研究結果はあった。(例えば)二〇〇一年には(米国の)『ケンタッキー大学老年学センター』のデボラ・ダナー教授が、修道女一八〇人(平均年齢二二歳)が手書きした、自らを振り返る文章を分析し、文中の肯定的な感情(喜びや感謝の心情)と、六〇後の当人の健康状態を比較した。その結果、「喜び」（joy）や「感謝」（thankful）といった言葉を使っていた修道女たちは、否定的な感情を記していた（つまり、不満や愚痴を抱いていた）修道女よりも最長で一〇年長生きしていたことがわかった。

だが今回、（ロンドン大学の）マーモット教授や健康心理学者のアンドリュー・ステプトー教授をはじめとするＵＣＬの研究者たちは、こうした違いが生じる理由を知りたいと考えた。幸せな人たちが（健康で）長生きするメカニズムとは、どういうものなのだろう？

そこで（ロンドン大学の）研究チームは、ロンドン在住の二〇〇人を超える中高年を対象に、日常生活における（彼等の）感情と（肉体の）健康状態を調査した。その結果、毎日とても幸せだと答えた人は、身体的にも健康であることが立証された。（心の中に）幸福を感じると、（肉体の）神経内分泌系の作用、炎症、心臓血管の活動が減少することがわかったのだ。この調査結果は、『全米科学アカデミー紀要』（ＰＮＡＳ）の（二〇〇五年）四月一九日号に発表されている。

（ロンドン大学の研究チームは、被験者の）心理状態と（肉体の）生理作用の関係を調査するために、ＵＣＬの科学者たちは被験者——四五〜四九歳のヨーロッパ系白人男女————に（対して）研究室でのストレス試験を実施したほか、（被験者の）ある勤務日における血圧と心拍数を測定した。（その）調査では被験者の唾液が採取され、（ホルモンの）コルチゾール含有量が測定された。コルチゾールは、タイプ二（生活習慣病）の糖尿病や高血圧などの病気と関連があるストレス・ホルモンだ。

また、幸せな被験者は（低いストレス反応度を示した。即ち）、フィブリノゲン血漿《けっしょう》————（コルチゾールが）高濃度の場合、将来的に冠状動脈疾患（虚血性心疾患（注））を発症する兆候とされることが多いタンパク質（繊維素原ともいう。血液凝固に関係するタンパク質）————レベルで低いストレス反応度を示した。さらに、幸せな被験者の心拍数は（注）一日中低かった————これは心血管系が健康だというしるしだ。

（ロンドン大学の健康心理学者の）ステプトー教授をはじめとする研究者たちは、（被験者の）幸福感を調べる以外にも、冠状動脈疾患（（虚血性心疾患））にかかる可能性を予測できるとされる、精神疾患の程度を測る既存の測定法を用いて、被験者の心理的苦痛の程度を比較対照できるようにした。その結果、（肉体の）健康に関する生物学的なさまざまな要因は、それぞれ（心の）幸福感と関係していることがわかった。つまり、人は健康だから幸せだというだけではなく、（心の面で）幸せだから（幸福の心情を抱いているから肉体は）健康なのだ。

これはコメディアンにとって嬉しい知らせだ。笑い（楽しい心情）は健康にいいということが、ほぼ公式に認められたからだ。

また先月（二〇〇五年三月）にも、（米国の）メリーランド大学ボルチモア校医学部の研究者たちが、笑い（楽しい心情）は血管の健全な機能と関連があるとする研究を発表している。この研究では、被験者に映画の笑える（愉快な）場面と緊迫した（ストレス感のある）場面を見せたところ、笑いを誘う場面は血管内皮細胞（血管の内側の組織）を明らかに拡張させ、血流量が増加した（健康にとってプラスだった）ことがわかった。

同様に、（豊かで肯定的な）精神世界への傾倒や（心の救いになる）宗教も（肉体の）健康にプラスの働きをするようだ。（二〇〇五年）四月九日（米国時間）から一六日にかけて（米国の）フロリダ州マイアミビーチで開催された、米国神経学会（ＡＡＮ）の年次総会では、エルサレムのサラ・ヘルツォーク・メモリアル病院で神経治療の責任者を務めるヤキル・カウフマン氏が（発表した。即ち）、（豊かな）精神世界に触れることや（心の救いや鍛錬になる）宗教の実践によってアルツハイマー病の進行が緩和される可能性があるとする研究結果を発表した。「高いレベルの精神世界や信仰を持つ患者は（健康へと向かっている。即ち）、認知機能低下の進行が著しく遅くなることがわかった」と、カウフマン氏は述べている。

（ロンドン大学の）ＵＣＬの（前述の）新しい研究は、（豊かな）精神世界や（心の鍛錬に有益な）宗教の（顕著な）効果にまつわる謎の解明につながるかもしれない。

「信仰が、人生につきものの（圧迫感のある）ストレスや辛苦を和らげることについては、ある程度証拠もあがっている。そう考えると、（ロンドン大学の）われわれが研究した幸福（の心情）が（肉体の）健康をもたらすプロセスと、（心を強くする）信仰には関連性があるのかもしれない」と、（ロンドン大学の）ステプトー教授は語る。

（ロンドン大学の）マーモット教授も同じ意見で（あり、こう述べた）、「われわれの研究では、（幸福を感じる）精神的プロセスが（肉体の）生理的反応（健康にとってプラスのもの）に大きな影響を及ぼすという結果が出ている。（豊かでプラス的な）精神世界も、（それを感じている）脳が神経内分泌系と連動して（肉体の健康に）重要な影響を及ぼすことを示す、一つの例かもしれない」と述べた。

[日本語版：天野美保／長谷　睦]WIRED NEWS 原文（English）

（中略）

気分や情動を担っている脳内ホルモンはドーパミン・セロトニン・ノルアドレナリンの3種類と言われていますが、今回はドーパミンに関してです。

ドーパミン作動神経の発見について

・一九五四年、カルフォルニア工科大学の生物学者ジェームス・オールズの実験（について）

ラット（ネズミ）の脳に、（その）快感中枢に電極を刺し、（その後、ネズミが）自分でレバーを押すと電気刺激で快感を得られるようにした。すると、（ネズミは）ひたすらレバーを押し続け、一時間に数千回もレバーを押した例もあるとのこと。これは「自己刺激法」と呼ばれる。

・一九七二年、ニューオリンズのテュレイン大学の精神医学者ロバート・ヒースの研究（について）

（精神障害の患者が）ボタンを押すことにより、患者が自分で性中枢を刺激し、完全な性体験を味わえるようにした。すると、（患者は）一日に何千回、一時間に二五〇回自己刺激を行った。逆に（患者が）海馬に電気刺激を与えると不快感を感じたとのこと。

・一九七八年、ノースウェスタン大学の心理学者アリエ・ラウテンバーグの研究により（次の点が確認された、即ち）、ドーパミンが快感を起こす（神経伝達）物質であることが確かめられた。

脳内の報酬系すなわち、快感中枢がドーパミン作動神経であり、記憶の固定と極めて関係が深いことを実証した。

ここからは時系列に関係なく、ドーパミン（脳内ホルモン）に関する実験結果について羅列します。

ネズミを用いた実験（について）

・ドーパミンが出っ放し状態になるように遺伝子操作をしたネズミは、疲れも知らず動き回るようになった。そして、死ぬまで走り続ける。

・ドーパミンが全く出ないように（遺伝子操作を）したネズミは、意欲が全くなくなり、食事も水も摂らず、新しいオモチャでも遊ばない。栄養を与えるのをやめると（餌を欲することもなく）死んでしまった。

・（遺伝子操作で）ドーパミンが出づらくなるようにしたネズミは、うつ病のようになって行動をしなくなる。

・自分が興味あることをしているときはドーパミンが出ている。（これはネズミの脳に電極を差し込んで調べたとのこと。通常、脳内にドーパミンが出ても、体内には移動できないため、血液や尿などではドーパミンの放出度合いは調べられません。よって、現時点では人間のドーパミン神経回路についての追跡はできないのが実情です。）

・「何かをしよう」と思うと、ドーパミンが出る。

「これをすると餌がもらえる」など、いいことを期待する場合（報酬期待）も（ドーパミンが出る）、「電気ショックを避けよう」などと、嫌なことを避けようとする場合（消極的動機）も同じようにドーパミンが出る。

人間の場合（について）

・ドーパミン（脳内ホルモン）は「意欲」に関係している。中脳の腹側蓋外野から大脳皮質へ向かっているドーパミン神経経路（A10神経系）が係わっている。

・ドーパミンが過剰に分泌されると、異常な興奮、幻覚、妄想を引き起こす。（覚せい剤の使用がこれに当たります）

統合失調症（精神分裂病）の人はドーパミンの分泌が多い（多過ぎる）。

・パーキンソン病はドーパミンが不足してなる病気。表情がなく、口がボソボソして、ぼーっとした感じになり、自発行動をしなくなる。主に脳幹の黒質から大脳基底核へ向かうドーパミン神経経路（A九神経系）が不活性。

・好奇心が強いのはドーパミンと関わりあり。

（ドーパミン受容体D四の繰り返しの多い人はドーパミンの作用が悪いため快感（達成感）が得づらい。そのため、好奇心が強く、普通の人より活発な活動をする。そうしないと快感が得られないようになっているため）

・創造性など人間独自の能力を司る前頭葉にドーパミンが行ったときは、他の場所に比べ、たくさんドーパミンが分泌される。

（中略）

・ドーパミンは集中力に関係しているのではないかと予測されている。

・ドーパミンは一時的な記憶を司るワーキングメモリー（前頭連合野の四六野）に関係している。

これらの結果を踏まえて、ドーパミンの「強化学習」説が唱えられています。これに関してはまた機を改めて紹介させていただきます。

と（いった内容ですが）、脳科学の関係書を一〇冊ほど読みましたが、未だに当初の目的を完全には果たせておりません。もっと勉強が必要なようですね。

だけど、ドーパミンの勉強だけに、不思議とずっと「意欲」が湧き続けていました（笑）。ドーパミンに感謝！

二〇〇九／九／一四

◎笑うとその効果は想像以上！　笑いは最良の薬であることは点転 - Naver まとめ

(matome. naver. jp/odai/)

一層分かり易く編集した上で、紹介します。

■笑わない高齢者、脳卒中一・六倍・・・東大など発表

日常生活で、ほとんど笑わない高齢者は、ほぼ毎日笑う高齢者に比べ、脳卒中の経験がある割合が一・六倍（高い）、心臓病の割合が一・二倍高いとの調査を東京大などの研究チームが発表した。特に笑わない高齢女性の危険が大きかった。

（東京大などの）研究チームは、六五歳以上の男女に（対して）、毎日の笑いの頻度、持病などを調査し。回答のあった二万九三四人を対象に（して）、笑いと脳卒中などの関係を分析した。

その結果、高血圧などの影響を除いても、ほとんど笑わない女性は、毎日笑う女性に比べ、過去に脳卒中になったり闘病中だったりする人の割合が一・九五倍（高く）、心臓病になっている人が一・四一倍高かった。男性では脳卒中が一・四七倍（高く）、心臓病が一・一一倍（高い結果）だった。

月に一～三回（という低い頻度で）笑う人でも、ほぼ毎目笑う人に比べ、脳卒中が一・二七倍（高く）、心疾患は一・一八倍（高い結果）だった。

出典
笑わない高齢者、脳卒中一・六倍…東大など発表：科学・ＩＴ：読売新聞（YOMIURI ONLINE）

（中略）

■がん予防にも!?【笑う】と嬉しい六つの効果！

笑うことでＮＫ細胞（ナチュラルキラー細胞）が増加、活性化し、がん細胞を攻撃するというのは有名な話です。この効果は、作り笑いでも得られるといわれています。顔の筋肉が笑顔の形に動くことで、神経伝達物質が脳に伝わるため、本当におかしくて笑っている時と同様に、脳が反応してくれるということです。作り笑顔による（ナチュラルキラー細胞の）活性は（笑う環境を作り出す作用もある、即ち）、顔の筋肉の動きによる脳への刺激と、笑顔という明るい表情が感情に働きかけ、笑う環境を作り出す作用もあるためと考えられています。

〈笑いで生じる効果〉

１：鎮痛作用（の効果）

（笑うことによって）強力な鎮痛作用を持つβエンドルフィン（通称脳内モルヒネ）が分泌され、リウマチなどの痛みが緩和され、気分も明るく前向きになります。

２：リラックス効果

（笑うことによって）自律神経の働きが安定してストレスが解消され、リラックス効果が得られます。

３：老化防止（の効果）

（笑うことによって）脳内血流量が増加することから、脳の活性化と老化防止にも役に立つと言われています。

４：美容効果

（笑うことによって）顔面の筋肉を使うことで、顔のたるみやシワの予防にもなります。〝笑いじわ〟ができるから、と（いう理由で）笑わないのは、美容上、逆効果のようです。顔には表情筋が二十種類以上あり、シワを気にして使わないでいると筋肉が衰えて、かえって肌のハリやツヤに悪影響を及ぼしてしまいます。笑うことで眼輪筋を適度にマッサージすることになり、目尻の横の笑いじわを少なくします。

５：便秘、二日酔い（に関する効果）

笑うと血管が広がり、血流量が増加し、胃腸を活発化させ、消化を良くし、便秘も解消されやすくなります。また、体内の血液循環が良くなると、肝臓の血流量も増え、代謝や排泄が促されるので、笑いの絶えない飲みの席などでは、アルコールも分解されやすく、二日酔いになりにくいと考えられます。

6：脳卒中の予防（の効果）

（笑うことによって）脳の一次運動野と直結している大頬骨筋が大きく動くことで刺激され、血液の流れが非常によくなり、脳卒中を予防すると言われています。

出典
「笑い」が持つ嬉しい効果　リラックス効果や脳卒中の予防－ライブドアニュース

■よく笑う人、笑わない人の差は遺伝子にあることが判明！

米ノースウェスタン大学の研究チームが着目したのが、セロトニンというホルモンの分泌量を左右する遺伝子「５ＨＴＴＬＰＲ」。人は皆両親からこの遺伝子を（それぞれ）一つずつ受け継いでいる。

研究によれば、それぞれ（の遺伝子）が持つこの遺伝子二つがどちらも短い人はよく笑う傾向にあり、反対にどちらも長い人はあまり笑わないのだという。

研究チームが実際、被験者の唾液から遺伝子を分析し、さらに漫画や映画をみせて、顔の表情から笑いの傾向を分析したところ、こうした結果が得られた。

一方で、これまでの研究では、短い「５ＨＴＴＬＰＲ」を持つ人は精神的落ち込みを抱えやすく、非社交的とされている。

これらの結果について、同大学のクラウディア・ハース博士は「つまり短い５ＨＴＴＬＰＲを持つ人は、ポジティブ・ネガティブ両面でセンシティブな人ということになる」と話している。

出典
よく笑う人、笑わない人の差は遺伝子にあることが判明！－IRORIO（イロリオ）

■〝コスパ〟に優れた手軽ながん予防！　〝笑い〟がナチュラルキラー細胞を活発にする？

手軽に楽しく行える、がん予防方法として「笑いセラピー（laughter therapy）」、あるいは「ユーモア・セラピー（humor therapy）」などと呼ばれるものがある。

「なんだ、笑うだけか」と侮るなかれ。「笑い」が生物学的に身体機能の向上をもたらすことは、さまざまな研究によって、すでに明らかだ。具体的には、次のような身体効果が確認されている。

（笑いによって）

・免疫機能や循環器機能を高める。
・酸素摂取量を高める。
・心臓や肺を活性化させる。
・全身の筋肉をリラックスさせる。
・エンドルフィン（脳内麻薬と呼ばれる、鎮痛効果や幸福感をもたらす脳の神経伝達物質）の放出を誘発させる。
・消化不良や胃痛を癒す。
・痛みを和らげる。
・血圧のバランスを整える。
・精神機能を向上させる（覚醒、記憶力、創造力など）。

米国では、こうした笑いの治癒力を、複数の医学専門誌が認めており、多くの病院において補完代替療法として「笑いセラピー」が取り入れられている。

大声で笑うほど「がんは遠のき、福が来る」

「笑いセラピー」は、さまざまな病気に適用するが、最近は、とりわけ、免疫機能向上の観点から、がん予防において注目されている。

がん細胞は、健康な人でも体内では毎日発生している。だが、「ナチュラルキラー（ＮＫ）細胞」というリンパ球の一種が、次々とがん細胞を退治し、発症を防いでいる。つまり、ＮＫ細胞の活発な働きが、がん予防の大きなカギとなる。

〝笑い〟には、NK細胞を活性させる効果がある。とくに、声をあげてよく笑うときほど、脳の前頭葉が刺激されてNK細胞をひときわ活性化させる。大声で笑うほど、免疫力がアップするというわけだ。

全米の拠点病院で、がん治療を促進するための活動を展開している「米国がん治療センター（CTCA）」は、笑い療法を積極的に取り入れている機関のひとつだ。

ここでは、治療法の一環とあって、ユーモアや冗談による自然な笑いよりも、「運動としての笑い」を物理的に取り入れている。リーダーを中心に、参加者が輪になって、指で笑顔をつくり、「ハハハ」「ヒヒヒ」などの声を出して笑いを生み出す。

不自然なようだが、笑いは驚くほど「伝染力」があるので、心配には及ばない。やがて、グループ全体に笑いが蔓延する。

こうした試みを、健康な人が独りで行うのはやや難儀だろう。だが、「アハハ」と笑って過ごすひととき、「お笑い番組やコメディ映画を鑑賞」「気心しれた人と談笑」「子どもやペットと遊ぶ」などを持つことは、それほど難しくない。

問題は、こうした時間を持つ余裕があるかどうかだ。多忙で気持ちが沈み、笑うどころではない、そんな人は要注意だ。NK細胞はストレスに（対して）めっぽう弱い。おまけに、笑わないのは、がん細胞の思うツボである（がん細胞が強化される）。

どんなに忙しくても、気持ちがふさいでも、強引にでも〝笑い〟を生活に取り入れよう。笑いには、次のような心理的効果も認められている。

（笑いによって）
・考え方が前向きになる。
・ストレスや緊張を緩和する。
・生活の質（QOL）が向上する。
・睡眠の質が向上する。
・人との関係が良くなる。

・幸福感が増す。

まさに「笑う門には福来たる」である。余計なお金や時間を費やさず、楽しんでできる、とても「コストパフォーマンス（コスパ）に優れた」健康法だ。巷にはびこる、高額で怪しげな免疫療法や健康食品などに頼ることはない。

■笑いは自分をさらけ出し、新しい人間関係を築く役に立つとの研究結果

新学期や新年度を控え、これから新しい環境で新しい人たちと出会う機会が増える。ロンドン大学ユニバーシティ・カレッジの研究により、人が初対面の相手に自分のことを伝えるうえで、「笑い」が役に立つことが分かった。

それまで赤の他人だった人と人間関係を築き、友情を深めるには、お互いのことを知らなくてはならない。人は自分をさらけ出せる相手を好むと同時に、自分をさらけ出してくれる相手を好むそうだが、自分のことをさらけ出すのは勇気のいる行為でもある。

研究チームは「笑い」がもたらす効果を検証するため、お互い赤の他人であることが証明されているオックスフォード大学の学生一一二名（一八～三一歳）を四つのグループに分け、三種類のビデオ――①人気コメディアンが出演しているお笑い番組、②ゴルフの教則ビデオ、③ＢＢＣの自然ドキュメンタリー『プラネットアース』のいずれかを十分間、話を交わさずに見てもらった。

その間、第三者が「笑い」のレベルを客観的に判断し、見終わったあとの心の状態も評価した。また、ビデオを見終わったあと、学生にはグループのほかのメンバーに自分のことを知ってもらうためのメッセージを書いてもらった。

その結果、笑いのレベルが高く、ポジティブな感情を抱いた人、すなわち、お笑い番組を見てよく笑ったグループの学生は、ほかのビデオを見たグループと比べて、自分のプライベートなことをより多く伝えていることが分かった。

興味深いのは、実験を行っている第三者は客観的にそう判断したが、当の本人は自分がプライベートなことをさらけ出していると気づいていなかった点だ。

研究者はこの結果について、「笑うと〝幸福ホルモン〟と呼ばれるエンドルフィンの分泌が促進される。これがモルヒネと同様の作用を示し、よりリラックスした状態になるため、自分のことを相手に伝えやすくなるのではないか」と分析している。

そして「この研究結果は社会的関係を築きたい人たちにとって、笑いが重要な課題となることを示唆している」と述べている。

ロンドン大学ユニバーシティ・カレッジの研究結果は『Human Nature』に発表された。

出典

笑いは自分をさらけ出し、新しい人間関係を築く役に立つとの研究結果 - ＩＲＯＲＩＯ（イロリオ）

■お笑い番組を見ると記憶力がアップすることが明らかに

Gurinder S. Bains 氏率いる米ロマリンダ大学の研究チームがおこなった研究によれば、〝笑い〟の力は特にお年寄りにとって絶大で、コメディ番組を観たあとは物覚えがよくなっていることがわかったそう。

実験では、健康的なお年寄りからなる被験者を二つのグループに分け、一つには笑えるビデオを二十分間観せ、もう一つにはビデオを見せずに二十分間大人しく座っていてもらった。

その後すべての被験者に記憶力テストを受けさせ、さらに唾液を採取してストレス・ホルモンのコルチゾール値を検査したところ、ビデオを観て笑っていたグループの方がテストの結果が格段に良く、コルチゾール値も低いことが明らかに。

研究チームの一員である Lee Berk 氏によれば、ストレス・レベルが低い人ほど記憶力が良いとのことで、笑いによりストレスが軽減され、物覚えもよくなったと考えられるとか。

また、ユーモアはストレス・ホルモンを減らすだけでなく血圧を下げたり、エンドルフィンを増やしてドーパミンを脳に送り、快感を与えたりする効果もあるそう。

その結果、免疫システムがよく働くようになって脳波が〝ガンマ波〟に変わり、記憶力や回想力が強まるのだという。

これまでの研究でも、ストレスは記憶力に悪影響を及ぼすことがわかっている。

年齢を重ねるに連れ「最近笑わなくなった」なんて人は、お笑い番組を観ておもいっきり笑うなり、気の合う仲間と共通の話題で盛り上がったりするなり、とにかく毎日なるべく多くの笑いを取り入れてストレスを発散することで、記憶力向上が臨めるかもしれない。

（中略）

■「笑い」が仕事をはかどらせる!?

アメリカで、『Being a Calm, Cool You』というストレスを減らすための本をデジタル出版しているライター、Daniel Wallen が、「Lifehack」というサイトで面白い記事を書いていた。「笑い」は七つの理由から仕事にプラスになる、と彼は言う。その七つの理由は、どれももっともで、読むと気持ちが明るくなる。それぞれに添えられた笑いに関する名言にも、味わいがあった。

1・笑いは、心の重荷を軽くする

マーク・トウェイン曰く「笑いの攻撃には、何も逆らえない」

Against the assault of laughter, nothing can stand.

確かに。どんなに深刻な悩みを抱えていても、クスッとでも笑わされてしまえば、ほんの少しかもしれないが気持ちが軽くなると思う。

2・笑いはポジティブな職場環境を作る

チャーリー・チャップリン曰く「笑いのない一日は、無駄な一日」

A day without laughter is a day wasted.

笑いのある職場には行きたくなるし、そんな職場で一日を過ごせば、充実感を得られるはず。

3・笑いは人々を1つにまとめる

オードリー・ヘップバーン曰く「私は、笑わせてくれる人が大好きです。私は笑うことが一番好きだと、心から言えます。笑いは様々な種類の病を治します。おそらく笑いは、人の資質の中で最も大事なものではないでしょうか」

I love people who make me laugh. I honestly think its the thing I like most, to laugh. It cures a multitude of ills. Its probably the most important thing in a person.

笑いが心底嫌いな人はいないはず。オードリー・ヘップバーンじゃなくたって、笑わせてくれる人は好きになってしまう。笑いが人々を繋げていく。

4・笑いはエネルギーをチャージしてくれる

ヴィクトル・ヒューゴー（『レ・ミゼラブル』の著者）曰く「笑いは、人の顔から冬を追い出す太陽だ」

Laughter is the sun that drives winter from the human face.

笑えば気持ちが温かくなり、元気になる。これは誰だって知っていること。

5・　笑いは緊張を和らげる

レッド・スケルトン（アメリカの有名なコメディアン）曰く「どんな心の痛みも、笑えば、わずかな時間だが忘れられる」

1・と似たようなことだが、Daniel Wallen は別の項目として挙げている。医学的にも、笑いは筋肉をリラックスさせ、血流を良くするとのことだ。

6・　笑いは創造力を刺激する

ウォルト・ディズニー曰く「笑いは、アメリカの一番の輸出品だ」

Laughter is Americas most important export.

笑いは気持ちをリラックスさせるから、その結果、クリエイティビティが高まるとDaniel Wallen は言う。ウォルト・ディズニーの言葉とは、厳密には、関係無い気もするが、これはこれで納得できるからいいか。

7・　笑いのある仕事は、人を幸せにする

アメリカのことわざに曰く「笑う暇もないほど忙しいということは、忙し過ぎるということだ」

If you are too busy to laugh, you are too busy.

過重労働じゃ、人は幸せを感じられない。笑える暇があるかどうかは、ワークスケジュールが人間的かどうかの判断基準でもあるわけだ。

■人の笑顔が明らかにする五つの事柄

1・　結婚生活が長続きするかどうか

過去の写真を見ると、その人の将来が見えるのだとか。大学の年鑑に載っている学生の顔写真や、六五歳以上の高齢者の子ども時代の写真から目元や口元の筋肉の伸張具合を判断し、笑顔の「大きさ」をレベル分けして検証すると、笑顔が最大（いわゆる満面の笑み）のグループに分類された人たちは、笑顔が最小（笑わないまじめくさった顔）だったグループよりも離婚率がはるかに低いことが分かっている。笑顔の大きい人は楽天的で、ほがらかなパートナーを見つけられる可能性が高く、それが円満な結婚生活につながるものと考えられる。

2・　子どもを授かりやすいかどうか

歯並びの悪さが気になって、人前で思いっきり笑えないという人がいるかもしれない。歯並びが悪い人は歯周病になるリスクも高い。歯周病は、細菌の感染によって引き起こされる炎症性疾患だが、最近の研究でこの炎症が全身に多くの影響を与えることが分かっている。不妊もその一つで、歯周病がある女性は、ない女性と比べて妊娠するまでの期間が長くなるのだとか。

3・お金を稼ぐ能力がどれくらいあるか

笑顔で楽しい青春時代（十代）を送った人は、二九歳での収入が平均より一％多く、憂鬱な青春時代を送った人は、二九歳での収入が平均より三十％少ないことが分かっている。これは幸福度が高い人はストレスや不安が少なく、目標に集中しやすいためと考えられる。

4・他者に対し、どれくらい影響を持つか

笑顔は社会的地位を暗示するものでもある。人と接する場合、社会的地位が高く、影響力を持つ人は、自分が嬉しい、楽しい、満足だと感じたときに笑うが、社会的地位が低く、影響力があまりない人は、自分の感情とは無関係に笑う。これは、有力者には自分が笑いたいときだけ笑えばいい特権があるのに対し、地位の低い人たちは、相手に好ましい印象を与えるため、笑いたくなくても笑う必要に迫られることを示している。

5・どれくらい闘志があるか

肉体的な「力」に関しても、闘志、好戦度が高い人はむやみに笑顔を見せないようだ。総合格闘技の選手が試合前日に撮る写真を検証した結果、笑みを浮かべていた選手は試合で負ける確率が高いことが分かった。これは笑みによって自分が好戦的、敵対的ではないことをうっかり相手に伝えてしまっているためではないかと、研究者は考えている。

笑顔を社会生活の潤滑油になるのは確かだが、相手と向かっていざ勝負という場面では笑顔を封印することもときには必要なのかもしれない。

■〝笑って耐える〟とストレスを軽減させ、立ち直りも早いと判明!! 米大学調査

米カンザス大学によると、笑っているという意識がストレスを軽減させ、特に心臓に良いことがわかったという。笑って耐えるのは、つらい出来事から立ち直るための何よりの薬というわけだ。人はポジティブになるとストレスを減らせるので、前向きな気持ちを呼び起こすべく笑顔を作ることで、ストレスからの回復も早いらしい。

笑顔にはスタンダード・スマイルといういわゆるニコニコ顔と、デュシェンヌ・スマイルという本物の大笑いの二種類ある。実際に笑顔が心身にいかに影響するのかを調べる実験では、一六九人の被験者を三つのグループに分け、それぞれ無表情、スタンダード・スマイル、デュシェンヌ・スマイルの表情の練習をしてもらった。

それぞれの表情をキープしたまま、ストレスを伴うマルチタスクを強いられた被験者たちの心拍とストレスレベルを調べた結果、ニコニコ、大笑い問わず笑顔でいた人達は無表情の人に比べ心拍も安定していたという。

今回の実験では少なくても短時間の急なストレスは笑顔で乗り切れることが判明したので、今後はストレスの種類を変えて効果の程を検証していくらしい。

■笑顔をつくると楽しくなるのは理由があった

「笑う門には福きたる」は有名なことわざですが、実はこれ、脳科学的に見ても事実なのです。

笑顔に似た表情をつくると、ドーパミンが活性化します。ドーパミンは、脳の「快楽」に関係した神経伝達物質なので、楽しくなくても笑顔をつくれば「幸福物質」が脳に出てくるのです。つまり、「楽しいから笑顔になる」ではなく「笑顔をつくると楽しくなる」という仕組みが、人間の脳にはあるということ!

さらに、笑顔でいると、楽しいものを見いだす能力も高まるのだ

そう。そして極めつけは、「笑顔は感染する」という事実。赤ちゃんに笑いかけたら、笑い返してくれたという経験をしたことがある人も多いはず。これこそ、笑顔が感染している何よりの証拠です。今すぐ幸せになりたいなら、まず笑顔になるのがオススメです。

■たくさん笑えば、物忘れを防止することにもなる：研究結果

米ロマ・リンダ大学の研究によると、笑いはコルチゾールと呼ばれるストレス化学物質の減少をもたらします。その効果によって、海馬ニューロンの損失を減らせます。つまり、記憶力はストレスが少ない環境で高くなるということ。笑いはコルチゾールを減らすだけでなく、他にも記憶力を助ける作用があります。

笑ったり、ユーモアを楽しんだりすると、脳内のエンドルフィン及びドーパミンの放出が増加し、快楽と報酬が得られ、免疫機能の向上をもたらします。

「ガンマ波」と呼ばれる脳波活動においても変化が見られ、記憶作業と思い出す作業を助ける働きをします。

笑いを含めたポジティブシンキングにも、前向きな効果があることがわかっています。

■「素直な笑顔は長生きにつながる」という研究結果

米メディア「Scientific American」では、「Duchenne smile」（英Ｗｉｋｉ）と呼ばれる本物の笑顔が、ヒトにポジティブな結果をもたらすという、興味深い研究を紹介しています。

米心理学誌「Journal of Personality and Social Psychology」で発表されたある研究によると、大学の卒業アルバムの写真が本物の笑顔だった女性は、三十年後、結婚への満足度も、幸福レベルも高かったことがわかったそうです。また、「Psychological Science」で紹介された別の研究では、チーム年鑑の写真に、本物の笑顔を載せていたプロ野球選手の調査当時の生存人数が、そうでない選手の

およそ倍だったとか。

幸福レベルや長生きと笑顔の関連性については、今後、より詳しく調べていく必要がありますが、素直な笑顔は、少なくとも、私たちの心や体を害するものではないようですね。

出典

「素直な笑顔は長生きにつながる」という研究結果：ライフハッカー［日本版］

■本稿に関連している池田ＳＧＩ会長の記事

「カミュは、ナチスと勇敢に戦った正義の言論の闘士であり、ノーベル文学賞を受賞している。戦争で父を亡くし、母も病気がちであった。家は貧しかった。カミュ自身も、青年時代、当時、「不治の病」とされた結核に冒された。血を吐いて、自宅での静養を余儀なくされた。孤独と不安に苦しむカミュのもとに、グルニエ教授は自ら足を運んで、お見舞に訪れた。それが二人の決定的な出会いとなったのである。教授が学生の見舞いに行く――それは、当時の一般の習慣では考えられないことだった。……教員の励ましの行動、慈愛と勇気の言葉が、学生にとって、どれほど力になるか計り知れない。

私も小学校四年生の時に、体を壊《こわ》し、幾日も学校を休むことがあった。その時に、担任の先生が、わざわざお見舞いに来てくださった。温かく激励してくれ、母も心から感謝した。「この御恩は、一生、忘れてはいけませんよ」と強い口調で、私に語った。その時のすべてが、私の脳裏に刻まれ、今もって消えることはない。尊く深い人生の思い出として、今もって、その時のことを、うれしく懐かしく思い返すのだ。また、幾たびも幾たびも思い返してきた。」（「創価一貫教育会議での創立者のスピーチ」『聖教新聞』二〇〇二・一二・一二）

私たちの「足」は、妙法蓮華経の「経」に当たると大聖人は仰せである。〈御書七一六〉広宣流布のために歩き、動いた分だけ、自分自身が南無妙法蓮華経の当体として輝いていくのである。」「第二二回本部幹部会での池田ＳＧＩ会長のスピーチ」二〇〇二・一一・一〇一九・『聖教新聞』「今日一日の自分の行動を立派な歴史にするのだ。自分の行動は正義という法の行動だ。幸福と平和と多くの人々のために努力するのだ。そこにこそ人間の正義の強大な力が出るか

らだ。」（「正義のために戦え！　汝《なんじ》の勇気は無限なり」『聖教新聞』二〇〇二・一二・二）

「指導者は常に会員と一体で動け！　その上で皆に希望と勇気を与えることだ。」（「わが友に贈る」『聖教新聞』二〇〇二・一一・二四）

「信心に「副役職」はない！　全員が広布の主体者だ！　異体同心の団結こそ連続勝利の要かなめだ！」（「わが友に贈る」『聖教新聞』二〇〇二・一一・二六）

「大事なのは、「信念の一人」である。立場でもない。役職でもない。人数でもない。私も、一人、立ち上がった。戸田先生をお守りし、悪意の言論と敢然と戦った。何ものをも恐れなかった。一人、立ち上がることだ。なかんずく、青年が自覚することだ。……青年部が、二一世紀の創価学会の原動力になっていただきたい。広宣流布の一切の勝利は青年部で決まる。決然と、一人、立ち上がっていただきたい。……「青年の意気と力とは、じつに世界の歴史を変えていくのです。」これは、恩師・戸田先生の遺言であった。……「正義の戦はどんな魂をも生き生きさせるのです。（ヘルダーリン、ドイツの大詩人）戦う人は生き生きしている。はつらつと青年の息吹に満ちている。わが創価学会は、「世界平和への厳然たる柱」である。「人間教育の眼目《がんもく》である。「人類文化の大船」である。これからも永遠にそうなっていく使命がある。世界の同志とともに、勝利、勝利の歴史を、生き生きと、愉快に創りゆくことを誓い合って、私のスピーチを終わりたい。皆、健康で、勝利していただきたい。ありがとう。シー・ユー・アゲイン！（またお会いしましょう！）（二〇〇二・一一・一四）。」（「第二二回本部幹部会での池田SGI会長のスピーチ」『聖教新聞』二〇〇二・一一・一九）

「祈り抜く！　語りぬく！　信念の行動が一歩一歩状況を変え、勝利の気流をつくる！」（「わが友に贈る」『聖教新聞』二〇〇二・一一・二二）

先入観で物事を決めつける人が多い。故に真実を繰り返し繰り返し語れ！　叫びゆけ！」「わが友に贈る」二〇〇二・一一・一〇『聖教新聞』「戦いには勢いが大事！　そこに勝利がある。勇気ある行動

が勢いをつくるのだ！」（「今週のことば」『聖教新聞』二〇〇二・一一・一〇）

「ＳＧＩ会長は、『自分自身が勝つために信仰はあるのです。勝利は幸福です。敗北は不幸です。三世永遠の勝利のための信仰です。ゆえに強い信心と行動で全員が〝勝利〟を勝ち取ってください』と呼びかけた。……続いて、ＳＧＩ会長は、混迷の闇を深める二一世紀の冒頭の今、世界の青年たちに贈るべき魂は、『希望』であり、『勇気』であると強く主張した。……無限の希望と勇気の源泉である尊極の『仏性』が、万人の生命に等しくそなわっていると説く『法華経』にこそ、人類が渇仰してきた最上の『人間主義の哲学』があると強調した。……大聖人が命にも及ぶ大難を勝ち越えられたのは、『一人なれども心のつよき故なるべし（御書一二二〇ページ）』と仰せである ことに触れ、我らも最高の強き信念である『妙法の』信仰で、一人立ち上がり、人類の希望『世界広宣流布』を、さらに力強く前進させていきたいと述べた。」（「第二二回本部幹部会でのＳＧＩ会長のスピーチの紹介……わが人生に勝つための信仰人間主義を全人類に！」『聖教新聞』二〇〇二・一一・一五）

「私たちは、何のために信仰するのか。それは、わが人生を勝利するためである。勝利は幸福である。愉快である。反対に、敗北は不幸である。いかなる言い訳をしようと、負ければ、みじめだ。ゆえに、人生は勝たねばならない。負けてはならない。そのための信仰なのである。かりに一時は成功したように見えても、最後に負けてしまえば、人生は敗北だ。仏法の勝利は、永遠の幸福に通じている。ここが、大事な点である。今世《こんせ》だけではなく、三世永遠に続く勝利である。仏法にしか、永遠不滅の勝利の法則はないのである。」

「時代は、一層暗くなりつつある。人類が待望した二一世紀の始まりも、暗闇に一歩一歩入っていくような様相になってしまった。だからこそ、今、世界の青年たちに贈るべき魂は『希望』である。『勇気』である。『最後まで希望を捨てぬ者がもっとも勇気があるのだ。絶望するのは臆病者にほかならぬ』――これは、古代ギリシャの戯曲（『狂えるヘラクレス』）の一節である。法華経は、万人の生命に、『無限の希望と勇気の源泉』である尊極の『仏性』が具《そな》わっていることを説き明かした。すなわち、『希望』も『勇気』も、どこか遠くにあるのではない。外から与えられるものでもない。だれ人であれ、今いるその場所で、妙法の法則と合致しながら、自分自身の胸の中から、何ものにも負けない、宇宙大にして永遠なる生命を、太陽のごとく輝かせていくことができる。ここにこそ、人類が渇仰《かつごう》し、待ちに待った、最上の『人間主義の哲学』がある。いな、ここにしか、暗闇に向かう人類を救う道はないと、私は申し上げたい。よろしく頼みます！」（「第二二回本部幹部会での池田ＳＧＩ会長のスピーチ」『聖教新聞』二〇〇二・一一・一九・）

「真剣に祈る！　強く深く祈る！　いかなる困難もこの精神の力があれば必ず勝ち抜ける！」（「わが友に贈る」『聖教新聞』二〇〇二・一二・七）

「誰人に誉められ誰人に憎まれようが　君と正義を語り　断固として　朗らかに進みゆくことが最高の私たちの勝利だ。」（「若き君よ　人生の大舞台で勝ちゆけ」『聖教新聞』二〇〇二・一二・一二）

「偉大な人間は一切の価値を偉大にする！　卑しい人間は一切を無価値にする！」（「わが友に贈る」『聖教新聞』二〇〇二・一二・四）

「一人の勝利が全軍の勝利に！　戦う師子の連帯が仏勅の学会の強さだ！」「わが友に贈る」二〇〇二・一一・一四『聖教新聞』二〇〇二・一二・四）

（十六）「逆境は智慧の源泉！　発心・変革の原典！　強き祈りは逆転勝利の秘術！」（「わが友に贈る」『聖教新聞』二〇〇二・一一・一〇）

「いかなる試練も『さあ、来い』『勝ってみせる！』この根性が栄光・大勝をつくる。」（「わが友に贈る」『聖教新聞』二〇〇二・一二・五）

（十七）さらに追記を追加します。二〇〇二年一一月二六日に姉から手紙を受け取りました。母（九五歳）が肺炎で入院したとの知らせでした。直ぐに広島の姉宅に電話すると、「昨日、退院しました。年だから覚悟しておいて下さい。と医師から言われたのですが、約一〇日で退院したので、舟入病院の関係者はびっくりしています。母はいつもにこやかで感じがいいとも言われていました。」姉の手紙の内容は次の通りです。「前略。その後、皆々様お変わりございませんか。和子さんの腰はいかがですか。案じております。こちら一一月一五日、母の容態がおかしいので、救急車で舟入病院に来ました。肺炎と診断され、年齢なので覚悟しておいて下さいと言われましたが、母は平常の信心が強いため、翌日には体温が下がり、何とか私も毎日家と病院の往復で頑張っております。母は一ヶ月位の入院予定です。今は普通と変わりありませんから、松本竹子さんは一日おきに見舞いに来てくれていま す。誰にも知らせていないので心配しないようにして下さい。

（S・Tより）」

「うがいや手洗い、顔洗いの励行とともに、全身の抵抗力を高める日々の努力が欠かせない。そのためには、まず過労や睡眠不足を排し、生活のリズムを整えていくことである。バランスのとれた食生活、適度の休養と運動を心掛けていくことである。そして風邪にかかったと思ったら、暖かくして早めに休む。治るまで決して無理をしない。……意欲に燃え、社会貢献の行動に勇み立つ人にとって健康な毎日が第一。そのためにも〝風邪に気をつけ、かからない！〟との強い思いを持つことが大切。無謀を戒《いまし》め自己を律する「生活即信心」の賢明な振る舞い——そこに、厳寒の季節を健康に生き抜くための秘けつもある。」（「社説—— 〝風邪〟と冬の健康管理」『聖教新聞』二〇〇二・一一・二七）

（十八）（「わが友に贈る」『聖教新聞』二〇〇二・一〇・一〇）

（十九）「悪意のデマは断固打ち返せ！　リーダーの明快な言動こそが皆に勇気を与えるのだ。」「わが友に贈る」二〇〇二・一一・二八『聖教新聞』「テレビやラジオのニュース報道は、誰が聞いてもすっと耳に入って理解できるように、内容をかみ砕き、話し方にも工夫がこらされている。……まず言葉を発する前に、『具体的にはこういうこと』と自問自答してみる。そして、聞く側がどうしたら、なるほどと納得してくれるかを第一に考えて臨みたい。」（「名字の言」『聖教新聞』二〇〇二・一二・四）

（二十）「同志がせっかく会場まで来てくれたのである。幹部に「叱る資格」などないはずである。仕事で疲れて、やっと駆けつけたという場合もある。途中で用事ができて遅れることもある。調子の悪いときもあれば、個人としての都合もあるだろう。人間だから、いろいろあって当然だ。それを頭から叱りつけるのではなく、広い心で受け入れて、上手に守ってあげながら、相手を正しい軌道に乗せていくのが信心の指導である。慈悲の心である。大事なのは、リーダーが同志の気持をわかろうと真剣に祈り、努力しているかどうかだ。この指導者の誠実な姿勢が、相手の心に信頼の種を植えるのである。そこから人材も育っていくのである。」『『このうえなく偉大なことはすべて勝とうとする勇気によって成し遂げられる。』（エウリピデス）至言である。勇気なくして、偉業は成し得ない。勇気がないゆえの敗北――それは、人間として、あまりにだらしがない姿である。「勝とうとする勇気」とは、私どもでいえば、「信心」である。その根本があってこそ、偉大な歴史ができあがる。偉大な勝利を飾ることができる。その通りの実践をしてきたのが創価学会である。今日の世界広宣流布の大偉業も、すべて、仏意仏勅を胸にした、誇り高き皆さま方の「勇気」によって成就されたのである。無量の大功徳が、皆さまを永遠に包んでいくことはまちがいない。このことを深く確信していただきたい。日蓮大聖人の仰せに、断じて嘘はない。」（「第二二回本部幹部会での池田ＳＧＩ会長のスピーチ」『聖教新聞』二〇〇二・一一・一九）

（二一）「ともあれ、広宣流布へ、信力・行力で勇んで進んでいくことだ。たまには休みたいなと思うときも、少しがまんして、勤行・唱題に挑戦していく。会合にも馳せ参じていく。その「行動」の中にこそ、勝利がある。」

（「第二二回本部幹部会での池田ＳＧＩ会長のスピーチ」『聖教新聞』二〇〇二・一一・一九）

「おお　わが友よ！多彩な君の英知は　私たちの前途をば照らし常に新たなる魂を　燃え上がらせてくれた。君と私との二つの心臓の血が通い合っているのだ。」（「若き君よ　人生の大舞台で勝ちゆけ！」池田大作名誉会長、『聖教新聞』二〇〇二・一二・二）

（了）

（九）映画研究会の新入生歓迎会のスピーチ

■はじめに

創価大学映画研究会（以下、「映研」と記述）の新入生歓迎会での私のスピーチを改訂した上で紹介します。

◆学生の感想

◇映研部員は、長年の積み重ねによってできたこのスピーチを聞いて、原点に戻ることができ、頑張ろうと決意すると感じました。

◇このスピーチは、今後の私達（映研部員）の生きる糧となり続けるのは間違いないと思いました。

■新入生歓迎会のスピーチ

●（映研の先輩部員の）皆さん、今日は。映研の顧問の左々です。創価大学創立（一九七二年）の五年目から、本年（二〇〇二年）までの二五年間、顧問として映研で充実した時を持ち、有り難く思ってきました。

新入生の皆さん、映研に入部して頂いて本当に有り難う。本学の創立者池田大作先生が映研を見守って下さっています。創立者は本学創立の草創期に映研部員の激励の為に次の指針を色紙に認《したた》めて下さいました。

「晴々と映画の人生歴史あれ」
「朗らかに君も映画の人生を」

この指針の色紙は、額に入れて（創価大学の）私の研究室に保管していますが、本日、この席に持参しました。部員の皆さんはこのモットーを思索しながら映研の活動をされています。この色紙は創立者の直筆であり、其れ故に大いなる価値が有り、映研の宝です。このモットーは、毎年、映研の機関誌『エクラン』の冒頭に掲載されます。

新入生歓迎会用のこのスピーチの概要は、毎年、大体同じですが、映研の或る先輩がこれ迄の四年間で四回聞いた感想としてこう述べています。「こうして左々先生の話が毎年少しずつ増え、積み重ねられて、後輩に伝えられていくのを嬉しく思います。何卒、これからも映研を見守って下さい（一）。」

今回のスピーチは三〇分以上の分量ですが、これによってかなり多くの情報を得られるとの思いで聞いて頂ければ、嬉しいです。

映研の先輩の皆さん、本年も優秀な新入生を映研に勧誘して頂き、本当に有り難う。皆さんの素晴らしい知恵と勇気と行動に感謝しています。部員が少なければ、映研で満足できる運営を進めるのは難しくなります。クラブの後継者がいなくて廃部になったケースさえ有ります。映研が創設以来、これ迄三二年も続いているのは素晴らしいです。皆さんの努力のお陰だといつも思っています。

●大学生が大学で最も楽しいと思う物は何か？　亦、最も満足している物は何か？　私立大学連盟の調査によれば（二）、第一位はクラブ活動での友人作り、第二位は良い授業、第三位は教員との触れ合いです。

「クラブ活動は授業よりも楽しく、充実感が有る」と学生達は感じているのですから、クラブ活動は大学生活にとって如何《いか》に大切か、如何に充実しているか、大学生活が如何に豊かになるかという事です。

卒業後によく心に残っているのはクラブ活動の思い出です。クラブ活動で人間関係の面を鍛えられるので、其れは高く評価され、就職で大変有利です。

クラブ活動で心と体を鍛え、クラブの専門の知識と知恵を増やす事ができます。大学の授業やテキスト、テレビ、映画等から知識や擬似体験を得ます。其れらに主体的に取り組めば、実力が付きます。だが、生き生きとした実体験や人間形成の良い機会を得る点で授業だけで十分とは言えません。生き生きとしたクラブ活動の実践こそ、強《したた》かに生き抜く力、社会性、協調性そして人付き合いのコツ等を身に付ける良い機会になります。

映研の活動で同じ頑張るのであれば、どの活動にも積極的に参加し、思い出に残る新鮮な映画を自由に伸び伸びと製作して頂きたいと思います。

或る学生はクラブ活動について次のように述べています。

◇クラブ活動での人格形成は凄い（効果がある）と思う。部員達と関わりながら、皆で何かを目指して行動する。そしてその行動の上で様々なことがある。笑ったり、泣いたり、ケンカしたり、悩んだりしながら、（忍耐、自己主張、勇気、協調性等の点で）人格は形成される。

私が高校と大学のクラブ活動で得たものは計り知れない。その当時はくだらないと思っていたことも、後で思い返してみれば、「あの時があったから、今の自分（の実力など）がある」と思う。クラブ活動を通して、授業では学べないことを沢山学び、お金では決して買うことのできないものを沢山得た。これからも「勉強も人格も一流の人」を目指していきたい。（注：付録に私のスピーチについての学生達の感想が有ります。）

●私は、今から二五年前、映研の顧問になるように依頼された時に次の様に思いました。映研とは、部員達が選択した、プロの映画を学内で上映したり、映画館で映画を鑑賞して感想を語り合ったり、映画関連の機関誌を作成するクラブだという固定観念が有りました。私は部員達が総合芸術としての映画を実際に製作する事を当時、初めて知り、驚きました。「えっ？　学生が本当に映画を製作するの？凄い事だ！」という感じでした。

私は以前に映画製作に携わった事は無く、其れについて全く無知でしたが、「映研関連の書類に私の印鑑を押すだけなら、顧問を引き受けてもいいですよ」と返答しました。其れ以降次第に映研への関わりを増やしながら、機関誌の『エクラン』のエッセイを書くとか、年に数回、映研の重要な会合に出席する事で顧問の責任を果たしてきました。「為せば成る」「何とか成る物」です。

映研の活動は創価大学の建設に関係しています。映研の一つ一つの活動が大事であり、頑張る価値が有ります。僅か一つ一つの水滴が集まって川に成り、大海に成るように、創価大学の一つ一つのクラブが同大学の文芸局や学術局を構成しています(三)。

大学祭でのクラブの展示や模擬店の多様さに創価大学の魅力的なイメージや実力が現れます。映研も本学の発展に貢献している事で知られています。

(注:本書の章に創大祭の体験についての学生の感想が有ります。)

将来、映研は一層魅力的になり、高校生達は「創価大学に映研が有るから、其の大学に入学しよう」と決意する時が来る事も有り得ます。映研の先輩曰く、「映研は創価大学の発展に大いに貢献している故に、部員一人一人が誇りを持つべきだ。」映研がこれ迄三二年も本学に色々な面で貢献してきたのは本当に素晴らしいです。

映研のどの部門でも、一つでも何か工夫し、改善してみようと思えば、遣り甲斐が一層強くなります。自主制作映画も年々洗練されており、本当に素晴らしいと思っています。

●創価大学の創立者池田先生は「勉強第一」を強調されています。特に一九九六年と一九九七年の入学式のスピーチがそうです。クラブ活動と勉学を両立する姿勢を断固貫いて頂き、数年後には就職の面でも大勝利して頂きたいです。勉強の手抜きをすると、就職の時に不利になりかねません。授業科目の履修単位が幾つか足りなくて本学を卒業できなかった方もいます。映研の先輩に依れば、クラブと勉学の両立は姿勢次第で達成できるそうです。

映研部員の方が私の授業を受ける場合、私は皆さんの有利な方へ評価する姿勢でいますが、出席回数が規定の半分以上でない場合、「評価不能」(N評価)になります。

一九九三年に東京大学の有馬総長は同大学の入学式でこう挨拶されました。「気を引き締めて勉学に励まれることを希望します。」其の前年、東京大学の卒業率は約七〇%、早稲田大学は九五%でした。

●或る創大生曰く、「一日に四十時間有れば良いのに。毎日為すべき事が多く、一日に二四時間では足りない。幾らでも時間が欲しい」と。

一九九七年頃、中央大学で二年続けて学生が校舎の七階から飛び降り、二名が自殺しました。自ら膨大な時間を捨ててしまったのです。

芸能人の自殺の記事も有りましたが、自殺で五十年以上もの貴重な時間を失うのは、余りにももったいないです（注：「付録」に、芸能人の自殺の記事が有ります。）

大変な悩みが有る場合、早目に勇気を出して家族や友人に相談するとか、本学の保険センター、病院、電話相談等で実状を伝えれば、関係者が更に他の関係者に問い合わせる事も有り得ます。其れは問題解決の第一歩になります。一人で悩むよりも、相談によって、より多くの知恵と勇気と情報を得る方が良いです。

内外のニュースに依れば、極度の困難に直面して絶望し、自殺する人もいれば、如何に苦しくてもじっと耐えて強かに生き抜く人もいます。後者の人達は本当に心が強いと私は感嘆する事が有ります。

●二〇〇二年四月、残念にも、本学の活発なクラブのピッカリコ劇団は無期限の活動停止を大学当局から通告されました。其の理由は、学生達が海外公演をするには、大学の許可が必要です。当時のネパール王国の治安悪化にも関わらず、ピッカリコ劇団は大学の忠告を無視して無断でネパールへ行ったのです。

失敗にどう対処するのか？　失敗は少ないに越した事は無いです。失敗は有るものです。失敗するのは自分だけではない。上手《うま》くいかなかったのは悔しい。でも、頑張った上での失敗だから、止むを得ない。どの人も一々《いちいち》各自の失敗を口にしないが、失敗を経験しています。過度の完璧主義、自分に厳し過ぎる事、真面目過ぎるのは鬱病《うつびょう》になり易いと言われています。

今後、一層慎重に遣るしかない。反省後は、自分の気持ちを整理し、自分の心情に打ち勝つように工夫します。悔しくても、こう思う事ができます。「今は存分に休もう。元気になってから対策を考えよう。これからだ！　出直そう。」早目に気分を変え、くよくよしないで過ごす方が健康に良いです。

一九九七年、本学の二名の学生が、映研部員ではありませんが、交通事故で亡くなりました。他の交通事故で重体になった方もいます。運転は大事な仕事そのものです。私は「交差点などの周囲をよくよく見るように」と自分に言い聞かせながら真剣に「防御運転」に努めています。運転中に眠くなったら、近辺の何処かに一時停車して少しでも車中で眠る事ができます。

二〇〇一年、本学の或る学生は温泉で逆上《のぼ》せて、気分が悪くなり、ガラス戸に向けて倒れて、ガラスが頭に刺さり、亡くなりました。

ビールの一気飲みは危険です。中央大学で、其れで亡くなった学生がおり、其の年の大学祭は中止になりました。

或る記事に依れば、「矢沢永吉の本、『アー・ユー・ハッピー?』(二〇〇一年、角川書店)で一番、心にクギを打たれた一言。

『人に依存しないで生きているほうが、こっちのほうが人間のモトでしょう。』この(「自立心」に関する)言葉が強烈だった。(多忙故に)目の前のことに流されてしまいがちな人生だけど、自分の力で自分を(より有意義に)生きさせるためには、この言葉を頭の中に置いておかなければならないと思う。(四)」

「四〇歳過ぎると、病気の不安にさいなまれる。これまで人ごとだった、いろんな病気が身近なものになってきた。自分の体は自分で管理しなければいけないのに、(自由奔放に生きると)どうしても不摂生《ふせっせい》になってしまう。自分の肉体と精神に責任を持つ、健康であるための責任をもつこと、それが一人一人の人間の務めなのかもしれないと気付いた、改めて若い人々の死によって気付かされた(五)。」

●タバコを吸わないのがベストです。

喫煙の自由は有りますが、タバコを吸わない方が遥かにいい、煩わしくないと思います。喫煙の色んなストレスから解放され、体調がより良くなります。

中毒症状にならない内に早目にタバコを止める事ができます。年を取れば取るほどタバコを止め難くなります。二十代で止める方が遥かに止め易く、財政的にも得です。

タバコ代を貯金していくと、複利計算に依れば、生涯に一〇〇〇万円以上に成るそうです。生涯でそんなに多額の金をタバコ代に使い、其れによって病気になり易くなり、重病の危険を冒すのは合理的でないです。換言すれば、タバコ代を支払って、肺癌、糖尿病、心臓病、脳卒中等になり易くなるのは不合理です。人間は目先の快楽のために不合理な事をしてしまう面が有ります。タバコの中毒性は其れ程強い物であり、理性で其れを克服し難くなります。

「タバコを一本位吸ってもいいでしょ」「タバコを一本だけ吸って見よう」という意思から喫煙は始まり、徐々に喫煙量が増え、其れを止め難くなります。

金銭的にも、健康面からも、タバコを飲まない方が遥かに得です。或る教員は、タバコ代が値上がりした時に、亦、他の教員も父親のご逝去をきっかけにしてタバコを止めました。

私はＮＨＫテレビのスペシャル番組で衝撃を受けました。同番組で或る喫煙者の肺全体は真っ黒であり、粘々の脂《やに》だらけの感じの其の人の肺のレントゲン写真を見てぞっとしました。そして喫煙で肺癌になる確率が高い事が科学的に確認されている事を知り、禁煙を決意しました。年に一箱か二箱のタバコを吸っていただけでしたが、禁煙を持続するには、或る程度の努力を要しました。

●話は変わりますが、（本学の）創立者池田先生はスピーチでこう言われています。「わが国最高峰のドイツ文学者山下肇《はじめ》先生が青年に贈られる言葉にこうあります。努力するからこそ、迷いがある。行動するからこそ、悩みがある。ゆえに、迷うこと、また悩むことを恐れてはいけない」と。

創立者は次の様にも言われました。「どうか皆さんも、気迫を是非とも持っていただきたい。（中略）一人一人が野性的な、ワイルドな在野精神に満ちた、力強い獅子となっていただきたい。『獅子の道』を猛然と進み行けと。諸君の使命がどれほど大きいか（六）。」

●「上見て学べ、下見て暮らせ」という言葉についてですが、「上」を見て学ぶ、詰まり、高い理想や大活躍の人達を目指して、学び続けるのは素晴らしいです。人生でどんなチャンスが来るかも知れません。

一方、「下」を見て暮らす、詰まり、凄く辛い人達の状況を知って、自分の苦悩は大した事はないと思い、気持を楽にする事ができます。十代で病気や事故で亡くなった人もいます。エイズや白血病で苦しんでいる人もいます。何百万円も掛けて臓器移植を受けた若者が必死で生きようとしています。

元プロレスラーのジャンボ鶴田《つるた》（注）は色々なチャンピオンに輝いた人でした。彼は肝臓病の回復後は筑波大学大学院で研究し、後に（米国、オレゴン州の）ポートランド州立大学の客員教授になりました。其の後、肝臓病が酷くなり、オーストラリアの病院に入院し、其の後、フイリピンのマニラで肝臓の提供者がいるというので、そこで手術を受け、半年もの長い間、毎日、何時間も点滴を受け、毎日が凄い苦痛との闘いでした。四九歳で逝去されました。

●映画「素晴らしき哉、人生！」（アメリカ映画、フランク・キャプラ監督作品、一九四六年）は、毎年、クリスマスの頃にアメリカで放映されるとの記事を読んだ事が有ります。

主人公のジョージ・ベイリーは住宅金融会社の経営者ですが、経済恐慌で経営が困難になった。同会社の社員の失敗により会社の金、八〇〇〇ドルが紛失した。絶望したジョージは自殺しようと思います。幸いにも、クリスマスの日、或る事がきっかけで自殺を思い留まる事ができました。

もし自殺したら、今後、この様に生きよう、あの様に遣ってみようとしても、絶対に二度と生きられない。家族の者に会いたくても絶対に会えない。命が有る事は凄く有り難い事だ。そういう事が脳裏に浮かんだのです。

生きる事ができる、家族にも会えると分かり、生きる喜びをひしひしと感じました。これ迄ジョージが生きてきたからこそ、関係者達は逆境で救われた、或いは逆境にならずに済みました。ジョージの活躍で彼等の人生が素晴らしい物になった事をジョージは思い出し、生きてきた甲斐が有ったと思いました（注：付録に詳しい粗筋が有ります）。

人が「生きている事は当たり前であり、其れは平凡な事だ」と思うか、或いは、「生きているのは素晴らしい事だ、実際に活動できるのは為になる」と思えるかどうか。ここに明るい、充実した人生を送れるかどうかの鍵が有ると思います。

もし人が幼少期に酷い病気をした事が有れば、「運が悪ければ、自分は幼少期に死んでいたかも知れない、今生きているのは不思議、凄く得をしている」と考える事ができます。同世代の人が亡くなった時、「人事《ひとごと》ではない、もしかしたら、自分もそうなっていたかも知れない、生きていられるのは凄く運がいい」と思う事もできます。身近な関係者が亡くなった時、命の尊さを深く認識する事が有ります。命の尊さ、掛け替えの無さの視点で人々や自分の生き方について考える事ができます。

●ここでリラックスタイムとして新聞の四コマ漫画を紹介します。

若者のアッサリ君が大衆食堂で親子丼を注文しました。「親子どんぶり！」

親子丼は、鶏肉と玉ねぎ等を煮て、卵を入れ、半熟状に煮てご飯にかけた料理です。

中年の料理人曰く、「親子どんぶりはできません！」

アッサリ君は言いました。「（そこの調理場に）鶏肉と卵があるじゃないですか。」

料理人は答えました。「この鶏肉と卵は親子じゃないんです。」

鶏肉は神奈川方面からの物、卵は山梨方面からの物、其れらは親と子ではないので、「親子どんぶりは作れませーん」なんて言うのは、漫画の自由な世界です。（注：これに似た様な実話を付録で紹介しています。）

●映研が色んな面でより良くなる為に、一言。後輩の人は先輩の立場を理解するように努めて頂いて、後輩としての立場を弁えて、先輩と後輩の暗黙のルールを守る事。映研の色んな面でより良くするように意識的に努力する事。どの部員も大事にする事だと思います。「人を大事にするが勝ち」です。人を大事にすれば、人から色々な形で守ってもらえる、人々の協力を得易くなります。

困難な事が有っても、コツコツと、一歩一歩前へ進み、焦らないで、慌てないで、冷静に対処していけば、最高です。例えば、サッカーでは、大変な戦いの中で相手からの凄《すさ》まじい攻撃が有るのを前提として、一歩一歩挑戦しながら勝利を目指します。一点がなかなか獲れない状況で、ライバルの凄まじい攻撃を乗り越えて一点を勝ち取って大歓喜です。

部員の感想：「この話はとても面白かったです。僕達は皆それぞれの一、二点の為に日々戦うのかも知れません。」

映画の自主制作での色々な制約が有る中で一つ一つ、できる事をこなしていくしかない。くよくよし出したら、疲れた証拠ですので、休みを上手く取って、色んな目標を目指して一歩でも二歩でも前進して頂ければと願っています。

映研部員のＯＢの感想：左々先生の「組織において後輩と先輩の立場を弁える云々《うんぬん》」の話は、現ラグビー日本代表のあの有名な監督の遣り方ととても合っていると思います。彼は弱小チームの立て直しの為にチームを「生命体」と捉《とら》えて、チーム一人一人の心の変革から始めたそうです。

或る映研部員曰く、「どのようにすれば、部員一人一人が進んでクラブ活動に参加できるようになるのか？ 皆で考えていこうという話もして下さい。」

この点も大切です。例えば、部員達が合宿で、フルーツバスケット（椅子取りゲームの一種）等のゲームでストレスを解消し、互いに親しくなるようにしていましたが、良いアイデアだと思います。

●映研の先輩は映研の活動について次の点を述べています（二〇〇三年一月三〇日）。

・映研で何をすべきか？ 映研の（為すべき）課題が分かってきた。
・（部員同士が）互いに（触発し合い）、発展していけるものにしたい。

・誰もが活躍できるように、亦、楽しめるようにしたい。
・皆は凄い可能性が有る、（皆は素晴らしい人材だ）という事を忘れなければ、楽しくやっていける。
・（部員同士の）なあなあの甘い感じは（映研の）発展を鈍らせる面もある。（活動面での）厳しさも時には必要だ。
・（私は）皆と一杯話しをして、（皆が）相談にも乗ってくれて有り難いと思った。
・皆がどうやってクラブをより良くしていくかについて、先輩は後輩の事をよく考えていた。
・（後輩の人は）上級生と下級生の縦の繋がりも大事にしていって欲しい。
・クラブの運営についての皆の強い思い（情熱）に触れた時、映研に入って良かったと思った。
・失敗を恐れて何もしないのが一番良くないです。（発展と成長の可能性が生じないので。）
・（後輩が）副部長としての偉業（重責）を受け継いでくれたと思い、嬉しかった。
・何事も、闘いの（うちの）四分の三は（皆の）勢いで決まる。空元気も大事だ。

・（皆で）力を合わせていけば、（何事もうまく）遣っていける、遣れば（目標を実現）できる。
・陰での地道な闘いが大事ですし、必要です。陰の人になりましょう。（人が見ていなくても、必要な事を（進んで）遣りましょう。）
・何事をするにしても、自分の頭上に勝利（の輝かしい栄冠）がいつも輝いている。その（希望の）思いが支えになった。その思いがあれば、（苦労を伴う課題でも遣り切るまで）忍耐強く遣っていける。

●ＮＨＫのラジオとテレビの放送で次の言葉を耳にしました（二〇〇三年、二〇一七年）。「若さに勝る宝なし。」『才能は有限、努力は無限』、その言葉によっていくらでも努力できる意欲が湧いてくる」。

若い時というのは、凄く元気で、体のどこも痛くないですし、続けて色んな事ができます。何事も楽しい気分で味わう事ができます。色々な素晴らしい可能性を持って生きる事ができます。

年を取ると、若い時よりも遥かに疲れ易いですし、社会的責任も多いですし、心から楽しく過ごす気分になり難いのです。年取ると、「若さ」が欲しいと思う事が有ります。ＮＨＫのテレビドラマで豊臣秀吉は晩年に「若さが欲しいの」という言葉を発していました。「若さ」は最高の宝の一つです。

青年には、「若さ」という最高に素晴らしい宝が有ります。年配者の老化の衰えをよく知り、この点をよく認識している人は「若さの宝」を上手く生かしている人です。

人と自分との比較には、メリットもデメリット有ります。人の生き方や活躍と自分とを比較しなければ、人の言動から解放され易くなり、一層自由な心で生き易くなります。長い目で自分の向上を見ていけば、充実感が増大します。

●一九九七年、映研の新入生歓迎会で映研のＯＢ、一八期生の林耐治さんは（ＴＢＳドラマの制作進行を担当した事が有る方ですが）、こう言われました。

◇映画、「二〇〇一年宇宙の旅」（スタンリー・キューブリック監督作品一九六八年）は傑作です。今見ても凄く面白いです。『評価と認識』という本、これは凄いです。映画が何を意図しているかを知るためには何が必要かが書いてあります。『映像の文法』という本も素晴らしい。映画の基本理念を学んでおくのは大切です。映画への情熱や技術を学びましょう。

（テレビ業界の）現場は凄く厳しいです。時間厳守しないと生き残れない世界です。毎回の仕事は、挑戦、創造、真剣勝負です。これが無ければ、取り残されます。人も物も、どうすれば、美しく見せる事ができるかという仕事です。

映研をどういうクラブにするかを考えながら、より素晴らしい人を、創造的人材を残しましょう。他人の為に自分の時間を使ってください。これが後で生きてきます。

●最後にジョークを二つ紹介します。

（一）弟は小学生だった頃、国語のテストを受けました。問題の中に、「いかにも」という言葉を使って短文を作りなさいというのがあり、弟はこう答えました。
「いかにもたこにも足がある。」
（二）弟は性格検査の「長所、短所」の欄にこう書きました。
「長所：鼻の下」「短所：足」。自分の体の長い所は鼻の下で、短い所は足だと思ったのです（七）。

今日も楽しく、有意義な一時を過ごそうではありませんか。

以上です。

■付録

■私のスピーチについての学生の感想

◇「映研は、映画を撮ることもやる」と聞いて、俄然、映研に入る気になったのです。新鮮な映画とはどんなものなのか？　私が製作するとすれば、人の心に何かを残せる映画です。笑いでも、悲しみでもいい。単純に面白いものを創りたいです。

◇映研に入部したので、これから映画を創り、完成の喜びを早く味わってみたいです。

◇映研創立三二年。これはすごいです。映研の良い伝統と顧問や先輩方の努力があってこそですね。自分も映研をさらにより良いクラブにしていく力になれたらと思います。「夢は、叶えるためにある」をモットーとして頑張りたいです。

◇「（大学）卒業後にいつまでもよく心に残っているのはクラブ活動の思い出です。クラブ活動で人間関係の面を鍛えられるので、それは高く評価され、就職で大変有利になっています。」これらの言葉に大変勇気づけられました。

◇「クラブが大学生活を楽しくし、発展させていく。」私達がクラブを楽しくし、発展させていかなければと思います。

◇「創価大学に映研あり」と胸を張って叫べる部にしていきたいで

す。

◇左々先生はスピーチで、「クラブ活動と勉強の両立の重要性」などを話されていて、とても印象深かったです。私もクラブと勉強の両立で悩んだことがあり、常に両立を目指して頑張ることは大切であると感じてきました。どちらか一方で頑張ればよいというものではなく、両立してこそ、学業と人間性が磨かれると思うので、このスピーチは新入生への良いアドバイスになっていると思いました。

◇「自分は恵まれているか?」これは私にとって大きな問題です。不幸のどん底に落ち込んでいる時に、これ以上苦しいことはないと思うものです。不幸や苦悩を絶対的な視点でとらえるのか、(或いは)、相対的な視点でとらえるかで、心持は変わります。

「自分よりももっと大変な人がいる」と、相対的に見る方が有利だと認知していても、目先の(大変な)苦悩のためにそのように認知するのは難しい。不幸のどん底にいる時は、「自分は恵まれている」とは考えにくい。この点は本当に重大な問題であると考えています。僕にとって、そして同じように悩む人にとって、(先の)視点の切り替えのスイッチは、一体どこにあり、(どのようにすれば、いいのでしょうか?)

○私の返答:「もっと大変な人がいる」という言葉等を時々口ずさむ、或いは、そのような言葉を紙或いは、カードに書いておき、其れを読んで認識を深め、強化し、定着する、そしてこの世の大変な思いをしている人々の記事で彼らの実状をよく認識することが効果的な方法だと思っています。

◇「くよくよしてきたら、疲れている証拠。」この言葉を心にしっかり留めておきたい。くよくよし出すと、つい自分を責めて余計に苦しくなってしまう人が多い現代であるが、くよくよしてきたら、まず、しっかり休むことを実践して、それからまた再スタートしていきたい。

◇左々先生の配慮で紹介された冗談を聞いて、(こう思いました。映研は)温かくて、生き生きした人間の集まる場なのだと。自分は、来年から（入部して）来る三三期、三四期の後輩の踏み台になるように、映画の研究や活動をしていきたい。

◇映研の草創期から創立者の大激励を受けてきた映研。今もなお創立者根本に活動をしている良き伝統があるからこそ、長きにわたりクラブが存在しているのだと思う。この「創立者根本」と「建学の精神」に則った大学建設、またクラブ建設をしていくことは、これからの創大にとって重要である（二〇〇三年四月二七日）。

◇映研に限らず、どのクラブも、根本が創立者から発するものであるということは、大事だと思いました。

◇「何のために生き、行動するのか」という目的が失われてしまった人生ほど悲しく苦しいものはない。現代の人々に足りないものは何か？それは「何のために生き、行動するのか」と自らに問いかけ、希望を見出して生き抜いていく力ではないだろうか。だからこそ、価値を創造し抜いてきた創大生は社会で大いに必要とされている存在であると思う。私にとって（創大生として）残り一年となった今、この誇りの持てる創価大学で学べることへの感謝と誇りを胸に、日々、力をつけていきたい。

◇私は創大入学以前に、創大祭での展示や模擬店の多さから、創大生の同大学への想いの強さを感じていました。特に創大生がクラブ活動に真剣に取り組んでいることに感動しました。創立者の言われたとおり、（私はクラブと）勉学との両立を絶対していきます。

充実した生活をするには第一に健康が何より大切だと思います。テレビのニュースだけでなく、私の身近な所でも自殺や事故などで大切な命がなくなっていると聞いています。私は大病気をしたから（命や健康の尊さがよく）分かるけど、尊い命を本当に大切にし、健康に気をつけて充実した日々を過ごしていきたいです。

◇芸能人は、精神的にいろいろ大変そうで、自分をコントロールするのが難しそうですが、命だけは、本当に大切にしなくてはいけないと思います。昨年、私のクラブ（映研ではありませんが）の先輩も亡くなり、（私は）命の尊さを実感しました。全員が絶対に無事故でやっていきたいです。
創立者のご指導を読み、悩みにぶつかっても負けないで頑張ろうと、いつも思うことができます。

楽しいスピーチでした。また、スピーチを通して、いろいろ学ぶことができました。私は入院や怪我をしたことが何回もあり、健康の大切さを実感してきましたが、今、改めて思い出しました。

◇「自分で自分をより良く生かしていく」という強さを大学生活やクラブ活動を通して身につけていくという話が印象的だった。交通事故や不慮の事故などで毎年、学生が命を落とす中で、ちょっとした注意を払い、自分を守るという意識が必要になってくる。どんなに苦しくても自分と向き合い、命を自ら絶つのではなく、生き抜いていく強さも必要となってくる。

◇昨年、私はイタリアに留学中に、月に二回、映画を見に行きました。学生料金はたった三五〇円でした。イタリア人は、老若男女を問わず皆で映画をはじめ、オペラやコンサートなどを楽しみながら、教養を身につけています。

最近の私の入院を通して、生きていることや健康であることの素晴らしさを痛感し、一度の手術の経験から、もう二度と入院したくないと思いました。入院当時、私は多くの子供達の闘病の姿を目の当たりにし、早く健康になって社会貢献し、病気と闘う人々の希望の存在になりたい、生きていく中で、どんなに辛いことがあっても絶対に自ら命を絶ってはいけない、自分と向き合い、希望持って生きていくことが大事だと思いました。

一人一人の可能性を信じることは本当に大切です。私は二〇〇名ほどの大きなクラブ、イタリア研究会に所属しています。一人も漏れることなく輝く存在になることは難しいかもしれないけれど、全員で一歩前進することができれば、どんなに不可能に見えることも可能になると感じています。どこまでも一人の人を思いやることが大切だと思います。

◇創立者は常に「勉学第一」と言われている。何があっても勉強を怠ってはいけない。現実の社会で活躍し、認められていくことが大学の発展に貢献していくことにつながる。大学（の価値）は卒業生で決まる。故に勉学第一で大学生活を送りたい。

自分を厳しく律することは非常に難しい。しかし、弱い自分から逃げてばかりではなく、弱い自分と向き合い、立ち向かうことが大事だ。自らの命を絶つということは全てから逃げ出すことだと思う。弱い自分、臆病な自分に負けないように常に勇気を持ち続けたい。

創立者の言葉「努力するから、行動するから、悩む。悩むことを恐れてはいけない。力強い獅子になってもらいたい。」だから私はもっともっと悩み、たとえ落ち込んでも絶対あきらめない、もっと強い自分になりたいと思う。

◇私は創大生として毎日、勉強やクラブ活動で自分の可能性を伸ばすようにがんばっている。このことはとても幸せなことなのだ。そう実感しました。

【著者略歴】

左々正治（ささ・まさはる）
１９４３年　東京生れ
１９６７年　広島大学　文学部　教育学科　修士卒業
１９８１年　創価大学　文学部教授
１９８６年　東洋哲学文化賞受賞

創価大学勤務時代の私のエッセー集

2023年7月31日発行　　著　者　左々正治
発行者　向田翔一

発行所　株式会社 22 世紀アート
〒103-0007
東京都中央区日本橋浜町 3-23-1-5F
電話　03-5941-9774
Email: info@22art.net　ホームページ：www.22art.net

発売元　株式会社日興企画
〒104-0032
東京都中央区八丁堀 4-11-10 第 2SS ビル 6F
電話　03-6262-8127
Email: support@nikko-kikaku.com
ホームページ：https://nikko-kikaku.com/

印刷
製本　株式会社 PUBFUN

ISBN：978-4-88877-227-3